KNAUR

Über die Autorin:
Eva Lindbergh ist Kreativdirektorin und produziert Hochglanz-Reklame. Zwar besitzt sie weder einen Porsche mit Exklusivlederausstattung noch einen neurotischen Yorkshireterrier, doch was nicht ist, kann ja noch werden. Sie trinkt zu viel Kaffee mit Karamell, dreht bei Fernsehwerbung den Ton hoch und entspannt am besten beim Häkeln. Sie lebt in einem idyllischen Haus mit wildem Garten in der Nähe von Berlin.

Eva Lindbergh

Wie man ein Löwenmäulchen zähmt

Roman

KNAUR

Besuchen Sie uns im Internet:
www.knaur.de

FSC
www.fsc.org
MIX
Papier aus verantwortungsvollen Quellen
FSC® C083411

Originalausgabe August 2016

Ein Imprint der Verlagsgruppe
Droemer Knaur GmbH & Co. KG, München

Redaktion: Anita Hirtreiter
Covergestaltung: Franzi Bucher, München
Cover- und Innenteilabbildung: DioneDesign / dionedesign.eu; Creative Market / Stolenpencil
Satz: Adobe Design im Verlag
Druck und Bindung: CPI books GmbH, Leck
ISBN 978-3-426-51492-4

2 4 5 3 1

Wie man ein
Löwenmäulchen
zähmt

1
Gott ist tot, Nietzsche ist tot … und mir ist auch schon ganz schlecht

Buenos días, guapa, immer mit die Ruhä!«

Der Morgen fing damit an, dass ich die Wiedergeburt von Che Guevara über den Haufen rannte. Der Kerl kniete vor dem offenen Kühlschrank unserer Büroküche, in einer Hand den beschmierten Löffel, in der anderen meinen Wintermandeljoghurt mit aufgerissenem Deckel. Und ich, schneeblind von draußen und im Anorak, fiel genau über ihn drüber. Che Guevara richtete sich auf und strahlte mich an. Ohne den Joghurt, der ihm im Mundwinkel klebte, hätte er verwegen ausgesehen, mit seinem Siebentagebart und dem Armee-Pullover, der eng anlag und seinen muskulösen Oberkörper zur Geltung brachte.

Im Durchgang zum Arbeitsraum tauchte meine Freundin Edith auf. Sie umklammerte ihren grünen *Yes We Can-nabis*-Kaffeebecher und grinste wie ein Honigkuchenpferd. »Das ist Thiago«, erklärte sie. »Ich fahre ihn nachher zum Flughafen.«

»Und das ist mein Joghurt.« Ich war mies gelaunt. Wegen unserer finanziellen Probleme schlief ich schlecht und hatte ständig meine Mutter am Hals, die sich als Retterin in der Not aufspielte. Außerdem war ich von Neid erfüllt, als ich so zwischen Thiago und Edith hin und her guckte, die garantiert die ganze Nacht Sex miteinander gehabt hatten.

»Sabes qué?« Er zog seine wohlgeformten Augenbrauen hoch und hob den Löffel, von dem die Sahne tropfte. Schöner Joghurt essen mit Adonis. Oh Gott.

Schnell schaute ich zurück zu Edith, die im Gegensatz zu mir lange Beine hat, ein schönes Dekolleté und ein Lolita-Gesicht, umrahmt von kurzen, rotgefärbten Locken. »Sag ihm, wenn er den Bratapfel-mit-Zimt anrührt, bring ich ihn um.«

Mit Edith habe ich vor einem Jahr Strahlkraft, unsere Werbeagentur, aus der Taufe gehoben. Wir wollen die Welt verbessern und dabei reich werden, sie Ersteres, ich eher Letzteres. Ich drängelte mich an ihr vorbei und ließ die Tasche neben meinen Schreibtisch fallen. Ein Quietschen ließ mich zusammenzucken. Empört schoss Robespierre, Ediths kleiner weißer Yorkshireterrier, unter meinem Stuhl hindurch. Verflixt, den hatte ich gar nicht gesehen.

Aus der Küche drang verliebtes Gurren. Mario, unser einziger Mitarbeiter und Ediths langjähriger WG-Kumpel, versteckte sich hinter seinen vielen Monitoren, damit er das Elend nicht sehen musste. Ich konnte nur sein Sweatshirt erkennen, auf dem stand: *Gott ist tot, Nietzsche ist tot … und mir ist auch schon ganz schlecht.*

Mario himmelt Edith dermaßen an, dass er einem schon leidtun kann. Sie merkt es allerdings nicht einmal. Marios Platz in ihrem Leben ist der des besten Freundes. Und die sind per definitionem schwul oder asexuell. Er traut sich nicht, ihre Fehleinschätzung zu korrigieren, weil er den Status nicht einbüßen will, ihr bester Freund zu sein. Ihr zuliebe füttern wir ihn auch hier mit durch. Jedenfalls, solange das Geld reicht.

Eben das drohte uns in Kürze auszugehen, denn in sieben Tagen war die Büromiete fällig und dann reichten die Barmittel noch für zwei Packungen Klopapier. Außer es geschah ein

Wunder und unser Hauptkunde Goldmus, ein großer Obstbetrieb, bezahlte endlich seine Rechnungen.
Das Telefon auf meinem Schreibtisch klingelte. Meine Mutter, zeigte die Nummer auf dem Display an. Ich setzte mich auf meinen Stuhl und schaltete den Computer ein.
»Dein Telefon klingelt«, tönte Mario aus seiner Deckung.
Ich tippte mein Passwort ein.
»Gehst du jetzt ran, oder was?« Er war genervt wegen Thiago, der mit Edith vor dem Kühlschrank rumschmuste. Konnte ich verstehen. Das Telefon verstummte und fing erneut zu klingeln an.
»Gehst du mal ran?«, rief Edith aus der Küche. »Vielleicht ist das Goldmus!«
Wieso ist es immer mein Job, ans Telefon zu gehen?
Ich hob ab. »Hallo, Mama.«
»Julia, hast du die Frau Ammenrieder schon angerufen?«
Julia, das bin ich.
Meine Mutter war früher Einkäuferin in einer pharmazeutischen Firma. Sie ist sehr resolut und stellt sicher, dass getroffene Vereinbarungen auch eingehalten werden. Vor allem von ihrer Tochter.
»Wollte ich gerade.«
»Nicht, dass du das wieder tagelang vor dir herschiebst. Die Frau Ammenrieder wartet auf deinen Anruf.«
»Ja, Mama. Ich rufe sie gleich an.«
»Aber mach es auch wirklich. Hast du die Nummer?«
»Ja, ich …«
»Dann ist ja gut.« Klick, aufgelegt.
Sie ist sehr effizient, meine Mutter. Verschwendet keine Zeit mit überflüssigen Floskeln. Als ich damals mit der Idee kam, Kunst zu studieren, ist sie fast vom Stuhl gefallen vor Schreck. Kind, du musst doch von etwas leben, hat sie gesagt. Lern was

Ordentliches, den Firlefanz kannst du immer noch machen, wenn du in Rente gehst.

Ich bereute schon, ihr von unseren Geldproblemen erzählt zu haben, aber musste auch dankbar sein, dass sie statt gutgemeinter Ratschläge eine handfeste Lösung präsentierte. Frau Ammenrieder, die sie von früher kannte, war fürs Marketing eines Unternehmens zuständig, das medizinische Biokompressen herstellte und zur Einführung ihrer neuen Sumpfgrasedition jemanden suchte, der für wenig Geld tolle Werbung machte.

An dieser Stelle sollte ich vielleicht unsere Geschäftsidee erläutern: Edith und ich wollten das Angenehme (Reichtum) mit dem Nützlichen (Gutes tun) verbinden und schrieben auf unsere Fahne, dass Strahlkraft ausschließlich Kunden vertritt, die sich hohen ethischen Standards verpflichten. Also Kaffeehändler, denen Fair Trade oberstes Gebot ist, Biohonighersteller aus dem Oberallgäu und Möbelfirmen, die ihre Bretter aus heimischen Wäldern von behinderten, älteren Minderheiten sägen lassen. Wir hofften, Strahlkraft würde sich zu einem weithin anerkannten Gütesiegel entwickeln und die Neukunden würden uns die Tür einrennen, um sich mit unserem Namen zu schmücken. Leider hat sich der Wert dieses Ritterschlags noch nicht herumgesprochen. Vielleicht müssen wir mehr Werbung machen. Haha. Mir war gar nicht nach Lachen zumute.

Zwei Stunden später brüllte ich: »Wir haben vielleicht einen Job!«

Mario rollte hinter seinem Schildwall hervor und nahm die Kopfhörer ab. Er könnte süß sein, wenn er nicht so ein Nerd wäre. Seine schmutzig blonden Wikingerhaare zwirbelt er mit Küchengummi zu einem Rattenschwanz zusammen, der auf dem Gürtel seiner Jeans aufstößt. Und die hat auch schon bessere Tage gesehen.

Thiago verschwand alle zehn Minuten zum Rauchen und drückte sich die restliche Zeit zwischen Espressomaschine und Kühlschrank herum. Ich versuchte zu ignorieren, dass Edith mit ihm herumschäkerte, statt bei Goldmus anzurufen und die Marketingtussi zu fragen, wo zur Hölle unser Geld blieb. Die Mädels von Goldmus waren ihre Freunde, nicht meine. Aber Madame Turteltaube hatte ja Wichtigeres zu tun.

»Edith! Wollt ihr jetzt hören, worum es geht, oder nicht?«

Mario grinste boshaft.

Nach einer gefühlten Ewigkeit tauchte sie in der Tür auf. Sie schlürfte den Schaum von ihrer Kaffeetasse und ließ sich auf das blaue Ikea-Sofa unter dem Tigerbild fallen, das mir Marty Jones vor drei Jahren zum Geburtstag geschenkt hat. Es ist das Einzige, was ich mitgenommen habe, als ich bei ihm ausgezogen bin. Ein Cartoon-Tiger rennt in die Ozeanbrandung, während er sich das Fell vom Leib reißt. Nur zwei weiße Füßchen hat er noch an und schwenkt den albern gestreiften Anzug mit Schwanz und Ohren in der Luft. Darunter steht: *Wet Greetings, Your Striptease Tiger*. Edith findet, ich sei zu sentimental. Aber ich mag das Bild, weil es mich an die Zeit erinnert, als Marty Jones noch kein Arschloch war.

»Okay«, sagte ich. »Was fällt euch zu Sumpfgraskompressen ein?«

»Guter Stoff?«, schlug Mario vor.

Ich warf ihm einen Blick zu. »Du sollst sie nicht rauchen, du sollst sie dir aufs Steißbein kleben.«

»Wie kommen die auf uns?« Edith wischte sich Milchschaum von der Oberlippe, schlüpfte aus ihren hochhackigen Stiefeln und zog die Füße auf die Couch.

»Über meine Mutter.«

»Details, Babe.«
»Die Firma heißt Herbalind, sitzt in Riedelsberg am Lech und macht Umschläge aus Heilpflanzen.«
»Herbalind – Ihre freundlichen Kräuterhexen von nebenan. Plingplongtürili. Bei uns ist gegen jeden Schmerz ein Kraut gewachsen.« Mario ist sehr kreativ. Nur leider nicht kundenkompatibel.
»Sie wollen eine Einführungskampagne für die Sumpfgraskompressen. Einen Produktnamen, Bildmaterial, Broschüren, vielleicht auch noch einen kleinen Film.«
»Was ist der USP?«, fragte Edith.
»Der was?« Mario rollte mit seinem Stuhl ein Stück vor, so dass er die Küche mit dem Feind im Blick behalten konnte.
»Ju-Es-Pi. *Unique Selling Point*«, sagten Edith und ich gleichzeitig.
»Der eine Wahnsinnsvorteil, den die Herbalind-Sumpfgraskompresse hat, den du nirgendwo sonst findest«, fügte sie hinzu, »weswegen die Kunden nachts vor der Apotheke kampieren, um noch eine davon zu ergattern.«
»Cool«, heuchelte Mario. »Und was ist nun der USP?«
»Die besondere Kombination aus Heilkräutern lindert Rücken-, Glieder- und Gelenkschmerzen.« Ich studierte die Notizen, die ich während meines Telefonats mit Frau Ammenrieder in meinen Block gekritzelt hatte. »Auch geeignet zur Diätunterstützung, für einen flacheren Bauch …«
»Wir heuern drei Models an, ziehen sie nackt aus und fotografieren sie, nur mit der Kompresse bekleidet.«
»Keine Models«, wies Edith ihn zurecht. »Models sind ein Symbol des übersteigerten, turbokapitalistischen Schönheitswahns. Sie stehen für Magersucht und ungesundes Körperbewusstsein und widersprechen unserer Unternehmensphilosophie.«

Edith ist eine leidenschaftliche Verfechterin marxistisch-leninistischer Ideale, gewürzt mit einer Prise Greenpeace und Ökoanarchismus. Wer sie eiskalt erwischen will, muss sie nur mal auf ihren Vater ansprechen, der Aufsichtsrat in einer Berliner Skandalbank ist. Das einzig Materielle in ihrem Leben, das vom Gebot der reinen Vernunft ausgenommen ist, ist ihr Kleiderschrank. Kunstpelzmäntelchen und blaue High Heels sind Insignien der modernen Frau im Klassenkampf.

»Aber Sex sells«, begehrte Mario auf.

Apropos Sex. In der Küche rumpelte Che Guevara im Kühlschrank herum. Wie kann jemand, der so verfressen ist, sich diesen Wahnsinnskörper bewahren?

Edith stand vom Sofa auf. »Ich hol mir noch ’nen Kaffee.«

Das führte gerade alles zu nichts. Sie war verkatert von letzter Nacht und hatte nur Thiago im Kopf. Mario ließ den coolen Max raushängen, um seine Eifersucht zu tarnen. Und ich musste mich zusammenreißen, um nicht zu explodieren. »Okay, Leute, heute Nachmittag schickt Frau Ammenrieder mir die komplette Produktbeschreibung. Könntet ihr euch bis morgen bitte Gedanken machen, damit ich mich bei ihr mit einem konkreten Vorschlag zurückmelden kann?«

»Hmhm«, machte Edith, mit einem Fuß schon in der Küche. Zwei Sekunden später röchelte die Espressomaschine los und übertönte einen Schwall spanischer Liebesschwüre. Oder vielleicht waren es Obszönitäten. Zum Glück verstand ich kein Wort.

»Ich rufe jetzt in der Kanzlei an«, rief ich ihr nach.

»Julia, mach doch nicht so einen Stress.«

»Hast du in letzter Zeit mal einen Blick auf unsere Kontoauszüge geworfen?«

Geräuschlos schlich Mario mit seinem Stuhl zurück hinter die Monitore. Auch wenn er sich zehn Jahre eine Wohnung mit

Edith geteilt und ihr nach Partys beim Kotzen die Haare gehalten hatte, so war er doch offiziell unser Angestellter. Vermutlich fühlte er sich unwohl dabei, einen Streit zwischen seinen Chefinnen mit anzuhören. Vor allem, da sich sein Beitrag zum Agentureinkommen in den letzten drei Monaten auf die Installation eines Virenscanners beschränkt hatte. Wäre ich an seiner Stelle gewesen, ich hätte mich auch mies gefühlt. Allerdings war ich so erbost, dass mir jegliches Mitgefühl fehlte.

»Goldmus verspricht mir seit zwei Monaten, dass sie uns die Kohle gleich nächste Woche überweisen. Also entweder sie verarschen uns oder sie stehen kurz vor der Insolvenz, und falls Letzteres der Fall ist, sollten wir lieber schnell unser Recht geltend machen, bevor die anderen Aasgeier kommen.«

»Sie sind nicht insolvent«, beteuerte Edith. »Sonst hätte Kathrin was gesagt.«

Kathrin ist Ediths Cousine und Assistentin bei Goldmus. Eigentlich ist Goldmus ein netter Laden, aber Edith hat sie so verwöhnt mit ihrer Nachsicht in Sachen Geld, dass sie sich inzwischen verleugnen lassen, wenn ich anrufe.

»Entweder du kriegst sie jetzt ans Telefon, oder ich hetze ihnen einen Anwalt auf den Hals.«

»Aber ich muss Thiago zum Flughafen bringen.«

»Kann der nicht mit der S-Bahn rausfahren?«

Edith sah mich an, als hätte ich von ihr verlangt, Robespierre in einen eisigen Wintersturm zu jagen. Ich kam mir vor wie ein Monster, und es machte mich wütend. Wieso sollte ich nun die Böse sein? Was hatte mich gleich noch mal geritten, mit Edith eine Firma zu gründen? Vielleicht, dass sie meine Freundin war und mein Fels in der Brandung, wenn ich am Sinn des Lebens zweifelte.

Es gibt Tage, an denen ich es so satthabe, Captain Kirk auf dem sinkenden Schiff zu spielen, während um uns herum

schon die Piranhas erwartungsfroh mit den Schwanzflossen plätschern. Thiago tauchte aus den Untiefen der Küche auf und reichte Edith ihre Kaffeetasse. Er hatte ein Herz in die Cappuccino-Crema gekratzt.
Ich hasse verliebte Schaumschläger.

Als sie endlich weg waren, schnallte ich Robespierre an die Leine und zog ihn raus ins Schneetreiben. Ich brauchte frische Luft, und Mario, der schweigend hinter seiner Monitorbarrikade litt, trug auch nicht dazu bei, mich aufzuheitern.
Unser Büro liegt am äußersten Rand des Futura Medienparks, der früher eine Dosenfabrik war. Edith bildet sich ein, dass die alten Mauern immer noch den Hundefuttergeruch ausdünsten, aber das kann gar nicht sein. Hier wurde nie was abgefüllt, nur Blech in Form gepresst. Heute sind die Hallen zu schicken Lofts umgebaut, in denen sie – Achtung, Witz! – allerlei Blech in Form pressen. In den Innenhöfen kann man wichtigtuerisch am Springbrunnen auf dem iPad tippen oder mit dem Handy am Ohr durch die Ginkgo-Allee eilen. Damit alle denken, dass man mit dem Headhunter telefoniert, der einen für hundertzwanzigtausend im Jahr abwerben will. Mich hat nie einer von den Typen kontaktiert, was ich demütigend fand, während Marty Jones ständig solche Anrufe bekam. Ich hätte so ein Angebot jedenfalls sofort angenommen.
Die Parkplätze in den Höfen kann man einzeln anmieten. Man kriegt ein in Aluminium gefrästes Namensschildchen, damit jeder sieht, wie wichtig man ist. Ein Parkplatz kostet so viel wie das billigste Kellerloch auf dem Gelände, sechzig Quadratmeter Souterrain mit Küche und Klo. Da haben wir sofort zugeschlagen. Also beim Kellerloch.
Es war meine Idee, uns im Futura Medienpark einzumieten. Auf diese Weise besitzen wir die gleiche Hausnummer wie

Kaiser&Kaiserlyn, kurz K&K, die angesagteste Kreativschmiede Deutschlands, die jedes Jahr in Cannes die Löwen absahnt. Dass wir die Kellerkinder sind, müssen wir ja niemandem erzählen. Edith war erst dagegen, aber ich habe mit der Hausverwaltung einen guten Preis ausgehandelt, und das V9, der lokale Mittagsitaliener, hat sie wieder versöhnt. Die Gnocchi mit Tiroler Schinken in Sahnesoße sind zum Niederknien und kosten im Menü nur fünf fünfzig.
Ich marschierte die Ginkgo-Allee hinunter und zog den widerspenstigen Robespierre hinter mir her. Dieser Hund ist eine Mimose. Ständig ist ihm zu warm, zu kalt, zu nass. Rechts tauchte die protzige gelbe Glasfassade von K&K auf, links das Parkhaus, wo Kunden und gewöhnliche Sterbliche ihre Autos abstellen. Vorm K&K-Portal hat die Hausverwaltung einen Park angelegt, ein Wasserbecken mit Holzplattform und kleinen Brücken, eingefasst von einer Pergola, auf der im Frühjahr Wein und Rosen ranken. Romantisch, um in lauen Sommernächten Praktikantinnenherzen zu brechen.
Der Wind trieb Eiskörnchen vor sich her. Mir fror fast die Hand mit der Leine ab. Robespierre kläffte und zerrte mich zwischen die Luxuskarossen. Neben einem stahlblauen Porsche blieb er stehen und pinkelte an den Reifen. Die gelben Kleckerspuren vorm Einstiegsbereich verschafften mir vage Befriedigung. Zwar bin ich nicht so klassenkampfmäßig drauf wie Edith, aber Porsche assoziiere ich instinktiv mit Werbewichsern aus der Chefetage, und die brauchen ab und zu Kontakt mit den irdischen Niederungen. Marty Jones fuhr einen BMW Z4, aber Marty war bei meiner alten Agentur ja auch nur Kreativdirektor und kein Partner. Ich nenne einen neun Jahre alten Renault Megane mein Eigen. Was sagt das über mich aus? Bescheidenheit ist eine Zier? Mut zum Klassiker?

»Hey!«, wogte eine Männerstimme durch die Windböen. »Was soll das, nehmen Sie Ihren Köter da weg!«
Der Typ war in einen teuren schaffellgefütterten Wildlederhalbmantel gewickelt. Die Haare trug er wie Tom Cruise in *Mission Impossible*. Schulterlange, weich fallende Strähnen, wie geschaffen für Cabriofahrten. Schneeflocken tupften die dunkle Pracht. Jaja, solche Typen hängen bei K&K rum. Ich tippte auf Starfotograf oder Hugo-Boss-Model, wenn ihm die Karre gehörte. Ich habe meinen alten Job hingeschmissen, damit ich mich mit solchen Dandys nicht mehr rumschlagen muss.
Robespierre hob das Bein und drückte ein paar Tröpfchen nach.
»Oder wollen Sie, dass ich Ihnen die Rechnung für die Autowäsche schicke?«
»So teuer wird die nicht sein«, frotzelte ich zurück.
»Haben Sie eine Ahnung.« Mit einem satten Klack schnappten die Türschlösser auf. Geistesgegenwärtig riss ich an der Leine, gerade rechtzeitig, dass Robespierre aus der Schusslinie flog, bevor ihm die Tür vor die Puschelohren knallte.
Ich habe eine Theorie. Schönheit und Anstand verhalten sich umgekehrt proportional zueinander. Also meistens. Ausnahmen bestätigen die Regel. Mein alter Chef zum Beispiel, der sah aus wie ein mexikanischer Drogenbaron in Altersteilzeit, mit Pockennarben, Schnurrbart und Wampe. Und der quoll nicht gerade über vor inneren Werten, obwohl er nach meiner Theorie ein Heiliger hätte sein müssen.
Der Schönling schwang sich in seinen Schalensitz aus Exklusivleder, zog den Wagenschlag hinter sich zu und ließ den Motor aufheulen. Idiot. Ich wollte ihm etwas Würdeloses nachbrüllen, aber mein Telefon summte in der Jackentasche. Vor lauter Schmerz, auch die zweite Hand der Kälte ausset-

zen zu müssen, vergaß ich glatt meinen Zorn. Ich flüchtete unter die kahle Pergola und presste das Handy ans Ohr.
»Hey, Babe, störe ich?« Marty Jones' Stimme klingt wie der Marlboro Man. Obwohl er seit zehn Jahren in Deutschland lebt, verwandelt sein kalifornischer Akzent jedes Wort in Schokolade. Als er zum ersten Mal an meinen Schreibtisch trat und *Hey, Babe, störe ich?* sagte, war ich ihm augenblicklich verfallen. Aber die Zeit bleibt nicht stehen. Ich bin raus aus dem System, während er glaubt, er könnte es beherrschen.
»Kommt darauf an.« Nach drei Jahren Zusammenleben haben wir uns im Guten getrennt. Wir reden noch miteinander. Bloß essen gehen wollte ich nicht mehr mit ihm, weil ich wusste, er würde versuchen, mich ins Bett zu kriegen. Schon um mir zu beweisen, dass ich unrecht hatte. Und das Schlimmste: Ich war mir nicht sicher, ob ich ihm widerstehen konnte.
Er lachte. Er hatte gute Laune. Schön für ihn. Ich nicht. Mir fielen gleich die Finger ab. Robespierre winselte, weil sein Pinkelbaum Beine gekriegt hatte und röhrend vom Hof fuhr.
»Wie läuft's denn so?«
»Gut. Super.« Schneematsch tropfte mir in den Kragen. Ich wickelte mir die Leine ums Handgelenk, stopfte die Hand in die Manteltasche und nahm Kurs zurück aufs Büro.
»Habt ihr viel zu tun?«
»Warum?«
»Ich hätte da so ein Projekt.«
»Ist gerade ganz schlecht.« Nie im Leben würde ich vor Marty zugeben, dass Strahlkraft nicht so toll lief. Lieber ersetzte ich die Gnocchi mit Tiroler Schinken in Sahnesoße durch Knäckebrot. Jeder, der mal Gnocchi mit Tiroler Schinken in Sahnesoße im V9 gegessen hat, kann ermessen, wie todernst mir die Sache war. »Wir ersticken in Arbeit.«

»Willst du dir nicht wenigstens anhören, worum es geht? Also wir pitchen gerade auf Mocona, das ist –«
»Nein, vergiss es«, fiel ich ihm ins Wort. »Wir können uns vor Aufträgen nicht retten.«
»Echt?« Er klang nur halb überzeugt.
»Echt.«
»Hast du morgen Abend schon was vor?«
»Da muss ich *Andromeda* gucken.«
Er lachte. »Deine Ausreden waren auch schon mal besser.«
»Und du warst auch schon mal hartnäckiger.«
»Nur wenn ich mir echte Erfolgschancen ausrechne.«
»Warum fragst du dann überhaupt?«
»Wenn ich sage, aus Höflichkeit, nimmst du dann noch ab, wenn ich das nächste Mal anrufe?« Natürlich hätte er niemals zugegeben, dass meine Absage ihn kränkte. Irgendwie versöhnte mich das. Zu wissen, dass das nicht spurlos an ihm vorüberging.
»Vielleicht beim nächsten Mal.« Ich drückte mit dem Ellbogen auf die Klingel, weil ich keine Hand frei hatte, um die Bürotür aufzuschließen. »Ehrlich. Ich bin gerade im Stress. Gib mir ein bisschen Zeit.«
»Klar. Melde dich einfach. Ich würde glatt alle anderen Verabredungen absagen.«
»Angeber.«
»Love you, Babe.«
Darauf falle ich schon lange nicht mehr rein. Amerikaner sagen das bei jeder Gelegenheit. Sie meinen damit so was wie *Ciao, Hals- und Beinbruch, meld dich mal wieder, wenn du in der Gegend bist*.
»Mach's gut«, sagte ich und legte auf. Ich hatte den Schlüssel schon halb im Schloss, als Mario endlich aufmachte. »Immer mit die Ruhä, guapa«, äffte er Ediths Latin Lover nach.

»Das hält eh keine zwei Wochen«, versuchte ich ihn aufzumuntern.

Keine Ahnung, ob Edith geblieben war, um dem abhebenden Flugzeug nachzuwinken, aber nach zwei Stunden war sie noch immer nicht zurück. Ich fragte Mario, ob er mit mir ins V9 gehen wollte. Er grummelte was von keinem Hunger. Toll. Auf Tiefkühlpizza verspürte ich keine Lust, nachdem Che Guevara mit seinen liebestollen Fingern unsere Vorräte betatscht hatte. Also musste ich wohl oder übel alleine essen.
Ich reckte mich auf Zehenspitzen vor dem Spiegel im winzigen Klo, um meine Haare in einen ansehnlichen Zustand zu bringen. Vielleicht in der unbewussten Hoffnung, dass ich im V9 den einen, für mich bestimmten Prinzen traf. Nach Marty Jones konnte ich einen One-Night-Stand und zwei kurze Affären verbuchen, die letzte mit Andy, Ediths Boheme-Kumpel, der Altphilologie und Literaturdidaktik im siebzehnten Semester studiert, glühende Reden über die Gleichberechtigung der Geschlechter hält und sich seine Wäsche von Mama bügeln lässt.
Seitdem erzähle ich allen, dass ich keine Zeit für eine Beziehung habe und es überhaupt viel besser ist, wenn man morgens das Bad für sich allein hat. Auch kann man sich das ganze Wochenende flache Science-Fiction-Serien reinziehen, ohne sich dafür rechtfertigen zu müssen.
Meine Haare sind schulterlang und blond gesträhnt und geschnitten wie bei Kate Beckinsale in *Underworld*. Nach dem Schneesturm hatten sie ihre Vampirkiller-Glorie eingebüßt und hingen herunter wie nasse Mäuseschwänze. Ich kämmte unschlüssig daran herum, fuhr ein paarmal mit den Fingern durch, zog mir zur Kompensation die Augenbrauen nach und tröstete mich zuletzt damit, dass ins V9 sowieso nur Typen

gingen, mit denen ich nichts zu tun haben wollte. Schließlich hatte ich mich nicht grundlos von Marty Jones getrennt.

Draußen stürmte es immer noch, aber wenigstens hatte es aufgehört zu schneien. Einen Treppenaufgang weiter posierte ein bleiches Mädchen mit Netzstrümpfen und schwarzgefärbten Haaren und bibberte sich zu Tode. Die Fotografin gehörte zu Modelmania, einer Agentur, die sich seit der Invasion der Fernseh-Castingshows dumm und dämlich verdient. Sie kassieren hundert Euro Aufnahmegebühr, und wenn dickliche Teenager in Begleitung ihrer Oma auflaufen, verkaufen sie der gleich noch einen Zweitvertrag, denn Models über sechzig sind schwer im Kommen und so. Ich frage mich immer, ob die Mädels nicht misstrauisch werden, wenn sie bei Nieselregen mit einer Ritsch-Ratsch-Klick-Kamera vor grauen Bauzäunen abgelichtet werden. Und wenn sie sich nach einem Jahr wundern, dass Karl Lagerfeld immer noch nicht angerufen hat, verkauft man ihnen das Model-Extra-Plus-Paket, mit Doppelseite in der Kartei, Facebook-Künstlerprofil, Twitter-Account und eigener Website. Damit mal was vorangeht in der Modelkarriere. Die Fotografin lächelte noch verkrampfter als ihr verfrorenes Opfer. Jaja, dachte ich, du bist jung und brauchst das Geld.

»Julia!«, durchdrang es den tosenden Wind. »Julia, warte!«

Ich drehte mich um. Edith kroch gerade durch das Loch im Zaun, der den Futura Medienpark von der benachbarten Kaserne trennt. Man kann dort kostenfrei sein Auto abstellen, was ein gut gehütetes Geheimnis ist.

»Kommst du mit essen?«, brüllte ich zurück.

Sie nickte. Mit ihren blauen High Heels konnte sie nicht rennen, deshalb ging ich ihr ein Stück entgegen.

»Entschuldige noch mal wegen vorhin«, keuchte sie.

»Hmpf«, machte ich. Mein Zorn war sowieso schon wieder

verflogen. Ich kann nicht nachtragend sein. Es dauert drei Tage und ich habe vergessen, was man mir Böses angetan hat. Manchmal hasse ich das. Edith zum Beispiel hat ein Elefantengedächtnis. Sie schmiedet noch heute Vergeltungspläne gegen den Kerl, durch den ihr Auto vor sieben Jahren eine Beule bekommen hat. Ich dagegen halte Rachefantasien nie länger als eine Woche durch. Wahrscheinlich ist das der Grund, dass mich niemand als furchteinflößenden Gegner für voll nimmt. Kein Wunder, dass Goldmus uns auf der Nase rumtanzt.

»Manchmal muss frau eben Prioritäten setzen.« So, wie sie grinste, wusste sie, dass ich ihr verziehen hatte. Ich hasse es, durchschaubar zu sein.

»Wie hast du den Typen überhaupt aufgegabelt?«

»Über Andy. Thiago war auf dem Kongress der kommunistischen Weltparteien in Amsterdam und hat eine Europatour drangehängt. Er hat Andy über eine Internetseite gefunden, wo man seine Wohnung als Übernachtungsquartier anbieten kann.«

»Ah«, machte ich. Passte zu Edith.

»Ich dachte mir, ich könnte über Weihnachten nach Argentinien fliegen.«

Ha! Lag ich doch richtig mit Che Guevara. Kein Wunder, dass rote Herzchen in Ediths Augen leuchteten. Nicht nur, dass Thiago ein Bild von einem Mann war, seine politische Einstellung passte auch genau in ihr Beuteschema.

»Bisschen weit für eine Fernbeziehung, findest du nicht?«

»Ich muss unbedingt Spanisch lernen.«

Armer Mario.

Den Rest des Weges verlor sie sich in romantischen Schwärmereien über ihr zukünftiges Leben zwischen Künstlern, Literaten und Politaktivisten in Buenos Aires.

Mir graute jetzt schon vorm Katzenjammer, wenn sich rausstellte, dass Thiago verheiratet und Vater von vier entzückenden Kindern war.

Wir schlüpften in die dunstige Wärme des Restaurants und stellten uns ans Ende der Schlange. Das V9 funktioniert wie eine Kantine. Man bezahlt sein Essen an der Bar und geht mit dem Kassenzettel zum Ausgabeschalter. Der Nachteil ist, dass sich zu Stoßzeiten vierhundert Leute mit dampfenden Tellern durch zwei Meter breite Gänge drängeln.

Vor uns bildete sich ein Stau, weil die Küche mit der Hähnchenbrust auf Zitronen-Kapern-Soße nicht hinterherkam und die Theke unter Spaghetti-Carbonara-Schüsseln zuwucherte. Die Wagemutigsten unter den Hungrigen drängelten sich vor, um ihre Nudeln zu ergattern. Edith und ich tauschten einen Blick und folgten ihnen mitten ins Gefecht. Während Edith sich zwei Portionen angelte, spähte ich einen freien Tisch aus. Wer im Winter um halb eins ins V9 geht, muss bereit sein, für sein Essen zu kämpfen.

Ich sah das Unheil kommen, aber für eine Warnung war es zu spät. Edith drehte sich mit zwei Ladungen Spaghetti genau in dem Moment um, als sich eine blonde Schönheit ins Geschehen stürzte und sie frontal rammte. Es gab zwei dumpfe Aufschläge, als die Schüsseln auf den Fliesen zersprangen. Alle Umstehenden wichen zurück, so dass Edith und die Blondine plötzlich im Zentrum der Aufmerksamkeit standen. Edith hatte mehr von den Nudeln abbekommen als die Unfallverursacherin, doch die Carbonara-Soße hob sich auf dem schwarzen Kostüm der Blondine viel besser ab.

Ein Moment schockierten Schweigens folgte.

»Oh Gott«, brach es aus der Blondine heraus, »das tut mir so leid!«

Edith, noch benebelt von Glückshormonen, popelte un-

schlüssig mit einem Finger in den Nudeln auf ihrem Kunstpelzmäntelchen.
»Zum Glück gab's ja keine Verletzten«, konstatierte ich.
Schlagartig setzte der Lärm wieder ein. Wie bei einem Unfall auf der Autobahn, wenn die Leute begriffen haben, dass es kein Blut zum Gaffen gibt. Ein Hilfskoch mit Eimer eilte herbei. Die Schlange formte einen Bogen um das Malheur. Die Ankunft zweier Hähnchenbrüste mit Zitronen-Kapern-Soße löste neues Tohuwabohu aus, denn die Geflügelverzehrer versuchten, ihren Platz an der Front zurückzuerobern.
»Es tut mir wirklich leid«, stammelte die Blondine. »Ich lade dich ein, okay? Als Wiedergutmachung.«
»Mich aber auch«, meldete ich mich zu Wort.
So fügte es sich, dass wir Simone Schöneberger kennenlernten, die Frau mit den Lenin-Ohrringen und den makellosen Zehennägeln. Kein Wunder, dass Edith sie gleich in ihr Herz schloss.

Auf dem Klo stellten Simone und Edith fest, dass sie die gleiche Leidenschaft für farbenfrohe High Heels und kommunistisch inspiriertes Schmuckdesign teilten. Simone führte stolz ihre Hammer-und-Sichel-Ohrstecker vor, und Edith konterte mit dem Kettenanhänger in Form eines rot-golden emaillierten Sowjetsterns. Bei ihrer Rückkehr zum Tisch hatten sie Freundschaft geschlossen. Deshalb lächelte Edith auch milde verzeihend, als Simone gestand, bei K&K als Account-Managerin zu arbeiten.
Weil's so nett war, ließen wir das Essen mit einem Cappuccino im Kekshaus ausklingen. Das ist ein Coffeeshop mit freiem WLAN, wo man beim Vanilla Latte in Ruhe seine Rechtfertigungs-E-Mails tippen kann.
»Und was macht ihr so?«, fragte Simone, während sie sich

Milchschaum von den perfekt geschminkten Lippen tupfte. Ich konnte Ediths Euphorie über unsere neue Bekanntschaft nicht recht teilen, denn Simone flößte mir trotz der Soßenflecken auf ihrem Kostüm Minderwertigkeitskomplexe ein. Ihre blonden Locken sahen aus wie frisch von den Wicklern geschüttelt.

Ich nippte schweigsam an meinem Cappuccino und versuchte, mir nicht einzubilden, dass alle die nassen Mäuseschwänze auf meinem Kopf anstarrten. Derweil setzte Edith sich in Szene und übernahm die Firmenpräsentation. Sie schlug sich gar nicht schlecht. Das sind die Momente, in denen ich doch wieder froh bin, Strahlkraft mit ihr gegründet zu haben.

»... und unsere witzigen und überraschenden Kreativkonzepte setzen wir mittels innovativster Medientechnik für unsere Kunden um«, beschloss Edith ihre Rede. Damit meinte sie Mario, der an seinem Computer Meerjungfrauen mit großen Brüsten baut, die durch brennende Reifen springen. Oder sprechende Passionsblumen mit lila Schleifen. Die sehen ziemlich cool aus. Leider will keiner unserer Kunden Geld dafür ausgeben. Vielleicht, wenn's Sonnenblumen gewesen wären. Andererseits bezahlen die ja nicht mal Geld für das, was sie bestellt haben.

»Innovative Medientechnik?« Simone wirkte plötzlich interessiert. »So mit 3-D-Effekten? Könnt ihr auch Fotos von Sachen machen, die es nicht gibt?«

»Das ist unsere Spezialität«, tönte Edith.

Dazu muss ich einwerfen, das war ein Euphemismus. Oder, wie meine Mutter sagen würde, eine glatte Lüge. Fotorealistisch sahen nicht mal Marios tanzende Skelette aus. Und die Passionsblume ... ich versuchte, das Ding ohne lila Schleife und Ballonlippen vor mein geistiges Auge zu beschwören. Kam das wirklich einem Foto nahe?

»Ähm –«, setzte ich an. Und verstummte wieder, als Edith mir einen warnenden Blick zuwarf.

»Wir pitchen gerade auf das Marketingbudget eines neuen Biolebensmittelherstellers, der sich auf die Zielgruppe junger und jung gebliebener, gutverdienender, umweltbewusster, überwiegend urbaner Trendsetter konzentriert. Passt genau in euer Profil!« Simone lächelte ein bezauberndes Lächeln. »Das Konzept unseres Kreativdirektors sieht die Inszenierung von Models in der Interaktion mit lokalen Früchten vor, die in den wertvollen Brotaufstrichen unseres zukünftigen Kunden verarbeitet werden.«

»Wow«, sagte ich vorsichtig.

Ich wartete auf Ediths Einspruch, weil Models doch das kapitalistische Lebensgefühl verkörpern, egal ob nun in Interaktion mit lokalen Früchten oder mit Herbalind-Sumpfgraskompressen um die Hüften. Aber die sagte kein Wort. Auf einmal war ich ganz eifersüchtig. Da gingen sie hin, unsere Ideale. Klar, meine Sumpfgraskompressen konnten gegen die Luxushimbeeren von Kaiser&Kaiserlyn nicht anstinken.

»Dazu gehören Löwenzahn, Hagebutten, Holunderblüten und Schlehdorn«, führte Simone aus, »Früchte mit einem hohen lokalen Identifikationspotenzial. Das Problem ist, dass es uns nicht gelingt, einen Händler zu finden, der das Zeug mitten im Dezember ranschaffen kann.«

»Ups«, fühlte ich mich bemüßigt zu sagen, »das ist aber blöd. Bauen die in Marokko keinen Schlehdorn an? Vielleicht, wenn ihr den Löwenzahn im Töpfchen zieht?«

»Aber das dauert alles zu lange.« Simone entging ganz offensichtlich die Ironie meiner Worte. »Wir müssen in zwei Wochen abgeben.«

»Das ist doch super«, fiel Edith ein. »Unsere 3-D-Abteilung hat gerade Luft, da greifen wir euch gerne unter die Arme.«

»Hach«, flötete Simone, »das wäre super. Kommt einfach morgen zu unserem Pre-Production-Frühstück, da könnt ihr alle kennenlernen.«
Pre-Production-Frühstück. Mann, ich dachte, die Zeiten hätte ich hinter mir gelassen. Marty Jones hätte sich kaputtgelacht, mich so zu sehen.

Der Rest des Bürotages verlief weniger glamourös. Mario schmollte hinter seinen Bildschirmen. Edith, die vor Stolz beinahe platzte, rutschte auf meinem Ikea-Sofa herum, trank einen Cappuccino nach dem anderen und wollte alle zehn Minuten von mir bestätigt wissen, wie super sie die Sache mit K&K eingefädelt hatte.
Ich mühte mich vergeblich ab, ein Konzept für Frau Ammenrieders Sumpfgraskompressen zu tippen, und guckte heimlich Katzenvideos auf YouTube. Außerdem setzte ich den Wolllöwen um, der auf meinem Monitor wohnte. Von rechts nach links, von links nach rechts, vom Monitor aufs Telefon und dann wieder zurück. Ich habe ihn eigenhändig gehäkelt. Ja, ich kann häkeln, auch wenn mir das niemand zutraut. Der Löwe war eigentlich als witziges Geschenk für Marty Jones gedacht. Weil Marty so deprimiert war, dass sein Beitrag in Cannes keine Löwentrophäe gewonnen hatte. Als dann alles den Bach runterging, habe ich ihn behalten. Also den Löwen, nicht Marty Jones.
Gegen halb fünf – das deprimierende Grau vor den Fenstern war deprimierender Dunkelheit gewichen – kam ich zum Schluss, dass ich ebenso gut nach Hause fahren konnte, um den Tag mit Chips und trashigen 80er-Jahre-Science-Fiction-Fernsehserien zu beschließen. Ich hatte gerade den Schneematsch von der Frontscheibe meines altersschwachen Renaults gekratzt, da rief meine Mutter an. Ich spielte mit dem

Gedanken, nicht dranzugehen, doch was, wenn sie im Schneetreiben stecken geblieben war und meine Hilfe brauchte?
Mit einem Stoßseufzer ließ ich den Wagen an und lenkte ihn einhändig aus der Parklücke, während ich mit der anderen Hand das Handy ans Ohr presste. »Hast du die Frau Ammenrieder angerufen?«, tönte es mir entgegen.
»Ja, Mama.«
»Wo bist du denn? Telefonierst du etwa beim Autofahren?«
Ihr Instinkt ist untrüglich. Und Lügen zwecklos.
»Ja, Mama. Aber ich habe doch ein Headset.« Ich ließ schnell das Lenkrad los, um den Blinker zu setzen, und klemmte es anschließend mit dem Knie fest, um vor der Kreuzung runterzuschalten.
»Du musst es ja wissen.« Sie seufzte auf diese Art, wie Mütter es tun, wenn sie die Schwindeleien ihrer Mittdreißiger-Töchter durchschaut haben, allerdings nicht weiter auf dem Thema herumreiten wollen. »Aber warum ich eigentlich anrufe, denkst du noch daran, dass der Herr Hasmeyer nachher vorbeikommt?«
Herr Hasmeyer …?
»Sag bloß, du hast es vergessen?«
»Arschloch«, entschlüpfte es mir, als so ein Idiot mich beim Linksabbiegen schnitt.
»Kind, wo bist du, um Gottes willen?!«
Auf einer schneeglatten sechsspurigen Kreuzung im dichtesten Feierabendverkehr, mit dem Handy am Ohr und von Verrückten umzingelt, die mich blöd anhupen, wenn ich bremse, damit eine Oma mit Gehwägelchen bei Rot über die Ampel humpeln kann. Aber das konnte ich ihr nicht sagen. Stattdessen flötete ich: »Der Herr Hasmeyer? Ich dachte, der wollte morgen kommen?« Ehrlich gesagt, den Herrn Hasmeyer hatte ich total vergessen.

»Julia!« Gleich fragte sie, ob ich meine Steuererklärung fürs vorletzte Jahr schon gemacht hatte. Sie hat wirklich einen untrüglichen Instinkt für Schwachpunkte, meine Mutter. Schmiert mir immer gleich alle anderen zwanzig Verfehlungen aufs Brot, wenn sie mich bei einer ertappt hat. »Das ist bares Geld, das du dem Staat schenkst! Jetzt ist das Jahr fast schon wieder rum, und du hast immer noch nicht –«

»Aber ich bin doch in zwanzig Minuten zu Hause!«, begehrte ich auf. »Dann kann ich den Herrn Hasmeyer treffen und diese blöde Rentenversicherung abschließen, ist doch alles kein Problem, Mama!«

»Na gut.« Sie klang skeptisch. »Und fahr bloß vorsichtig.«

»Mach ich.« Die Räder drehten durch, als ich hinter der Oma mit Gehwägelchen über die Kreuzung schlitterte.

Ich wohne in Giesing, einem Stadtteil, der nur ein paar U-Bahn-Stationen vom Zentrum entfernt liegt, aber so wenige Clubs und Kneipen hat, dass die Mieten erschwinglich bleiben. Wobei *erschwinglich* natürlich relativ ist. Meine Mutter, die in einem Zweitausend-Seelen-Dorf mit Kirchturm und Blick auf die Alpen lebt, hat fast der Schlag getroffen, als sie herausfand, was ich für meine teilsanierte Zweizimmerwohnung hinblättern muss. Da konnte ich noch so leidenschaftlich argumentieren, dass meine Freunde in Haidhausen fast das Doppelte bezahlen und dass ja schließlich die Traumlage im Herzen Münchens … tja, mit einem eklatanten Mangel an Parkplätzen einhergeht, führte ich den Gedanken im Geiste zu Ende.

Seit vorn an der Ecke die Fift-Autovermietung eingezogen ist und jede verfügbare Lücke mit ihren BMWs vollstellt, wird der Kampf um Parkplätze in unserer Nachbarschaft auf Leben und Tod geführt. Ich kreiste dreimal um den Block, stellte fest, dass auch der Notparkplatz vor der Feuerwehrausfahrt gegenüber vom Supermarkt schon besetzt war, weitete meinen Suchradius aus und fand schließlich ein halb illegales Plätzchen hinter der übernächsten U-Bahn-Station. Nur für Patienten der Kieferorthopädischen Klinik, steht auf dem Schildchen, aber die lassen erst nach neun Uhr morgens abschleppen.

Die Vorstellung, die kommenden Stunden mit dem Versicherungsberater meiner Mutter Rentenmodelle zu diskutieren, hob nicht gerade meine Laune. Das war's dann mit meinem gemütlichen Fernsehabend. Papierkrieg ist einfach nicht mein Ding. Für Strahlkraft kümmere ich mich um die Finanzen, weil ich eben muss. Privat bin ich, was das angeht, eine totale Niete. Darüber hat sich schon Marty Jones immer lustig gemacht.

Bis über die Ohren in meinen gefütterten Anorak gewickelt, stiefelte ich die anderthalb Kilometer zurück zur Wohnung. Der Wind schnitt mir eisig ins Gesicht, aber wenigstens hatte es aufgehört zu schneien. Aus dem Türschlitz eines türkischen Obstmarktes drangen Adventsklänge. In den Schaufenstern blinkte die Weihnachtsdekoration. Kinder mit Schlitten tobten mir entgegen. Ich wollte schon in weihnachtswehmütiger Milde versinken, da schoss einer dem anderen Jungen einen Schneeball ins Gesicht, und der Getroffene schrie: »Ey, Alda, is deine Mutta Schlampe, oda was?«

Ihr Kinderlein kommet, oh kommet doch all, schallte der Chor lieblicher Stimmen durch die verschmierte Glasscheibe. Ich wechselte schnell auf die andere Straßenseite.

Der Rest meiner Wanderung blieb ereignislos. Ich stapfte mit gesenktem Kopf und tief in den Taschen vergrabenen Händen durch das Wohngebiet mit den Dreißiger-Jahre-Arbeiterblöcken. Stoisch setzte ich einen steifgefrorenen Fuß vor den anderen, bis ich meine Straße erreichte.

Ich wohne im vierten Stock eines altrosa gestrichenen Siebziger-Jahre-Baus, der zwischen zwei Gründerzeithäuser geklemmt ist. Im Keller befindet sich eine Psychotherapie-Praxis, in den Wohnungen der ersten und zweiten Etage liegen Büros. Da gibt die Briefträgerin tagsüber meine Pakete ab. Eins höher wohnt die alte Hexe, die Kette raucht und immer mit weit aufgerissener Tür ins Treppenhaus lüftet. Der Typ vom Sozialdienst, der die Einkäufe für sie besorgt, ist ein ganz Süßer. Nur leider fünfzehn Jahre jünger als ich. Der hat noch nicht mal mit dem Studium begonnen. Nee, Julia, sagte ich mir, als er mich letztens bei den Briefkästen charmant anlächelte, so verzweifelt bist du noch nicht.
Und schließlich gibt's noch Sonja, meine Nachbarin von gegenüber, Ex-Junkie und Mutter einer kleinen Tochter, die inzwischen allerdings wieder mit beiden Beinen im Leben steht und Single ist wie ich. Manchmal, wenn Edith keine Zeit für mich hat, weil sie den Abend lieber mit einem sexy Möchtegern-Revolutionsführer verbringt anstatt mit ihrer sauertöpfischen Freundin, gehe ich mit einer Flasche Wein zu Sonja rüber und wir lästern über die Schlechtigkeit der Männer.
Im Treppenhaus herrschten arktische Temperaturen. Es stank nach kaltem Rauch und Kölnisch Wasser. So weit, so heimisch. Ich fischte meine Post aus dem Briefkasten, warf dem Fahrstuhl einen sehnsüchtigen Blick zu und nahm die Treppenstufen. Mein tägliches Opfer für die Schönheit. Da ich, im Gegensatz zu Edith, nicht von Natur aus mit elfengleichen Beinen gesegnet bin, muss ich für jedes Sahnehäubchen auf der heißen Schokolade büßen. Die Tür der Hexe stand wie erwartet einen Spaltbreit offen. Eine Treppe höher miaute Sonjas Katze.
Ich bog gerade um den letzten Absatz, da schmetterte mir eine männliche Stimme entgegen: »Frau Neumann?«

Ich verfehlte vor Schreck die letzte Treppenstufe. Der Mann, der direkt vor meiner Tür stand, fing mich auf. Peinlich berührt blickte ich zu ihm auf. Er trug einen Anzug, der um seine Hüften kniff, und hatte fröhliche rote Lachbäckchen. Und eine Krawatte mit lauter Rudolf-Rentieren. Ich konnte meinen Blick nicht von den Elchnasen lösen.

»Ich bin Carsten Hasmeyer!«, verkündete er freudestrahlend.

»Ähm.« Etwas außer Atem vom Treppensteigen brachte ich nur ein Schnaufen hervor. Verdammt, wieso war der denn schon hier? »Ähm, tja.« Ich ergriff die mir hingehaltene Hand, eine richtige Handwerkerpranke. Wahrscheinlich war er Hobby-Dachdecker. Kein Wunder, dass ihm der Anzug nicht passte. Ein Blaumann hätte ihm besser gestanden. »Ähm, hallo.«

Mir war gleich klar, warum meine Mutter ihn so gut leiden konnte. Und nach einem tieferen Blick in diese hoffnungsvollen blauen Augen wurde mir noch etwas anderes klar. Oh nein. Vergiss es, Mama. Ich guckte schnell wieder weg und fummelte den Schlüssel ins Schloss.

»Entschuldigen Sie, es ist nicht besonders aufgeräumt.« Ich stieß die Tür auf und wedelte mit der Hand. »Kommen Sie rein. Ich habe aber nicht viel Zeit.« Mir war eben die Erleuchtung gekommen, warum meine Mutter Herrn Hasmeyer in Wahrheit zu mir geschickt hatte. Das würde ihr so passen, zwei Fliegen mit einer Klappe zu schlagen. Rentenversicherung und Enkelkinder aus einer Hand. Sie macht ja keinen Hehl daraus, was sie von meinem Instinkt in Sachen Partnerwahl hält. Sogar Marty Jones duldete sie nur zähneknirschend am Weihnachtstisch. Deshalb hetzt sie mir unter fadenscheinigen Vorwänden Paarungskandidaten auf den Hals.

Gleich beim Eintreten stolperten wir über meine hellbraunen Pumps im Flur. Das ist noch so ein Vorteil am Single-Dasein.

Niemand zwingt dich zum Aufräumen. Der Nachteil ist, dass sich die Wohnung über kurz oder lang in eine Messie-Höhle verwandelt. Außer man verfügt über ein ordentliches Maß Selbstdisziplin.
Voll Schrecken fiel mir ein, dass sich auf dem Wohnzimmersofa ein Berg ungelegter Wäsche türmte.
»Moment«, sagte ich, »keine Bewegung. Ich bin gleich wieder da!« Nachdem ich nicht vorhatte, mit Rudi dem Rentier was anzufangen, gingen ihn auch meine Spitzenhöschen nichts an. Eilig raffte ich den Haufen zusammen und stopfte ihn hinter die nächstbeste Schranktür. Ich drehte mich einmal im Kreis. Der Rest des Zimmers war okay. Ikea-Muster-Wohnung wie aus dem Katalog. Das rote Ledersofa verschwand teilweise hinter einem meterhohen Wall aus Bücher- und DVD-Stapeln. Drei Viertel davon gehörten Edith, die sie nach ihrem Umzug noch nicht wieder abgeholt hatte, weil sie in ihrem Einzimmerapartment noch weniger Platz hat als ich. An der Lampe schaukelte sacht die Installation aus Perlenschnüren und Papiervögeln, die mir Sonja letztes Jahr zum Geburtstag geschenkt hat. Der Schreibtisch quoll über, aber mal ehrlich, wir wollen ja nicht päpstlicher sein als der Papst.
»Okay«, rief ich. »Sie können reinkommen!«
Herrn Hasmeyers Lächeln wirkte etwas unsicherer als zuvor. Gut so. Wer wusste schon, welche Flausen meine Mutter ihm in den Kopf gesetzt hatte. Sollte er sich bloß nicht einbilden, dass ich mehr von ihm wollte als eine Rentenversicherung. Und sogar die nur unter Protest.
»Schön haben Sie es hier«, schmeichelte er mir.
Ich hockte mich im Schneidersitz aufs Sofa und kam mir ein bisschen mies dabei vor, ihm nichts zu trinken anzubieten. Aber Vorsicht ist besser als Nachsicht. Ha! Wäre das nicht ein super Slogan für einen Versicherungsvertreter?

»Und so viele Bücher?« Er stellte seine Aktentasche neben dem Couchtisch ab und bückte sich nach einem dicken Wälzer. »Oh, wow, Sie lesen Lenin?«
»Nur samstags zum Frühstück«, sagte ich und strahlte ihn an. »Also, wo muss ich unterschreiben, und was kostet der Spaß?«
»Darf ich mich vielleicht«, er deutete zögerlich auf den Sessel voller Zeitschriften, »dort hinsetzen?«
»Klar. Stapeln Sie das Zeug einfach auf den Boden.«
»Ich soll Ihnen übrigens viele Grüße von Ihrer Frau Mutter ausrichten.«
»Vielen Dank.« Ich sah ihm zu, wie er die Sitzfläche leer räumte. Als er sich hinsetzte, bemerkte ich, dass seine Socken die gleiche Farbe wie der Rentierschlips hatten und mit kleinen roten Punkten getupft waren. Man musste allerdings ganz genau hingucken, um sie zu erkennen.
»Ich habe hier einmal etwas vorbereitet.« Er legte ein paar Ordner und Broschüren auf den Couchtisch, sorgfältig im rechten Winkel zueinander ausgerichtet. Dabei lächelte er unentwegt. Ich konnte fast die Stimme meiner Mutter im Kopf hören. So ein freundlicher junger Mann! Der kann auch mal den Abfluss reparieren, so was ist Gold wert! »Wie Sie ja wissen, wird die staatliche Rente in zwanzig Jahren nicht mehr ausreichen, um …« Ab hier verwandelte sich der Strom seiner Worte in ein Bächlein, das lustig gurgelnd über die Stolpersteine der privaten und gesetzlichen Altersvorsorge plätscherte, dabei nur haarscharf an den Klippen der Pflegeversicherung vorbeitoste und sich schließlich in die Weiten der Anlagemodelle ergoss, in denen Herr Hasmeyer wie ein Fels in der Brandung der Ungewissheit trotzte.
Oder so in der Art.
Draußen im Treppenhaus klapperte der Schlüssel in Sonjas

Schloss. Da meine Nachbarin ihre Tochter nicht einfach sich selbst überlassen kann und ihr für einen Babysitter das Geld fehlt, kommt sie noch weniger zum Ausgehen als ich. Ich sah mir Herrn Hasmeyer, diese fleischgewordene Bodenständigkeit, noch mal genauer an: blaue Augen, blondes Haar, genau im richtigen Alter. Da kam mir eine Idee.

»Wenn Sie also jeden Monat hundertfünfundvierzig Euro einzahlen, erhalten Sie bei einem Renteneintrittsalter von fünfundsechzig Jahren …«

»Hundertfünfundvierzig? Das hab ich gehört!«

Irritiert lächelte Herr Hasmeyer mich an.

»Das sind fast zweitausend Euro im Jahr!« Mir fiel sofort wieder Goldmus ein. Meine Magenschmerzen meldeten sich. Was tat ich hier? Ich hatte doch wirklich andere Sorgen als diese blöde Rentenversicherung, die auch noch Geld von mir wollte!

»Ja, aber die Steuerersparnis –«

»Steuern sparen kann man nur, wenn man welche zahlen muss«, belehrte ich ihn.

»Liebe Frau Neumann«, sein Lächeln kriegte einen charmanten Zug, trotz der roten Bäckchen, »wir müssen das ja nicht hier und jetzt entscheiden. Vielleicht möchten Sie erst einmal eine Nacht darüber schlafen? Was halten Sie davon, wenn ich einfach morgen oder übermorgen noch mal vorbeikomme? Dann gehen wir irgendwo nett was essen und besprechen noch einmal in Ruhe, wie das optimale Rentenversicherungspaket für Sie aussehen könnte.«

Sonjas Katze miaute. Die Tür fiel ins Schloss. Ruhe kehrte im Treppenhaus ein.

»Mögen Sie eigentlich Kinder?«, fragte ich.

»Ob ich …« Er wurde tatsächlich rot. Nicht nur auf den Bäckchen, sondern im ganzen Gesicht. Wenn es noch eines

Beweises bedurft hätte, dass meine Mutter ihn auf mich angesetzt hatte, dann war es dieser. »Wie meinen Sie das?«

»Ach, nur so.«

»Tja, also ja. Ich mag Kinder. Mein Bruder hat zwei.«

»Super.« Ich sprang auf. »Dann muss ich Ihnen unbedingt meine Nachbarin vorstellen. Die ist nämlich auch nicht privat rentenversichert. Die müssen Sie dringend beraten.«

2
Sex macht schlank – lass uns abnehmen!

»Du ziehst sofort das T-Shirt aus!«, fauchte Edith am nächsten Morgen.

Ich hatte mich zeitig aus dem Bett gequält, um mich um acht mit den beiden anderen zu treffen. Das Pre-Production-Frühstück begann um neun. K&K schienen ihren Laden schwer im Griff zu haben, wenn sie ihre Kreativen dazu kriegten, zu dieser Morgenstunde bei einem Meeting aufzutauchen.

»Soll ich vielleicht nackt hingehen?« Mario hockte auf seinem Bürostuhl wie ein Stachelschwein in Verteidigungsposition. Zwei Toilettenmännchen waren auf sein T-Shirt gedruckt, die Liebe im Stehen machten, eingerahmt von: *Sex macht schlank – lass uns abnehmen!* Seine T-Shirts sind eine niemals versiegende Quelle der Inspiration.

»Entweder du ziehst ein anderes Shirt an, oder du kommst nicht mit.« Edith trug ihr hellblaues Kostüm im Beatles-Look. Der Schmuck stammte aus ihrer Indianerkiste. Indianer kommen bei ihr gleich nach Marxisten. Sie mussten einen langen und entbehrungsreichen Freiheitskampf führen und werden unwürdig in Reservaten unterdrückt. Ein silbergefasster Türkis am Lederband baumelte in ihrem Dekolleté. Unter den roten Locken, die ihre Ohren umkringelten, funkelten passende Klunker hervor.

Ich hatte mir zu den Jeans Stiefel mit Absätzen angezogen und auf den schwarzen Rollkragenpulli meine Mädchenkette

gehängt, ein Plastikquadrat, auf dem in Röntgenoptik ein berocktes Ampelmännchen eingeätzt ist.
Nach meiner Erfahrung brezelt sich kein Mensch für diese Meetings auf, außer die Praktikantinnen, die erst zwei Wochen dabei sind. Trotzdem überfiel mich neben Edith ein leichtes Hässliches-Entlein-Gefühl. Um ehrlich zu sein, war ich Mario dankbar, dass er noch schlumpfiger aussah als ich.
»Jetzt lass ihn doch«, sagte ich. »Er kommt rüber wie ein Computerfreak, das trifft genau die Erwartungshaltung.«
Mario fummelte beleidigt an seinem Haargummi herum.
»Julia –«, hob Edith an.
»Wer hat vier Jahre lang Pre-Production-Meetings bei Gold& Habermann über sich ergehen lassen müssen«, unterbrach ich sie, »du oder ich?«
Fürs Protokoll, Gold&Habermann ist meine alte Agentur, wo Marty Jones als Kreativdirektor das Zepter schwingt und ich zur ewigen Projektleiterin verdammt war, weil alle verkannten, dass Kunst meine wahre Berufung ist. Gold&Habermann ist die direkte Konkurrenz von K&K. Nachdem sie uns unseren größten Automobilkunden abgeworben hatten, haben wir unsere Leuten beschworen, bloß nicht zu kündigen und zu K&K zu gehen, denn gegen die wären wir harmlos, was unbezahlte Nachtschichten und Anschisse am Montagmorgen wegen Qualitätsmängeln der am Wochenende geleisteten Arbeit angeht.
Jetzt guckte Edith genauso beleidigt wie Mario. Auch wenn ihr theoretisch klar ist, dass bei diesen Läden nicht alles Gold ist, was glänzt, und Strahlkraft als Kontrapunkt ihre Idee war, hat sie doch niemals selber bei einer der richtig großen Agenturen gearbeitet. Jedenfalls nicht, soweit ich wusste.
»Was denn?«, fragte ich. »Ich hab kein Wort gesagt, dass du Goldmus noch nicht angerufen hast. Und wegen Frau Am-

menrieders Sumpfgraskompressen habe ich auch nicht rumgenörgelt, obwohl ich der heute Mittag was schicken muss.«

»Hmpf«, machte Edith. »Dann soll er wenigstens ein Jackett drüberziehen oder so was.«

»Isch 'abe aber gar kein Jackett.«

»Was ist mit dem in der Küche?« Seit unserer Einweihungsparty hing am Kleiderhaken gegenüber dem Kühlschrank eine Anzugjacke. Ihr Besitzer hat sich nie mehr gemeldet. Dort führt sie eine unauffällige Existenz zwischen Geschirrhandtüchern und dem Mini-Traumfänger mit Verdacht auf Milbenbefall, von dem Edith nicht weiß, wo sie ihn sonst hinhängen soll.

»Vergiss es.« Mario verschränkte die Arme. »Damit sehe ich aus wie ein Versicherungsfuzzi.«

Ich schaute auf die Uhr. »Leute, wir müssen los.«

Edith wühlte das Jackett unter den Handtüchern hervor und drückte ihre Nase hinein. »Riecht nur ein bisschen nach Geschirrspüler. Das verfliegt. Jetzt zieh es an.«

»Niemals.«

Ich nahm ihr das Ding aus der Hand und hielt es ihm hin. »Probier es wenigstens.«

Gequält hievte er sich aus dem Stuhl und gehorchte. Er zog ein Gesicht, als klebten Maos mumifizierte Überreste an den Nadelstreifen. Dabei sah es gar nicht so übel aus. Nur die Ärmel waren ein bisschen zu lang.

»Krempel sie hoch«, sagte ich.

»Dann sehe ich aus wie ein Zuhälter.«

»Immerhin besser als wie ein Versicherungsfuzzi.«

Er stöhnte.

»Und knöpf es zu«, befahl Edith.

Auf die Stachelschwein- folgte die Sturer-Esel-Nummer, so dass es kurz vor neun wurde, bis wir das Portal in der leuchtend gelben Glasfassade von K&K durchschritten. Die Lobby hielt, was der Eingang versprach. Hinter einer ovalen Theke mit Ikebana-Gesteck standen zwei langbeinige Models mit Perlweiß-Lächeln und fragten uns fröhlich nach unserem Anliegen. Sie nötigten uns, in der Sitzlandschaft Platz zu nehmen, die sich rund um den Indoor-Teich erstreckte. Unter Wasser war ein großer Bildschirm in den Boden eingelassen, der mit den preisgekrönten Werbeproduktionen von K&K die Kois erschreckte.

Gegen meinen Willen, mich nicht beeindrucken zu lassen, beeindruckte mich das. Auch der Latte macchiato schmeckte sehr lecker.

Mario warf seinen Amarettini ins Wasser, um die Fische anzulocken.

»Nicht«, zischte Edith.

Albern grinsend klaute er ihren und schmiss ihn hinterher. Ich kam mir vor wie ein Bergbauer mit zwei barfüßigen Bälgern, der beim Radiopreisausschreiben Karten für den Opernball gewonnen hat.

Die Kois schwammen unbeeindruckt weiter. Wahrscheinlich standen ihnen Amarettini bis Unterkante Kiemenflosse.

Nach zehn Minuten kündete das Stakkato der Metallabsätze vom Herannahen Simone Schönebergers, die heute kein Kostüm trug, sondern enge Jeans mit Glitzersteinchen und eine folkloristische Tunika. Simone begrüßte Edith und mich mit Wangenküsschen. Dann führte sie uns über Treppen und schwebende Galeriegänge zum Board Room. Es stellte sich heraus, dass es sich nicht um den Vorstandssitzungssaal handelte, sondern um eine Kaffeetheke, die aus fünfzig zusammengenagelten Surfboards bestand, wie es sich für eine anständige Kreativagentur gehört. Ich dachte an unsere Kellerkaffeeküchennische und hoffte, dass sie nicht planten, uns einen Gegenbesuch abzustatten.

Um die Theke drängelten sich fünfzehn Leute zwischen zwanzig und dreißig, die meisten in Jeans und Shirts, nicht wenige mit blöden Sprüchen vorn drauf. Simone und Edith stachen aus der Menge wie Discokugeln aus einer Kiste mit Medizinbällen heraus. Ich gab vor, nicht zu bemerken, dass Mario sich des Nadelstreifenzwirns entledigte, und verschaffte mir einen Überblick übers Buffet.

»Hi, ich bin Nadja«, sprach mich eine kleine Schwarzhaarige an, als ich auf die Espressomaschine zusteuerte. »Bist du auch neu?«

»Freut mich.« Ich würgte schnell mein halbes Eiersalat-Canapé herunter. »Ich bin Julia von Strahlkraft.«

»Ist das das Team vom André?«

»Nee, wir sind eine eigene Firma.«

»Wow! Ist ja cool!«

»Ähm –« Ich gebe es zu, ihre Begeisterung überforderte mich. Was ist so besonders daran, eine eigene Firma zu sein? K&K ist auch eine eigene Firma. Oder das V9. Oder der Putzservice, der abends die zerfallenen Amarettini aus dem Koiteich fischt.

»Ich bin Art Director«, brüllte sie, sobald der Typ vor uns fertig war mit Kaffeemahlen und nur noch mit dem Milchschäumer herumröhrte. »Wir machen Typo und Layout für den Mocona-Pitch. Ich find's einfach supi. Ein Wahnsinnsprojekt! Das wäre so cool, wenn wir das gewinnen! Und Erik ist so kreativ!«

Ich lächelte und dachte: *Junior* Art Director. Höchstens. Du hast das *Junior* vor dem Titel unterschlagen, Schätzchen.

Das ist das Tolle an der Werbung. In Agenturen wimmelt es nur so von Direktoren, Artdirektoren, Kreativdirektoren,

Technischen Direktoren, Finanzdirektoren, Accountdirektoren, Assistenzdirektoren … je weniger Verzierungen vorm Direktor, desto höher die Wahrscheinlichkeit, dass er was zu sagen hat. Nadja war ein kleines Licht, das auf Anweisung des kreativen Erik Bilder am Computer zusammenfügte und den Models dort die Cellulitis wegretuschierte, wo der Fotoassistent mit dem Klebeband geschlampt hatte.
»Ja großartig.« Ich stellte meine Tasse unter das Siebeinsatzding, wo der Espresso rauskommt. »Wird schon werden.«
Simone und Edith unterhielten sich prächtig. Mario bemühte sich, zwei andere Jungs beim Lachsbrötchen-Wettfressen zu schlagen. Schön, dass sich alle so wohlfühlten.
Nach einer halben Stunde saß die ganze Bande endlich auf den Stühlen und balancierte Kaffeetassen und Sandwichteller auf den Knien. Niemand wirkte gestresst. Das bedeutete, dass von den oberen Befehlshabern noch keiner aufgetaucht war. Ich drückte einen Anruf von Frau Ammenrieder weg, schielte auf die Uhr und revidierte das mit dem Laden-im-Griff-Haben. Dreiviertel zehn, und weit und breit kein Kreativdirektor in Sicht. Simone schlenderte nach vorn. Bei ihrem dritten Räuspern tuschelten nur noch drei Leute.
»Guten Morgen!«, schmetterte sie uns entgegen. »Schön, dass ihr alle hier seid. Ihr seid das Team für den Mocona-Pitch! Mit euren Talenten und eurem Enthusiasmus werden wir einen preisverdächtigen Kampagnenentwurf aus der Taufe heben, der den Kunden restlos begeistern wird!«
Aha, die Kampfrede zur Einstimmung auf Spätschichten und unbezahlte Wochenenden für die höhere Sache. Ich hatte gedacht, drei Wochen vor Abgabe wären die schon weiter. Nadja neben mir hing an Simones Lippen. Sie schluckte jedes Wort. Es stimmte mich ganz wehmütig. Das waren noch Zeiten, als wir uns voll Elan auf die Galeerenruder stürzten, be-

reit, die Nächte durchzuschuften für den heiligen Löwengott von Cannes und die Agentur, die uns Liebe schenkte und uns immer willkommen hieß.

Edith, schräg vor mir am äußersten Rand der ersten Stuhlreihe, schrieb eifrig mit. Was gab es denn da zu notieren? Ich versuchte auszumachen, ob eins der Canapés, die ich mir auf den Teller gestellt hatte, mit Eiersalat war.

Simone trug gerade ihre Lobrede auf Mocona vor, die dank professioneller Vermarktung durch K&K den deutschen Biomarkt aufrollen würden, als die Heeresleitung doch noch zur Truppenmusterung aufkreuzte. Mitten im Satz brach sie ab, kriegte einen entrückten Gesichtsausdruck und strahlte über unsere Köpfe hinweg die Neuankömmlinge an. Rasch schluckte ich das letzte Stück Canapé hinunter und leckte mir die Mayonnaise von den Fingern.

»Sorry«, tönte es aus den Tiefen des rückwärtigen Raums, »wir sind ein bisschen spät. Macht ruhig weiter, lasst euch nicht stören.«

Da sich Nadja vor Aufregung fast den Hals ausrenkte, kam ich nicht umhin, auch einen Blick über die Schulter zu werfen. Den ersten der beiden schätzte ich auf Mitte fünfzig, Seniorpartner. Sein Haar, einst blond, nun grau meliert, trug er im kleinen Karl-Lagerfeld-Zopf. Sein glänzend gemustertes schwarzes Hemd sah playboymäßig aus, aber jemand, der es bei K&K zum Partner gebracht hat, kann sich das auch leisten. Jede Wette, der Kerl hatte Haare auf den Zähnen und seine Leichen im Keller eigenhändig um die Ecke gebracht. Darüber täuschte auch sein mildes Lächeln nicht hinweg.

Der Zweite verdrückte sich in die Surfbrett-Bar. Eine Sekunde später rumorte die Espressomaschine los. »Sorry!«, brüllte der Störenfried.

Nadja kicherte. Simones Lächeln bekam einen gequälten Zug.

In meiner Tasche brummte mein Handy und zeigte an, dass mich Frau Ammenrieder zu erreichen versuchte. Was wollte die nur? Ich hatte ihr doch gesagt, ich würde mich gegen Mittag melden. Möglichst unauffällig drückte ich den Anruf weg. Seine Eminenz der Seniorpartner flanierte nach vorn, musterte die Crew, entdeckte Edith und ließ sich vor ihr auf ein Knie herab, mit der Würde von König Graumähne, der sein Recht der ersten Nacht einfordert. »Wir kennen uns ja noch gar nicht. Wie ist denn das möglich?« Bei Gold&Habermann gibt's auch ein paar von diesen Schwerenötern. Nicht mehr ganz taufrische Jungs, die auf Partys Sekt aus den Schuhen der Marketingmädels schlürfen, während die so tun, als würden sie sich großartig amüsieren. »Ich bin der Richard.«
Ich konnte Ediths Gesicht nicht sehen, aber was immer Simone darin las, bewog sie, ihr unverzüglich beizuspringen.
»Richard«, jubilierte sie, »das ist Edith, von einer befreundeten Agentur. Die machen 3-D-Grafiken und so. Ich hab sie eingeladen, damit sie unsere Löwenzahn-Krise …« Der Rest ging im Lärmen der Milchdüse unter.
Er wirkte enttäuscht, da ihm klarwurde, dass sich der Ich-Boss-du-Schabe-Vorteil in eine Ich-Kunde-du-Dienstleister-Beziehung verwandelt hatte, was nicht ganz dasselbe ist.
»Ja, genau«, stammelte Edith. Sie hielt ihm eine Hand hin, und ich fürchtete schon, er würde einen Kuss draufhauchen. »Wir sind von Strahlkraft. Und das da drüben ist meine Agenturpartnerin Julia.«
Raffinierter Schachzug, den alternden Wolf mit gleich zwei Fleischbrocken zu verwirren. Unseren Mitarbeiter unterschlug sie, aber vergeblich, denn als Richard aufstand und den Kopf in meine Richtung drehte, blieb er unterwegs an Marios T-Shirt hängen. »Geiler Spruch«, kommentierte er.
Ich stand auf und winkte.

»Hey«, schallte es aus der Bar, »wir kennen uns doch! Sie schulden mir noch 'ne Autowäsche!«
Nadja grinste verzückt über den lustigen Witz. »Das ist Erik«, klärte sie mich auf.
Der Werbewichser mit dem angepinkelten Porsche. Mir fiel vor Schreck keine schlagfertige Antwort ein, wo doch Richards prüfender Blick auf mir ruhte.
Lässig bummelte Erik zwischen den Surfbrettern hervor, in einer Hand den Kaffee, in der anderen ein Schinkenbrötchen, die Haare perfekt in Form, die Bartstoppeln genau in der richtigen Länge für den Hauch Verwegenheit und Ich-beneide-dich-um-das-was-du-letzte-Nacht-getan-hast. Nadja war bis über beide Ohren verliebt. Simone auch. Eigentlich die ganze weibliche Belegschaft im Raum. Die Jungs guckten gelangweilt oder spielten an ihren Smartphones herum, damit niemand merkte, wie neidisch sie waren. Jedenfalls bis auf diejenigen, die auf andere Jungs standen und genauso gafften wie die Mädels.
»Klar«, kam es zu meinem eigenen Schrecken aus meinem Mund. »Der Preis ist ein Abendessen im Tamburini.«
Oh Gott, war das wirklich ich, die das gesagt hatte? Hatte ich den Verstand verloren? Zu lange den Kois beim Im-Kreis-Schwimmen zugeguckt? Zum Glück wurde ich nicht knallrot. Nur zartrosa. Höchstens. Ich schwör's.
Erik der Werbewichser musterte mich demütigend lange. Sein Blick schweifte von oben nach unten, und dann wieder hoch. Ich fürchtete schon, dass mir ein Fussel auf dem Busen klebte, so genau, wie er hinsah. Oder faszinierte ihn meine Mädchenkette? Was es auch war, er verzog abschätzig einen Mundwinkel.
»Ach nee«, sagte er. »Dann nicht.«
Arsch.

Unterdrücktes Kichern machte sich breit. Nadja blickte drein, als wäre sie nicht sicher, ob sie nun lachen dürfte oder nicht. Schließlich war ich ihre neue Freundin, und der Witz ging klar auf meine Kosten.
Ich bin natürlich keine Vogelscheuche, nicht dass hier ein falscher Eindruck entsteht. Ich sehe nur ziemlich normal aus. Seit zehn Jahren versuche ich, zehn Kilo loszuwerden, und jedes Jahr wird's ein halbes mehr. Ich gebe Unsummen für eine Mitgliedschaft im Frauenfitnessstudio aus und gehe zweimal im Jahr hin.
Simone grinste über beide strassbehängte Ohren. Unprofessionelle Kuh. Hoffte sie, selbst vom schönen Erik ins Tamburini ausgeführt zu werden?
Pech gehabt, dachte ich schadenfroh, denn er richtete seine Aufmerksamkeit auf Edith. Genauer gesagt, auf ihr Dekolleté. Seine Miene hellte sich auf. Sexistischer Arsch. Wenigstens verdarb es Simone die Laune, dass es nicht ihr Ausschnitt war, der sein Wohlgefallen erregte.
Richard, milde lächelnd, hob seine Stimme: »Jetzt ist aber gut, Kinder. Lasst uns arbeiten.«
Synchron strafften sich die Rücken. Stifte wurden gezückt. König Graumähne besaß Autorität. Simone beugte sich über ihr Macbook Air und schaltete zur nächsten Folie. »Unser Arbeitstitel lautet: *Purity – reinstes Vergnügen*.«
Auf der Leinwand rekelte sich eine nackte junge Frau, die Scham mit einer Handvoll Erdbeeren bedeckt, und balancierte eine einzelne rote Frucht auf den Fingerspitzen.
»Holla die Waldfee«, entfuhr es mir. Wohl zu laut, denn ein Typ hinter mir sagte: »Nee, das ist die Ines.«
Sein Kumpel kicherte. Ich blickte mich um. Das waren doch Max und Moritz, die Mario zum Lachsbrötchen-Wettfressen herausgefordert hatten. Sie grienten mich wohlwollend an.

Vielleicht fanden sie Erik genauso blöd wie ich. König Graumähne zwinkerte mir zu und setzte sich neben Edith in die erste Reihe.

»Wow«, flüsterte Nadja, »er mag dich.«

»Die Erdbeeren sind natürlich nur ein Platzhalter. Die werden ersetzt.« Simone erläuterte, wie sie ihre nackten Models mit Brombeeren, Sanddorn, Hagebutten und Löwenzahn dekorieren wollten. »Die Mädchen treten als Göttinnen der Natur auf, makellos und rein. Ganz wie die Bioprodukte von Mocona, ohne künstliche Zusatzstoffe.«

»Sag ich doch«, wisperte Mario. »Wie bei den Sumpfgraskompressen. Aber ihr wolltet mich ja nicht …«

»Pst«, machte ich.

»Ines, die Göttin der Natur«, flachste der erste Lachsbrötchenfresser.

Nackte Göttin der Natur, notierte ich in mein Büchlein.

Simone lief sich warm und referierte über das Identifikationspotenzial lokaler Früchte.

Ich malte eine Erdbeere mit zwei Augen.

Auf der Leinwand erschienen komplizierte Diagramme, die mit *Marktpräsenz* und *Zuwachs von Produktloyalität* beschriftet waren.

Brombeeren, Himbeeren, Blaubeeren, Braunbären, schrieb ich unter die Erdbeere.

Lässig an der Wand stehend drückte Erik auf seinem Handy herum. Das Haar fiel ihm malerisch auf die Schultern. Eine Strähne hatte sich in seinem Bartschatten verfangen.

Lokale Früchtchen, fügte ich hinzu.

Simone zeigte nun jede Menge Folien, bei denen die Erdbeergöttin von einer Litfaßsäule, einem Fernsehschirm, einer Webseite und einer Bushaltestellenwerbetafel herunterlächelte. Dabei warf sie mit Zahlen um sich, dass mir angst und bange wurde. Ich meine, mir ist schon klar, was es kostet, einen TV-Werbespot sechs Wochen in der Hauptsendezeit zu bringen. Aber etwas zu wissen und dann die Verrückten zu treffen, die diese Kohle tatsächlich hinblättern, sind zwei verschiedene Paar Schuhe. Hoffentlich dauerte es nicht mehr lange. Ich musste dringend aufs Klo.

Hinter mir tuschelten Max und Moritz. Ich zeichnete Dollarzeichen auf die Augen der Erdbeere. Es ist angenehm, sich auszuklinken und nicht derjenige zu sein, der die Saubande zur Ordnung rufen muss. Ich kringelte noch ein paar Haare auf den Erdbeerkopf.

»Oh fuck!«, rief Erik.

Max und Moritz verstummten.

Ich beobachtete aus den Augenwinkeln, wie er sein Handy anstarrte, sich von der Wand abstieß und aus dem Raum stürmte.

»Huch«, flüsterte Nadja. »Vorhin hatte er doch so gute Laune?«

Simone verstummte und starrte ihm nach.

»Mach weiter!«, ermunterte sie Richard. »Und nimm mal die Tabellen weg und zeig mehr von den Bildern. Die mit der Göttin der Natur.«

Himmel, es war genau wie früher. Dabei hatte ich mir doch geschworen, diese Art Irrenhaus hinter mir zu lassen.

Nach weiteren zwanzig Minuten waren wir nicht viel weiter, und mir war inzwischen egal, ob es einen schlechten Eindruck machte, mitten in der Präsentation rauszurennen.

»Habt ihr hier irgendwo Toiletten?«, flüsterte ich Nadja zu.

»Den Gang runter und links«, flüsterte sie zurück.

Orientierungssinn ist nicht meine Stärke. Nach der dritten Abzweigung kam ich auf einer Galerie mit Mahagonitüren heraus. Mir wurde klar, dass ich mich verlaufen hatte. Unter mir plätscherten die Kois im Multimediateich. Ich fühlte mich unbehaglich und sehnte mich nach Frau Ammenrieders nächstem Anruf, damit ich mich wichtigtuerisch mit dem Telefon am Ohr übers Geländer beugen konnte. Nur, damit ich in dem ganzen geschäftigen Glamour nicht so fehl am Platz herumstand. Dabei kannte ich den Wichtigtuer-Zirkus doch von Gold&Habermann. Man sollte meinen, wer das mal begriffen hat, lässt sich nicht mehr davon beeindrucken. Aber Fehlanzeige. Keine Ahnung, was los war mit mir. Am liebsten wollte ich mich ganz still und leise zurück in unser Kellerbüro schleichen. Mich ärgerte, dass Edith den ganzen Flitterkram für bare Münze nahm. Und Mario? Der war zufrieden, dass alle sein T-Shirt cool fanden und ihn mit Lachsbrötchen fütterten. Wie im Zoo.

Schöner Scheiß.

Apropos. Ich musste immer noch dringend aufs Klo. Sicher hatten sie unten im Foyer Gästetoiletten. Ich lief noch ein Stück weiter auf der Galerie auf der Suche nach einer Treppe, doch stoppte abrupt, als jemand dicht an meinem Ohr brüllte: »Das ist mir scheißegal! Ruf ihn an und sag ihm, dass er den Scheißentwurf nicht kriegen kann!«

Huch?

Im Reflex hatte ich schon den Mund offen für eine Ich-war's-nicht-Entgegnung, als mir bewusst wurde, dass der wutschnaubende Mensch nicht mich anbrüllte, sondern einen anderen Kontrahenten im Raum direkt vor mir. Die Tür stand offen, und wenn ich weiterging, würden sie mich sehen.

Es ist peinlich, mitten in eine Auseinandersetzung zu platzen, selbst wenn man die Leute nicht kennt. Also blieb ich stehen. Die Stimme kam mir bekannt vor, und als ich mich vorbeugte, um die Streithähne durch die Glasscheibe zu sehen, wurde mir klar, woher. Erik hatte sich kampflustig vor einem anderen Typen mit Achtzig-Euro-Haarschnitt aufgebaut, nur dass der blond war und eine silbergraue Anzughose und ein Dolce-&Gabbana-Rippshirt trug. Sein Aufzug rangierte irgendwo zwischen Zuhälter und schwulem Model.

»Tut mir leid, kann ich nicht.« Der Typ hatte eine sanfte Stimme und stechend blaue Augen. Wie ein Profikiller in einer irisch-französischen Kinoproduktion mit Luc Besson als Regisseur. Oder Michael Mann.

»Dann gehe ich zu Richard.«

»Viel Glück. Der hat sich übrigens mächtig gefreut, dass die jetzt endlich ihre alte Agentur abschießen und bei uns ihre Werbung machen lassen.«

»Mit meinem Entwurf!«

Mich beschlich das Gefühl, dass dieser Hahnenkampf mich nichts anging, aber fortstehlen konnte ich mich auch nicht. Nennt es Neugier oder infantile Abenteuerlust.

»Heul doch«, spöttelte Blondie. »Geh zu Richard. Was willst du ihm sagen? Dass du aus Eitelkeit deine Scheißentwürfe im Konferenzraum hängen lässt, wo alle sie sehen können, und sie eben der Falsche gesehen hat? Oder dass du mir 'nen Kasten Bier schuldest, weil ich aus der Not eine Tugend gemacht und denen von Sweet Lila gesagt habe, wir hätten es für sie gemacht und nicht für die Konkurrenz?«

»André, du bringst uns in Teufels Küche. Wenn die Coco-Schoko-Leute merken, dass wir ihre abgelehnten Entwürfe weiterverkaufen ...«

»Hör dir bloß mal selbst zu. Verlierst wohl langsam den Biss, was?«

»Leck mich.«

»Ich dachte, das macht Simone.«

»Neidisch?«

André grinste. »Wenn ich wollte, könnte ich sie kriegen.«
»Nimm sie ruhig. Ich hab sie eh über.«
Halb fasziniert, halb angewidert hörte ich zu. Gleich wurde mir schlecht von der Überdosis Testosteron, die da durch den Türschlitz wehte. Ich konnte mich nicht von der Stelle rühren. Erst das Summen meines Handys in der Hosentasche riss mich aus meiner Erstarrung. Gerade rechtzeitig. Erik wandte sich zum Gehen, und ich machte schnell ein paar Schritte zurück in die Richtung, aus der ich gekommen war. Noch peinlicher, als mitten in eine Auseinandersetzung zu platzen, ist es, beim Belauschen derselben erwischt zu werden. Ich zückte das Handy und lief weiter.
»Hallo, Frau Ammenrieder!«, flötete ich ins Telefon.
»Nee, hier ist Edith«, kam es zurück. »Wo steckst du? Wir sind gleich fertig!«
»Ah, Shit.« So lange war ich doch gar nicht durchs Labyrinth gestolpert. Jetzt, wo die Aufregung des Lauschens verflog, meldete mein Harndrang sich zurück, ein unerträgliches Stechen. Da vorne, das sah aus wie eine Treppe. »Halt sie auf, ich bin gleich zurück! Ich muss nur schnell das Klo finden.«
»Beeil dich, okay?«
»Ja, klar.«
Sie legte auf.
»War das bloß eine faule Ausrede, oder müssen Sie wirklich?«, rief Erik mir nach.
Ich schrak zusammen und ließ das Handy sinken. Hatte er gemerkt, dass ich seinen kleinen Schlagabtausch mit André mitgekriegt hatte? Vor allem das Letzte, mit Simone? Und noch schlimmer, war's ihm egal? Er schloss zu mir auf. Ich spürte verräterische Röte in meine Wangen steigen. Leider sah er wirklich sehr gut aus, vor allem, wenn er sein Raubtierlächeln aufsetzte, wie jetzt. »Vor mir können Sie's ruhig zu-

geben. Bis auf das Frischfleisch war es todlangweilig, und die Bilder kannte ich schon. Ich war beim Shooting dabei.«
»Wie aufregend.« Erwiderte ich, die Königin der schlagfertigen Antworten. »Also, sagen Sie mir jetzt, wo die Toiletten sind, oder muss ich noch eine Stunde durch die Gänge irren?«
»Solange Sie nicht an meinen Porsche pinkeln …« Er deutete mit der Hand nach rechts. »Dritte Tür links.«

Bei meiner Rückkehr hatte sich die Hälfte der Mannschaft verkrümelt. Der Rest stand in kleinen Gruppen um die Kaffeebar herum. Max und Moritz drückten sich mit einer Ladung geklauter Sandwiches an mir vorbei in den Gang.
Ich hatte mein inneres Gleichgewicht noch nicht wiedergefunden, da winkte mich schon König Graumähne zu sich. Simone und Edith standen neben ihm. Alle drei lächelten sie. Simone hoffnungsfroh, Edith beklommen und Richard wie ein Hai, der gerade seinen kleinen Fischfreund verspeist hat.
»Julia! Ich darf doch Julia sagen, oder?«
»Äh, klar.« Dabei hätte ich ihm so gern einen Korb gegeben. Aber was, wenn das mit Frau Ammenrieder nichts wurde? Dann blieb K&K unsere letzte Hoffnung in der Not.
»Das ist ja cooles Zeug, was ihr so macht. Das, was Simone da vorhin gezeigt hat –«
»Also das waren ja nur Beispiele«, fiel sie ihm ins Wort. »Um ganz allgemein das Prinzip zu erläutern.«
Ich warf Edith einen fragenden Blick zu. Mario war nirgends zu sehen. Was zur Hölle hatte Simone gezeigt? Etwa Marios Passionsblume mit der lila Schleife und den aufgespritzten Lippen, wie sie I-love-you-love-you-love-you-babe stöhnt? Selbst Edith konnte nicht so verrückt sein, das Filmchen einem potenziellen Kunden als Referenz zu geben. Wäre ich bloß nicht aus der Präsentation gelaufen.

»Ich freue mich jedenfalls, dass ihr uns unterstützt«, nahm Richard den Faden wieder auf. »Wenn wir den Pitch gewinnen, seid ihr natürlich mit dabei, dann bieten wir denen das volle Programm, mit fliegenden Schlehdornfrüchten, die sich in Zeitlupe von den Ästchen ablösen und – wusch«, er wirbelte mit ausgestreckten Armen herum, »in die geöffneten Hände unserer Göttin der Natur fallen und explodieren, die sie zwischen ihren Brüsten hindurch in das Marmeladenglas regnen lässt. Geiles Konzept, gefällt mir. Der Erik, der hat's einfach drauf.«
Hmpf. Bild, geh aus meinem Kopf, dachte ich.
»Ja, total super«, sagte Simone. Es versöhnte mich ein bisschen, dass ihre Antworten genauso unschlagfertig ausfielen wie meine.
Trotzdem musste ich die Idylle mit unangemessenen Fragen stören: »An was dachtet ihr denn so als Budget?«
»Sieh mal, Julia«, Richard schlug einen väterlich-belehrenden Ton an, »wir kriegen ja nichts für den Pitch. Wir machen das alles in Vorleistung, wir haben schon den Fotografen und die Models für den Probe-Shoot bezahlt, und die müssen jetzt noch mal ran, wenn wir das mit euch mit diesen digitalen Früchtchen umsetzen. Wenn wir den Etat gewonnen haben, dann ist so viel Geld da, dass wir alle davon vier Wochen in Südafrika ausspannen können und immer noch genug für eine fette Produktion bleibt. Dann würden wir euch natürlich beteiligen, das ist selbstverständlich, ihr geht schließlich mit uns als Partner ins Rennen.«
»Das heißt, ich wäre dann bei der Pitch-Präsentation vorm Kunden mit dabei? So als Partner?«
Edith verschluckte sich an ihrem Kichern. Simones Lächeln schwankte. Nur Richard, der verzog keine Miene. Der hatte bestimmt schon ganz andere Kaliber verhandelt.

»Du weißt doch, dass das nicht geht«, sagte er.
»Nein, weiß ich nicht.«
»Geheimhaltung und so. Wir dürften euch eigentlich gar nicht einweihen. Wir lehnen uns sowieso schon weit aus dem Fenster.«
Aha, wir mussten auch noch dankbar sein für die Chance, unentgeltlich für K&K und ihre hochwohlgeborenen Kunden arbeiten zu dürfen? Wenn er pokern wollte, kein Problem. Ich war sowieso noch geladen wegen Eriks blöden Sprüchen.
»Das verstehe ich. Aber wir sind eine kleine Firma, wir können nicht auf eigenes Risiko arbeiten, ohne sicher zu sein, dass wir Geld dafür sehen. Das musst du auch verstehen. Ich war früher bei Gold&Habermann, ich weiß, wie das läuft. Bestimmt habt ihr ein internes Pitch-Budget, von dem ihr den Fotografen und die Models bezahlt, und die Druckerei und was man sonst noch braucht. Da fallen wir gar nicht ins Gewicht.« Ich war stolz auf meine kleine Rede, vor allem, da es in Richards Mundwinkel zuckte. War das widerwillige Anerkennung? Schließlich hatte ich weder lange Beine noch ein schönes Dekolleté!
»Gold&Habermann, bei den Halunken warst du?«
»Die sind auch nicht schlimmer als ihr.«
Er lachte. »Wahrscheinlich nicht. Wie geht's meinem Freund Marty?«
Marty? Der Marty? Richard kannte meinen Ex-Freund Marty Jones?
»Als wir gestern telefoniert haben«, sagte ich mächtig cool, »ganz okay. Er wollte mich anheuern.«
»Schön für dich. Woran arbeiten die gerade?«
»Ist geheim.« Jetzt grinste ich auch. Der kritische Moment war überstanden.
»Also Geld wollt ihr.« Er nickte. »Na ja, da muss die Simone

sehen, was sie zusammenkratzen kann. Aber dann will ich auch die Schlehdornfrüchte, die in Zeitlupe durch einen Wasservorhang fliegen und explodieren.«

Ein Glück, dass Mario das nicht gehört hatte. »Also soll ich ein Angebot schreiben?«, fragte ich.

»Mach das. Schick es an mich und Simone. Kriegst du das bis morgen Mittag hin?«

Ich schenkte ihm mein süßestes Lächeln. »Dein Wunsch ist mir Befehl.«

Er schlug mir kumpelhaft auf den Rücken. »Und sag Marty schöne Grüße von mir, der soll mich mal anrufen.«

3
Merde: Scheiße klingt besser auf Französisch

Seid ihr total bescheuert?«, brach es aus Mario heraus, sobald wir ein paar Meter Sicherheitsabstand zwischen uns und die gelbe K&K-Fassade gebracht hatten. »Ich bin kein Hollywood-Studio, und wir haben auch keine zwei Jahre Produktionszeit, und was Edith da gezeigt hat –«

»Was hat sie denn gezeigt?«, fiel ich ihm ins Wort.

Es schneite. Der Himmel hing bleigrau über unseren Köpfen und verbreitete Weltuntergangsstimmung. Ich stopfte meine Hände in die Jackentaschen, aber das half auch nicht gegen das Frieren. Meine Stiefel waren so dünn, dass sie im Schneematsch sofort durchweichten. Dass Edith mit ihren High Heels nicht ausrutschte, fand ich bemerkenswert.

»Nur Beispiele«, nuschelte sie. »Um das Prinzip zu erklären. Die erwarten nicht ernsthaft, dass wir das genauso hinkriegen.«

Ich wich einer Eispfütze aus. »Der Typ hat was von in Zeitlupe durch Wasservorhänge fliegenden und explodierenden Schlehdornfrüchten erzählt.«

»Genau!«, zeterte Mario.

»Und, kriegst du das hin?«, fragte ich.

»Na ja, wenn ich ein Jahr Zeit hätte …«

»Also, was war das jetzt für ein Film?«

»Keine Ahnung, so ein Werbeclip eben, mit durch die Luft fliegenden Früchten …«

»… die sich im Flug zerteilen, während in Zeitlupe die Kerne herausspritzen und die Wassertropfen sich zu einem Logo aufbauen und Kolibris dazwischen im Kreis tanzen!«, erläuterte Edith.
Mario steigerte sich in Hysterie. »Das war ein Scheiß-3-D-Fernseh-Werbeclip, und der hat ein Vermögen gekostet, an dem haben zehn Leute zwei Monate gearbeitet, die echt was auf dem Kasten haben.«
»Aber ich dachte, du kennst dich auch mit so was aus?«, wandte Edith ein.
»Tue ich ja auch, aber ich kann nicht hexen!«
Und so ging es bis zu unserem Büro. Schon aus der Entfernung hörten wir Robespierre, der seinen Unmut in die Welt kläffte, weil sich zwei Stunden lang keiner um ihn gekümmert hatte. Das Handy klingelte in meiner Tasche, und dieses Mal war es wirklich Frau Ammenrieder.
»Wir haben heute Nachmittag ein Meeting mit unserer Geschäftsführung«, tönte sie mir entgegen. Ihrer Stimme nach stellte ich sie mir als Mittfünfzigerin in Leinenschürze und blaugemustertem Kopftuch beim Quarkrühren vor. Ein Organ wie ein Panzerkommandeur, und genauso kurz angebunden. »Können Sie mir bis sechzehn Uhr ein paar Vorschläge schicken?«
»Ja natürlich«, sprudelte ich hervor, ganz erleichtert darüber, dass sie die Zwölf-Uhr-Deadline vergessen hatte. Die hätten wir sowieso nicht geschafft. Weil Edith ja nur ihren Latin Lover im Kopf hatte, und Mario nackte Models statt Biokultur.
»Oder haben Sie die Sachen schon fertig, die Sie mir bis Mittag schicken wollten?«
Oh Gott. »Tja, also wir haben schon ein paar Ideen zusammengestellt …« Die wichtigste Qualifikation eines Projekt-

leiters besteht darin, überzeugend zu lügen. Sagte mein Ex-Chef bei Gold&Habermann immer. »Aber sechzehn Uhr würde uns wirklich besser passen, dann hätten wir noch ein paar Stunden Zeit, allem noch den letzten Schliff zu geben.«
»Na, dann machen Sie mal.« Ich schätze, als Lügner hatte ich versagt. »Ich bin gespannt.«
»Ja, bis dann, Frau Ammenrieder.«
Und schon hatte sie aufgelegt. Meine Finger fühlten sich wie Eiszapfen an. Ich hasse Kälte. Winter ist das Allerletzte. Wenn ich's mir leisten könnte, würde ich sofort nach Hawaii auswandern.
Gerade als ich zu lauter Klage ansetzen wollte, miaute Ediths Handy. Das ist ihr Benachrichtigungston, wenn sie eine SMS kriegt. Robespierre macht das ganz fuchsig. Edith vergöttert ihr Hündchen, aber ihn mit dem Miauen zu ärgern, findet sie lustig.
Ich setzte an zu: »Frau Ammenrieder hat gerade ange–«
Während sie auf das Display starrte, machte sich auf ihrem Gesicht ein Ausdruck infantiler Glückseligkeit breit. Sie kicherte.
»Was ist so lustig?«
»Er ist ja soooo süß.«
»Hä? Wer?« Ich stand einen Moment lang auf der Leitung. Mario nicht, der knallte die Bürotür vor unseren Nasen zu. Schneidender Wind fuhr mir durchs Haar.
»Na, Thiago.« Sie streichelte über das Display, als wäre es Thiagos knackiger Bizeps. »Ist dir mal aufgefallen, dass das fast wie *ti amo* klingt?«
»Ja, ganz toll. Wir hätten Frau Ammenrieder in einer halben Stunde ein Konzept schicken sollen.«
Das Lächeln erstarb auf ihren Lippen, als hätte ich ihr eine Ohrfeige verpasst. Hatte ich ja auch. Eine verbale. Bei klarem

Verstand ist Edith eine Spitzengrafikerin, die auch mit Kunden gut umgehen kann. Mit niemandem würde ich lieber arbeiten. Aber wenn der Liebeswahn sie packt, kann man sie vergessen. Dann geht alles andere den Bach runter. Ich gab mir keine Mühe, Freundlichkeit zu heucheln. Ich war genervt, ich machte mir Sorgen, ich fühlte mich auf diffuse Weise gedemütigt von dem Besuch bei K&K, und mir war angst und bange bei der Vorstellung, Frau Ammenrieder könnte meine Mutter anrufen und ihr aufs Brot schmieren, dass ihre Tochter offensichtlich kein Interesse an einer Zusammenarbeit hätte. Und ich wollte die Welt wissen lassen, dass das Leben kein Ponyhof war!

»Hör mal, nur weil du ein Scheißleben hast, musst du es nicht auch allen anderen versauen.« Edith rammte ihr Handy in die Manteltasche. »Vielleicht solltest du Marty Jones anrufen und ihn fragen, ob er ein paar Tage mit dir in die Sonne fliegt. Seit er weg ist, wird das nämlich immer schlimmer mit dir. Sorry, dass ich das so sage, aber du führst dich auf wie eine sauertöpfische Frustziege, die die Welt hasst.«

Sprachlos starrte ich sie an. Hatte sie das gerade wirklich gesagt? Edith, meine liebste Freundin, beschimpfte mich als sauertöpfische Frustziege? Vielleicht hatte ich mich verhört, vielleicht gingen die Nerven mit mir durch und ich litt an Halluzinationen.

Aber nein, da stand sie und funkelte mich mit ihrem besten Klassenkampfblick in Grund und Boden.

»Was hab ich denn gesagt?« Ich war so verblüfft, dass ich mich nicht mal zu einem Wutausbruch hinreißen lassen konnte.

»Du kapierst es einfach nicht.« Sie riss die Tür auf. Ein Schwall Wärme wehte mir entgegen.

»Nein«, gestand ich.

»Dann denk mal nach.« Sagte es, stöckelte hinein und schmiss

die Tür mit noch mehr Schwung zu als Mario zuvor. Geschlagene fünf Minuten stand ich im Schneetreiben wie ein Idiot. Ich begriff die Welt nicht mehr. Was hatte ich denn gemacht? Ich versuchte, unser Utopia vor dem Untergang zu bewahren, und zum Dank wurde ich als sauertöpfische Frustziege bezeichnet? Nee, so nicht. Nicht mit mir.
Jetzt kam sie doch, die Wut. Gut so, sie wärmte mich in der eisigen Kälte. Überhaupt kam mir der Schneehagel vor wie eine passende Allegorie auf meine Existenz. Ich allein gegen den Rest der Welt, den Stürmen des Lebens trotzend. Ich stürmte zornentbrannt die Ginkgo-Allee hinunter, ohne zu wissen wohin. Ich spielte mit dem Gedanken, Marty Jones anzurufen und ihn zu fragen, ob sie mich bei Gold&Habermann wiederhaben wollten. Sollte Strahlkraft doch untergehen. Sollten sie sehen, wie sie sich ohne mich über Wasser hielten. Ha! Sauertöpfische Frustziege? Konnten sie haben! Ich brauchte sie nicht! Sie mich dagegen schon. Jawohl!
Vor mir tauchte die Glasfassade vom Kekshaus auf. Auf der Holzpergola häufte sich der Schnee zu dicken Hauben. Die Vorstellung eines cremigen Vanilla Latte ließ meine Wut zu Selbstmitleid schmelzen.
Ich schleppte mich die drei Stufen hoch und versteckte mich in der kleinen Ecknische kurz vor den Toiletten. Zum Glück war um diese Zeit nicht viel los im Café. Zwei Schlipsträger diskutierten mit ernsten Mienen, hier und da hockte ein einsamer E-Mail-Schreiber, drei Mädels amüsierten sich leise in der Couchecke.
»Alles okay mit dir?« Viola, meine Lieblingskellnerin, blieb vor mir stehen. »Soll ich dir eine heiße Schokolade machen? Mit Zimt und Vanille gegen Kummer und Sorgen?«
Kraftlos blickte ich auf. »Sehe ich so aus, als wenn ich sie brauchte?«

»Willst du die grausame Wahrheit hören?«
»Lieber nicht.«
»Mein armes Baby.« Sprach's und verschwand in der Küche.
Ich zog mein Handy heraus und drückte unstet in meinen E-Mails herum. Simone hatte Edith und mir die Bilder mit den Himbeermodels geschickt und beteuerte, wie sehr sie sich auf unsere Kostenkalkulation freuen würde.
Mir war zum Heulen zumute. Als Viola mir das riesige Glas heißer Schokolade vor die Nase setzte und ungefragt einen Teller mit himmlisch-sahnigen Schoko-Himbeer-Trüffeln danebenstellte, wäre ich um ein Haar in Tränen ausgebrochen. Ich starrte aus dem Fenster ins Schneetreiben und dachte darüber nach, dass ich nicht mal jemanden hatte, den ich fragen konnte, ob er mit mir auf den Christkindlmarkt gehen wollte. Edith hielt mich für eine Soziopathin, Mario war garantiert nicht in Stimmung, und alle übrigen Leute, die ich in München kannte, lebten bei Gold&Habermann in ihrer eigenen rosaroten Agentur-Blase. Aber egal, ich hatte sowieso keine Zeit zum vorweihnachtlichen Glühweinschlürfen. Ich musste mir ein Konzept für Frau Ammenrieder aus den Fingern saugen und Richard das Angebot für digitale Löwenzahnblüten schicken, die wir wahrscheinlich sowieso in den Sand setzen würden. Ich fühlte mich einsam und war ganz neidisch auf Ediths Liebesglück. Oh Gott, was, wenn sie recht hatte? Vielleicht steckte mir die Sache mit Marty Jones tiefer in den Knochen, als ich ahnte. Und dass porschefahrende Werbewichser mich ungestraft öffentlich demütigen konnten, machte mein Elend auch nicht besser.
Ich schlürfte den Sahneschaum von der heißen Schokolade und leckte mir Zimtkrümel von den Fingern. Weitere fünf Minuten sinnlosen Auf- und Abscrollens in meinen E-Mails brachten auch keine neuen Erkenntnisse.

Sollte ich jetzt Marty Jones anrufen oder nicht?
Die Schoko-Himbeer-Trüffel zerschmolzen mir auf der Zunge. Nach dem fünften wurde mir schlecht. Komisch, dass ich Martys Nummer immer noch blind eintippen konnte. Er nahm nach dem zweiten Klingeln ab.
»Na, so eine Überraschung!« Er war gut gelaunt wie immer. »Hast du es dir überlegt? Willst du den Job?«
»Steht die Einladung zum Essen noch?«
Bei seinem Lachen lief mir ein wohliger Schauder über den Rücken. »Wolltest du nicht *Andromeda* gucken?«
»Das fällt heute aus. Wegen Fußball.« Ha, wie schlagfertig ich doch war!
»Da habe ich ja Glück gehabt. Wo möchtest du hin?«
»Ins Tamburini«, rutschte es mir raus. Verflixt, das war wohl von heute Morgen in meinem Unterbewusstsein hängengeblieben.
Umso überraschter war ich, als er sagte: »Ja, klar. Soll ich dich in deinem Büro abholen? Um sieben?«
»Ähm klar, gerne.« Jetzt geriet ich doch tatsächlich ins Stottern. »Soll ich dir die Adresse geben?«
»Die habe ich doch längst. Das ist da, wo die Wichser von K&K sitzen, oder?«
Ich murmelte etwas Schwerverständliches.
»Okay, also um sieben«, verkündete er fröhlich. »Und wehe, du bist nicht hungrig. Love you, babe.«
Jaja. Ich nuschelte noch etwas, das man auf keinen Fall verstehen konnte, und legte auf. Verräterische Aufregung trieb mir das Blut in die Wangen. Oder war das der Schrecken über die eigene Courage? Auch wenn mir Edith jetzt einen Vortrag über feministische Grundwerte gehalten hätte und darüber, dass eine Frau ihr Selbstwertgefühl nicht über männliche Aufmerksamkeit definiert. (Ich meine, ausgerechnet Edith!

Die hat gut reden!) Mir egal. Ich fühlte mich besser. Mein Ex-Freund Marty Jones, der distinguierte, gutaussehende, BMW-Cabrio fahrende, bei der Weiberschar von Gold&Habermann schwer begehrte Kreativdirektor, führte mich ins Tamburini aus, das luxuriöseste Edelrestaurant der Stadt! Mich, Julia Neumann! Jawohl!
Darauf stürzte ich den Rest der heißen Schokolade herunter, legte Viola das Geld auf die Theke und marschierte zurück zum Büro.

Edith war mit ihrer Cousine Mittag essen gegangen. Ich hoffte, dass sie endlich aus Kathrin herausquetschte, was mit Goldmus los war und warum die nicht zahlten.
»Wir müssen jetzt schnell was für die Frau Ammenrieder machen«, sagte ich zu Mario.
»Keine Zeit«, murrte der. »Ich muss rausfinden, wie man realistisch aussehende Löwenzahnblüten malt, die explodieren, während sie in Zeitlupe durch einen Wasservorhang fliegen.«
»Das kannst du später machen.« Ich klickte die Bilder mit den fast nackten Models auf, die Simone mir geschickt hatte. »Komm mal her.«
Mario machte eine Show daraus, entnervt mit seinem Stuhl zu meinem Schreibtisch herüberzurollen. Während er sich halbmeterweise vorwärtsstieß, ließ er die Schultern nach vorn hängen und schaute grimmig drein. Beim Anblick der Bilder hellte seine Miene sich allerdings auf. In manchen Dingen ist er so kalkulierbar.
»Pass auf.« Ich schlug meinen souveränsten Heerführer-Tonfall an. »In drei Stunden müssen wir der Frau Ammenrieder unseren Konzeptvorschlag schicken. Ich will, dass du diese Bilder nimmst, die Früchte rausretuschierst und den Mädels

dafür Sumpfgraskompressen auf die Hüften malst. Kriegst du das hin?«

»Ich dachte, das geht nicht, wegen kapitalistischem Schönheitswahn und so?«

»Verzweifelte Zeiten erfordern verzweifelte Maßnahmen«, philosophierte ich.

»Okay.« Er grinste. »Edith wird das hassen.«

»Was K&K kann, können wir schon lange.«

»Models klauen?«

»Wir klauen die nicht, wir borgen die aus.«

»Okay.« Er zuckte mit den Schultern. »Ich bin bloß der Techniker, ich hab ja keine Ahnung.« Aber er hörte nicht auf zu grinsen. Das war gut.

Ich leitete ihm die E-Mail mit den Fotos weiter und hockte mich mit Zettel, Stift und Laptop bewaffnet auf die Ikea-Couch, nicht ohne dem Striptease-Tiger einen wehmütigen Blick zuzuwerfen.

Ich blätterte eine leere Seite auf und schrieb: Herbalind Marketingkonzept. Ich malte einen langen Strich darunter, den ich mit Wimpeln und Fransen verzierte, während ich überlegte, was ich als Nächstes schreiben sollte.

Natürlich schön mit Sumpfgraskompressen, kritzelte ich.

Herbalind Sumpfgraskompressen – weckt die innere Göttin in dir. Äh, ach nee.

Sumpfgraskompressen – die zarteste Verführung, seit es Schokolade gibt.

Argh.

Ich hatte Probleme, mich zu konzentrieren.

Statt mir Werbeslogans für Sumpfgraszypressen, ähm, -kompressen auszudenken, sann ich über den Streit nach, den ich bei K&K belauscht hatte. Offenbar hatte da ein Egomane dem anderen den Entwurf geklaut und an die Konkurrenz verkauft. Ich gönnte Erik den Ärger. Je länger ich darüber nachdachte, desto mehr wurmte es mich, dass er mir vor versammelter Mannschaft einen Korb gegeben hatte, obwohl ich doch nur im Scherz vorgeschlagen hatte, ins Tamburini zu gehen. Also nicht, dass ich ernsthaft mit diesem Typen … nein! Wirklich nicht! Und jetzt hatte ich ja eine Verabredung mit Marty Jones als Trost für mein Ego.

Ich zwang meine Aufmerksamkeit zurück auf Frau Ammenrieders kleine Naturheilkunde. Nur ab und zu linste ich zu Mario, der versunken auf seinen Bildschirm starrte und mit der Maus auf den Brüsten der Göttin der Natur herumfuhr.

Irgendwann pilgerte ich zurück zu meinem Schreibtisch und tippte meine Phrasen ins Reine. Nur ganz kurz plagte mich das schlechte Gewissen wegen der K&K-Fotos. Schließlich hatte Mario die Idee mit den nackten Models zuerst gehabt. Ich wechselte einen Blick mit meinem Häkellöwen. Tiefenentspannt guckte er mit seinen schwarzen Knopfaugen zurück. »Genau«, murmelte ich. »Du siehst das doch auch so. Gut geklaut ist halb gewonnen.«

Ich illustrierte die Einleitung zum Herbalind-Marketingkonzept mit einer Butterblume und einem Roggenfeld unter blauem Himmel und fügte dann, nach kurzem Überlegen, noch ein Foto vom Klosteridyll Benediktbeuren hinzu, das ich vor drei Jahren mit dem Handy geknipst hatte. Mit Schäfchenwolken. Damals, als ich mit Marty Jones noch romantische Wochenendausflüge machte.

Darunter schrieb ich: *Das Beste aus dem Heilkräutergarten von Mutter Natur.* Es war bereits kurz vor drei. Draußen stürmte es unentwegt. Wahrscheinlich mussten wir uns heute Abend den Weg aus dem Büro mit einer Schaufel freigraben. Ich überflog noch einmal meine drei Seiten Text. Klang doch gar nicht so schlecht. Vielleicht kriegten wir doch noch was

Vorzeigbares hin. Ich sprang auf und spähte Mario über die Schulter, der der Göttin der Natur ein gelbgrünes Schleifengekräusel übers Bikini-Dreieck gemalt hatte.

»Was ist das denn?«, fragte ich vorsichtig.

»Na, die Sumpfgraskompresse.«

»Hast du vielleicht auch eine Rückenansicht?«

»Klar.« Er klickte ein anderes Bild in den Vordergrund, wo das gelbgrüne Geschleife um ihren Hintern spielte. »Ist aber lange nicht so sexy.«

»Die wollen das auch nicht im Playboy drucken, sondern in der Monatsschrift des Apothekenverbands. Kannst du das Ding nicht ein bisschen dunkler machen? Also mehr wie eine Kompresse und weniger wie eine Hawaii-Girlande?«

Er verdrehte die Augen. »Du zerstörst meine Komposition. Außerdem will ich erst mal die Vorderansicht fertig machen, dann kann ich …«

»Nee, die ist super!«, fiel ich ihm schnell ins Wort. Für eine künstlerische Grundsatzdiskussion hatten wir keine Zeit. »Gib die her, so wie sie ist, und mach die Kompresse auf ihrem Steißbein breiter.«

»Ich weiß nicht …«

»Ich schwöre, es ist das tollste Bild aller Zeiten. Wie lange brauchst du für das andere?«

»Vielleicht eine Stunde?«

»Kriegst du es in zwanzig Minuten hin?«

Er setzte zum Widerspruch an, doch ich besänftigte ihn mit Schmeicheleien. Bevor ich es übertreiben konnte, flog die Tür auf, und der Sturm wehte Edith herein, zusammen mit zwei Zentnern Schnee.

»Was für ein Scheißwetter!«, schimpfte sie. »Leute, es gibt News von Goldmus, und die werden euch nicht gefallen.«

Ich war immer noch angefressen wegen der Frustziege, aber

schluckte meinen Ärger herunter. »Mario«, befahl ich, »du rührst dich nicht vom Fleck, bevor du damit fertig bist.«
Er warf mir einen Blick zu, der in etwa so viel besagte, dass ihn Ediths blöde Neuigkeiten sowieso einen Scheiß interessierten und sie im Übrigen mit ihrem Latin Lover dort hingehen konnte, wo der Pfeffer wuchs. Ich lächelte ihm Verständnis heischend zu und gesellte mich zu Edith in die Küche.
»Hey.«
»Hast du dich wieder eingekriegt?« Sie schälte sich aus ihrem Kunstpelzmäntelchen und schüttelte sich den Schnee aus den roten Locken. »Nicht so richtig, was?« Mit nassen, kalten Händen packte sie mich bei den Schultern und zog mich an sich. »Tut mir leid, Julia. Ich war vorhin gemein.«
»Ja, warst du«, murmelte ich in ihre Indianerkette. »Herzlos, boshaft und ungerecht.«
»Tut mir leid, Süße. Aber du warst auch gemein.«
»Hmpf.« Ich ließ sie los. »Was sind jetzt die Neuigkeiten?«
»Goldmus hat eine Unterlassungsklage am Hals.« Sie stellte eine Tasse unter die Kaffeemaschine und drückte den Cappuccino-Knopf. »Sie dürfen nicht ausliefern, weil sie mit ihren Produkten irgendein Patent verletzen.«
»Mit Hagebuttenmarmelade?«
»Ja, das fand ich auch seltsam.« Edith rührte Zucker in ihren Kaffee. »Genaues wusste Kathrin nicht, aber sie sagt, wenn es ihnen nicht gelingt, die Verfügung innerhalb der nächsten acht Wochen zu kippen, müssen sie Konkurs anmelden. Und deshalb kriegen wir kein Geld.« Sie kippte Milch aus der Tüte dazu. »Die sind alle ziemlich panisch bei Goldmus.«
»Shit.« Das hieß, wenn wir nicht den Herbalind-Job kriegten, oder wenigstens den verrückten Auftrag von K&K, konnten wir uns gleich hinten an die Konkursschlange dranhängen.
»Sieht es wirklich so schlecht aus mit unseren Finanzen?«,

fragte Edith. »Oder wolltest du uns gestern nur einen Schrecken einjagen?«
»Schlimmer«, stöhnte ich.
Sie biss sich auf die Lippen. »Shit.«
»Sag ich doch.«
»Diese K&K-Sache, vielleicht geben die uns einen Vorschuss?«
Ich schüttelte den Kopf. »Nie im Leben. Die zahlen vier Wochen nach der dritten Mahnung. Das hab ich im Urin.«
»Shit«, wiederholte Edith.
»Fertig!«, brüllte Mario.
»Und deshalb«, rief ich über die Schulter, während ich zu meinem Schreibtisch rannte, »muss ich jetzt das Konzept für Frau Ammenrieder rausschicken.«
Flink fügte ich sein neues Bild in mein Konzeptdokument ein. Mario hatte ein kleines gelbgrünes Rechteck unter das Schleifenband gemalt, das mit gutem Willen als Sumpfgraskompresse durchgehen konnte. Das andere Foto, die Frontalaufnahme mit den nackten Brüsten, ließ ich heimlich unter den Tisch fallen. Ich hängte das Dokument an die E-Mail für Frau Ammenrieder, die ich schon vorbereitet hatte. Fünfzehn Uhr siebenundvierzig, perfektes Timing. Mein Mauszeiger schwebte über dem Senden-Knopf, da klingelte das Telefon.
»Ist in einer Sekunde raus«, rief ich freudig in die Sprechmuschel.
»Ach vielen Dank«, dröhnte Frau Ammenrieder, »aber ich wollte Ihnen Folgendes sagen. Ich komme aus einem Meeting mit meinem Chef, und wir benötigen Ihre Dienste nicht mehr.«
»Oh.«
»Ich hoffe, Sie haben sich nicht so viel Mühe gemacht.« Sie lachte freundlich. »Wissen Sie, die Tochter unseres Chefs

macht was mit Design, und da wir ohnehin kein Budget haben …«
»Ich verstehe.« Mir wurde ganz anders. »Wollen Sie nicht erst hören, was es kostet? Es wäre das erste Projekt, und im Interesse einer langfristigen Zusammenarbeit könnten wir Ihnen beim Preis entgegenkommen.« Ich bekam ganz schwitzige Hände, während ich mich anbiederte.
Und Frau Ammenrieder, die herzlose Schabracke, ließ mich trotzdem abblitzen.
»Vielen Dank«, sagte sie, »das ist sehr nett. Ich melde mich, falls wir doch noch was von Ihnen brauchen sollten.«
Sie wünschte mir einen schönen Tag und legte auf.
Ich starrte den Hörer an. »Du mich auch«, fauchte ich. »Kreuzweise. Wer will schon deine bescheuerten Sumpfgraskompressen? Hoffentlich verkauft ihr keine einzige davon!«
Der Hörer ertrug die Vorwürfe mit stoischem Schweigen.
Ich wünschte Frau Ammenrieder zur Sicherheit noch die Pest an den Hals. Und strähnige Haare, Pickel am Kinn sowie Weihnachten ohne Geschenke.
»Alles okay?«, fragte Edith.
Mario blickte interessiert über seinen Bildschirmrand. »Hat ihr die Göttin der Natur nicht gefallen?«
»Sie hat abgesagt«, empörte ich mich. »Ist das zu fassen? Eine Sekunde bevor ich das Konzept rausschicke, sagt die blöde Kuh ab! Heute Mittag macht sie noch Stress, und jetzt sagt sie ab, weil die Tochter vom Chef selbst was designt.«
»Geil!« Mario fing an zu lachen.
Edith zog eine Miene, als wüsste sie nicht, ob sie lachen oder weinen sollte.
Ich schaffte es nicht, richtig wütend zu sein. Erschöpft schnipste ich gegen die Füßchen des Häkellöwen. Sie baumelten vor und zurück. »Wahrscheinlich hätten sie eh kein Geld

gehabt, aber von uns verlangt, dass wir vier Wochen umsonst arbeiten.« Ich wankte zu meinem Ikea-Sofa. »Ihr wisst, was das heißt. Vorhin haben wir noch Witze darüber gemacht, jetzt ist es bittere Realität. Falls kein Wunder passiert, ist K&K unsere letzte Chance. Wenn wir den Job nicht kriegen, können wir unseren Laden hier dichtmachen.«

4
Welcome to the dark side
(das mit den Keksen war geschwindelt)

Babe, du siehst toll aus!«
»Und du so … anders.« Leicht fassungslos starrte ich diesen eins neunzig großen, leicht aus der Form geratenen Prototypen eines Navy SEAL an, der mir aus dem Schneetreiben entgegentrat und mich eine Sekunde später in die Arme schloss. Meine Güte, wo waren seine Locken geblieben? Mit seinem militärisch kurzen Haarschnitt hätte ich ihn fast nicht wiedererkannt. Ich atmete seinen Duft ein, eine Mischung aus Armani-Rasierwasser und Schaffellkragen. Sein Begrüßungskuss fiel intensiver aus, als das unter Freunden üblich ist.
Erleichterung schwemmte meine momentane Irritation beiseite. Seinem Geruch und seiner nonchalanten Unverschämtheit nach war er noch ganz der alte Marty Jones. Und die Bartstoppeln, die kratzten wundervoll vertraut. Trotzdem wand ich mich aus seiner Umklammerung. »Wo sind deine schönen Locken geblieben?«
Er grinste sein unwiderstehliches Grinsen. »Findest du mich jetzt nicht mehr sexy und sagst das Essen ab?«
»Blödmann.«
»Ich hab dich vermisst, Babe.«
Ich schmolz schneller als die Schneeflocken auf meinem Gesicht. Marty Jones hat unglaublich helle blaugraue Augen und ein kantiges Gesicht mit sinnlichen Lippen. Mit seinem Navy-

SEALs-Haarschnitt sah er ein bisschen aus wie ein zynisch-trauriger Profikiller aus einem skandinavischen Krimi. Ich hatte ihn seit fast einem Jahr nicht gesehen. Um die Hüften hatte er ein paar Kilos zugelegt. Und der Hauch Grau im Dreitagebart, lag das am Straßenlampenlicht oder war mir das früher nicht aufgefallen? Egal, wenn er mich jetzt in eine dunkle Ecke gezerrt hätte, um mich leidenschaftlich zu küssen, ich hätte mich nicht gewehrt.

Bevor meine Fantasie mit mir durchging und mir die Schamesröte ins Gesicht treiben konnte, legte er mir einen Arm um die Hüfte und dirigierte mich zu seinem Auto.

Es war irgendwas Großes, Allradgetriebenes mit Ledersitzen. Der unverzichtbare Fahruntersatz für den Metropolen-Cowboy, falls der mal durch den Stadtpark jagen und Jungfrauen in Not vor einem randalierenden Tyrannosaurus Rex retten muss.

Still tanzten die Schneeflocken im Laternenschein und rieselten aufs Autodach nieder. Marty geleitete mich zur Beifahrerseite und öffnete mir die Wagentür. Ich ließ mich in die Polster sinken. Die Desaster des Tages verloren sich im Duft von teurem dunkelrotem Autositzleder und der Galanterie von Marty Jones. Was hatte mich nur geritten, ihn zu verlassen?

Verstohlen tastete ich nach meinen Haaren. Die letzte Stunde im Büro hatte ich sie in Bestform zu kämmen und wuscheln versucht, mit fragwürdigem Ergebnis. Und das, während Mario meine Bemühungen ins Lächerliche zog (Mal ehrlich, denkst du, Marty sagt: Nee, also so, wie deine Haare aussehen, kannst du alleine essen gehen?) und Edith mich mit pseudo-mütterlicher Besserwisserei traktierte (Ehrlich, Julia, das ist ein Fehler, geh nicht mit ihm aus, du wirst dich später dafür hassen).

»Julia, Baby, hör auf, dich selbst an den Haaren zu ziehen. Es ist alles in Ordnung. Du siehst aus wie Kate Beckinsale in *Underworld*.«
Peinlich ertappt ließ ich den Arm sinken.
Um Martys Augen kräuselten sich Lachfältchen. Ich guckte schnell weg, nur um bei seinen Händen zu landen. Oh Gott. Die wohlgeformten Finger, entspannt auf dem Lenkrad. Meine Fantasie schwang sich auf zu neuen Höhenflügen. Was war das, eine Überreaktion meiner Hormone auf männliche Aufmerksamkeit nach der Demütigung bei K&K? Der inspirierende Einfluss von Ediths gestrigem Turteln mit Thiago? Oder ganz allgemein die Tatsache, dass meine Affären nach Marty Jones allesamt nicht der Bringer gewesen waren, ganz zu schweigen davon, dass die letzte gefühlte drei Zeitalter zurücklag? Egal. Man soll die Feste feiern, wie sie fallen. Und gerade jetzt stieg mir sekündlich mehr Feierlaune ins Blut. Ins Jammertal konnte ich mich morgen wieder stürzen.
Marty drückte an den Radioknöpfen herum. Einen Augenblick später perlte Philip Glass ins warme Holz-und-Leder-Ambiente, *Dance Pieces*, jazziges Klavier und Streicherrhythmen.
Mein Restverstand flüsterte, dass das unter mutwillige Manipulation fiel, ich hörte einfach nicht hin. An der nächsten roten Ampel sahen wir uns an. Marty lächelte. Umwerfend, dieser Hauch Grau in seinen Bartstoppeln.
»Ich dachte, die CD hast du weggeschmissen?«, ächzte ich. »Zur Vergangenheitsbewältigung?«
»Ich habe gelogen. Ich war verzweifelt und wollte an dein Mitgefühl appellieren. Verzeihst du mir?«
Habe ich erwähnt, dass Marty wundervolle lange Wimpern hat, mit goldblonden Spitzen? Sie sehen sehr süß aus, diese Wimpern. Un-wi-der-steh-lich.

Denk dran, du hast ihn verlassen, echote Ediths Stimme in meinem Kopf. *Du ihn, nicht er dich. Und du hattest zwingende Gründe.*

Also ehrlich jetzt, was hatte ich mir bloß dabei gedacht?

Marty nahm eine Hand vom Lenkrad und schob mir eine Haarsträhne aus dem Gesicht. Sein Lächeln vertiefte sich. Mir blieb fast das Herz stehen. Hinter uns hupte jemand. Ich schrak zusammen und stellte fest, dass die Ampel auf Grün geschaltet hatte. Marty gab nicht etwa Gas, sondern ließ die Scheibe runter, streckte den Arm heraus und zeigte dem ungeduldigen Huper den Mittelfinger. »Fuck you«, rief er.

Ganz wie früher. Ernüchtert fummelte ich an meinem Gurt herum. Auch sein Hang zu impulsiven Überreaktionen hatte sich nicht geändert. Mir wehte ein Schwall kalter Luft um den Kopf, als er mit offenem Fenster und zu viel Gas über die Kreuzung schoss. Ungefähr hundert Meter weiter kehrte seine gute Laune zurück. »Sorry«, grinste er. »So ein Idiot.«

Ich ließ das unkommentiert.

»Sag mal«, versuchte ich es stattdessen mit einem neutralen Thema, »ist das Auto neu?«

»Eigentlich nicht. Ich hab es mir direkt nach deinem Auszug gekauft.«

»Noch mehr Vergangenheitsbewältigung?«

Er lachte. »Könnte man so sehen.«

»Und, hat's geholfen?«

»Kommt drauf an. Bei Frauen zieht er besser als der alte BMW.«

»Hmpf«, machte ich.

Das schien ihn zu amüsieren. »Stehst du nicht auf Porsche?«

»Ich dachte, die sind klein und flach.«

»Der hier nicht. Ts, Julia, du könntest einen Ferrari nicht von einer Seifenkiste unterscheiden.«

Das Geplänkel tat mir gut, weil ich in Sachen Schlagfertigkeit nicht komplett versagte. Zweimal schaffte ich es sogar, ihn zu verblüffen. Jedenfalls für eine Sekunde.

Wir parkten in der Tiefgarage unterm Bayerischen Hof, wo Martys Kampfporsche unter all den anderen Protzschlitten nicht weiter auffiel. In der schicken Theatiner Straße war wenig los. Die Schaufenster der Luxusläden glänzten in ganzer Pracht, doch kaum ein Kunde war zu sehen. Wohl weil es immer noch stürmte und schneite. Seit dem Nachmittag war die Schneeschicht auf Schienbeinhöhe angewachsen. Die paar Fußgänger liefen in ihre Mäntel gekuschelt eiligst die Straße hinunter.

Das Tamburini lag versteckt in einem kleinen Innenhof, ganz Understatement und vornehme Zurückhaltung. Ein Pulk von Leuten verstopfte das Foyer. Die warteten wohl auf ihre Tische.

Hinter einem Edelholztresen glitzerten zwei gestylte Empfangshühner. Eine verglich mit huldvollem Lächeln die Namen der Neuankömmlinge mit ihrer Reservierungsliste, während die andere zwei schwarzbefrackte Herren und eine Blondine im paillettenbesetzten Cocktailkleid ins Innere des kulinarischen Hohetempels führte. Aus verborgenen Lautsprechern sanken ätherische Klänge in die Samtpolster und Holzvertäfelungen.

»Huch«, murmelte ich, »wir hätten wohl besser reservieren sollen.« Ganz zu schweigen von meiner unpassenden Garderobe. Verstohlen musterte ich Marty Jones, dessen Jeans immerhin schwarz glänzte und der darüber eine Wildlederjacke trug. Sie sah der von Erik, dem Werbewichser, ziemlich ähnlich. Vielleicht war das ein Kreativdirektoren-Ding. Und weiter vorn stand tatsächlich ein Typ herum, der auch so eine Jacke anhatte. Die schienen mächtig populär zu sein.

»Das mit der Reservierung ist kein Problem.« Marty fasste meinen Ellbogen und lenkte mich durch die Wartenden zu den beiden Empfangsdamen. Kleine Acrylschilder mit ihren Namen schmückten ihre Krägen. Die mit dem Reservierungsbüchlein hieß Athena.

»Hey«, protestierte die Blondine neben Mr. Wildlederjacke, »stellen Sie sich gefälligst hinten an!«

Mir blieb vor Überraschung der Mund offen stehen. »Simone!«

Und Mr. Wildlederjacke mit dem gepflegten Cabrio-Haarschnitt war kein anderer als Erik. Mich packte die Wut. Mich wollte der Arsch nicht ins Tamburini einladen, aber diese hellblonde Modepuppe mit ihren bescheuerten Lenin-Ohrsteckern, die war besser als ich?

Bevor ich den Gedanken in Worte fassen und mich für alle Zeiten unmöglich machen konnte, ganz zu schweigen vom geschäftlichen Schaden, flötete Athena: »Hallo, Herr Jones, so eine Freude! Das ist aber schön, dass Sie heute vorbeischauen. Der Maître Sommelier wird sich freuen, er hat gestern gesagt, er hätte diesen Wein besorgt, von dem Sie ihm erzählt haben. Er ist ganz begeistert.«

»Athena, Babe, du siehst toll aus!« Er beugte sich vor und küsste sie züchtig auf die Wange. »Wie geht es dir? Sorry, ich habe nicht reserviert, aber hättet ihr trotzdem einen Tisch für mich und meine liebe Julia hier?«

»Hallo«, sagte ich zum konsterniert dreinblickenden Erik und wandte mich gleich wieder ab, um das Gespräch zwischen Marty Jones – *meinem* Marty Jones – und der Göttin der freien Tische weiterzuverfolgen.

Profi, der sie war, strahlte sie uns beide an, nicht nur Marty.

»Ich hätte hier eine Nische für Sie. Cecilie bringt Sie zu Ihrem Tisch. Einen schönen Abend wünsche ich Ihnen!«

Ich genoss das. Ich platzte schier vor Schadenfreude. Am liebsten hätte ich meine guten Manieren vergessen und Erik und Simone beide Stinkefinger entgegengestreckt, und anschließend den nackten Hintern. Aber dann riss ich mich doch zusammen und beließ es bei einem gönnerhaften Lächeln, das fast genauso gut war.

»Kennst du den Arsch etwa?«, fragte Marty, nachdem Cecilie uns die elfenbeinfarben glänzenden Satinservietten auf die Knie gebreitet und eine Armada von Karten vor uns ausgelegt hatte.

»Wen?« Ich ärgerte mich ein bisschen über mich selbst, dass es mir peinlich war, Erik zu kennen.

»Na, den K&K-Wichser da draußen mit der blonden Schlampe.« Wenn es um den Job geht und Konkurrenz auftaucht, vergisst Marty seine Kinderstube und verwandelt sich in einen untragbaren Soziopathen. Damals, als ich ihn endgültig verlassen habe, hatte er am Tag zuvor mit seinem Werbespot für Coco-Schoko einen Wettbewerb verloren und K&K hatte die Trophäe abgesahnt. Irgend so einen Media-Gold-Wir-sind-die-Coolsten-Award.

Ich meine, wen interessiert so ein blödes Stück Messing? Vor allem, wenn man seit zwanzig Jahren im Geschäft ist und schon zehn von der Sorte auf dem Kaminsims verstauben? Da sollte man über den Dingen stehen. Nicht so Marty. Er besoff sich bis zur Besinnungslosigkeit, pöbelte einem Kumpel, der in der Jury saß, mitten in der Nacht auf den Anrufbeantworter (einer der peinlichsten Fremdschäm-Momente meines Lebens) und überhäufte mich mit unaussprechlichen Beschimpfungen, weil ich ihn daran hinderte, volltrunken zu K&K zu fahren und den zuständigen Kreativdirektor wegen Schiebung zum Duell mit Mistgabeln auf Leben und Tod zu fordern. Am nächsten Morgen packte ich meine Koffer. Zum Glück hatte ich ihm den Häkellöwen noch nicht geschenkt. Mir war bis zu diesem Tag nicht klar gewesen, wie wenig Spaß Marty Jones bei solchen Dingen verstand.

Jedenfalls, ich hatte keine Lust auf ein Rückspiel. Ich wollte den Abend mit dem charmanten, spendablen, sexy Marty Jones genießen, nicht mit Mr. Hyde diskutieren, seinem inneren Psychopathen. Also studierte ich weiter die Weinkarte, als sei nichts gewesen, und sagte: »Ach, der. Der hat sich letztens beschwert, weil ich Ediths Terrier Gassi geführt habe und der ihm an den Reifen gepisst hat.« Zu meiner eigenen Verwirrung wurde ich rot. Ich hatte auch das unerklärliche Bedürfnis, mich umzudrehen und nach Erik und Simone Ausschau zu halten, um zu gucken, ob sie zu uns hersahen.

»Du hast den Hund an sein Auto pissen lassen?« Martys Anspannung löste sich in ein Kichern auf. Er nahm mir die Weinkarte aus der Hand. »Zeig mal her.«

Genau in dem Moment tauchte der Getränkekellner auf, oder der Maître Sommelier, wie sie ihn im Tamburini großspurig nennen. Er begrüßte Marty wie einen lange verschollenen Bruder und verwickelte ihn in eine viertelstündige Weinfachsimpelei. Nach zehn Sekunden wurde mir langweilig und ich las die Speisekarte. Hmmmm, Fünf-Gänge-Adventsmenü. Wenn ich was an meinem alten Job bei Gold&Habermann vermisste, dann die protzige Essengeherei. Die Seniorpartner waren sich alle einig, dass Liebe durch den Magen geht, also wurde nicht gespart, wenn wir die Kunden zum Essen ausführten. Kein Wunder, dass Marty im Tamburini so beliebt war. Der Laden galt als ultimative Geheimwaffe in der Kundenbestechung, und in meiner Zeit als Projektleiterin bei Gold&Habermann durfte ich ab und zu mit zu den Festmählern auf Firmenkosten.

Seit ich selbständig war, hieß es leider Burger King statt Tamburini. Okay, und Mittagsgnocchi im V9, aber die liefen außer Konkurrenz.
Spargel-Cappuccino mit Trüffelbutter an Walnuss-Ciabatta. Ohhhh. Duetto aus Fenchel und hauchdünn geschnittenem Rindercarpaccio. Lamm von den Nordsee-Salzmarschen mit Mascarpone-Mangold-Füllung an Feigenconfit. Hach. Ich war im siebten Himmel. Ich wägte ab, ob ich lieber Filet Mignon mit einer Butterscotchsoße oder das Salzwiesenlämmchen als Hauptgericht wollte, und schwelgte in der Beschreibung der Dessertköstlichkeiten, obwohl ich ahnte, dass es sowieso wieder auf Crème brulée mit handgeschlagener Vanillesahne herauslief. In dieser Hinsicht bin ich berechenbar.
»Ist das okay für dich?«, schreckte Marty mich aus meinem Genussdelirium.
»Ähm, was?«
»Wir nehmen jetzt eine Flasche von dem Malvasía aus La Geria, und danach zu den Hauptgerichten einen leichten Roten?«
Klar. Warum nicht. Wenn Marty geriatrischen Malventee wollte, kein Ding. Er zahlte schließlich die Rechnung, da war er ein Kavalier der alten Schule. Einer Frau hielt er die Tür auf, half ihr in den Mantel und brachte ihr Blumen mit, und natürlich suchte er den Wein aus und lud sie beim Essengehen grundsätzlich ein.
Ganz der Gentleman, ließ er mir den Vortritt bei der Wahl des Hauptgerichts, um sich anschließend das andere zu bestellen, damit ich das auch mal kosten konnte. Vor lauter Vorfreude vergaß ich, nach Erik Ausschau zu halten.
Sobald die Vorspeisen serviert wurden, reichte er mir Häppchen von seinen Ziegenkäse-Pralinés zum Probieren, erst die

mit Thymian und Stachelbeergelee, dann welche in Fenchel-Honig-Soße. Und was waren das für köstliche kleine Krümel obendrauf?

»Mandelkrokant.« Er malte mit einem Salzcracker ein Herz in den Schaum meines getrüffelten Spargel-Cappuccino.

Es war viel schöner als das schiefe Ding von Thiago.

Danach gab er Anekdoten von seiner kanadischen Wildkatze zum Besten und erzählte den neuesten Klatsch von meinem Ex-Chef (dem mexikanischen Drogenbaron), der sich mit der Marketingchefin bei einer Party auf dem Damenklo hatte erwischen lassen. Wir kicherten wie zwei Teenager.

Beim zweiten Vorspeisengang benutzte er nicht die Gabel, sondern seine Finger, um mich mit Probierhäppchen zu füttern. Zweimal streifte er meine Lippen. Ich wollte ihm eine Balsamico-Erdbeere zurückreichen, und dabei fing er mein Handgelenk und küsste meine Fingerspitzen. Uns war beiden klar, wo das enden würde, ihm noch mehr als mir. Tatsächlich hegte ich den Verdacht, dass er es genau darauf anlegte, aber das war mir so was von recht. Als sie das Filet Mignon und die Lammkrone mit dem Aroma von Salzsumpfkompressen servierten, hatten wir beide schon zwei Gläser Wein intus und waren ziemlich ausgelassen.

»Seit du nicht mehr bei Gold&Habermann bist, ist es nicht mehr so gut wie früher«, sagte er.

Gerührt starrte ich ihn an. Wer Marty Jones kennt, weiß, dass das ein ganz großartiges Kompliment ist.

»Wirklich?«, hauchte ich.

»Der Alte höchstpersönlich hat gestern gesagt, wir müssten dich zurückholen. Dann würden wir auch Mocona gewinnen, mit dir an der Front.«

»Echt? Hat er?« Ich war so perplex von der plötzlichen Wendung des Gesprächs, dass ich bei der zweiten Hälfte gar nicht mehr richtig zuhörte. »Deshalb hat er mich auch immer wie den letzten Dreck behandelt, als ich noch da war?«

»Er wusste eben nicht, was er an dir hatte.«

Ein unschöner Verdacht beschlich mich. »Sag mal, ist das hier privat oder geschäftlich?«

»Honey, wo liegt der Unterschied?«

»Ich will nur sichergehen, dass ich nichts missverstehe.« Der Alkohol tat bereits seine Wirkung. »Willst du nun mit mir ins Bett, oder sollst du mich anheuern?«

»Also, sollen soll ich gar nichts. Wenn überhaupt, dann will ich.«

Mir schwirrte der Kopf. Das Essen roch gut. Der Mann roch noch besser. Ich hatte jede Menge Lust auf Sex, und gar keine auf Personalgespräche. Außerdem musste ich aufs Klo, und die Crème brulée drohte jeden Moment serviert zu werden.

»Bin gleich wieder da«, erklärte ich und stand auf. »Wehe, du rührst meine Crème brulée an.«

Er fischte die einzelne Rose aus der Vase und streckte sie mir entgegen. »Nimm diese Rose als Zeichen meiner Liebe, auch wenn sie geklaut ist.«

Wir mussten beide kichern. Ich stellte die Rose schnell zurück ins Wasser. Die Leute guckten schon. Beschwingt spazierte ich zu den Toiletten. Ich fühlte mich begehrens- und beneidenswert und war aufgeregt wie eine beschwipste Siebzehnjährige beim Fummeln.

Und da erblickte ich Erik. Er saß mit Simone an einem etwas eingezwängten Zweiertisch mitten im Raum, mit Supersicht auf unsere Luxusnische. Die beiden sahen nicht aus, als hätten sie ansatzweise so viel Spaß wie wir beim Essen. Ihre Tischdecke leuchtete in fleckenlosem Elfenbein. Also hatten sie sich wohl nicht gegenseitig mit leckeren Häppchen gefüttert. Erik verzog das Gesicht, als litte er unter Gallensteinen. Simone

saß mit dem Rücken zu mir. Ich lächelte ihn schadenfroh an und dachte: Tja, wärst du mit mir hierhergegangen, wärst du jetzt beschwipst und glücklich.
Ich bog ab zu den Toiletten und betrachtete mich im marmorgerahmten Spiegel. Marty Jones hatte gelogen. Ich sah gar nicht aus wie Kate Beckinsale in *Underworld,* sondern wie Pippi Mäuseschwanzstrumpf.
Ob Erik neidisch war? Ob er sich ärgerte, mit der blöden, strassbeglitzerten Simone ins Tamburini gegangen zu sein anstatt mit mir, und das Ganze nun bitter bereute?
Meine Wangen hatten ordentlich Farbe, und meine Augen glänzten. Das kam vom Wein.
»Spieglein, Spieglein an der Wand«, fragte ich, »was stimmt nicht mit mir?« Warum interessierte es mich, was Erik dachte, wo ich gerade einen romantischen Abend mit meinem Ex-Freund verbrachte, der in einer Nacht voll trunkener Lüsternheit und Weltklassesex münden würde?
Als ich wieder aus dem Klo rauskam, waren Erik und Simone verschwunden. Nanu? Vielleicht war Simone ja erbost über den langweiligen Abend davongestürmt, und Erik ihr nach, um den Schein zu wahren?
Ich kam genau rechtzeitig an unserem Tisch an, um den Kellner aufzuhalten, der die Crème brulée davontragen wollte. »Halt«, brüllte ich ihm nach, »lassen Sie die hier!«
Marty Jones war nämlich auch nicht mehr da. Einsam und verlassen hing das von den leckeren Häppchen befleckte Tischtuch herunter. So lange hatte ich mich auch nicht im Klo aufgehalten, oder? Verstohlen musterte ich ein paar andere Tische in unserer Nachbarschaft, um zu gucken, ob noch die gleichen Leute dort saßen.
»Entschuldigen Sie«, fragte ich den Kellner, »wissen Sie, wo meine Begleitung hin ist?«

Der Kellner verneinte und schlug vor, dass er mir zum Versüßen der Wartezeit die Crème brulée karamellisieren könnte. Zur Bekräftigung wedelte er mit seinem tragbaren Bunsenbrenner. Ich ließ ihn gewähren. Mir war auf einmal ganz schwindlig. Und das lag nicht am Alkohol. War das nicht ein merkwürdiger Zufall, dass sich Erik mit der blöden Simone und Marty Jones gleichzeitig verkrümelt hatten?

Wie zur Bestätigung entstand Unruhe im Eingangsbereich. Eine Zimmerpalme versperrte mir die Sicht, so dass ich nichts Genaues erkennen konnte. Stimmen redeten aufeinander ein. Durch die elegante Pianountermalung schepperte der Klang von Tellern, die auf Marmorfliesen zerschellen. Die Köpfe der Leute schossen herum. Ich ließ den Kellner mit der Crème brulée stehen und stürmte los. Mir schwante das Schlimmste. Hoffentlich standen da vorn keine Mistgabeln rum.

Im Durchgang zum Foyer hatte sich ein Pfropfen aus Kellnern, einem bestürzt dreinblickenden Maître Sommelier und der Tischgöttin Athena gebildet. Ein ohrenbetäubendes Scheppern ließ sie auseinanderfahren, so dass ich hindurchschlüpfen konnte.

Die Szene auf der anderen Seite hätte einen hohen Unterhaltungswert geboten, wenn nicht … Tja, wenn nicht ausgerechnet der Kerl, der den anderen Kerl mit dem Cabrio-Haarschnitt voran ins Weinregal geworfen hätte, Marty Jones gewesen wäre. Der Schaden ging ins Unermessliche, der gequälten Miene des Maître Sommelier nach zu urteilen. Marty und Erik wälzten sich in Weinpfützen und hielten sich an den Kehlen gepackt, als ginge es um Leben und Tod. Ein Herr im schwarzen Anzug, wahrscheinlich der Restaurantmanager, redete besänftigend auf sie ein. Soweit ich das beurteilen konnte, ohne Erfolg. Simone hatte rote Flecken im Gesicht und gab gelegentlich hysterische Kreischer von sich.

»Wenn ich Sie dann wenigstens überreden könnte«, versuchte es der Manager, »sich draußen zu schlagen?« Er hatte einen liebenswürdigen österreichischen Zungenschlag und tat mir leid. Vor allem, als Marty unter Eriks kräftigem Fußtritt zurücktaumelte und den armen Kerl fast umriss.
»Und du bist schuld!«, keifte Simone mich aus heiterem Himmel an. »Bringst du vielleicht mal diesen Irren unter Kontrolle?!«
Aus dem Hintergrund rief jemand nach der Polizei.
Marty hatte mittlerweile wieder die Oberhand gewonnen und würgte Erik nach Leibeskräften. Die beiden Kellner, die ihn wegziehen wollten, rupften vergeblich an seinen Armen. Wenn Marty mal in Fahrt kam, war er nicht aufzuhalten.
Ade, lüsterne Liebesnacht.
So ein verdammter Mist.
Aber was sollte ich machen?
Beherzt bückte ich mich nach einer Weinflasche aus dem Regal, die bei dem Zwischenfall nicht in die Brüche gegangen war, und zog sie Marty Jones über den Dickschädel.

Zwei Stunden später war alles vorbei.
Der Notarzt und die Polizei waren von dannen gefahren, die Kellner hatten die Verwüstungen im Foyer des Tamburini notdürftig beseitigt, und Marty Jones ließ der Tischgöttin Athena seine Kreditkartendaten da, bevor er die Polizisten aufs Revier begleitete. Simone trollte sich schäumend vor Wut und murmelte was davon, dass alle Männer Schweine wären. Erik brüllte ihr nach, dass Marty Jones ihr den Abend versaut hätte und nicht er, aber sie winkte sich eiskalt ein Taxi heran und blickte nicht mal zurück.
Ein bisschen unbeholfen standen wir danach in der Kälte herum, Erik und ich. Ich ärgerte mich, dass ich mir die Crème

brulée nicht hatte einpacken lassen, wo Marty sie schon bezahlt hatte. Erik zog an einer Zigarette und tastete an seiner lädierten Lippe herum.
»Na schön«, sagte ich, »dann mal bis später.«
Er nuschelte irgendwas Unverständliches.
Ich wartete noch eine Sekunde, nur für den Fall, dass er noch etwas hinzufügte. Wie zum Beispiel: Soll ich dich nach Hause fahren?
Aber nichts da. Er rauchte nur und starrte selbstmitleidig auf seine mit Malvasía getränkten Hosenbeine, von deren Ausdünstungen man glatt einen Schwips kriegen konnte.
Undank ist der Welt Lohn. Ich rette ihm das Leben und verderbe es mir dafür mit Marty Jones, und er lässt mich im mitternächtlichen Schneetreiben zur U-Bahn laufen? Ich wartete noch eine weitere Sekunde, nur für den Fall, und wühlte in meiner Umhängetasche herum, damit es nicht so aussah, als würde ich auf ihn warten. Er zog sein Handy heraus und tippte darauf herum. Wichser.
Missmutig stapfte ich die Straße runter in Richtung Marienplatz. Als ich nach ein paar Metern den Kopf drehte, war er verschwunden. Ich kam mir mies und unbedeutend vor, während der Schnee auf meinem Kopf schmolz und in eisigen kleinen Bächlein die Mäuseschwänzchen herablief. Was war in den fünf Minuten bloß passiert? Das hätte ich zu gern gewusst. Ich war schon fast an der Feldherrnhalle, als sich mit röhrendem Motor Eriks Porsche neben mich schob, die Seitenscheibe heruntterglitt und er mir zurief: »Jetzt steigen Sie schon ein!«
Mir war so kalt, dass ich keine Minute zögerte, sein Angebot anzunehmen. Aus dem Alter, wo man nur um des Stolzes willen ablehnt, bin ich raus. Wenn ich die Wahl habe zwischen einer Nachtwanderung im Schneetreiben und einer kosten-

losen Heimfahrt im beheizten Porsche, muss ich nicht lange nachdenken.
»Warum haben Sie nicht gleich gesagt, dass Sie kein Auto haben?«, maulte er.
»Ich hatte ja eins«, maulte ich zurück, »bis Sie meine Mitfahrgelegenheit verprügelt haben.«
»Bis ich … was?« Vor Empörung bog er verkehrt herum in die Einbahnstraße. »Scheiße noch mal! Wie komme ich hier wieder raus?«
»Schnell weiterfahren«, ermunterte ich ihn, »und hoffen, dass keine Straßenbahn kommt.«
»Dieser Irre hat angefangen!«
»Jaja. Da vorne links. Worum ging's überhaupt?«
»Das ist kompliziert.«
»Kompliziert? Ich war bloß fünf Minuten weg!«
»Zehn. Wo soll ich Sie absetzen?«
»Giesing, am Sechziger-Stadion. Finden Sie da hin?« Er sah wirklich nicht gut aus. Sein rechtes Auge schwoll langsam zu. Da soll noch einer sagen, in der Werbung ginge es nicht mit Leidenschaft zur Sache. Ich hatte das Bedürfnis, etwas Tröstendes zu sagen, mir fiel nur nichts Passendes ein. Also kurvten wir schweigend durch die nächtlichen Straßen.
Als wir vor meiner Haustür anhielten, sagte er: »Übrigens, wenn Sie Richard das Angebot schicken, schreiben Sie dreißigtausend rein. Dann drückt er Sie auf zwanzig runter und freut sich, wenn Sie drauf eingehen. Zwanzig hat er im Budget.«
Ich war so verblüfft, dass mir nichts einfiel außer einem schlichten Danke. Er versuchte, lässig zu grinsen, was ihm mit der geschwollenen Lippe aber misslang. Irgendwie machte ihn das sympathisch.
»Na dann«, sagte ich, »danke auch fürs Fahren.«

»Keine Ursache«, nuschelte er. Offenbar hatte Marty Jones ihm einen Zahn lockergeschlagen.
Erst im vertraut-verrauchten Treppenhaus ging mir auf, was Erik da wirklich gesagt hatte. Zwanzigtausend? Ich glaub's ja nicht! Ich hätte ein Fünftel der Summe reingeschrieben.
Das ist das Schöne daran, mit Läden wie K&K Geschäfte zu machen. Für die ist alles unter sechsstellig nur Portokasse.

5
Der Inhalt dieses Shirts wird aus politischen Gründen videoüberwacht

Am nächsten Morgen wachte ich total verkatert auf. Ich fuhr aus einem Alptraum hoch, in dem Erik, grün und blau geschlagen, aus der Fahrertür seines Porsche kippt und sich mit letzter Kraft durch den Schnee zum K&K-Eingang schleppt, während er anklagend meinen Namen flüstert. Es war halb zwölf. Ich hatte verschlafen, und das, wo ich doch K&K das Angebot schicken musste.

Am Kater war die Flasche Rotwein schuld, in der ich bis kurz nach zwei mein Selbstmitleid ertränkt hatte. Auf meinem Handy blinkten zwölf Anrufe in Abwesenheit. Und jemand klingelte Sturm an meiner Wohnungstür. Ich quälte mich in meine Jeans, das T-Shirt vom Vorabend hatte ich praktischerweise noch an, und sah mit letzter Kraft nach, wer es war.

Im Treppenhaus stand Edith, im Kosakenmäntelchen mit modisch rot abgesetzten Paspeln und farblich passenden Stretchstiefeln. Wie aus dem Ei gepellt. »Julia!«, sprudelte sie hervor, »Gott sei Dank, du bist okay!«

»Ähm«, erwiderte ich geistreich. Hinter ihr stieg der süße Junge vom Sozialdienst die Treppen hoch und grüßte mich mit einem freundlichen Hallo, das ich in meinem Zustand lieber ignorierte.

»Kann ich kurz rein–?«

»Klar.« Auch wenn ich ihr lieber die Tür vor der Nase zugeschlagen hätte, beste Freundin hin oder her. »Stimmt was nicht?«

Edith fegte einen Schwall Winterluft mit sich in den Flur. Sie bebte vor Aufregung. »Wir haben das Schlimmste befürchtet!«

»Du hast mich gerade aus dem Bett geklingelt.« Mein Kater schärfte die Krallen an der Innenseite meiner Schläfen, dass ich mich unwillkürlich fragte, welches Nagetier sein Leben in diesem Rotwein ausgehaucht hatte. Ich wollte mich nur im Klo einschließen und sterben. »Das ist allerdings schlimm.«

»Julia!« Edith kann schrecklich vorwurfsvoll klingen, wenn sie's darauf anlegt. »Hast du eine Ahnung, was wir uns für Sorgen gemacht haben? Ich habe von der Schlägerei gehört!«

Nichts spricht sich so schnell rum wie der neueste Klatsch.

»Von wem hast du das gehört?«

»Ich hab Simone im Kekshaus getroffen.«

Trank Edith ohne mich mit der blöden Schnepfe Kaffee im Kekshaus? Eine völlig unbegründete Eifersucht packte mich. Edith war meine Freundin, und ich würde bestimmt nicht zulassen, dass Simone ihre perfekt lackierten Krallen auf sie legte! »Und was hat sie dir erzählt?«, fragte ich missmutig.

»Dass Marty Jones diesen K&K-Fuzzi zusammengeschlagen hat, diesen …«

»Werbewichser«, nahm ich ihr das Wort aus dem Mund. »Erik, den Werbewichser. Und ich habe kein bisschen Mitleid mit ihm.« Okay, vielleicht ein klitzekleines bisschen. Aber ich war noch nicht so weit, das öffentlich zuzugeben. Auch wenn er sich meine Gunst mit der Budget-Indiskretion zu erkaufen versucht hatte.

»Und du bist nicht ans Telefon gegangen, und da dachte ich, vielleicht hat Marty Jones –«

»Was?« Ich hob die Augenbrauen.
Edith zuckte entschuldigend mit den Schultern. »Dem Kerl ist alles zuzutrauen!«
»Wie geht's übrigens Thiago?«, versuchte ich vom Thema abzulenken. Ich war jetzt wirklich nicht in der Verfassung, Marty Jones' inneren Psychopathen zu diskutieren.
Ein Lächeln breitete sich auf Ediths Gesicht aus. »Er schickt mir unglaublich süße E-Mails.«
»Prima. Willst du Kaffee?« Ich nickte mit dem Kopf in Richtung meiner winzigen Küche. »Dann mach dir einen. Ich bin erst mal im Bad.«

Zwei Stunden später im Büro, nach vier Cappuccinos und zwei Bechern Wintermandeljoghurt, war ich wieder so weit klar bei Verstand, dass ich mir das ganze Ausmaß der gestrigen Katastrophe bewusst machen konnte. »Oh Gott«, stöhnte ich, »das war der peinlichste Abend meines Lebens!«
Interessiert guckte Mario hinter seiner Monitorwand hervor. Auf seiner schmalen Brust stand in großen Lettern: *Der Inhalt dieses Shirts wird aus politischen Gründen videoüberwacht.* Robespierre schlabberte geräuschvoll Wasser aus seinem Blechnapf. Draußen schneite es schon wieder.
»Ist was passiert?«, fragte er.
»Ich habe Marty Jones mit einer Weinflasche niedergeschlagen.«
»Echt?« Vergnügt hüpfte Edith auf dem blauen Sofa herum. »Das hat Simone gar nicht erzählt. Warum das denn?«
»Weil er sonst Erik umgebracht hätte, und wer soll dann unsere Rechnungen zahlen?«
»Das war sehr vorausschauend«, lobte mich Mario.
»Aber jetzt werden sie mich bestimmt nie mehr ins Tamburini lassen.«

»Scheiß doch auf den Bonzenladen.«
»Aber das Salzwiesenlämmchen –«
»Scheiß auf das Salzwiesenlämmchen.«
Ich wünschte, Edith könnte meine Leidenschaft für gutes Essen verstehen. Aber im Gegensatz zu mir disziplinlosem Weibsbild zählt sie knallhart Kalorien und lässt nicht zu, dass dahergelaufene Salzwiesenlämmchen ihre schlanke Linie bedrohen.
»Übrigens hab ich gestern Nacht noch was ausprobiert«, sagte Mario. »Wollt ihr mal sehen?« Er machte eine theatralische Geste zu seinem Monitor. »Tadaaa. Strahlkraft Productions präsentiert Schlehen im Winter!«
Zu lieblichen *Schwanensee*-Klängen rollte ein Schnappschuss mit Edith vom Oktoberfest ins Bild, der aussah, als hätte nicht nur sie, sondern auch der Fotograf einen in der Krone gehabt. Zum Glück war sie nicht nackt, sondern hatte ein Dirndl an. Ich konnte auf die Schnelle allerdings nicht sagen, ob das nun besser oder schlechter war. Vor allem hatte sie rote Augen (vom Kamerablitz) und rote Bäckchen (vom Obstler). Während die Geigen jubilierten, fuhren nacheinander blau-lila gefleckte Kugeln ins Bild und sortierten sich zu einer Perlenkette um Ediths Hals. Sie harmonierten sehr schön mit ihrem verschmierten Lippenstift.
»Das sind die Schlehen«, erläuterte Mario.
Kein Wunder, dass Edith ihn nicht erhört. Wenn es um Frauen geht, hat er so viel Feingefühl wie ein rumänischer Panzerfahrer. Wie kann man ein Bild raussuchen, auf dem die Angebetete aussieht wie eine Schnapsdrossel auf Valium?
Ich blinzelte und sah genauer hin. Tatsächlich, die Schlehe hatte zwei Augen. Halb fürchtete ich, dass sie jetzt I-love-you-love-you-love-you stöhnen würde, aber sie zwinkerte nur. Sie zwinkerte mir zu, und dann zwinkerten alle übrigen

einundzwanzig Schlehen ebenfalls. Eine nach der anderen, von links nach rechts. Es dauerte sehr lange, bis sie damit fertig waren. Die Geigen jubilierten, die Schlehen zwinkerten, und Mario grinste stolz wie Oskar. Vor allem, als die Dinger zum großen Finale in Herzformation kullerten, mitten auf Ediths Dirndl-Dekolleté.

Erwartungsvoll guckte er uns an.

»Äh ... wow«, brachte ich hervor. Direkten Kontakt zwischen Mario und dem Kunden unbedingt vermeiden, notierte ich mir im Geiste. »Das ist ja schon mal ...«

»... total bescheuert!«, platzte Edith heraus. Takt in schwierigen Situationen ist nicht so ihr Ding.

»Ich dachte, es gefällt dir«, sagte Mario gekränkt.

»Also, die Schlehen sind vielversprechend.« Ich tat mein Bestes, um zu vermitteln. Man soll ja immer mit dem Positiven anfangen, wenn man Kritik vorbringen will. Steht angeblich in jedem Handbuch für Mitarbeiterführung. Hat mein alter Chef bei Gold&Habermann mal gesagt. Ich habe keine Zeit, diese Dinger zu lesen. »Da kann man bestimmt was draus machen.«

Mario stand da wie ein geprügelter Hund. »Ich könnte sie mit mehr Wusch ins Bild fallen lassen«, sagte er zaghaft.

Ich beschloss, ihm ein andermal zu erklären, dass das Wusch beim Hereinfliegen der Schlehen nicht das vorrangige Problem war.

Edith wandte sich ab und griff nach ihrem Mantel. Soweit ich das einschätzen konnte, war sie nicht tödlich beleidigt, sondern nur genervt. »Ich muss noch mal los. Ich kriege heute mein Bett geliefert.«

»Ich könnte mitkommen«, erbot sich Mario. »Falls was hochzutragen ist.« Wahre Liebe ist nicht totzukriegen.

Sie verdrehte die Augen, nickte dann aber. Wahrscheinlich

dachte sie, er wollte Abbitte für das peinliche Foto leisten. Natürlich hatte sie keine Ahnung, was das Herz am Ende ihr sagen wollte. Armer Mario.
Er hatte es so eilig, sie zu begleiten, dass er nicht mal seine Monitore ausschaltete.
Zwei Minuten später saß ich mutterseelenallein im Büro – mit Robespierre, zweiundzwanzig zwinkernden Schlehen und einem ungeschriebenen Angebot.

Kurz nach drei hatte ich es fertig, mit Honig, Zuckerguss und Streuseln obendrauf.

Lieber Richard, liebe Simone,
anbei schicke ich Euch … blabla, wir würden uns wirklich super freuen, wenn wir das mit Euch machen könnten, blabla, weil wir überzeugt sind, dass es ein fantastisches Projekt ist, blablub … bei dem wir stolz darauf wären, daran mitwirken zu dürfen.
Mit allerliebsten Grüßen …

Ich schickte es raus, nickte siegesgewiss meinem Häkellöwen zu und schnallte Robespierre an die Leine, um mit ihm rauszugehen, bevor es ganz dunkel wurde.
Natürlich klingelte in diesem Moment das Telefon.
»Hallo, hier ist Simone Schöneberger!«, zwitscherte Eriks blondgelockte Tischgefährtin durch die Leitung. »Edith, bist du das?«
»Hier ist Julia«, sagte ich, vielleicht einen Tick zu kühl. Reiß dich zusammen, flüsterte meine Stimme der Vernunft. Denk an die Kohle. Ich straffte die Schultern und lächelte Marios Schlehen an, das war gar nicht so schwer. »Wie geht's dir? Alles okay?«

Sie machte ein undefinierbares Geräusch. »Hör mal, wegen gestern. Tut mir leid, dass ich dich blöd angemacht habe.«
»Tja, kein Problem«, erwiderte ich einigermaßen verblüfft. Die glitzernde Simone entschuldigte sich bei mir?
»Und danke für die Kostenkalkulation. Richard fragt, ob du rüberkommen und es bei einem Kaffee mit ihm durchsprechen willst.«
»Jetzt gleich?« Ich guckte auf den winselnden Robespierre, der die Leine hinter sich her durchs Büro schleifte, und dann wieder auf die Schlehe in Ediths Ausschnitt. Wenn König Graumähne mich persönlich sehen wollte, um den Preis zu drücken, kam es nicht gut, ihn zu vertrösten. Aber was stellte ich mit dem Hund an? »Ich habe hier noch Ediths Hund zu bewachen, aber …«
»Bring ihn einfach mit!«
»Bist du sicher?«
»Klar! Überhaupt kein Problem!« Na dann. Wenn sie das sagte.
Sobald sie aufgelegt hatte, begutachtete ich mich vor dem Spiegel. Ich hatte mit meiner Katerstimmung nicht vorgehabt, heute noch Kunden zu treffen. Und so sah ich auch aus. Ungeschminkt, die Haare mit einem Samtgummi verzwirbelt, schwarze Jeans und mein alter grauer Fleece-Pullover mit den Katzentatzen. Mein Trostspender. Den hatte ich heute früh einfach gebraucht. Egal. Lief ich eben im Katzenpullover bei K&K auf. Richard würde mich kaum zum Kaffee einladen, um mir eine Absage zu servieren. Wenn er sowieso mit uns arbeiten wollte, würde er mein Kateroutfit wohl verkraften.
Also stopfte ich meinen Laptop und das ausgedruckte Angebot in meine petrolfarbene Collegetasche, fing die Leine mit Robespierre am anderen Ende ein und stürzte mich hinaus ins Schneetreiben. Es war so ungemütlich, dass sich sogar die

Modelmania-Fotografin in ihren Studioräumen versteckte. Die kleinen Ginkgos hatten dicke weiße Mützchen. Robespierre, der nur widerwillig hinter mir hergeschlichen war, hechelte aufgeregt, als die Angeber-Autos vor K&K in Sicht kamen.

Ich erspähte Eriks stahlblauen Porsche und verspürte das kindische Bedürfnis, den Hund seine Markierung erneuern zu lassen. Gerade noch rechtzeitig riss ich mich aber zusammen und zog ihn stattdessen zu einem riesigen Audi SUV, der Schutz gegen das Schneetreiben bot. In aller Ruhe wartete ich, bis Robespierre sein Geschäft erledigt hatte. Dann erklomm ich die Stufen zum Glück.

»Oh, das ist aber ein Süßer!«, zwitscherte die linke der beiden Empfangsmodels und schwebte gleich um die Theke herum, um Robespierre den Schnee aus dem Fell zu schütteln. Mein Handy klingelte. Meine Mutter. Aber das passte jetzt beim besten Willen nicht.

»Die Julia!«, brüllte Richard von der Galerie herunter, dass ich vor Schreck fast das Handy fallen ließ. »Ja, grüß Gott! Da hast du dich aber beeilt!«

»Für euch tun wir doch alles«, brüllte ich zurück, während ich Mamas Anruf wegdrückte. Und das schlechte Gewissen gleich mit.

»Ihr Süßen«, befahl er den Empfangsmodels, »macht der Julia mal einen Kaffee. Ich bin gleich da!«

Damit war er schon wieder weg.

Immer im Stress, das obere Management.

Die Süßen, denen Richards Auftauchen zarte Röte auf die Wangen gezaubert hatte, machten mir einen Latte macchiato mit Vanillesirup und Mandelkeks. Sogar ein Gläschen Wasser stellten sie mir dazu. Das war auch angebracht, denn wenn ich in dem Tempo weitermachte, drohte mir bald eine Koffeinvergiftung. Robespierre bekam einen Schlabbernapf im Apple-iPod-Design aus spiegelndem weißem Kunststoff, wo *iDog* auf der Seite stand. Hach, dieser Glamour. Die Kois schwammen tiefenentspannt im Kreis. Ich guckte K&K-Werbespots auf dem unterseeischen Monitor und knabberte meinen Keks. Richard ließ mich geschlagene fünfzehn Minuten warten. Als er endlich wieder auftauchte, tat er so, als habe er sich besonders beeilt.

»Und«, fragte er leutselig, »alles bestens?«

»Immer«, versicherte ich.

»Ich habe gehört, unser Erik hat meinem alten Freund Marty zwei Zähne lockergeschlagen und du warst dabei?«

»Das hat sich ja schnell rumgesprochen.«

»Also stimmt es? Das hätte ich gern gesehen.« Er grinste die Süße No. 1 an, was ihre Augen selig leuchten ließ und mir einen Anfall von Fremdscham bescherte. Die Süße No. 2 versuchte mit Gläserklirren und einem Zwinkern die königliche Aufmerksamkeit auf sich zu ziehen und verzog die Lippen zu einem eifersüchtigen Schmollmund, als das nicht gelang.

Richard geleitete mich die Stufen empor zu einem Besprechungsraum, so ähnlich wie der, in dem sich Erik und der blonde Profikiller beschimpft hatten. Robespierre hoppelte an seiner Leine hinter uns her.

»Wir haben schon vielversprechende Tests zu den Früchten gemacht«, schwindelte ich zur Einleitung.

»Das ist ja großartig.« Jovial fasste er mir um die Schultern. »Nächsten Freitag haben wir eine Zwischenpräsentation beim Kunden. Schafft ihr das?«

»Wenn wir gleich morgen früh loslegen können?« Subtile Umschreibung für *Wenn ich heute Abend noch den Auftrag kriege*. Ich dachte an Marios blau-lila Kugeln und hoffte, dass ich uns nicht geradewegs in Teufels Küche brachte. »Entspricht unser Honorar ungefähr deinen Vorstellungen?« Und bloß nicht zu zögerlich auftreten. Das ist ganz wichtig bei einem Typen wie Richard, ermahnte ich mich. Ausgeglichen zu sein ist alles. Er will, dass du ihn bewunderst und respektierst, aber gleichzeitig musst du Arsch in der Hose zeigen, damit er dich ernst nimmt. Nur eben nicht zu sehr. Er will das Gefühl haben, dass du ein großer, wilder Alpha-Löwe bist (oder, in meinem Fall, eine Löwin), aber vor ihm die Kehle entblößt. Deshalb schenkte ich Richard mein charmantestes Lächeln. Wer denkt, das Lächeln wäre umsonst, ist falsch in unserer Branche. Das Lächeln steht immer auf der Rechnung. Unter Sonstiges/Projektmanagement.

»Ich glaube«, er lächelte haifischmäßig zurück, »da müssen wir noch mal verhandeln.«

Und das taten wir dann.

Nach einer Stunde Feilscherei einigten wir uns auf zwanzigtausend, genau wie Erik es prophezeit hatte.

»Edith!«, brüllte ich zwei Stunden später ins Handy, »Süße! Wir haben den Job!« Hinter mir verblasste die prächtige K&K-Fassade im abendlichen Schneetreiben. »Und sie zahlen fünfzig Prozent Vorschuss. Dafür müssen wir in einer Woche abgeben. Weißt du, was das heißt? Schluss mit dem Lotterleben.«

»Du bist die Größte«, jubilierte Edith. Ich hörte etwas im Hintergrund scheppern. »Soll ich Mario vorwarnen, dass ab morgen Nachtschichten anstehen?«

Wir kicherten beide, total aufgedreht. Nur Robespierre machte seinem Unmut über das Scheißwetter Luft und jaulte. Am K&K-Koiteich mit seinem iDog-Napf hatte es ihm eindeutig besser gefallen. Verwöhntes Vieh.

»Seid ihr fertig mit deinem Bett?«, fragte ich.

»So gut wie.«

»Dann seht zu, dass ihr ins Büro kommt. Morgen früh besucht uns Erik, und wir müssen aufräumen.«
»Der Kerl, den Marty Jones zu Klump gehauen hat?«
»Genau der.«
»Ach nee.«
»Ach doch. Der ist nämlich der Kreativdirektor und will uns ein Briefing geben. Er hat die nackten Göttinnen der Natur erfunden.«
»Sexistischer Mistkerl.« Aber ich konnte ihr Grinsen durchs Telefon hören.
Ich seufzte. »Wenigstens ist Mocona eine Biomarke.«
»Also verraten wir nicht komplett unsere Ideale.«
»Nee, tun wir nicht.« Autsch, Julia. Böse, böse Flunkerei. Aber Edith ist sehr empfindlich in diesen Dingen. Und Thiago hatte sie schon genug aus dem seelischen Gleichgewicht gebracht.
Nachdem wir uns sozusagen gegenseitig Absolution erteilt hatten, stopfte ich meine steifgefrorene Hand mitsamt dem Handy in die Jackentasche. Die drei Kellerstufen zu unserem Büro lagen schon in Sichtweite.
Die Wärme war eine Wohltat. Das fand auch Robespierre. Ich machte ihn los, drehte mich einmal im Kreis und versuchte unser Büro mit den Augen eines Fremden zu sehen. Zugemüllter Schuhkarton war das Erste, was mir in den Sinn kam. Repräsentativ ist was anderes.
Ich trat probeweise gegen die Rechnerkartons, die sich seit unserem Einzug an der Wand hinter Marios Monitorwall stapelten. Sie waren so dicht gepackt, dass sie nicht mal wackelten.
Das blaue Sofa und das Tigerbild waren nicht zu beanstanden, die gingen als kreative Einrichtungsgegenstände durch. Unsere drei grauen Arbeitstische sahen dagegen nur traurig aus.

Daran änderte auch meine rot-grün-gelbe Samtblume mit den blauen Punkten nichts, die ich auf meine Schreibtischecke gestellt hatte. Die Küche? Ein Loch. Am meisten Kopfzerbrechen bereitete mir die Frage, wo unsere angebliche Legion von Grafikern sitzen sollte, für die ich Richard satte Nachtarbeits- und Wochenendzuschläge in Rechnung stellte. Ich konnte ja schlecht zugeben, dass die gefeierte 3-D-Abteilung von Strahlkraft nur aus Mario bestand. Vielleicht sollte ich behaupten, dass wir eine Horde Inder in Mumbai beschäftigten, damit Erik nicht auf die Idee kam, die Grafiker persönlich briefen zu wollen?

Ich schälte mich aus meiner Jacke und warf einen Blick auf den Anrufbeantworter. Meine Mutter hatte fünf Mal versucht, mich zu erreichen. Ihre Hartnäckigkeit ist legendär. Na gut, da konnte ich ihr gleich erzählen, dass ich das drohende Unheil von meiner Firma abgewendet hatte. Manchmal ist ihre verpeilte Tochter eben doch zu was gut.

»Mama«, rief ich ins Telefon, als sie abnahm, »wir sind wieder flüssig! Wir haben einen Auftrag an Land gezogen!«

»Bezahlen die euch auch? Oder machen die bloß große Versprechungen?« Das war's dann mit meinem Enthusiasmus. So ist sie, meine Mutter. Ihr Erfolge zu berichten ist die reine Freude. Immer muss sie gleich nach einem Haken suchen.

»Sie bezahlen, Mama. Fünfzig Prozent im Voraus.«

»Das glaube ich erst, wenn das Geld auf der Bank ist. Hast du eigentlich die Frau Ammenrieder …«

»Habe ich.« Ernüchtert schnipste ich einen Fussel vom Schreibtisch. »Sie hat kein Budget, und die Tochter vom Chef macht was mit Design.« Natürlich entging meiner Mutter der subtile Sarkasmus.

»Ach, Julia, da hättet ihr euch einfach mehr anstrengen müssen.« So was sagt sie, ohne mit der Wimper zu zucken. Sie meint das nämlich ernst. Wäre sie nicht meine Mutter und wäre ich Marty Jones, hätte ich sie auf der Stelle zum Duell mit Mistgabeln gefordert.

»Wir haben uns angestrengt«, erwiderte ich spitz. »Wolltest du sonst noch was?«

»Der Herr Hasmeyer sagt, dass er dich nicht erreichen kann!«

Der umtriebige Herr Hasmeyer. Den hatte ich doch an Sonja verkauft. Wieso verfolgte der mich immer noch? Und wann hatte er versucht, mich anzurufen? Etwa heute früh, als ich im Rotweinkoma lag?

»Ich kann mir seine blöde Rentenversicherung nicht leisten«, nörgelte ich.

»Hast du dir überhaupt angehört, was er zu sagen hat?«

»Habe ich! Einen ganzen Abend lang!«

»Und«, fragte sie erwartungsvoll, »ist er nicht ein netter junger Mann?«

»Er trägt einen Rentierschlips!«

»Bestimmt ist das nicht sein einziger Schlips.«

»Mama, ich will jetzt wirklich nicht –« Ich brach ab, als ich ihren Seufzer hörte. Den *Tag und Nacht rackere ich mich ab, und so dankt sie es mir*-Seufzer. »Okay, ich rufe ihn zurück.«

»Gut. Und iss vernünftig, hörst du? In der Zeitung steht, dass wieder eine Grippewelle auf dem Vormarsch ist, da brauchst du Vitamine.«

»Ich weiß. Mach ich. Und ich schlafe mich aus.«

Was schon wieder eine Lüge war. Und schon wieder für einen guten Zweck.

Ach, Julia, sagte ich kopfschüttelnd zu mir selbst, so kommst du niemals in den Himmel.

Um kurz vor sechs hatte sich die unschlagbare Crew von Strahlkraft – Edith, Mario und ich – auf unserem gelbbraunen

Linoleumfußboden versammelt. Wir wackelten mit den Füßen und überlegten, wie wir unser Kellerlabor schleunigst in eine repräsentative Agentur-Lounge verwandeln konnten. Über Nacht. Und das war wörtlich zu verstehen.

»Draußen am Flughafen gibt's Leihbüros«, schlug Mario vor. »Die kannst du tageweise mieten, mit Assistentin und Kaffeeküche und allem Pipapo.«

»Wir sind aber nicht am Flughafen«, belehrte ihn Edith.

»Können wir uns nicht leisten«, sagte ich. »Okay, jetzt mal im Ernst, Kinder. Wir sind eine verdammte Kreativagentur, da wird uns doch was einfallen, wie wir aus einem Kellerloch ein cooles Souterrain-Hangout machen.«

Edith lehnte sich zurück und studierte versonnen die Wasserflecken an der Decke. »Ein bisschen Farbe würde helfen.«

»Geile Idee«, fiel Mario ein. »Wir malen alles bunt an.«

»Schon klar, und kleben Sumpfgraskompressen an die Wände.«

Ich sah Edith an. »Das wäre doch mal was.«

»Das war ein Witz!«

»Wieso?« Ich merkte, wie ich mich zunehmend für die Idee erwärmte. »Der Baumarkt hat noch zwei Stunden offen, wir fahren da jetzt hin, kaufen ein paar Eimer Farbe und Krimskrams, den kleben wir an die Wände und überpinseln alles. Kunst am Bau. An die Decke pinseln wir Wolken, und an die Wand da drüben malen wir ein Fenster.«

»Und dann schreiben wir dran: Regenbogen-Hoppelhäschen-Haus«, flachste Mario.

»Und das gleiche Zeug kleben wir auf die Tischbeine.« Ich ließ mich nicht aus dem Konzept bringen, während sich die Vision in meinem Kopf entfaltete wie eine bedruckte Wachstuchtischdecke. »Und streichen sie in der gleichen Farbe wie die Wände. Das ist Retro-Kunst!«

Edith wischte sich die Reste ihrer vegetarischen Spinatpizza von den Fingern. Sie kämpft nicht nur für die Rechte marxistischer Frauen und aller sonstigen bedrohten Minderheiten, sondern auch rund um die Uhr für die Freiheit aller Tiere. Außer Wölfen, vor denen hat sie Angst. »Dann sollten wir auch ein paar Pflanzen besorgen.«
Dass die hier unten mit dem bisschen Tageslicht nicht lange durchhalten, war nebensächlich. Sie mussten ja nur acht Tage überstehen. Den Überlebenden winkte ein Alterssitz in meiner oder Ediths Wohnung.
»Dann kommen wir jetzt zur Preisfrage.« Ich tippte Mario gegen die Brust. »Du bist unser Director of Production. Aber wo sitzt dein Team?«
»Krieg ich Visitenkarten?«
Ich verdrehte die Augen. »Druck dir welche.«
»Welches Team?«, klinkte Edith sich ein.
»Das Team«, belehrte ich sie, »das erforderlich ist, um dreißig Manntage in sieben Arbeitstagen abzuarbeiten. So viel steht nämlich im Angebot.«
Sie wurde ein bisschen blass.
»Na, ist doch klar«, griente Mario. »Die sitzen im zweiten Kellergeschoss, wegen Geheimhaltung und so. Zutritt nur mit Karte. Die Daten unserer Kunden sind unser Heiligtum. Da lassen wir niemanden ran.«
»Und wenn Erik fragt, wo dieser Keller ist?« Edith hatte ihre Sprache wiedergefunden.
»Tut er vielleicht gar nicht.«
»Ja, aber was, wenn doch?«
Gelassen deutete Mario auf die schmale Tür, die in das zwei Quadratmeter große Kabuff führt, in dem wir Milchtüten, Putzzeug und unseren Server lagern.
Ich tauschte einen Blick mit Edith. »Könnte funktionieren.«

»Wir kaufen ein schickes Kartenschloss«, fuhr Mario fort, »und ich pfriemle es dran.«
»Na schön.« Ich war so aufgekratzt, dass ich die dumpfe Ahnung verdrängte, dieser Plan könnte uns zum Verhängnis werden. »Dann los. Das wird eine lange Nacht.«

6
Es gibt viel zu rauchen – zünden wir es an!

Es war kurz vor neun am nächsten Morgen, als wir uns übernächtigt aus den Arbeitsklamotten schälten und in Schale schmissen. Zeit, um nach Hause zu fahren und zu duschen, hatte keiner. Stattdessen schnappte Edith sich Robespierre und stiefelte zum Gekshaus, um Croissants, Cookies und Orangensaft zu kaufen. Erik hatte sich für zehn Uhr zum Arbeitsfrühstück angemeldet. Nach der Brötchenschlacht, die K&K uns geboten hatte, wäre es peinlich gewesen, ihm einen halb angefressenen Wintermandeljoghurt hinzustellen. Mario hatte zu Ediths Unmut ein blaues Shirt mit Jesus-Bild angezogen, auf dessen Vorderseite dem Sohn Gottes ein Joint im Mundwinkel hängt, und darunter steht: *Es gibt viel zu rauchen – zünden wir es an!* Das gestreifte Zuhälter-Jackett war spurlos verschwunden. Er behauptete, es im Board Room von K&K vergessen zu haben, und heuchelte recht überzeugend sein Bedauern über den Verlust. Zum ersten Mal regte sich in mir der Verdacht, dass er eins dieser stillen Wasser ist, die tiefer sind, als man denkt.

Unser Kellerloch war nicht wiederzuerkennen. Warum waren wir bloß nicht früher drauf gekommen, eine Verschönerungsnacht einzulegen? Dann hätte es jetzt nicht verräterisch nach frischer Farbe gestunken. Mario, rundum hilfsbereit, versuchte den Geruch zu übertünchen, indem er die Bude mit Zigaretten vollqualmte, während durch die Kippfenster unter der Decke eisige Winterluft in den Raum zog. Mir war inzwischen schlecht von der Tabak-Formaldehyd-Mischung, und ich fror mich halb tot, aber da ich keine bessere Idee hatte, ließ ich ihn gewähren.

Das Büro sah aus wie ein frisch dekoriertes Fernsehstudio für *Schöner Wohnen*. Wir hatten die Wände und Teile der Decke mit Stoffblumen, Lamettahaufen und kleingeschredderten Rechnerverpackungen beklebt und alles mit Farbe überpinselt. Das Relief erinnerte entfernt an die Muschelgrotte im Neuen Garten Potsdam, reagierte empfindlich auf Berührung und sah total abgefahren aus. So als würde es in absehbarer Zeit ein Bewusstsein entwickeln. Ich putzte mit einem Schwamm und einem kleinen Messer festgetrocknete Farbtropfen von den Schreibtischen.

Neben dem begehbaren Putzschrank prangte ein eindrucksvolles Kästchen mit Zahlenfeld und bunten Dioden, das ausschließlich Mario zu bedienen wusste. Ab und zu blinkte es wichtigtuerisch auf. Unser Klo erstrahlte in überirdischem Glanz. Ediths Kreativität hatte sich in einer Collage Bahn gebrochen, bestehend aus rotem Stern, Hammer, Sichel und Totenkopf mit Schiebermütze. Die an die Klotür zu kleben hatten wir nachts um vier zum Totlachen gefunden. Jetzt popelte ich unschlüssig daran herum, nicht sicher, wie ich das wieder abbekommen sollte.

Edith erlitt prompt einen Hustenanfall, als sie mit Tüten beladen zur Tür hereinschwankte. »Scheiße«, keuchte sie, »brennt unser Server?«

»Mario tarnt den Farbgeruch«, erklärte ich.

Mario ließ seinen Zigarettenrest zu den anderen Stummeln fallen, die schon in seiner Tasse schwammen, und zuckte mit den Schultern. »War einen Versuch wert, oder?«

»Du spinnst ja komplett.«

»Sorry.«
Ich beäugte voll Sorge die feuchten Flecken unter den Fenstern und im Küchendurchgang. »Das Zeug wird nicht trocken.«
»Mit einem Föhn könnte es gehen«, schlug Mario vor.
So entstand das legendäre Handy-Foto von mir mit blutunterlaufenen Augen, wirrem Haar und einem blauen Farbspritzer auf der Stirn, während ich mit Ediths gelbem Haartrockner unsere Bürowand föhne.

Erik kam eine Stunde zu spät, was wir zum Anlass nahmen, ohne ihn mit dem Arbeitsfrühstück anzufangen.
Zwar sträubte sich alles in mir, ein Reflex aus meiner Zeit bei Gold&Habermann. Dort stand die Todesstrafe auf heimliches Kuchenklauen vom Kundenbuffet. Andererseits hatte ich nach der durchgearbeiteten Nacht einen Mordshunger, und die Croissants dufteten wundervoll. Der Hunger siegte.
Ich hatte das dritte kaum zur Hälfte gegessen, da flog die Tür auf. Erik blieb in unserer Küche stehen, sichtlich verdutzt über die Abwesenheit eines Empfangsfoyers. »Sorry«, entschuldigte er sich, »ich wusste nicht, dass das der Hintereingang ist.«
Edith stand halb auf. »Aber das ist –«
»Kein Problem!« Mit vollem Mund schnitt ich ihr das Wort ab. »Ist eh der kürzeste Weg. Sie kommen genau richtig. Wollen Sie was essen?« Ich zeigte auf die Croissants. »Die sind noch warm.«
Mit leichter Verzögerung bemerkte auch Robespierre den Eindringling in sein Revier und schoss ihm mit schrillem Gebell zwischen die Beine. Wir haben nie Gäste im Büro, also musste er davon ausgehen, dass es sich um einen Einbrecher handelt. Und so, wie Eriks Gesicht aussah, war das nicht ganz abwegig.

Zwischen den perfekt in Form gebrachten Haaren und den perfekt rasierten Bartstoppeln verunstalteten blaue und schwarze Flecken seine Schönheit. Sein linkes Auge war lila geschwollen. Aus Solidarität hatte sich das rechte gleich mit verfärbt, so dass er jetzt aussah, als hätte er eine *Shades of Grey*-Gesichtsmaske auf.

Robespierre, obwohl nur handtaschengroß, brachte ihn beinahe zu Fall. Edith kicherte. Mario versteckte sich in seiner Kaffeetasse. Ich mühte mich, mir das Grinsen zu verkneifen. Wir sind schließlich Profis hier.

»Willkommen im Regenbogen-Hoppelhäschen-Haus«, flüsterte Mario.

Das war unfair, denn nun konnte ich mich wirklich nicht mehr beherrschen. Ich prustete los wie ein Teenager mit Lachkrampf. Das Problem an durchgemachten Nächten ist, dass man jenseits von Gut und Böse ist und alles zum Kaputtlachen findet. Und kombiniert mit einem Lösungsmittelrausch ist alles nur noch viel witziger.

»Scheißköter!« Erik umklammerte den Türrahmen, um die Balance wiederzufinden.

Ich krümmte mich vor Lachen um die Tischkante.

»Nicht«, sagte Mario halb laut. »Die Farbe ist noch …«

»Fuck!« Jetzt war's ihm auch aufgefallen, dass seine Finger klebten. Festklebten, genauer gesagt. Am besagten Türrahmen. Robespierre, der sich in der Überzahl wähnte, griff todesmutig seine Hosenbeine an. Erik versetzte ihm einen Tritt, der das puschelige Fellknäuel quer durch den Raum vor Ediths Füße beförderte.

Fehler. Schlimmer Fehler.

»Hey«, fauchte sie, »hören Sie auf, meinen Hund zu treten! Sonst zeige ich Sie an wegen Tierquälerei!«

»Nehmen Sie den Scheißköter an die Leine, der ist ja gemein-

gefährlich!«, schoss Erik zurück. »Oder wollen Sie mir die Hose ersetzen? Die hat mehr gekostet, als Sie in zwei Monaten verdienen!«
Ich konnte sehen, wie Edith sich in den grünen Hulk verwandelte. »Mehr, als ich in zwei Monaten verdiene? Woher wollen Sie denn wissen, was ich verdiene, Sie blöder ...«
Ich hechtete dazwischen und hob die Hände, bevor sie ihren Satz zu Ende bringen konnte. Ich hatte Sorge, dass Eriks Retourkutsche sie zu Gewalttätigkeiten zwingen würde. Wir konnten es uns aber nicht leisten, den Auftrag platzenzulassen, nur weil Robespierre Werwolf spielen musste und Edith sich bemüßigt fühlte, seine Ehre zu verteidigen.
»Edith«, sagte ich leise, aber bestimmt, »warum rufst du nicht im Kekshaus an und fragst, ob die uns ein paar Sandwiches machen können, falls das heute länger dauert?«
Für eine Sekunde sah es aus, als würde sie gleich ohne Umwege handgreiflich werden, aber dann begriff sie endlich, was ich ihr sagen wollte. Ich drehte mich zu Erik und bemühte mich um Ernsthaftigkeit. »Tut mir leid, dass die wilde Bestie Sie angegriffen hat.«
Deutlich verunsichert, ob das vielleicht ein Trick war, sah er mich an. Dann testete er, ob seine Finger zusammenklebten, wenn er Daumen und Zeigefinger fest aufeinanderdrückte.
»Wir hatten gestern den Maler hier«, erklärte ich in meinem freundlichsten Tonfall. »Um den Türstock auszubessern. Robespierre benutzt den immer als Kratzbaum. Wollen Sie ein Croissant? Die sind noch warm und unglaublich lecker.«
»Das sagten Sie bereits.« Ich konnte sehen, dass er Robespierre am liebsten genommen und Edith mit dem Fellknäuel erstickt hätte. Aber er riss sich zusammen, wofür ich ihm widerwillig Respekt zollte. »Kann ich mir irgendwo die Hände waschen?«

»Das geht nur mit Verdünner ab«, sagte Mario.
»Na schön. Habt ihr Verdünner da?«, fragte er hörbar erschöpft.
»Klar.« Ganz cool stand Mario auf und ging zum Wandschrank mit dem martialischen Kartenschloss. »Steht unten, bei den Kellersklaven.« Sprach's, zückte seine Karte, öffnete die Tür nur einen Spaltbreit, so dass niemand reingucken konnte, und verschwand im Schrank. Klickend fiel die Tür hinter ihm ins Schloss. Die Dioden blinkten einen *Star Wars*-Morsecode. Zum Abschluss gab es ein dramatisch surrendes Geräusch, als würden Schließbolzen zurück in ihre Position fahren.
»Kellersklaven?«, fragte Erik.
Sogar Edith guckte verblüfft.
Ich setzte mein freundlichstes Lächeln auf. »Die, die die ganzen coolen 3-D-Effekte machen. Krawusch und so.« Ich illustrierte das Krawusch bildreich mit den Händen. »Oder dachten Sie, wir drei machen das ganz allein?«
Er warf einen verunsicherten Blick zur Tür. »Ich wusste gar nicht, dass es hier Kellerbüros gibt. Haben die Fenster?«
»Die haben Luftschächte!«, erwiderte ich fröhlich.
»Wegen der Datensicherheit.« Edith hatte ihre Sprache wiedergefunden.
»Höchste Sicherheitsstandards.«
»Genau«, bekräftigte sie.
»Wegen dieser ganzen Wirtschaftsspionage. Die Chinesen, die sind kreuzgefährlich!«
»Und die NSA!«
»Ja, das sind die Schlimmsten.«
Erik sah nicht so aus, als verstünde er ein Wort von dem, was wir faselten. Umso besser, wir ja auch nicht.
»Und deshalb«, beschloss ich unseren Vortrag, »ist es besser,

wenn die keine Fenster haben. Vollkommen einbruchssicher, und niemand kann auf die Monitore gucken.«
»Und deshalb«, fügte Edith hinzu, »lassen wir auch niemanden dort runter.«
»Verstehe«, sagte er mit einem Gesichtsausdruck, der genau das Gegenteil besagte. »Kann ich bitte einen Kaffee haben?«
Erleichtert, die kritische Kennenlernphase überstanden zu haben, schenkte ich ihm einen ein.

»Wie groß ist denn dieses Kellerbüro?«, fragte Erik.
Ich warf einen Blick zur Schranktür. Allmählich machte ich mir Sorgen um Mario. Er war jetzt schon eine Viertelstunde da drin. Was, wenn ihm die Luft ausgegangen war? Ich konnte nicht das kleinste Geräusch aus dem Schrank hören. Es war doch unmöglich, sich da drin geräuschlos zu bewegen, oder?
»Ziemlich groß«, faselte ich.
»Und verwinkelt«, fügte Edith hilfreich hinzu.
»Ja, das dauert ewig, da von A nach B zu kommen.«
»Voll das Labyrinth.«
Erik wirkte befremdet. Es sah aus wie jemand, der ahnt, dass er verarscht wird, aber nicht benennen kann, was genau nicht stimmt.
In diesem Moment klickte und surrte die Schranktür hinter uns. Zu meiner größten Erleichterung trat Mario unversehrt heraus. Souverän warf er die Tür hinter sich zu und hob das Fläschchen mit Verdünner hoch. »Sorry, hat ein bisschen gedauert. Ich musste Keira noch was helfen.«
Keira?
»Cooles T-Shirt«, sagte Erik.
Mario grinste, als hätte ihm Keira Knightley einen Heiratsantrag gemacht.
»Sollen wir loslegen?«, fragte ich.

»Okay«, dozierte Erik, »wir machen drei kurze Filmchen. Die Göttin der Natur guckt hoch, hebt die Hände, und es regnet Schlehen vom Himmel.« Er hatte seinen Laptop offen und spielte einen Film ab, auf dem die Göttin der Natur lasziv das Kinn hob und euphorisch die Hände nach oben ausbreitete, als wolle sie die ganze Welt an ihren nackten Busen drücken. »Ihr müsst nur noch die Schlehen einbauen.« Nur noch? So ein Witzbold. »Zweiter Film – sie streicht sich mit einem Löwenzahnblatt über die Lippen.« Was ohne Löwenzahnblatt, das wir ja noch einsetzen mussten, wie ein Stummfilmporno aussah. »Und im dritten Film befestigt sie eine Holunderblütendolde an ihrem Ohrläppchen.« Und machte danach einen Marilyn-Monroe-mäßigen Augenaufschlag in die Kamera.

An Ediths gekräuselten Lippen konnte ich erkennen, dass sie sich irgendwie was Intellektuelleres erhofft hatte. Aber sie hielt den Mund. Schließlich ging es darum, ab morgen wieder Klopapier kaufen zu können. Ganz zu schweigen davon, ein Gehalt zu beziehen und damit die Miete bezahlen zu können. Da gingen sie hin, unsere Ideale. Aber Sex sells eben.

Robespierre, der partout nicht von Erik hatte ablassen wollen, beklagte vom anderen Ende des Büros winselnd die Ungerechtigkeit der Welt. Edith hatte ihn mit der Leine am Tischbein festgebunden. Das Drama war noch nicht ausgestanden, so viel war klar. Edith konnte Erik jetzt schon nicht ausstehen, weil sie Robespierres Instinkten blind vertraute und Erik entschieden nicht linksreaktionär genug rüberkam, um seine Macho-Allüren zu rechtfertigen. Ich dagegen ertappte mich bei unerwarteter Milde, seine Sünden betreffend.

»Hier.« Erik reichte mir einen USB-Stick, und zwar so, dass seine Fingerspitzen gegen meine stießen. Weil ich weder wusste, ob das Absicht war, noch, wie ich darauf reagieren

sollte, riss ich ihm das Ding schnell aus der Hand. »Da sind die Filme drauf, wo ihr die lokalen Früchte einsetzen sollt.«
»Wie ist der Zeitplan?«, fragte Edith.
»Na ja, nächsten Freitag ist Abgabe.« Ich drehte den Stick hin und her. »Da gibt's nicht viel zu planen.«
»Simone wollte doch was schicken.« Er scrollte in seinen E-Mails herum. »Hm, vielleicht später.« Er sah wieder auf. »Kommt jemand mit raus auf eine Zigarette?«
»Klar«, sagte Mario.
Edith und ich wechselten einen Blick. In dem Moment, als die beiden nach draußen verschwunden waren, sagte sie: »Was für ein blöder, aufgeblasener Arsch.«
»Dachte ich auch erst.«
»Und jetzt denkst du es nicht mehr?«
»Er hat mir immerhin den Tipp fürs Angebot gegeben. Und es hat funktioniert.« Ich nahm ihn doch nicht etwa in Schutz?
»Trotzdem ist er ein Arsch.«
»Er ist Simones Liebhaber«, platzte ich heraus.
»Echt jetzt?« Nun war sie platt. Ich konnte förmlich sehen, wie Simones Ansehen bei ihr Risse kriegte, und fühlte unwürdige Schadenfreude in mir aufsteigen.
»Wo die Liebe hinfällt«, philosophierte ich, um nicht den Eindruck zu erwecken, ich wäre irgendwie tiefergehend an Eriks Liebesleben interessiert.
Was ich natürlich nicht war.
Wirklich nicht!
Marty Jones hatte mich von meiner Werbewichser-Romantik gründlich kuriert! Für immer! Gegen Typen wie Erik war ich gefeit! Apropos Marty Jones. Der hatte sich seit dem vorgestrigen Desaster nicht wieder gemeldet. Dafür, dass wir beinahe miteinander in den Federn gelandet wären, fand ich das sehr ignorant. Geradezu beleidigend.

Hinter mir klingelte das Telefon. Ein Blick verriet mir, dass es meine Mutter war, die nachprüfen wollte, ob ich meine Versprechen einhielt. Gesund essen, viel schlafen, Herrn Hasmeyer anrufen.
Wie aufs Stichwort tauchten auch Erik und Mario wieder auf, in ein angeregtes Gespräch über tanzende Skelette vertieft.
»Und dann, wuuusch, geht das ganze Skelett in Flammen auf, verstehst du, Flammen lodern in seinen Augen, wie bei *Ghost Rider,* und dann sagt es«, Mario senkte seine Stimme um eine Oktave: *»Hasta la vista, baby!«*
»Geil.« Sie brachen beide in Gelächter aus. »Kann ich's mal sehen?« Per du waren sie auch schon. Wow, in nur fünf Minuten. Ich frage mich, ob schon jemand einen Ratgeber über die geheime Bedeutung der Raucherecke als Nexus der Bürokommunikation geschrieben hat.
»Ist ein altes Projekt, muss ich erst raussuchen.« Mario führte Erik zu seinem Monitor-Schildwall. »Aber ich hätte noch was richtig Cooles. Willst du mal meine singende Passionsblume sehen?«
Wenig später stöhnte tatsächlich *I-love-you-love-you-love-you-baby* aus den Lautsprechern, und die beiden wälzten sich fast am Boden vor Lachen. Ich bedeutete Edith mit einem Blick, mir unauffällig in die Küche zu folgen.
»Das ist gut!«, wisperte ich. »Wir lassen sie machen und stören sie nicht.«
Edith stöhnte gequält. »Als Nächstes zeigt er dieses oberpeinliche Foto mit den bescheuerten Zwinker-Blaubeeren.«
»Schlehen«, belehrte ich sie.
Das Telefon klingelte ungerührt.
»Gehst du ran?«, bat ich sie, während ich nach meinem Handy suchte. »Und versicherst meiner Mutter glaubhaft, dass ich nicht da bin?«

»Klar.«

Auf meinem Handy blinkten vier Rufe in Abwesenheit. Zwei von meiner Mutter, zwei von einer Nummer, die ich noch nie gesehen hatte. Vermutlich meine rentierbeschlipste Möchtegern-Rentenversicherung. Ich warf einen Blick zu Erik und Mario, um mich davon zu überzeugen, dass sie sich gut amüsierten, und drückte auf Rückruf.

»Hallo, grüß Gott, Frau Neumann!«, begrüßte mich Rudi das Rentier voll Enthusiasmus. Hatte der in optimistischer Vorfreude schon meine Handynummer gespeichert? »Das ist aber schön, dass Sie zurückrufen! Ich versuche Sie seit Tagen zu erreichen!« Wie jetzt? Wir hatten uns doch erst vorgestern getroffen? »Ich hatte schon Angst, dass Ihnen was zugestoßen ist.« Und deshalb hast du dich bei meiner Mutter nach meinem Wohlbefinden erkundigt, was? Wieso fragte er nicht die, ob sie ihn heiraten wollte? Wobei, lieber nicht. Die Vorstellung, dass meine Mutter und Rudi das Rentier … da lief es mir gleich kalt den Rücken herunter.

»Tja, mir geht's gut«, sagte ich stattdessen. »Haben Sie Sonja schon versorgt?«

Edith bedeutete mir mit einem Wink, leiser zu sprechen.

»Da bin ich dran.« Aha. »Aber wir beide wollten doch bei einem Abendessen noch einmal über Ihre Versicherungssituation sprechen. Was halten Sie von heute? Haben Sie Zeit?« Und dazu lachte er, dass ich vor meinem geistigen Auge die Rentiere auf seiner breiten Handwerkerbrust auf und nieder hüpfen sah.

Ich antwortete nicht gleich, denn ich saß in der Zwickmühle. Wenn ich ihn vertröstete, würde er mich auch weiterhin mit Telefonterror nerven. Und meine Mutter, seine schamlose Verbündete, würde ihm auch noch dabei helfen. Dabei hatte ich weder Lust noch Zeit, mich mit ihm zu treffen. Apropos

Zeit. Da kam mir eine Idee. »Herr Hasmeyer«, flötete ich scheinheilig, »ich bin gerade ziemlich im Stress, aber warum kommen Sie nicht einfach morgen gegen achtzehn Uhr bei mir im Büro vorbei?«
»Aber …«
»Da gibt's auch was zu essen!« Ich schielte zu den Pizzakartons, die wir neben dem Kühlschrank aufgeschichtet hatten.
»Aber ist das nicht ein bisschen ungemüt–«
»Ach wo, Sie werden staunen! Unser Büro ist ein heißer Anwärter auf den Pulitzer-, äh, ich meinte Publikumspreis bei *Schöner Wohnen*.«
Da wusste er nichts mehr zu sagen.
»Also dann«, beschloss ich unser Telefonat, »bis morgen Abend. Und verfahren Sie sich nicht!«
Wir legten fast zeitgleich auf, Herr Hasmeyer und ich. Ich grinste schadenfroh vor mich hin, dass ich solchermaßen die Verkupplungspläne meiner Mutter durchkreuzt hatte. Heute Abend musste ich unbedingt Sonja fragen, ob sie nicht mit Rudi dem Rentier mal ausgehen wollte, wo er doch Kinder mochte und so.
Erik und Mario hatten nichts von alldem mitbekommen. Sie starrten noch immer gebannt auf Marios Monitorwall. Die Liebesschwüre der Ballonlippenblume waren verstummt, dafür drang lautes Scheppern aus den Lautsprechern. Sie fingen wieder an zu kichern. Erik sagte etwas, und Mario antwortete mit einem Satz, der klang wie: »Kunstwerke sind runde Esel, die flattern, wenn man sie mit Holzwolle ausstopft.«
Wer hätte gedacht, dass ausgerechnet Marios spröder Charme bei Erik zünden würde?
»Komm mal her«, rief Edith, »und sieh dir das an.«
Ich stellte mich hinter sie und blickte auf einen Excel-Zeitplan, den sie an ihrem Laptop offen hatte. Die Überschrift

lautete *Purity – Reinstes Vergnügen: Masterclips Post-Production.*

»Hast du den gemacht?«, fragte ich.

»Nee, hat mir Simone gerade geschickt.«

»Tag eins Projektbriefing«, las ich laut vor. »Das wäre dann heute. Tag zwei Abgabe erste Fassung. Tag fünf Feedback vom Kunden mit Änderungswünschen. Moment mal, Tag fünf? Wir sollen alle Filme in einem Tag machen, und der Kunde braucht drei Tage, um sich dazu zu äußern?«

»Lies bis zum Schluss«, ermunterte mich Edith in diesem zuckersüßen Tonfall, der nichts Gutes ahnen lässt.

»In einem Tag?« Ich wollte schon Erik fragen, wie genau wir eigentlich dreißig Manntage in einem Tag umsetzen sollten.

»Jetzt lies!«

»Okay, Tag sechs Abgabe finale Fassung. Tag sieben interne Review K&K. Tag acht Kundenpräsentation.« Ah, wir hatten noch einen zweiten Tag Zeit, um die unzähligen Änderungen einzubauen, die wir auf die erste Version zurückbekommen würden. Das kannte ich zur Genüge. Je wichtiger ein Projekt ist, desto mehr wichtige Leute wollen mitreden. Bei einer Firma wie Mocona, die ihre Millionenbudgets Läden wie K&K in den Rachen wirft, gab es bestimmt Unmengen wichtiger Leute. Und weil wichtige Leute ihre Wichtigkeit fortwährend durch wichtige Aussagen untermauern müssen, vor allem durch Kritik, weil ja nur Veränderung Fortschritt bringt, erfordert die Menge an Änderungswünschen normalerweise eine Neuproduktion. Ich schickte ein Stoßgebet zum Himmel. Bitte, lieber Gott, gib mir Kraft, meine Frustration nicht in blöden Sprüchen zu entladen.

Ein Glück, dass wir nur eine Woche Zeit hatten. Sonst hätte sich die Anzahl der Feedback-Runden womöglich auf vier und die der Neuproduktionen auf dreieinhalb erhöht. So ge-

sehen kam mir mein Kostenangebot gar nicht mehr überzogen vor.
»Vielleicht hat Simone sich vertippt«, murmelte Edith.
Ich warf einen verstohlenen Blick zu Mario und fragte mich, wie ich ihm das beibringen sollte. »Das glaubst du doch selbst nicht.«
»Ich rufe sie an.« Sie seufzte. Das tut sie selten. Eigentlich nur, wenn sie sich echte Sorgen macht.
»Und ich bringe Erik bei, dass der Zeitplan so nicht funktioniert.«
Wir nickten uns zu und schritten zur Tat.

Mit geballtem Verhandlungsgeschick schafften wir es, die erste Abgabe zu verschieben, aber auch nur, weil Erik uns half.
»Wir können nicht hexen«, eröffnete ich den Reigen.
»Und was ist mit euren vierhundert geheimen Kellersklaven?«, fragte Erik.
»Die können auch nicht hexen.« Ich hielt ihm den ausgedruckten Zeitplan hin. »Ein Tag für alle drei Filme?«
»Zeigen Sie mal.« Er nahm mir das Blatt aus der Hand und studierte es so konzentriert, dass sich die Blutergüsse auf seiner Stirn runzelten. Dann murmelte er etwas, das so ähnlich klang wie: »Die hat doch keine Ahnung.« War das auf Simone gemünzt? Ich gewann den Eindruck, dass er ohnehin nicht so gut auf sie zu sprechen war.
Er zückte sein Telefon und rief sie an. Das Gespräch war kurz und knackig. Edith und ich tauschten einen Blick. Reichlich unverschämt, wie er mit Simone umsprang. Erst recht, wenn sie auch noch seine Freundin war. Vielleicht nahm er ihr übel, dass sie ihn gestern Nacht einfach so vor dem Restaurant hatte stehenlassen.
»Vier Tage«, sagte er.

»Wird trotzdem verdammt eng«, lamentierte Mario. Allerdings wirkte er nicht sehr panisch, was ich für ein gutes Zeichen hielt. Was immer Erik ihm an Wünschen geschildert hatte, es schienen keine Wasservorhänge mit in Zeitlupe hindurchfliegenden Schlehdornfrüchten dabei vorzukommen.
»Sorry, mehr ist nicht drin.« Erik klang ehrlich zerknirscht. Eine Regung, die ich ihm gar nicht zugetraut hätte. Mario musste ihn mächtig beeindruckt haben. Ausgerechnet Mario!
»Da wollen tausend wichtige Leute draufgucken und ihren Senf dazugeben.«
Genau.
Sein Handy klingelte. Er ging sofort dran. »Ja?« Während er zuhörte, verdüsterte sich seine Miene. »Fuck«, sagte er. »Echt?«
Mario schob mit leidender Miene digitale Schlehdornfrüchte auf der Göttin der Natur herum. Auf ihrem makellosen Teint sahen die Dinger wie Pestbeulen aus. Oder besonders hartnäckige Akne. *Moconaaaa – die Kraft der Schlehe für schönere Haut. Wirkt auch bei besonders hartnäckigen Unreinheiten. Plingplongtürili. Für Risiken und Nebenwirkungen fragen Sie bitte …*
Ich kam nicht dazu, meine kreativen Fantasien weiterzuspinnen, denn Erik beendete sein Telefonat mit den Worten: »Jetzt haben wir echt ein Problem.«
»Was denn?«, fragte ich leicht besorgt. »Haben sie die Präsentation auf heute Abend verlegt?«
Er fuhr sich mit der Hand durch die Tom-Cruise-Frisur. »Der Kunde steht nicht auf Blondinen.«
»Aber eure Göttin der Natur ist blond«, sagte Mario.
»Nee, echt?« Eriks innerer Werbewichser schien immer dann durchzubrechen, wenn er gestresst war.
»Was für ein oberflächlicher Idiot beurteilt eine Kampagnen-

idee nach der Haarfarbe der Models?«, mischte Edith sich ein. Der Geist der Revolution leuchtete schon in ihren Augen.
»Der Idiot ist Zacharias Weinstein, neuer Marketingchef bei Mocona Europe«, erklärte Erik von oben herab. »Unser Informant sagt, Zach Weinstein hasst Blondinen, seit er den Scheidungskrieg gegen seine blonde Ex-Frau verloren hat.«
»Ihr habt Informanten?«, fragte Mario interessiert. Er zupfte an seinem T-Shirt herum, bis Gottes Sohn fast der Joint aus dem Mundwinkel fiel. »So CIA-mäßig? Geil.«
»Und das wusstet ihr nicht vorher?«, schoss Edith zurück.
Erik ging weder auf den einen noch auf den anderen blöden Spruch ein. »In ihrer US-Kampagne haben sie nur Rothaarige und Brünette. Es könnte also was dran sein. Der Informant sagt, mit einer Blondine verlieren wir den Pitch auf alle Fälle.«
»Das ist jetzt ein Witz?«, sagte ich.
»Nein, ist es nicht.«
»Ich weiß, was ihr denkt«, tönte Mario. »Vergesst es. Haare umfärben funktioniert nicht. Sieht garantiert scheiße aus.«
»Dann müssen wir alle Filme neu drehen.«
»Wie wäre es damit, den Präsentationstermin zu verschieben?«
»Keine Chance.«
»Fuck«, sagten Edith und ich zugleich.
»Wenn wir morgen drehen …« Erik starrte versonnen zu Robespierre, dann guckte er mich wieder an. »Ihr arbeitet erst mal auf den alten Filmen. Morgen kommt ihr mit zum Shooting. Wir drehen die gleichen Einstellungen nach und tauschen nur das Model aus. Und ihr bringt eure Daten mit und checkt gleich vor Ort, ob alles passt.«

7
Bitte die Models nicht füttern

Es war noch dunkel, als wir um halb sieben Uhr morgens mit meinem klapprigen Renault zum Botanischen Garten rutschten, wo der Filmdreh stattfinden sollte. Wir mussten quer durch die Stadt, und ich hatte gehofft, um diese Zeit schnell voranzukommen. Fehlanzeige. Auf den Straßen, weiß überfroren von der Nacht, stauten sich schon unzählige Autos mit Leuten, die verbissen das Bruttosozialprodukt steigern wollten.

»Sag mal«, fragte Edith, »wenn die den Pitch verlieren, kriegen wir trotzdem unser Geld, oder?«

Wir hatten, was ich meiner Mutter niemals erzählen würde, bis weit nach Mitternacht gearbeitet, im Stehen gesundheitsgefährdende Nudeln vom China-Lieferservice in uns hineingestopft und waren allesamt hundemüde. Mario machte auf der Rückbank ein Nickerchen. Sein Computer, ein monströs großes Ding, hing neben ihm im Sicherheitsgurt, weil er behauptete, mein Laptop habe nicht genügend Leistung, um seine fliegenden Akne-Schlehen abzuspielen. Bei jedem Bremsen drangen bedenkliche Klappergeräusche aus der Kiste.

»Sag mal«, fragte ich Edith zurück, »bist du sicher, dass du mitkommen willst? Es wird hektisch und nervig und …«

»Du hast doch bloß Angst, dass ich Erik blöd komme.«

Tja, sie kennt mich gut. Auch wenn das nur ein Teil der Wahrheit war. Des Weiteren sorgte ich mich nämlich, wie sie reagieren würde, wenn sie mit einer Horde überdrehter, latent magersüchtiger Models konfrontiert wurde, die vom Regieassistenten durchs Bild geschubst wurden wie Sofakissen. Sie kannte solche Events nicht. Sie hatte immer nur in kleinen Agenturen, in denen sich alle liebhatten, gearbeitet, die Logos und Briefpapier für die Kunstschlosserei Nickelhuber entwickeln.

»Dann müsste Robespierre auch nicht einsam im Kekshaus darben«, versuchte ich es noch einmal. Meine Lieblingskellnerin Viola hatte sich erboten, ein paar Stunden auf den Hund aufzupassen. Selbst Edith hatte eingesehen, dass es keine gute Idee war, ihn zu einem Filmdreh im Palmenhaus mitzuschleppen. »Sieh mal, ich könnte dich da vorn absetzen und …«

»Vergiss es«, sagte sie fröhlich. »Du wirst mich nicht los.«

Ich schenkte mir eine Antwort und warf einen Blick in den Rückspiegel zum friedlich schlummernden Mario, der in einem hellgrünen T-Shirt mit der Aufschrift *Bitte die Models nicht füttern* steckte. Die Buchstaben waren von Hand mit einem Permanentmarker auf den Stoff gemalt. Ich wette, er hatte sein modisches Statement extra für den Drehtermin angefertigt. Hoffentlich fanden alle anderen Anwesenden es so lustig wie er. Edith hatte beim Anblick nur die Augenbrauen hochgezogen, aber nichts weiter gesagt, was viel über ihren körperlichen Zustand verriet. Neuerdings verkrafteten wir Schlafmangel nicht mehr besonders gut. Ab fünfundzwanzig geht es einfach bergab. Und nirgends merkt man das so deutlich wie bei Nachtschichten und Alkoholkonsum.

Wir hatten etwa die halbe Stadt durchquert, da klingelte Ediths Handy.

»Ja?« Sie gähnte in die Sprechmuschel.

Und dann: »Ja, sorry. Ist ein bisschen … was?« Sie richtete sich im Sitz auf und lauschte. Aus den Augenwinkeln beobachtete ich, wie ihr Gesichtsausdruck in rascher Folge von überrascht nach hast-du-sie-noch-alle nach panisch und zuletzt nach oh-gott-holt-mich-hier-raus wechselte. Hinter mir hupte ein Schlipsträger in einem Porsche genau wie der von Marty Jones. Der hatte sich immer noch nicht gemeldet. Hoffentlich hatte die Polizei ihn nach dem Tamburini-Desaster nicht in Beugehaft gesteckt. Wegen unflätiger Äußerungen oder Verdacht auf Spionage für die NSA, oder beidem gleichzeitig.

Mario fuhr aus seinem Nickerchen hoch. »Brombeeren?«, fragte er verwirrt. »Welche Brombeeren?«

Der beschlipste Porschefahrer hielt sich nicht mit weiterer Verkehrserziehung auf, sondern brach an mir vorbei auf die Gegenspur und schoss über die Kreuzung. Bestimmt wollte er zu einem wichtigen Meeting, um dort wichtige Kritik zu äußern, damit die armen, unwichtigen Dienstleister das ganze Projekt neu produzieren mussten.

»Nein«, rief Edith, »vergiss es!«

Was sollte ich vergessen?

Aber ich war gar nicht gemeint, denn gleich darauf sagte sie: »Simone, ehrlich. Das mache ich nicht.«

Simone schien das nicht hinnehmen zu wollen. Sie redete geschlagene drei Querstraßen, bis Edith wieder zu Wort kam. Sehr weit kam sie allerdings nicht. »Aber …«

Dann übernahm Simone wieder das Wort.

Vor uns tauchte der Eingang zum Botanischen Garten auf. Die Straße war auf beiden Seiten zugeparkt. Wieso das denn? Wer besuchte an einem eisigen Wintermorgen kurz vor acht den Botanischen Garten? Ich hielt nach den Besucherhorden Ausschau, die vor dem Kassenhäuschen von einem Fuß auf den anderen sprangen, um nicht festzufrieren. Oder gehörten all die Autos verzweifelten Anwohnern, die sie vor neun Uhr wegfahren mussten?

»Aber ich kann doch nicht …«, beteuerte Edith.
Ich bog in die Seitenstraße zum Krankenhaus ein, ein Geheimtipp von Marty Jones. Der hatte seinen Angeber-BMW immer schräg gegenüber der Psychiatrischen Notfallpraxis abgestellt. Im Nachhinein kam mir das wie ein Omen vor.
Nach kurzem Überlegen parkte ich unter den Fenstern der Intensivstation. Blieb nur zu hoffen, dass das ein Zufall war.
»Okay, wir sind da«, sagte Edith. »Wir sehen uns gleich.« Sie legte auf.
»Was ist los?«, fragte ich. Dabei wollte ich es gar nicht wissen.
Sie zog ein Gesicht, als hätte sie eine verschimmelte Schlehe gegessen. »Du wirst nicht glauben, was Simone gerade von mir wollte.«
»Sich deine handsignierte Ausgabe vom Kapital ausborgen?«
Edith besitzt tatsächlich eine, die liegt bei mir im Wohnzimmer mit den anderen Büchern, in Packpapier gehüllt und mit einer Hanfschnur (naturrein) verknotet. Wir müssten die Kladde nur verkaufen und wären auf einen Schlag unsere finanziellen Sorgen los. Aber wenn es um dieses Buch geht, verlieren alle Ideale über Volkseigentum ihre Gültigkeit. Ich muss das Thema nur ansprechen, und Edith verwandelt sich in einen feuerspeienden Drachen. Fehlt nur noch, dass sie *Meiiiin Ssssschatzzzzz!* zischt, wenn sie sich darüberbeugt.
Mario stieg aus, schauderte unter der frühmorgendlichen Kälte zusammen und starrte mit gequältem Gesichtsausdruck auf seinen Computer. »Muss ich den jetzt den ganzen Weg schleppen?«
»Meinen Laptop wolltest du ja nicht.«
»Aber ich bin Künstler!«
»Dann beschwer dich bei der Künstlersozialkasse. Und jetzt nimm deine Pinsel, Picasso, wir sind schon eine halbe Stunde zu spät.«

»Bei der Künstlersozialkasse?«, fragte Edith.
Ich sah sie an und drehte die Augen gen Himmel, aber so, dass Mario es nicht sah.
Fünf Minuten später waren die Profis aus dem Regenbogen-Hoppelhäschen-Haus abmarschbereit. Frierend stapften wir durch den festgefahrenen Schnee auf der Straße, weil der nicht so rutschig war wie der überfrorene Bürgersteig. Mario atmete schwer und gab gelegentlich kleine Schmerzenslaute von sich, damit wir wussten, dass wir schuld waren, wenn er sich den Rücken verhob und nie mehr arbeiten konnte.
»Also, was wollte Simone?«, fragte ich.
»Was total Bescheuertes«, grummelte Edith. Unter unseren Schuhsohlen knirschte der Schnee. Neben uns verströmten die Papiersterne in den Fenstern der Abteilung Suchtmedizin weihnachtliches Ambiente. Hinter uns schnaufte Mario. Und über unseren Köpfen dämmerte winterlich rosa der Morgen herauf. »Sie macht sich Sorgen«, druckste sie.
»Ja?«
»Sie hat die Models gerade gesehen. Sie sind nicht so toll. Zwei sind zu jung, zwei zu blond, und der Rest …«
»Wieso denn so viele?«, fragte ich verwundert.
»Sie machen Casting und Shooting in einem Rutsch, wegen der knappen Zeit.«
»Aha.« Warum wurde mir flau im Magen? Hoffentlich lag das nur an der durchwachten Nacht.
»Jedenfalls hat Simone die Models gesehen und macht sich Sorgen.«
»Weil sie zu jung und zu blond sind«, wiederholte ich. »Aber wieso haben sie keine dunkelhaarigen Models gebucht?«
»Haben sie ja, aber die eine hat eine komische Nase. Und die andere Sonnenbrand.«
»Im Winter?«

»Was weiß ich?«, fuhr Edith auf. »Vielleicht kommt sie gerade vom Urlaub auf den Malediven.«
»Ganz ruhig.«
»Jedenfalls hat sie mich allen Ernstes gefragt, ob ich nicht die Göttin der Natur spielen will.«
»Aha. Das lassen wir uns aber vergolden.«
»Aha?«, fauchte sie. »Mehr fällt dir nicht dazu ein?«
»Also ich fände das gut«, bemerkte Mario, feinfühlig wie immer. Vor Aufregung hatte er vergessen, unter seiner Last zu schnaufen. »Du bist eben schöner als alle Models zusammen. Bestimmt wirst du ein Star.« Habe ich erwähnt, dass sein Feingefühl leicht neben der Rolle ist?
»Oh Mann, wenn du einmal deine blöden Witze lassen könntest«, sagte sie, ohne sich umzudrehen.
»Aber das war kein …«
Ich drehte mich zu ihm um und schüttelte den Kopf. Zum Glück fiel ihm im gleichen Moment wieder ein, dass er einen unmenschlich schweren Computer schleppen musste. Und Schnaufen und Reden geht nicht gleichzeitig.
Während wir an einer Fußgängerampel auf Grün warteten, erspähte ich einen stahlblauen Porsche, der auf der Suche nach einem Parkplatz die Straße hinunterrollte. »Guck mal, Erik ist auch zu spät.«
Edith fiel auf meine plumpen Ablenkungsmanöver nicht rein. »Was glaubt sie denn, wer ich bin?« Sie fing an, sich aufzuregen. »Schon mal was von Gleichberechtigung gehört?«
Ich stöhnte innerlich. Bitte jetzt keine Grundsatzdiskussionen im Schneematsch um halb acht in der Früh. Dabei kam mir ein Gedanke. »Dann hat Erik die Models noch gar nicht gesehen. Er ist der Kreativdirektor, also entscheidet er, welches Model sie nehmen. Vielleicht findet er die Mädels gar nicht so schlecht.«

»So eine sexistische Scheiße!«

»Es kann dich schließlich keiner zwingen«, sagte ich beschwichtigend.

»Aber dass sie überhaupt darauf kommt, mich zu fragen! Was glaubt sie denn, wer ich bin?«

»Deinen roten Locken kann eben keiner widerstehen«, witzelte ich.

Natürlich lachte sie nicht. Die Ampel schaltete auf Grün. Sie stürmte verbissen über die Straße und ließ Mario und mich hinter sich zurück.

»Was hat sie denn?«, fragte er.

»Sie möchte nicht zum Sexobjekt degradiert werden.«

»Heidi ist doch auch kein degradiertes Sexobjekt!«

»Edith ist nicht Heidi Klum.«

»Sie könnte es aber sein!«, beharrte er.

»Als Göttin der Natur für Biomarmeladen-Werbung?«

»Na ja …« Ihm leuchtete ein, dass das nicht ganz das Gleiche war. »Aber sie könnte doch entdeckt werden!«

»Vielleicht will sie das gar nicht.«

Er verstummte, weil wir Edith fast eingeholt hatten. Vor uns lag der Kassenpavillon des Botanischen Gartens.

Das Verkaufsfenster war verschlossen, aber ein blaugefrorenes Cappuccino-mit-Amarettini-Empfangsmodel wartete vor dem Eingangstürchen. Da war aus dem Cappuccino wohl ein Frappuccino geworden. Die Arme trug hochhackige Stiefel mit Fellpüscheln um die Knie und einen Rock mit dünnen Leggins darunter. Wenigstens hielt ihre stylishe Kosakenmütze die Ohren warm. Bestimmt hatte ihr niemand gesagt, dass es vor dem Botanischen Garten keine Heizpilze wie in den coolen Party-Clubs gibt.

»Hi!«, bibberte sie. »Ist dein süßes Hu-Hu-Hundi gar nicht dabei?« Eins musste man ihr lassen, sie spielte noch im Angesicht des Kältetods die perfekte Empfangsdame. Süß sah sie aus, aber leider blond.

»Hi«, sagte ich mit der letzten Wärme, die ich aufbringen konnte. »Lässt du uns rein?«

Sie klinkte mit froststeifen Fingern das Türchen auf und deutete zu den Gewächshäusern. »Das Shooting ist im Victoria-ha-ha-haus. Im G-G-Grünen Saal gibt's Kaffee und Fü-Ffüh-Frühstücksbuffet.«

»Danke!« Ich nahm mir vor, ihr jemanden mit heißem Kaffee rauszuschicken.

»Vi-hi-hiel Spaß!«

»Oh Gott«, sagte Edith erschrocken, als wir außer Hörweite waren, »warum zieht sie sich keine warmen Sachen an?«

Vermutlich, weil Miss Frappuccino im Gegensatz zu Edith liebend gern ein degradiertes Sexobjekt sein wollte und hoffte, dass König Graumähne sie bemerkte.

Richard stand im Gewächshausfoyer mit einer robusten Dame in Gärtnerkleidung, die aussah, als hätte sie gerade vierhundert Kühe die Alm heruntergetrieben. Seine notorisch gute Laune zu jeder möglichen und unmöglichen Tageszeit machte mich allmählich misstrauisch. Wie schaffte der das? Er war mindestens zwanzig Jahre älter als ich und war frühmorgens um sieben fit wie ein Turnschuh?

»Die Julia!«, rief er mir fröhlich entgegen.

»Und wer bist du?« Peinlicherweise griff er nach Ediths Hand und schickte sich an, einen Kuss draufzuhauchen. Er hatte allen Ernstes ihren Namen vergessen.

»Edith«, sagte sie säuerlich und zog ihm die Hand weg. »Wir kennen uns schon.«

»Super siehst du aus, Edith.« Er setzte sein Haifischgrinsen auf. »Da können diese Hühner, die Simone angeschleppt hat, doch allesamt einpacken.«

Das verschlug ihr kurzzeitig die Sprache.
»Sag ich doch«, murmelte Mario von hinten.
Richard grinste über seinen T-Shirt-Spruch. »Der ist gut.«
»Können wir hier irgendwo unsere Rechner aufbauen?«, fragte ich.
»Hinten im Palmenhaus. Die Jungs vom Filmteam wurschteln da auch schon herum.«
»Und machen Sie nichts kaputt!«, warnte mich die Gärtnerin. »Passen Sie auf die Schildkröten und die Baumfrösche auf!«
»Das ist Trude Baumgartner«, stellte Richard sie vor. »Wir kennen uns schon seit Urzeiten. Gell, Trudchen?« Jetzt war mir auch klar, wie sie so schnell die Genehmigung bekommen hatten, im Botanischen Garten zu drehen. Nicht mal Trudchen konnte Richards Charme widerstehen.
Sie drückte meine Hand mit schwieligen Fingern, dass ich fast jaulend in die Knie gesackt wäre. Trudchen konnte zupacken. Vermutlich war es als Warnung gemeint, damit ich wusste, was mich erwartete, falls ich meinen Laptop auf einen Baumfrosch stellte.
Ein weiteres Cappuccino-mit-Amarettini-Model kam herbeigeflattert.
»Mäuschen«, befahl Richard, »bring die drei hier zum Seerosenbecken, damit sie ihr Zeug aufbauen können. Und zeig ihnen, wo es Kaffee gibt.«
Cappuccino-Mäuschen, leider ebenfalls blond, lächelte lieb und tat wie befohlen. Edith fehlten noch immer die Worte. Richard hatte sein Kompliment so hinreißend formuliert, dass es ihr wohl unfein vorkam, sich wie die Axt im Walde zu benehmen. Erst recht unter Trudchens gestrengem Blick.
Im Victoriahaus stand Kameratechnik im Wert mehrerer Luxuskarossen herum, aber kein Mensch war zu sehen. Nicht mal ein Baumfrosch. Die versteckten sich wegen des Trubels

bestimmt in den Bäumen. Scheinwerfer knallten auf die mit Ornamenten verzierte Sandsteineinfassung des Seerosenbeckens und verströmten eine solche Hitze, dass die alten Holzrahmen der Fenster schon verdächtig knackten.

Mario suchte sich eine Ecke zwischen zwei Oleanderkübeln und begann, seinen Rechner aufzubauen. Edith und ich folgten dem Cappuccino-Mäuschen derweil in den Grünen Saal. Der übrigens gar nicht grün war, sondern weiß und lichtdurchflutet. Das Wichtigste war schon aufgebaut: ein großes Frühstücksbuffet. In solchen Dingen ließ sich K&K nicht lumpen. Widerwillig rang ich mir Anerkennung ab, während ich warme Croissants, amerikanische Zimtschnecken, Muffins und belegte Brötchen in Augenschein nahm. Und es wurde sogar noch besser. Drei große Thermoskannen mit Kaffee standen bereit, wobei die unterschiedlichen Röstungen mit *sanft, extrastark* und *koffeinfrei* beschriftet waren. Der Raum allerdings war so vollgestopft mit Menschen, dass mir ganz anders wurde. Was machten die alle hier? Der kichernde Haufen da hinten mussten die Models sein. Klar, in größtmöglicher Entfernung zum Buffet. Damit sie ja nicht in Versuchung gerieten. Ein paar unrasierte Typen in Jeans und Langarm-Shirts sahen aus, als wären sie die Techniker der Filmcrew. Schließlich erspähte ich Simone, winterschick im fluffigen weißen Strickkleid und Stiefeletten. Sie unterhielt sich mit einem Typen in kariertem Pullunder und graumeliertem Föhnhaarschnitt, während sie aufgeregt mit ihrem Kaffeebecher gestikulierte.

»Ich lasse euch dann mal allein«, zwitscherte das Cappuccino-Mäuschen.

»Warte mal«, ich hielt sie zurück, »bring deiner Kollegin draußen am Tor einen heißen Kaffee und vor allem einen Mantel.«

Verdutzt schaute sie mich an.
»Oder willst du an ihrem Tod schuld sein?« Ihrer Miene war zu entnehmen, dass sie diese Form der Entsorgung lästiger Konkurrenz gar nicht schlecht gefunden hätte. »Sonst frage ich Richard.«
Das wirkte. Säuerlich kräuselte sie die Lippen und trollte sich, um koffeinfreien Kaffee in einen Becher zu füllen.
Gesprächsfetzen rauschten an uns vorbei:
»… hätten wir's mit der RED gedreht, hätten wir nicht halb so viel Trouble.«
»Probier mal die mit Schinken und Bärlauch, die sind geil.«
»… gestern Abend *Game of Thrones* gesehen? Die Eisriesen sahen ja mal voll fakemäßig aus.« Hämisches Gelächter. »Da ist ihnen wohl das Budget ausgegangen.« Noch mehr hämisches Gelächter.
»Echt? Kann ich mir gar nicht vorstellen, dass der mit Susi rummacht.«
»… mit dem scheißkünstlichen Licht. Wenn wir's in Kapstadt machen würden …«
Das musste ein Kreativdirektor sein. Mit der ganzen Crew zum Fotoshooting nach Kapstadt, wollten wir das nicht alle? Der Kunde zahlt, ohne mit der Wimper zu zucken, alle Rechnungen, weil er im Luxushotel die größte Suite kriegt und, falls er darauf steht, die schönsten Models zur Gesellschaft. Daheim im Firmensitz in Unterpfützigheim präsentiert er seinem Controller eine neutral gehaltene Agenturrechnung, auf der nur draufsteht: Fotoaufnahmen für die Herbstkampagne.
Bei Gold&Habermann war ich ein einziges Mal dabei gewesen. Während Kreativdirektor und Accountdirektor sich mit dem Kunden, den Models und dem Fotografen am Pool betranken, hatten sie mir die Organisation aufs Auge gedrückt.

Ich hing den ganzen Tag am Telefon, um Genehmigungen für die Drehorte zu einzuholen, einen Nachtclub für die After-Shoot-Party ausfindig zu machen und bei der Hotelleitung Abbitte für die verwüstete Bar zu leisten. Der Geschichte mit dem Model, das nach einem Sonnenstich und zu viel Koks aus Marty Jones' Privatbeständen halluzinierend durch den Poolgarten rannte, weil es glaubte, ein zwei Meter großer Zombie-Kolibri sei ihm auf den Fersen, wollte ich jetzt lieber nicht nachhängen. Immerhin hatte ich die Kleine wieder eingefangen.

Simone erspähte uns und winkte uns zu sich. »Hallo-oo!«, begrüßte sie uns. Mich mit Handschlag, Edith mit Küsschen auf die Wangen.

»Hör mal!« Edith fiel gleich mit der Tür ins Haus. »Ich mache das nicht.«

»Das hier ist Ingmar, unser Director of Photography!«, stellte Simone uns einander vor, ohne auf Ediths Eröffnung einzugehen. »Und das sind Julia und Edith von Strahlkraft. Die machen die Special Effects.« Special Effects, das klang fast so glamourös wie Director of Photography anstatt Kameramann.

»Nice to meet you«, säuselte Ingmar. »Ich bin very pleased.«

»Ich auch«, erwiderte ich. Eigentlich wollte ich mal mit dem Frühstück anfangen.

»Hast du gesehen die Kleine mit the Sommersprossen?« Er nahm seinen Faden wieder auf. »Wenn wir die machen in eine schöne, wie heißt es, High Key Setup, mit viel weiße Licht? Mit die Water Lillies und eine Touch Gold in the Reflection?«

Ach du Schreck. Da blieb mir glatt die Zimtschnecke an der Lippe kleben.

»Ich glaube nicht, dass der Kunde das will«, widersprach Simone. »Der will, dass die Göttin der Natur international und

umweltfreundlich rüberkommt, aber nicht nach Öko-Hippe aussieht.«
Edith verschluckte sich.
»Yeah, right.« Ingmar legte einen Finger unters Kinn und nickte in Denkerpose. »Und was sagt eure Creative Director?«
»Der sucht noch einen Parkplatz«, sagte ich.
»Und woher willst du das wissen?!« Simone klang richtig giftig, als ob ich gerade ein peinliches Geheimnis verraten hätte.
»Weil ich ihn beim Reinkommen gesehen habe.«
»Oh.« Sie entspannte sich wieder. »Ach so.«
Was hatte sie denn gedacht? Dass wir die Nacht zusammen verbracht hatten und gemeinsam in seinem Angeberporsche hergefahren waren? Also bitte! Kein Wunder, dass Erik sie loswerden wollte. Vermutlich war sie sogar auf die Milchtüten eifersüchtig, die er aufriss.
Trotzdem tat ich so, als würde ich mich umsehen, damit sie nicht merkte, wie ich rot wurde. Was ich mir auch nicht so recht erklären konnte.
Zum Glück tauchte Richard im Eingang auf und lenkte mit einem lauten Klatschen alle Aufmerksamkeit auf sich. »Seid mal ruhig, Kinder!«
Ein Platschen aus Richtung des Kaffeetischs fiel in die Stille, gefolgt von einem gepressten »Fuck!«.
»Wir müssen jetzt anfangen«, verkündete Richard. »Am Mittag fliegen wir hier raus, bis dahin muss alles im Kasten sein. Alle, die mit dem Casting nichts zu tun haben, nehmen sich noch ein Brötchen und verschwinden ins Madagaskarhaus.«
Er drängelte sich zu uns durch, während die Menge um ihn herum zuerst zum Buffet und dann zum Ausgang wogte.
»Müssen wir nicht auf Erik warten?«, fragte Simone.
»Der sollte längst da sein«, gab Richard zurück. »Wenn er's

nicht für nötig hält, hier pünktlich aufzutauchen, treffen wir die Entscheidung ohne ihn.«

»Er sucht einen Parkplatz«, wiederholte ich.

»Ist mir scheißegal.« Zum ersten Mal sah ich die Reißzähne unter der Gute-Laune-Maske aufblitzen.

Zehn Minuten später saßen wir mit Richard, Simone, dem Deutsch radebrechenden Director of Photography und ein paar weiteren Typen auf Klappstühlen und begutachteten eine Horde überambitionierter Mädchen, die sich zum Affen machten, um Germany's Next Fruchtmodel zu werden.

Weil ich diese Castings von früher kannte, las ich auf meinem Handy N24-News und guckte nur ab und zu hoch, um den Faden nicht zu verlieren. Edith dagegen verfolgte das Spektakel mit wachsender Fassungslosigkeit. Simone hatte Prime-Time Models, K&Ks Künstleragentur, gestern Nachmittag ihre Kriterien übermittelt: jung und schlank, Körbchengröße B, natürlicher Typ, Haarfarben alle außer Blond, darf nicht viel kosten. Zwischen Buffet und Oleanderkübeln standen die zwölf Mädchen, die die Agentur über Nacht aufgetrieben hatte. Drei wurden gleich nach Hause geschickt, weil ihre hellbraunen Haare fast blond aussahen. Erst recht in »die schöne High Key Setup mit die viele weiße Licht, die Water Lillies und eine Touch Gold«, wie es Ingmar vorschwebte.

Eine bekam einen Lachkrampf, als Richard verlangte, dass sie sich wie eine Göttin bewegen solle.

Zwei weitere hatten so viele Sommersprossen, dass die Dame von der Maske es für unmöglich hielt, die wegzuschminken. Und Simone sogleich warnte: »Denkt daran, keine Öko-Hippe.«

Die eine Öko-Hippe fing an zu weinen, die andere zog ein schnippisches Gesicht und sagte: »Dann eben nicht. Ich muss eh für Ethik lernen.«

Danach kam eine mit langen schwarzen Haaren, die aussah wie Pocahontas. »Marmeladengöttin mit Migrationshintergrund, oder was?«, witzelte Richard.
Simone lachte pflichtschuldigst. Edith verkrampfte sich, hielt aber zum Glück den Mund.
Die Produktionsassistentin winkte dem nächsten Mädchen. Die Kleine erklärte in breitestem Niederbayrisch, dass sie die Melanie sei und die Rolle als Göttin der Natur »a Traum, den i mei Leb'n lang g'träumt hab«. Das fand ich jetzt eher übertrieben, aber egal. Sie sah nahezu perfekt aus, mit dunkelbraunen Locken, gleichmäßigen Zähnen und naturwüchsigem Bierzelt-Charme. Es gab nur ein winziges, knollenförmiges Problem.
»Also diese Nase.« Richard drehte sich zu Ingmar. »Siehst du 'ne Chance, den Zinken wegzuleuchten?«
Um Melanies Mundwinkel zuckte es. Gewiss hoffte sie, sich verhört zu haben.
Ingmar nahm seine Denkerpose ein, die mit dem Zeigefinger unterm Kinn. »Also weißt du, wenn ich vielleicht eine Fill Light mache, und mit die Softbox …«
»Kannst du auch mal deutsch reden?«, fuhr Richard ihn an.
»Äh. Klar.« Wie durch ein Wunder verschwand nicht nur Ingmars Zeigefinger, sondern auch sein exotischer Akzent. »Also nee. Sorry, aber aus Scheiße kann ich kein Gold machen. Wir können da einen zusätzlichen Scheinwerfer draufbrettern, dann wird aus der Runkelrübe ein Kohlrabi. Niedliches Stupsnäschen ist aber was anderes.«
Ediths Gesichtszüge versteinerten. Besorgt steckte ich das Handy weg, um sofort eingreifen zu können, falls ihr besseres Ich geschäftsschädigend aus ihr hervorbrach. Ich hätte ihr jetzt zuflüstern können, dass das alles nichts Besonderes war, dass es bei Gold&Habermann genauso ruppig zuging, dass

sie es nicht persönlich meinten, sondern nur abgestumpft waren, weil sie es schon tausendmal … und so weiter. Aber ganz ehrlich, das machte es auch nicht besser. Es gab Gründe, warum ich den Laden verlassen hatte.

»Okay, die Nächste.« Richard tippte auf seine Uhr. »Ein bisschen zackig, die Zeit läuft uns weg.«

Die Nächste war die Frau mit Sonnenbrand, der sich schon an den Schläfen schälte. Selbst ich sah ein, dass das nicht ging.

Von den verbliebenen dreien fielen zwei heraus, weil sie sich nicht ausziehen wollten.

»Hast du denen bei PrimeTime Models nicht gesagt, dass es um Aktaufnahmen geht?«, knurrte Richard in Richtung Simone. Inzwischen war er so gereizt wie ein alter Wolf, der die ganze Nacht bei Regen im Disteldickicht schlafen musste. Ich bekam eine Ahnung, warum alle unverzüglich strammstanden, wenn er seine Stimme erhob.

»Doch, habe ich«, verteidigte sie sich mit schwacher Stimme.

»Wieso stellen die sich dann so an?«

Das wusste sie auch nicht zu sagen.

Die letzte Kandidatin schwankte zwischen Panik und Vorfreude, als Richard sie minutenlang musterte, wie einen Gebrauchtwagen, der zum Verkauf stand. Sie hatte schulterlange dunkelbraune Haare und war recht dünn.

»Leute«, sagte Richard, an niemanden im Besonderen gerichtet, »wenn der Mocona-Deal platzt, weil ihr zu blöd seid, ein Model zu casten, vergesse ich mich.«

Man konnte den Angstschweiß seiner Untergebenen praktisch riechen. Alle schwiegen sie die Ritzen im Fußbodenparkett an.

»Na schön«, befahl er nach einer Pause. »Zieh dein Shirt aus und zeig uns eine Göttin der Natur. Hast es ja jetzt achtmal gesehen und weißt hoffentlich, wie es geht.«

Die Kleine nickte stoisch und zog sich Shirt und BH aus. Sie tat mir leid. Ich tippte auf Studentin im dritten Semester, Germanistik und Altphilologie, die mit dem Modeln ihr Monatsbudget aufbessern wollte.
»Okay«, setzte die Produktionsassistentin zum achten Mal an. »Stell dir vor, es regnet Früchte aus einem Füllhorn. Du breitest langsam die Arme aus, um sie aufzufangen, und hebst gleichzeitig dein Gesicht empor. Genussvoll, wenn's geht.«
Ich fand, dass sie ihre Sache nicht schlecht machte. Okay, sie war mager, aber vielleicht konnte Ingmar mit seinen goldbetupften Fill Lights die markanten Hüftknochen wegleuchten.
»Ach du Schande«, murmelte Richard. »Diese Schulterblätter, da sticht man sich ja ein Auge aus.«
»Wenn ich maybe mit eine Fill Light from schräg vorn und eine little bit Reflection of Gold –«, setzte Ingmar an.
»Bin ich eigentlich der Einzige hier, der das sieht?!« Richard brüllte so unvermittelt los, dass ich zusammenzuckte. Seine Stimme musste noch drei Gewächshäuser weiter zu hören sein. Ich erwartete, dass gleich die Baumfrösche tot von den Palmen fielen. Knalltrauma. »Ich organisiere euch alles, kümmere mich darum, dass wir hier drehen können, und ihr schleppt mir einen Haufen Schrott an, mit dem kein Mensch arbeiten kann? Ja, habt ihr sie denn noch alle?«
Die Schrottfrau mit den scharfkantigen Schulterblättern hob ihre Sachen auf und schlich schockiert zum Ausgang. Edith machte den Mund auf, doch ich umklammerte ihr Handgelenk und schüttelte den Kopf. Das hier war nicht unser Streit. Ausnahmsweise war ich heilfroh, dass wir nur die Dienstleister waren.
»Irgendwelche Vorschläge?«, fuhr er Simone an. »Nein? Ich hab jetzt gleich ein Telefonat mit den Chinesen, und wenn ich

in zwanzig Minuten zurückkomme, will ich eine Lösung auf dem Tisch haben. Verstanden?«

Totenbleich starrte sie ihn an.

»Hast du verstanden?!«, schrie er.

»Ja«, piepste sie.

Richard fuhr auf dem Absatz herum, stürmte aus dem Raum und knallte die Tür hinter sich zu, dass die Scheiben in den Fensterrahmen klirrten.

»Ach du Scheiße«, sagte die Make-up-Dame in die Stille hinein. »Ist der immer so drauf?«

Die Produktionsassistentin zog ein Take-it-easy-ist-eben-so-Gesicht und zuckte mit den Schultern. Ingmar murmelte etwas, das klang wie: »So kann ich nicht arbeiten.«

Und Simone marschierte ohne ein weiteres Wort zum Ausgang, klinkte die Tür wieder auf und schlüpfte durch den Spalt nach draußen. Ich sah trotzdem, wie ihre Gesichtszüge entgleisten.

»Der ist ja krank«, sagte Edith. »Voll der Psychopath.«

Niemand widersprach.

»Wenn ich für so einen arbeiten müsste, würde ich mich erschießen«, fügte sie hinzu.

»Aber wir arbeiten für ihn«, wisperte ich.

»Nicht direkt. Und nur zeitlich begrenzt.«

»Ja, zum Glück.« Ich wollte gar nicht darüber nachdenken, was uns blühte, wenn wir die Schlehen, das Löwenzahnblatt und die Holunderdolden vergeigten. Wahrscheinlich brüllte er uns erst an, dass uns die Locken vom Kopf flogen, um uns dann bis auf die letzte Sumpfgraskompresse zu verklagen.

»Ich gehe das Klo suchen«, sagte Edith und ließ mich allein.

Versonnen biss ich in eine frische Zimtschnecke und fragte mich, ob das Casting mit Erik genauso katastrophal gelaufen wäre. Ich leckte mir den Zucker von den Fingern und trank

meinen Kaffee aus. Ein Klo suchen, keine schlechte Idee. Wer weiß, ob es später noch eine Gelegenheit dafür gab.
Ich hörte das Schniefen schon von draußen, Rotz und Wasser, und dazwischen Edith, die immer abwechselnd »Wird schon wieder« und »Jetzt mach endlich auf« sagte.
Auf Zehenspitzen schlich ich in den Waschraum. Edith warf mir einen vielsagenden Blick zu.
»Fuck, was soll ich denn machen?«, tönte Simones Stimme aus der mittleren Kabine, gefolgt von einem Schluchzen. Wie ich's mir gedacht hatte. Sie heulte sich da drin die Augen aus dem Kopf.
»Du hast getan, was du konntest.«
»Das war nicht gut genug«, schallte es dumpf aus der Kabine.
»Ja und? Was soll passieren? Lass den Arsch doch rumbrüllen!«
»Aber du weißt nicht, wie er ist. Ich kriege nie wieder …« Der Rest ging in ihrem Schniefen unter, gefolgt von lautem Scheppern.
»Simone?« Edith packte den Türknauf. »Alles okay mit dir, Süße?«
»Nichts ist okay«, jammerte Simone. »Ich bin raus. Er sorgt dafür, dass ich nie wieder …« Ja, was denn nun? Erneut schepperte es, als sei sie aufgestanden, aber die Klobrille an ihren Oberschenkeln festgeklebt.
»Er kann dich nicht einfach rausschmeißen«, sagte ich. »Wir sind hier in Deutschland, da muss er dich zuerst zweimal abmahnen.«
»Scheiße, wer ist denn noch da?«, fragte sie.
»Ich bin's, Julia.«
»Es hat alles keinen Sinn mehr.«
»Du hast ja 'nen Knall«, beschied sie Edith.
»Du kennst ihn nicht. Er wird den Job abblasen! Und dann

hassen sie mich alle, und du wirst mich auch hassen, weil ihr dann nämlich auch kein Geld kriegt.« Mir blieb mein lustiger Spruch im Hals stecken. So hatte ich das noch gar nicht betrachtet. »Und Erik wird mich hassen, weil ich es vermasselt habe und ihm die Karriere versaue«, heulte sie weiter. »Und dann wird nicht er Partner, sondern André, und dann redet er nie mehr ein Wort mit mir.«

Ihre Not ging mir zu Herzen. Von unserer Not gar nicht zu reden. »Willst du es dir nicht noch mal überlegen?«, flüsterte ich Edith zu.

Heftig schüttelte sie den Kopf. »Vergiss es!«

»Was?«, fragte Simone.

»Ich mach's nicht. Ich habe mir geschworen, dass ich so was nie wieder mache.«

»Wie jetzt?«, erklang es synchron aus meinem und Simones Mund. Sie schob mit lautem Klack die Verriegelung zurück und stieß die Klotür auf. Bis auf ein tränenverschmiertes, rotfleckiges Gesicht sah sie unversehrt aus. »Du hast schon mal gemodelt?«

»Darüber will ich nicht reden.« Edith entdeckte einen höchst spannenden Riss in einer Wandkachel und popelte daran herum.

»Das hast du nie erzählt«, sagte ich.

»Da gibt es auch nichts groß zu erzählen.«

»Hör mal, ich sage das ungern«, warf ich ein, »aber du wärst wirklich die perfekte Göttin der Natur.« Ich fühlte mich nur ein ganz klein wenig schlecht. Schließlich war es unser beider Traum, der vor die Hunde ging, wenn wir den Auftrag verloren. Außerdem hatten wir gerade mit einem Heidenaufwand unser Büro dekoriert. Da wollte ich erst recht nicht wegen Mietverzug rausgeworfen werden.

»Du hast das Theater gerade erlebt.« Sie popelte noch heftiger im Riss, bis ich Angst bekam, sie würde sich ein Stück Fingernagel abbrechen. »Denkst du im Ernst, ich stelle mich da hin, und dann sagt Mister Oberarschloch, also nee, diese Titten, die sehen ja aus wie Kartoffelsäcke, kannst du die nicht wegleuchten, Ingmar? Vergiss es!«

»Das würde er nicht sagen«, hauchte Simone. »Du bist so perfekt für die Rolle. Bitte, Edith. Bitte.«

Ich hatte zwar so meine Zweifel, dass es etwas gab, das Richard nicht sagen würde, aber nickte dennoch zu Simones Worten.

Von draußen hämmerte es gegen die Tür. »Julia, bist du da drin?«, fragte eine Männerstimme. Ich klinkte die Tür einen Spalt auf. Wenigstens hatte Mario geklopft und war nicht einfach hereingestürmt. »Du musst sofort kommen«, drängte er. »Die drehen voll am Rad.« Mario wirkte panisch. Andererseits gerät er leicht in Panik bei Dingen, die sich außerhalb seiner Monitore abspielen.

»Wer dreht am Rad?«

»Der blonde Wichser mit der karierten Hose macht sich wichtig und erzählt allen, das Shooting wäre eine Schnapsidee und da käme eh nix raus und Richard hätte das Projekt sowieso schon abgeblasen.«

»Welcher blonde Wichser?« Allmählich wuchs mir das über den Kopf. Hinter mir die verheulte Simone, die schon wieder lautstark den Rotz hochzog, und die verstockte Edith, die körperlichen Widerwillen ausstrahlte. Das hängende Damoklesschwert der drohenden Pleite über unseren Köpfen. Und jetzt auch noch Mario, der wirres Zeug faselte und so aufgebracht war, dass ihm an den Schläfen dünne Haarsträhnen zu Berge standen. »Moment. Ich komme.« Ich drehte mich zu den beiden Mädels um. »Überleg es dir bitte, Edith. Ich sorge auch dafür, dass Richard uns das vergoldet.«

Sie antwortete nicht. Dafür starrte mich Simone an. Ihr Blick sagte deutlich: »Von Vergolden war aber nicht die Rede.« Zum Glück war sie schlau genug, es nicht laut auszusprechen.
»Ich bin gleich wieder da.« Sprach ich und trabte mit Mario zum Madagaskarhaus. »Jetzt noch mal langsam. Was hat dieser Typ gesagt?«
Statt einer Antwort deutete Mario auf die konspirative Zweierversammlung, die ein Stück vor uns zwischen den Palmen auftauchte. Der Kerl, der dort mit Richard stand, war der Dolce&Gabbana-Profikiller mit den stechend blauen Augen, den ich vor ein paar Tagen beim Streit mit Erik belauscht hatte. Wie hieß der noch gleich? André, genau. Hatte Simone nicht gerade über einen André lamentiert, der Erik vom Partneranwärter-Treppchen schubsen wollte? Reizend. Ich kann das schon verstehen, dass mit harten Bandagen gekämpft wird, wenn's um das Partnerkrönchen geht. Es ist der Beweis, dass man es geschafft hat. Ganz zu schweigen vom Eckbüro, der Gehaltsverdopplung und was den neuen Partner in einer großen Agentur sonst noch an Vergünstigungen im Paradies erwartet.
Dennoch: Was hatte dieser André in Eriks Projekt zu suchen? Und zu allem Ärger glänzte Erik ausgerechnet jetzt durch Abwesenheit. Es war eine perfekte Gelegenheit, dem strauchelnden Konkurrenten den Todesstoß zu versetzen. Spontan empfand ich Mitgefühl mit Erik. Aber nur, weil wir gerade gemeinsame Interessen teilten. André wollte unser Projekt kippen, *unser Projekt,* von dem unsere Existenz abhing. Und zwar, um seinem persönlichen Ehrgeiz Befriedigung zu verschaffen! Na, der konnte was erleben! Mein Plan, zuerst ihre Unterhaltung zu belauschen, ging allerdings schief, weil mich in genau diesem Moment Richard erspähte.
»Die Julia!«, brüllte er quer durch den Palmenwald. Sollten

noch Schildkröten übrig geblieben sein, erlitten sie jetzt eine Herzattacke. Sein Groll schien verflogen. Musste gut gelaufen sein, das Telefonat mit den Chinesen. »Sag mal, könnt ihr nicht einfach das alte Filmmaterial nehmen und die blonden Haare von der Ines rot färben?«

»Das geht auf gar keinen Fall«, erklärte Mario. »Das sieht unter Garantie scheiße aus.«

Himmel, hilf! Ich öffnete rasch den Mund, um diese äußerst undiplomatische Aussage zu relativieren.

Ein feines Lächeln spielte um Andrés Lippen. »Kommt immer darauf an, wen man fragt«, sagte er aalglatt.

Arroganter Mistkerl. Ich entschied spontan, dass ich ihn aus der Nähe betrachtet gleich zweimal nicht ausstehen konnte.

»Da können Sie jeden fragen.« Mario gab sich tapfer. »Jeder wird Ihnen das Gleiche sagen.«

»Meine Jungs von Magic Electric machen das in der Mittagspause.«

»Warum schicken wir es ihnen dann nicht?«, fragte Richard.

»Du hast mich nicht gefragt.«

»Dann frage ich dich jetzt. Was kostet das, wenn sie die Haare umfärben?«

Andrés Lächeln verbreiterte sich zum triumphalen Siegergrinsen. Scheiße, dachte ich. Verdammte, verfluchte Scheiße.

»Wenn wir ihnen den kompletten Job geben, machen sie uns bestimmt einen guten Preis.«

»Die behaupten viel, wenn der Tag lang ist«, sagte ich so cool wie möglich. »Mit Magic Electric habe ich schon gearbeitet. Die nehmen den Mund gern voll. Die versprechen dir das Blaue vom Himmel, und hinterher sagen sie, sorry, mehr war nicht drin, tut uns leid, aber blaue Haare sind doch auch cool, oder?« Meine Stimme zitterte nicht, aber es kostete mich alle Selbstbeherrschung, die ich aufbringen konnte.

»Also machen wir den Job lieber mit einer, die sich von der Konkurrenz vögeln lässt? Ich wäre ja nicht überrascht, wenn Gold&Habermann unsere Layouts nicht längst auf dem Tisch liegen hätten.« Mit seinen hellblauen Raubtieraugen starrte André mich an. Das war kein Lächeln, das war ein schlecht verstecktes Zähnefletschen. Komm her, kleiner Fischfreund, und lass dich ablecken.

Ich war so verdattert über seine Frechheit, dass mir keine Entgegnung einfiel, die nicht kindisch, trotzig oder peinlich geklungen hätte. Ihm eins auf die Rübe zu geben, am besten mit einem der Blumentöpfe, wäre die einzig richtige Reaktion gewesen. Aber dann hätte ich Trudchen am Hals gehabt.

André seufzte und suchte Richards Blick. »Was hat sich Erik bloß dabei gedacht?«

»Klär das mit Simone.« Richard zückte sein Handy und sah auf die Uhr. »Wo steckt die überhaupt?«

»Sie organisiert ein Model«, sagte ich mit letzter Kraft. Ich verspürte das Bedürfnis, selbst aufs Klo heulen zu gehen. Heftig rang es mit meinem zweiten Bedürfnis, Trudchens Rache in Kauf zu nehmen und doch noch gewalttätig zu werden. »Rothaarig, eine herbe Schönheit, die perfekte Göttin der Natur«, würgte ich stattdessen hervor.

»Ah ja?« Richard wandte sich zum Gehen. »Dann seht zu, dass die was taugt. Sonst müssen wir zu Plan B greifen.«

Sobald sie mich nicht mehr sehen konnten, rannte ich die letzten Meter zum Klo. Mario verstand meine Aufregung nicht, weil ihm die subtile Unterstellung in Andrés Worten komplett entgangen war. »Was meint er damit, den Auftrag an eine zu vergeben, die sich von der Konkurrenz vögeln lässt?«, fragte er, während er mir hinterherhechelte.

»Ach, halt die Klappe.« Ich knallte die Klotür hinter mir zu.

»Julia!« Sein Ruf verhallte auf der anderen Seite.

Edith hatte damit aufgehört, den Kachelriss aufzupopeln, und wischte sich nun mit einem Taschentuch an den geschminkten Wimpern herum. Simone war kraftlos zu Boden gesunken und lehnte mit dem Rücken an der Wand. Am liebsten wäre ich neben ihr zusammengebrochen.

»Okay«, sagte ich mit einer Fröhlichkeit, die sogar in meinen eigenen Ohren aufgesetzt klang, »es ist schlimmer, als ihr denkt. André ist schon da und kratzt sich bei Richard ein. Und ja, es wird uns den Job kosten, wenn wir nicht in zwei Minuten ein Top-Model aus dem Ärmel zaubern.«

»André ist hier?«, fragte Simone verblüfft. »Hat Richard den angerufen?«

»Vielleicht als Ersatz für Erik?«, mutmaßte Edith.

»Dieser Idiot!« Es blieb offen, welchen von den dreien Simone meinte, aber im Prinzip passte es auf jeden.

»Ihr werdet das nie wiedergutmachen können«, murrte Edith. »Ihr schuldet mir dafür Vanilla macchiatos im Kekshaus bis an mein Lebensende.«

Mit einem Satz war Simone auf den Beinen. Sie umarmte Edith so heftig, dass der das wimperntuscheverschmierte Taschentuch aus den Fingern fiel. »Oh mein Gott«, quietschte sie, »du machst es?«

»Danke«, sagte ich. »Danke, danke, danke. Du bist die Beste!« Ich schwor mir, nie wieder blöde Witze über Thiago oder sonst einen von Ediths spätrevolutionären Liebhabern zu reißen, auch noch bei Graupelschauer mit Robespierre rauszugehen und ihr so viele Vanilla macchiatos zu kaufen, wie sie alleine tragen konnte. »Du bist die Allerallerbeste.«

Edith stieß einen undefinierbaren Grunzlaut aus.

Ich war so froh und erleichtert, dass ich am liebsten abwechselnd auf einem Bein aus dem Klo gehüpft wäre. Keine Sekunde fürchtete ich, dass Richard Edith als Göttin der Natur abschmettern könnte. Sie hatte das perfekte Aussehen für die Rolle. Ich hatte das nicht nur so dahingesagt. Ihre roten Haare würden großartig mit den Farben von Schlehen und Holunder harmonieren. Und ihre süßen Sommersprossen, von denen sie sich auch im Winter immer ein paar bewahrte, waren das i-Tüpfelchen.

Im Flur kam uns die blaugefrorene Miss Frappuccino entgegen. In ihrem Schlepptau hatte sie Erik, von oben bis unten mit Schneeflocken bedeckt.

»Wo waren Sie denn?«, rief ich ihm entgegen.

»Hast du dein Telefon das Klo runtergespült?«, giftete Simone hinterher.

»Wer hatte die Schnapsidee, hier zu drehen?«, fauchte er zurück. »Es gibt keinen einzigen verdammten Parkplatz, und dann musste ich mich noch mit dieser blöden Politesse anlegen, und jetzt …«

»Schon gut, egal.«

»… ist mein Auto weg!«, lamentierte er.

»Ist jetzt egal!« Ich war mächtig stolz auf meinen souveränen Tonfall, weil Erik unverzüglich verstummte. Und dann setzte ich ihn kurz und bündig in Kenntnis über die Ereignisse, die sich in seiner Abwesenheit überstürzt hatten.

Er stöhnte. »André ist hier?«

»Und Richard ist fuchsteufelswild. Aber wir haben eine Lösung.« Ich deutete auf Edith, die gequält dreinblickte. »Tadaaa. Unsere Göttin der Natur. Rote Locken, Sommersprossen. Keine Knollennase und kein Sonnenbrand. Kostet aber extra.«

In seinem Gesicht arbeitete es. Der Schnee auf seinen Haaren schmolz und zog nicht nur seine Föhnfrisur in Mitleidenschaft, sondern floss ihm bald in Bächen über die Blessuren. Die hatten über Nacht einen gelblichen Schimmer angenommen, um den jeder Farbfilter ihn beneidet hätte. Alles in allem sah er so ramponiert aus, dass ich mir gar nicht erklären konnte, wie es ihm gelungen war, mich am Anfang dermaßen einzuschüchtern. Ob ihm schon mal jemand gesagt hatte, dass er als begossener Pudel viel sympathischer rüberkam? Geradezu süß?

»Okay«, sagte er.

»Okay?«, wiederholte ich. »Das ist alles, was Ihnen dazu einfällt?« Hatte er eigentlich eine Ahnung, was für eine diplomatische Glanzleistung ich da hingelegt hatte? Nee, natürlich nicht. Wie auch. Er musste ja mit fremden Politessen flirten!

»Super, meinte ich natürlich.« Deutlich überfordert nibbelte er an seinen Fingern. »Ich weiß gar nicht, was ich sagen soll.« Das war offensichtlich.

»Fuck, ich wollte doch nur einen Parkplatz finden.«

»Wir müssen rein«, drängelte Simone. »Gleich geht's um Leben und Tod.«

»Na dann«, Erik hob die Arme, »auf in die Schlacht.«

Der General der gegnerischen Armee staunte nicht schlecht, als wir mit unserer Geheimwaffe über die Hügel ritten. Beziehungsweise zur Tür hereingelatscht kamen.

Ich konnte sehen, wie ihm die Hand mit dem Kaffeebecher auf halbem Weg zum Mund erstarrte. Ha, friss oder stirb! Da schwankte er, der sicher geglaubte Sieg, wie die Fackeln im Sturm! Am liebsten hätte ich noch eine Zimtschnecke vom Tablett gepflückt und sie ihm quer durch den Saal an den Kopf geschmissen. Nur um den Effekt zu verstärken. Aber wir sind ja Profis hier. Also beschränkte ich mich auf ein überlegenes Lächeln, um den Mistkerl zu verunsichern, und hoffte, dass Erik seinen Auftritt nicht vergeigte.

Und einen Moment später musste ich zugeben, dass der seine Sache gar nicht schlecht machte.
Wenn Erik eins konnte, dann eine Show abziehen. In einer filmreifen Geste wischte er sich das Schmelzwasser aus dem dichten dunklen Haar, dass ich auf den Lippen aller Mädels ringsum stumme Seufzer zerplatzen sah. »Morgen!«, rief er in die erwartungsvolle Stille. »Alles cool? Ich hab gehört, die Models waren nicht so der Bringer? Ich hätte ja die Politesse mitgebracht, die mir vorhin meine Karre hat abschleppen lassen, die war ganz süß. Aber als sie gehört hat, dass sie sich ausziehen soll, wollte sie nicht mehr.« Unterdrücktes Kichern im Publikum. Verwirrung auf Andrés Gesicht. Der Ausdruck in Richards Augen unlesbar. »Sie hat ein Tattoo auf dem Oberarm, *I love Daniel Küblböck,* das wäre ihr peinlich gewesen.«
Ingmar grinste. Die Filmtechniker lachten. Auf Richards Stirn bildete sich eine Falte. Das flaue Gefühl in meinem Magen zögerte noch, sich in Luft aufzulösen.
»Stimmt das?«, flüsterte Richards Cappuccino-Mäuschen neben mir. »Die haben seinen Porsche abgeschleppt?«
»Ach, was weiß ich«, zischte Simone.
»Wofür hast du denn früher gemodelt?«, fragte ich Edith mit unterdrückter Stimme.
»Dessous.« Sie setzte ihr Kampflächeln auf.
Unterwäsche? Ich war so baff, dass ich für zwei Sekunden meine Sorgen vergaß. Edith als Unterwäschemodel? Wieso hatte sie das nie erzählt?
»Aber dann hatte ich eine bessere Idee.« Lässig biss Erik in ein Croissant und kaute in aller Seelenruhe, um die Pause vor seiner nächsten Eröffnung mit Spannung zu füllen. Mit der anderen Hand riss er eine weiße Orchideenblüte von der Kübelpflanze neben dem Buffet ab (Oh Gott! Wenn das

Trudchen merkte!), trat hinter Edith und schob sie ihr mit einer eleganten Handbewegung hinters Ohr. Er nahm sie bei den Händen und breitete ihre Arme aus. »Da haben wir sie. Unsere Göttin der Natur. Frisch, unverbraucht, auf herbe Weise schön. Weltoffen, zeitlos, naturverbunden. Das perfekte Gesicht für unsere Mocona-Kampagne. Kein abstraktes Silikon-Model aus der Photoshop-Retorte, die bis zur Perfektion nachbearbeitet wurde, sondern eine echte Frau. Eine, die die Käufer anbeten werden und mit der sie sich trotzdem identifizieren können.« Er senkte den Kopf und pustete von hinten gegen ihr Haar, worauf sich eine rote Strähne lieblich über ihre Wange ringelte. Edith war so verblüfft, dass sie ihn gewähren ließ, statt sich umzudrehen und ihm eine herunterzuhauen. »Und sie ist nicht blond.«

Alle Anwesenden lachten erleichtert. Richard grinste. Mir fiel ein Stein vom Herzen. André stand da und sagte gar nichts. Ha, verloren! Friss Staub, du Wurm!

Nur Simone sah unglücklich aus. Zwar hatte Erik soeben den Tag gerettet, aber leider mit ihrer Idee. Und er hatte Simone nicht mal erwähnt. Tja, Schätzchen, dachte ich, so läuft das in der Agentur-Hackordnung. Die großen Fische klauen immer die Ideen der kleinen Fische. War bei Gold&Habermann auch nicht anders. Wie gesagt, ich hatte eine ganze Reihe guter Gründe gehabt, meinen Hut zu nehmen. Jetzt waren wir zwar arm, aber wenigstens verteilten wir unsere Armut gerecht.

Mario starrte Edith an, als habe er überraschend die Göttlichkeit in ihr entdeckt. Seine Augen leuchteten wie Weihnachtssterne. Ich klopfte ihm auf die Schulter. »Das war knapp.«

»Schaumschläger.« Edith rümpfte die Nase und zupfte die Haarsträhne hinters Ohr zurück.

Ich dachte an Thiago und hielt die Klappe.

Ingmar kam und streckte ihr die Hand entgegen. »Honey, ich

bin Ingmar. Director of Photography. Ich bin totally excited, dich kennenzulernen.«

»Schon recht«, brummte sie. »Aber wir haben uns vorhin schon vorgestellt.«

»Echt? Sorry. I must have been geblendet von deine Schönheit. Wollen wir gehen into the Studio und machen eine kleine Lichttest?«

Eifersucht schlich sich in Marios Blick.

Ich schnappte mir die letzte Zimtschnecke vom Blech. Erik stellte sich neben mich und nahm sich ein weiteres Croissant.

»Jetzt geben Sie zu, dass ich gut war.«

»Aufschneider.«

»Das nehme ich als Kompliment.«

Wir sahen uns an. Ich musste grinsen. Er auch.

»Sollen wir uns nicht endlich mal duzen?«, fragte er. »Ich bin der Erik.«

»Nee, echt?«

Er grinste noch breiter. Sehr charmant.

Ich leckte mir Zuckerkrümel von den Lippen. Ich fühlte mich gut. Unglaublich gut.

8
Eine Spülbürste ist wie ein Gabelstapler auf LSD

Uuuuh, ma chérie, du machst mich ganz wild mit deine liebliche Schlehenmund«, stöhnte Mario vom Rücksitz.
»Lass den Scheiß«, sagte Edith. Aber ihre Mundwinkel zuckten verdächtig. Sie hatte eine so mordsmäßig gute Model-Vorstellung abgegeben, dass Richard ohne mit der Wimper zu zucken auf meine unverschämte Honorarforderung eingegangen war. Mehr noch, er hatte versprochen, heute noch die fünfzig Prozent Vorauszahlung zu überweisen.
Keiner hatte an Ediths Brüsten oder ihren Sommersprossen rumgemäkelt. Stattdessen hatte sie in Ingmars Fill Lights mit *die eine Touch Gold* gestrahlt, dass es eine Freude war. Das Beinahe-Desaster hatte sich in einen rauschenden Sieg verwandelt. Trotzdem konnte sie nicht aus ihrer Haut. »Mal ehrlich«, maulte sie, »das ist doch alles frauenverachtender Dreck.«
»Der Zweck heiligt die Mittel«, verkündete ich. »Sieh den Tatsachen ins Auge, Baby. Du hast uns gerettet. Und außerdem, die Welt will das. Alle werden dich anbeten.«
»Die Welt hat ja nicht mehr alle Tassen im Schrank.«
»Und du bist die Beste.«
Sie grummelte etwas Unverständliches, klang allerdings schon versöhnlicher. Sogar das Wetter passte zu unserem Triumph. Klirrend kalt, aber blauer Himmel und die schönste Wintersonne.

Ein Blick auf die Uhr sagte mir, dass wir es gerade noch ins V9 schaffen konnten, bevor sie den Mittagstisch dichtmachten. Erik, der später mit einer Festplatte voller Filmaufnahmen vorbeikommen wollte, würde frühestens in anderthalb Stunden auftauchen.
Wir machten nur kurz halt am Büro, um Marios Monster-Computer loszuwerden. Die Schneehauben auf den Ginkgo-Bäumchen glitzerten wie Diamantmützchen auf den blonden Locken reicher Biomarmeladen-Käuferinnen. Beschwingt schlitterte ich über die Eispfützen. Wir waren gerettet. Die nächste Monatsmiete, ach was sage ich, die Miete für das kommende halbe Jahr war in greifbare Nähe gerückt. Niemand würde uns mit brennenden Heugabeln aus unserem Regenbogen-Hoppelhäschen-Haus vertreiben. Ich musste nicht mein Wohnzimmer zum provisorischen Übergangsbüro umfunktionieren. Strahlkraft würde nicht untergehen.
»Wer ist eigentlich dieser blonde Wichser?«, fragte Mario.
»Der Kerl heiße André«, erklärte ich, etwas unsanft aus meinen Träumereien gerissen. »Eriks schärfste Konkurrenz.«
»Jetzt wohl nicht mehr.«
»Ich bezweifle, dass der so schnell aufgibt. Da geht's um die Wurst.«
Edith verdrehte die Augen. »Männer und ihre bescheuerten Ego-Trips.«
»Hey«, protestierte Mario, »ich bin auch ein Mann.«
»Quatsch, du bist ein Nerd.«
Autsch, dachte ich.
Mario blieb stehen. »Was soll das jetzt heißen?«
»Na, du weißt schon.«
»Nein, weiß ich nicht.« Auf einen Schlag war aller Frohsinn aus seinem Gesicht verschwunden.
»Na du bist eben –« Ratlos sah sie von Mario zu mir und

wieder zurück. »Was ist denn los? Hab ich was Falsches gesagt?«
»Sie hat's nicht so gemeint«, sagte ich schnell. »Und wenn wir noch länger hier rumstehen, gibt's keine Nudeln mehr.«
»Hat sie doch!«
»Kommt schon, Kinder.« Mein Schlichtungsversuch blieb zwecklos. Mario rührte sich nicht von der Stelle, wild entschlossen, die Sache hier und jetzt auszutragen. Und Edith verstand nur Bahnhof. Manchmal benimmt sie sich wirklich wie ein Elefant im Porzellanladen, wenn es um Gefühlsdinge geht. Zumindest um die, die Mario betreffen.
»Du spinnst ja«, sagte Edith.
Mario setzte diesen Blick auf, mit dem Robespierre mich straft, wenn ich ihn hinaus in die Kälte ziehe. Oder ihm nicht sein Lieblings-Cäsar-Döschen mit Huhn in Gelee an leichtem Erbsenpüree hinstelle, sondern blödes Dosenfutter von der Supermarkt-Hausmarke.
Ich seufzte. »Sie will sagen, dass du ihr allerbester Freund bist und deshalb außer Konkurrenz läufst. Stimmt's, Edith?«
Zum Glück nickte sie, wenn auch verwirrt. »Klar. Was sonst?«
»Klar«, murrte Mario, »was sonst.«

Eine Stunde später kehrten wir gesättigt und mit Robespierre im Schlepptau in unser Büro zurück. Zum Glück hatte Mario sich wieder eingekriegt. Er tat mir leid, aber wie sollte ich ihm helfen, ohne noch mehr auf seinen Gefühlen herumzutrampeln? Wenn ich versuchte, ihm eine Stilberatung zu verpassen, streute ich doch erst recht Salz in die Wunde. Ein paar Minuten später hatte ich ohnehin andere Sorgen.
Erik tauchte mit Simone im Schlepptau auf und spielte sich umgehend auf, als gehörte ihm das Büro. »Hey!« Er winkte uns großmütig zu. »Alles cool?«

Robespierre schoss um die Ecke und kläffte ihn an, aber diesmal aus sicherem Abstand, weil er nicht wieder ans Tischbein gebunden werden wollte.
»Liebes Hundchen«, sagte Simone.
»Guck dir das an.« Erik deutete auf unsere Muschelgrottenkunst. »Ist das nicht abgefahren?«
»Wow.« Sie umrundete unsere wilde weiße Puschelbestie und tupfte mit dem Zeigefinger gegen eine rosa und hellgelb gestrichene Lamettablume an der Wand neben dem blauen Sofa.
»Vorsicht«, entfuhr es mir. »Nicht anfassen!«
»Und da geht's in die streng geheimen Kellerlabors.« Er deutete auf unser martialisches Kartenschloss am begehbaren Schrank. Ich war mir nicht sicher, ob er das ernsthaft gekauft hatte oder nur einen Witz auf unsere Kosten machte.
»Wollt ihr Kaffee?«, fragte ich.
»Hast du die Filme dabei?«, fragte Mario.
»Ja und ja.« Erik zog eine kleine USB-Festplatte aus der Jackentasche und legte sie vor Mario auf den Tisch. Er strahlte mich an. »Richard hat die Aufnahmen gesehen und ist begeistert. Ist super gelaufen, das Shooting.«
»Ja«, nörgelte Simone, »weil du unsere Idee als deine verkauft hast.« Auf ihrem blütenweißen Angorakleid leuchtete ein eingetrockneter Kaffeefleck, knapp über der linken Brust.
»Jetzt sei lieb«, schmeichelte er.
Ich setzte mein neutralstes Lächeln auf, stellte zwei Tassen unter die Espressomaschine und hoffte, dass Simone es dabei bewenden ließ. Es ist immer peinlich, wenn sich Kunden vor deiner Nase streiten. Du musst dann so tun, als würdest du nichts bemerken, und darfst auf keinen Fall Partei ergreifen. Nicht mal, wenn sie mit Stuhlbeinen aufeinander losgehen.
»Da hat sie recht«, platzte Edith heraus.
Shit.

Ich drückte den Kaffee-Knopf. Für eine gnädige halbe Minute übertönte das Röhren der Maschine alle anderen Geräusche. Vor allem peinliche Kundenstreitereien. Ich drehte mich mit den Espressotassen um und lächelte wie eine Weltmeisterin. »Schwarz oder mit Zucker?«
Robespierre verlegte sich auf langgezogenes Jaulen.
»Sorry, aber ich habe den Karren aus dem Dreck gezogen, oder?« Erik, der ungehobelte Klotz, wandte mir den Rücken zu und ignorierte meine Frage. Er wollte sich lieber weiter mit Simone und Edith streiten. »Wenn du es auf die Reihe gekriegt hättest, anständige Models ranzuschaffen, hätten wir uns viel Ärger gespart.«
»Wenn du deinen Arsch pünktlich zum Set geschafft hättest«, zischte Simone, »dann hätte Richard nicht André angerufen. Aber nein, für den Herrn gelten schließlich Sonderregeln.«
»Genau«, schoss er zurück.
»Ist ja jetzt egal«, sagte ich, ging um Erik herum und schwenkte die Espressotasse vor seinem Gesicht. »Die Filme sind toll, alle sind glücklich, also was soll's?«
»Nein, ehrlich, ich finde es scheiße.« Simone steigerte sich immer mehr hinein und wollte es partout nicht gut sein lassen. »Ich habe Edith gefragt, und mir zuliebe hat sie es gemacht. Stimmt's, Edith?«
»Ja, da hat die Simone recht«, sagte Edith.
Erik nahm mir die Tasse aus der Hand und trat um mich herum, damit ich ihm nicht den Blick auf die kampfeslustigen Hennen versperrte. »Und was soll ich jetzt eurer Meinung nach tun?«
»Richard klarmachen, dass es meine Idee war.«
»Du hast sie ja nicht mehr alle.«
Simones Augen sprühten Funken. »Und du bist ein mieser Wichser, der sich mit fremden Federn schmückt.«

»Immer noch besser als eine Möchtegern-Managertussi, die Titten und lange Beine braucht, um sich beim Kunden einzuschleimen.«

Okay, das war's, dachte ich. Ring frei für die Stuhlbeine.

Ich lag nur fast richtig. Simone war mit zwei Schritten bei ihm, holte aus und verpasste ihm eine saftige Ohrfeige. Beim Zurückweichen verschüttete er den Inhalt seiner Espressotasse über ihrem Kleid. Der Vorteil war, dass der einzelne eingetrocknete Kaffeefleck nun aussah, als wäre er Teil des neuen, avantgardistischen Spritzmusterdesigns. Das war aber kein Trost für sie. Wie eine Furie schoss sie an ihm vorbei, schnappte sich ihren Mantel und schmiss mit einem Knall die Tür hinter sich zu. Die Dekoration erzitterte. Mich beschlich eine Ahnung, dass da mehr dahintersteckte als die heute Morgen zu Unrecht eingestrichenen Lorbeeren für die Model-Auswahl.

Eriks Lächeln wirkte angestrengt. »Sorry. Sie hat gerade ihre Tage.«

»Mir reicht's jetzt auch«, erklärte Edith. »Ich habe meinen Beitrag für heute geleistet. Macht damit, was ihr wollt. Viel Spaß noch.« Sprach's und folgte Simone auf den Fuß. Robespierre jaulte ihr gekränkt hinterher.

Mario schnappte sich unauffällig Simones Espressotasse und die Festplatte und verkrümelte sich an seinen Schreibtisch. Ein paar Sekunden herrschte eisiges Schweigen. »Zufrieden?«, fragte ich Erik.

»Sie hat angefangen.«

»Das hilft uns nicht weiter.«

»Sie kriegt sich schon wieder ein. Das tut sie immer.«

»Ach, kommt das öfter vor?«

»Na ja.« Sein Grinsen gewann ein Stück Wahrhaftigkeit zurück. »Ab und zu. Sie hat's verdient, okay?«

Ich war sogar geneigt, ihm Glauben zu schenken. Aus taktischen Gründen sagte ich das aber lieber nicht, sondern nahm ihm stattdessen die Tasse aus der Hand und füllte sie neu.
Mitten im Milchaufschäumen stieg mir sein Aftershave zu Kopf. Es roch ziemlich gut. Ungefähr so wie das Männer-Deo in der Werbung, in der sexy angezogene italienische Engelinnen vom Himmel geflattert kommen, um sich an die Quelle männlichen Wohlgeruchs ranzuschmeißen. Leider kam Erik dem duftenden Adonis aus den TV-Spots ziemlich nahe, trotz seines lädierten Gesichts. Aus dem richtigen Winkel verliehen ihm die blauen Flecken sogar einen verwegenen Ausdruck. Reiß dich zusammen, ermahnte ich mich. Aber es war schon zu spät. Ich drohte der gleichen Triebhaftigkeit anheimzufallen wie die duftverwirrten Engelinnen. Anders ließ sich nicht erklären, dass mir immer heißer wurde, je länger sein Blick meinen Händen bei der Kaffeezubereitung folgte. Unauffällig suchte ich nach meinem Spiegelbild im Glas hinter der Spüle, um den Zustand der zerzausten Mäuseschwänze auf meinem Kopf zu überprüfen.
Wieso stand er überhaupt so dicht neben mir? War das Absicht?
Bestimmt war es Absicht.
Typen wie Erik wissen um ihre Anziehungskraft aufs andere Geschlecht. Wenn er sich einbildete, dass er mich mit Wimpernklimpern um den kleinen Finger wickeln konnte, hatte er sich geschnitten. Die Demütigung vor der ganzen K&K-Mannschaft hatte ich ihm nicht vergessen. Und da Frauen wie ich nicht ins Beuteschema von Typen wie Erik passen, konnte ich erst recht davon ausgehen, dass er seinen Charme bloß aus Berechnung spielenließ.
Nur, zu welchem Zweck? Wusste er von Problemen, die ich noch nicht einmal ahnte und die wir mit Strahlkraft würden

ausbaden müssen? Drohte ihnen das Geld auszugehen, bevor sie uns bezahlen konnten?
Oder hatte Richard ihn beauftragt, mich in Sachen Marty Jones auszuquetschen, weil er am Ende Andrés miesen Verleumdungen glaubte? Da konnte er quetschen, so viel er wollte. Da gab's nichts zu holen.
»Wollt ihr mal herkommen und euch die Filme ansehen?«, rief Mario hinter seinem Schildwall hervor. Als wäre nichts geschehen. War ja auch nicht, aus seiner Sicht. Was ging ihn die zickige Simone an?
Erik griff nach seiner Tasse und streifte dabei wie zufällig meinen Arm. »Sag mal«, fragte er halblaut, »stimmt das, dass du und Marty Jones was am Laufen habt?«
Ich verschluckte mich an meinem zu heißen Kaffee. Hustend beugte ich mich übers Waschbecken. Erik schlug mir auf den Rücken. Das war gut gemeint, aber ich musste nur noch schlimmer husten. Sein grün und blau geschlagenes Gesicht verschwamm hinter den Tränen in meinen Augen. »Shit«, japste ich.
»Willst du ein Glas Wasser?« Er hielt die grüne *Yes We Cannabis*-Tasse unter die Leitung und reichte sie mir randvoll. Wenigstens wartete er, bis ich zwei Schlucke getrunken hatte. »Also habt ihr jetzt? Oder habt ihr nicht?«
Ich schnaubte ins Wasser. »Was geht dich das an?«
»Ich interessiere mich eben für meine Mitmenschen.« Entspannt lächelte er mich an, mit seinen blitzenden weißen Zähnen, als wäre ich eine von Richards Cappuccino-Mäuschen. Oder die glitzernde Simone. Oder vielleicht auch nicht. So, wie er mit ihr umsprang, hatte es sich ausgeglitzert. Wieso versetzte mich das in Hochstimmung? Hatte ich nicht mehr alle Tassen im Schrank? Nee, die grüne befand sich ja in meiner Hand. Ha, und es reimte sich auch noch.

»Ähm«, erwiderte ich wortgewandt.

»Sei froh, dass ich ihn verprügelt habe. Er ist eine grauenhafte Labertasche.«

»Ich dachte, er hätte dich verprügelt.«

»Jetzt hack nicht auf Kleinigkeiten rum.« Er genoss das.

Ich aber auch. »Ich habe dir mit einer Weinflasche das Leben gerettet.«

»Du hast was?«

»Dich vor Marty Jones' Navy-SEAL-Fäusten bewahrt. Sonst würdest du jetzt auf Krücken humpeln.«

Er hob die Brauen. »Also habt ihr jetzt? Oder habt ihr nicht?«

»Ich sag's dir, wenn du mir sagst, warum ihr euch geprügelt habt.«

»Weil er ein Arsch ist. Und ein schlechter Verlierer.«

Ich musste grinsen. »Erzähl mir was Neues.«

»Also ich sage, ihr hattet mal was miteinander, aber dann hat er dich für die süße Neuseeländerin aus der Buchhaltung verlassen.«

»Neuseeländerin?« Ich muss ziemlich baff dreingeblickt haben, denn sein Grinsen kriegte einen hinterhältigen Zug. »Aus der Buchhaltung?«

»Na die, die er immer auf die Galadiners schleppt. Die mit den Sixties-Petticoats und der Riesenschleife im Haar.«

Ich war platt. Marty Jones machte mir schöne Augen, obwohl er eine Freundin hatte? Eine tüllberockte Neuseeländerin mit Schleifenzöpfchen? Okay, ich war nicht platt, ich war angefressen. In meiner Ehre gekränkt. Tief drinnen hatte ich mir in der Rolle gefallen, für Marty Jones immer noch die eine zu sein, die Herzensdame, die er mit Charme und *Tamburini*-Glamour zurückerobern wollte. Eriks lapidar hingeworfene Bemerkung machte alle Illusionen zunichte.

Martys Süßholzgeraspel, nichts als Lüge! Wahrscheinlich

stand ihm der Sinn nur mal wieder nach Abwechslung. Oder Miss Hobbit (bestimmt hatte sie haarige Füße, die Blöde!) besuchte ihre Familie in der Heimat, und ihm war in ihrer Abwesenheit langweilig. Oder, das Allerschlimmste, er hatte seinen Charme tatsächlich nur spielenlassen, um mich für K&K zu rekrutieren. Inzwischen hatte ich ja wenigstens gerafft, dass Gold&Habermann gegen K&K um den Mocona-Etat pitchten und daher Richards Interesse an meiner Verbindung zu Marty rührte.

Das konnte die Erklärung sein, wieso er nicht wieder angerufen hatte. Denn dass er noch in der Ausnüchterungszelle der Polizeihauptwache München festsaß und ihm jeder Kontakt mit der Außenwelt verboten war, schien mir eher unwahrscheinlich.

»Ging es bei eurer Prügelei um den Mocona-Pitch?«, fragte ich mit bemüht neutraler Stimme.

Erik legte den Kopf schräg. »Lag ich richtig mit meiner Vermutung?«

»Ich habe ihn verlassen«, stellte ich richtig. »Nicht andersherum.«

»Wollt ihr jetzt was sehen oder nicht?«, rief Mario.

»Ja, wollen wir«, rief ich zurück, dankbar über die Unterbrechung. Dieser Schlagabtausch mit Erik wurde mir zu privat.

Wir machten es uns an Marios Schreibtisch gemütlich. Erik hatte nicht gelogen. Edith machte in den Filmen eine großartige Figur. Wie sie sich bewegte, wie sie lächelte, wie ihr in Zeitlupe die roten Locken ums Gesicht flogen, das sah im wahrsten Sinn des Wortes göttlich aus.

»Geil«, fasste Mario unser aller Staunen zusammen. »Das ist ja noch besser, als ich dachte.«

»Die ist echt eine Wucht«, sagte Erik.

»Ja«, seufzte Mario.

Eriks Blick schweifte von Mario zum Abbild der göttlichen Edith und wieder zurück. Ich konnte sehen, wie er sich einen blöden Spruch in der Art *Nicht deine Gewichtsklasse, Schätzchen* verkniff. Als er mich ausquetschen wollte, war er nicht so rücksichtsvoll gewesen.

»Sollen wir mal was arbeiten?«, fragte ich. Für jeden der drei geplanten Clips gab es mindestens zehn Einstellungen, aus denen wir jeweils die beste heraussuchen mussten. Und gleich beim ersten schieden sich die Geister.

Edith hob Kinn und Hände empor und wartete mit lasziv gesenkten Wimpern darauf, dass es Schlehen vom Himmel regnen möge.

Ich fand die erste Einstellung am besten, wo sie über die Schulter lächelte, bevor sie die Augen schloss.

Erik und Mario wollten dagegen den Shot, in dem die Kamera etwas tiefer rutschte, so dass ihre milchweißen Brüste den unteren Teil des Bildes ausfüllten.

»Das gibt einen tollen Kontrast«, heuchelte Erik. »Das Dunkelblau der Schlehen auf dieser Alabasterhaut, wie die Blaustufen mit den kühlen Cremetönen harmonieren.« Jaja.

»Finde ich auch«, fiel Mario ein.

»Aber dieser Schlafzimmerblick«, wandte ich ein.

»Ist doch geil«, riefen die zwei hormongesteuerten Neandertaler rechts und links von mir. Oh Mann. Als hätten sie noch nie nackte Titten gesehen. Wobei, bei Mario war ich mir nicht so sicher.

»Die Mocona-Leute sind aber Amerikaner.« Ich konnte nicht zulassen, dass sie ausgerechnet die Einstellung verwendeten, in der Edith dreinblickte wie ein Dromedar auf LSD. »Zensieren die nicht alles, was Nippel hat?«

»Hm.« Erik legte die Stirn in Falten.

»Wollt ihr riskieren, dass sie euch abschießen, weil Ediths Bu-

sen die Tugend der jugendlichen Biomarmeladenkäuferzielgruppe gefährdet?«
»Reich, aber prüde, oder was?«
»Wir könnten die Nippel mit Schlehen verdecken«, schlug Mario vor.
Erik brummte etwas Unverständliches.
Ich gab zu bedenken, dass man doch gleich die andere Einstellung nehmen könnte, wo Edith nicht doof guckte, sondern süß und sinnlich. So ging es noch ein bisschen hin und her.
Nach knapp einer Stunde einigten wir uns auf die Einstellung mit sexy Augenaufschlag und ohne Nippel.
Für die anderen zwei Clips fiel die Entscheidung einstimmiger aus, weil in keinem der beiden die Kamera je unter die Gürtel-, äh Nippellinie rutschte.
Mario und Erik legten eine Rauchpause ein. Ich schnappte mir Robespierre für eine Runde um den Block. Die Sonne ging unter und ließ den Himmel in prächtigen Blau- und Purpurfarben leuchten. Simone und Edith waren über alle Berge. Vielleicht schlürften sie zusammen Vanilla Latte im Kekshaus, eine Vorstellung, bei der mich die Eifersucht mehr pikste als die scharfe Winterkälte meine Wangen.
Mit Simone würde ich niemals warmwerden. Diese blondgelockte Miss Perfect, diese Zicke im Lächelpelz, der ich zutraute, sogar mit Richard ins Bett zu steigen, wenn es ihrer Karriere nützte. Es passte mir nicht, dass sie Erik beglitzerte. Und dass sie mir meine beste Freundin abspenstig machte, erst recht nicht. Doch am allermeisten ärgerte es mich, dass Edith sich von ihrem Glamour so einwickeln ließ. Ein Paar Lenin-Ohrringe machten noch keine Revolution!
Ich pilgerte mit Robespierre an der Leine durch die windstille Winterdämmerung zurück zum Büro.

Mario und Erik saßen schon wieder am Rechner und diskutierten, wie die Schlehen ins Bild regnen sollten. Aus Marios Boxen dröhnte *Schwanensee*.
Erik grinste und sagte: »Vielleicht ohne Augen und mit mehr Wusch?«
Ich musterte das Fake-Kartenschloss am Schrank. Ob er uns wirklich abkaufte, dass sich dahinter ein geheimes Kellerlabor befand, dessen Insassen niemals das Tageslicht erblickten?

Eine halbe Stunde später tauchte Edith dann doch wieder auf und stellte eine Papiertüte mit Cookies auf den Tisch. Ha, hatte ich es doch gewusst! Sie waren im Kekshaus gewesen!
»Und«, fragte ich beiläufig, »alles okay?«
»Nee. Aber Geld regiert eben die Welt.« Mit diesem tief philosophischen Spruch wandte sie sich ab und zog ihr Kosakenmäntelchen aus.
»Post, Post, Post!«, trötete es so laut aus ihrer Manteltasche, dass ich zusammenfuhr.
»Sorry. Mein neuer SMS-Ton.« Ihr halbes Grinsen suggerierte mir, dass sie zumindest mir schon halb verziehen hatte, dass ich mit imperialistisch-faschistoiden Individuen wie Erik kollaborierte.
»Und Simone?«
»Die habe ich bei K&K abgeliefert. Die ist fertig mit den Nerven. Kein Wunder, wo sie mit solchen Typen zusammenarbeiten muss.« Edith machte eine vielsagende Kopfbewegung in Richtung Monitorwall. Ich war ihr dankbar, dass sie wenigstens mit gesenkter Stimme sprach. »Die hat mir Storys erzählt, du machst dir keine Vorstellung.«
Aha. Nicht nur, dass sie zusammen im Kekshaus Vanilla Latte geschlürft hatten. Nein, Simone erschlich sich auch noch mit rührseligen Schicksalsgeschichten Ediths Mitgefühl!

Während sie die SMS las, verdüsterte sich ihre Miene. »Oh«, sagte sie. Und dann: »Oh.«

»Was denn?«, fragte ich.

»Thiago.« Ihrem Ton nach hatte er ihr dieses Mal kein Selbstporträt mit auf die nackte Brust gemaltem Zuckerguss-Herz geschickt. »Ich weiß nicht, was das soll.«

Ich zog sie am Ärmel in die Küchennische, um zu verhindern, dass sie ihrem Liebesfrust vor Mario und Erik Luft machte.

»Ich dachte, er freut sich, wenn ich ihn besuchen komme.«

»Du besuchst ihn?« Jetzt war ich verblüfft. »In Argentinien?«

»Wieso denn nicht? Ich dachte, wenn die Kohle von K&K kommt, müsste ein Flugticket ja wohl drin sein, und wohnen könnte ich bei Thiago.« Aber die Rechnung hatte sie ohne den Hauswirt gemacht. Ich wartete wortlos auf die Verlesung der Anklage. »Statt sich zu freuen, kommt er mit Ausreden!«, schnaubte sie. »Letzte Woche war er noch ganz heiß darauf, mich wiederzusehen.«

»Aha.«

»Und jetzt schreibt er, sein Vater wäre krank geworden und er müsse sich um ihn kümmern.«

»Sein Vater?« Oder eins der vier Blagen, die er nebst kochlöffelschwingender Ehefrau vor Edith unterschlagen hatte?

»Aber nächsten Sommer kommt er wieder nach München. Nächsten Sommer! Hat er sie noch alle? Erwartet er ernsthaft, ich warte hier auf ihn bis nächsten Sommer?!«

Auf den letzten Metern redete sie sich so in Rage, dass ihre Worte weit über die Küchennische hinaushallten. Und prompt tönte es aus dem Büro: »Immer mit die Ruhä, guapa.«

War ja klar, dass Mario unseren Latin Lover nachäffen musste. Hätte Erik nicht vorhin seinen ähnlich kindischen Streit mit Simone ausgetragen, ich hätte mir ernsthaft Sorgen um unsere Reputation gemacht. Willkommen im Regenbogen-Hoppelhäschen-Haus, hier arbeiten nur Profis, gell? Edith schien Marios Blödelei nicht mal gehört zu haben. Wie paralysiert starrte sie auf die SMS. »Wieso muss mir so was passieren?« Ein weinerlicher Ton hatte sich in ihre Stimme geschlichen.

»Sieh mal«, sagte ich aufmunternd, »dafür wirst du jetzt berühmt als Göttin der Natur. Und wenn sie dich für eine Plakatkampagne fotografieren wollen, verlangen wir so viel Kohle, dass es für drei Wochen Betriebsferien auf den Malediven reicht. Und mit dem Rest können wir noch vier Monate unentgeltlich für Goldmus arbeiten.«

»Ich weiß nicht.« Sie schnappte sich meinen Häkellöwen und knautschte ihn trostsuchend in ihren Händen.

»Alles wird gut. Lass den Idioten Ausreden erfinden. Hier werden die Typen Schlange stehen, um dir ihre Herzen zu Füßen zu legen. Außerdem, was willst du über Weihnachten in Argentinien?«

»Ich hätte einen Grund, nicht in der Villa meiner Eltern mit lauter bescheuerten Cousinen Weihnachtsgirlanden aufhängen zu müssen.«

»Komm doch mit zu meiner Mutter«, schlug ich vor. Und merkte im gleichen Moment, dass ich es ernst meinte. Meine Mutter hält nicht viel von großen Feierlichkeiten, deshalb gehen wir an Weihnachten immer zu zweit in die Kirche des Zweitausend-Seelen-Dorfes mit Alpenblick, in dem ich aufgewachsen bin. Danach stapfen wir zusammen mit den anderen Bewohnern unserer Straße zurück nach Hause, Mama steckt die elektrischen Kerzen vom Weihnachtsbaum ein, und wir schenken uns gegenseitig Dinge, die wir nicht brauchen oder die man essen kann. Der Abend endet traditionell damit, dass sie vor dem Fernseher einschläft, auf ihren Füßen die Katze, auf dem Couchtischchen den Pappteller mit Lebkuchen und Pfeffernüssen. Während ich mich hoch ins Gäste-

zimmer schleiche und dabei versuche, nicht auf knarrende Treppenstufen zu treten. Eine Ausnahme war das Weihnachtsfest vor zwei Jahren gewesen, zu dem ich Marty Jones mitbrachte. Ein peinlicher Fettspritzer im Poesiealbum meiner Erinnerung, an den ich lieber nicht zurückdenken wollte. Meine Mutter würde sich bestimmt freuen, wenn ich Edith mitbrachte. Wo sie sich doch immer sorgte, dass ich nicht nur ohne Mann, sondern auch ohne Freunde durchs Leben ging. Anders als Marty Jones würde Edith auch Mamas Küche nicht verwüsten bei dem Versuch, einen Überraschungstruthahn zum Weihnachtsessen zuzubereiten, der sich bei näherer Betrachtung als schnöde Flugente entpuppte.
»Meinst du das ernst?«, fragte Edith.
»Absolut.«
Gerührt guckte sie mich an. Ich guckte gerührt zurück. Manchmal braucht es Störenfriede wie Simone, um zu erkennen, was Freundschaft bedeutet. Dass man nie aufhören darf, sich Mühe miteinander zu geben. Ich machte den Mund auf, um noch etwas Nettes zu sagen, aber im gleichen Moment klopfte es an die Tür. Wahrscheinlich der Paketdienst, die liefern hier noch abends um sieben aus. Edith setzte den Löwen zurück auf den Monitor und probierte ein halbes Lächeln.
Ich öffnete die Tür. Auf der verschneiten Schwelle stand aber kein Paketbote, sondern ein blonder, blauäugiger Hüne mit Handwerkerschultern in einer feuerroten Parka, die nicht zu den grauen Anzughosenbeinen passte. Ah verdammt! Was machte der denn hier?
»Herr Hasmeyer!«, stammelte ich. »Was machen Sie denn hier?« Und dann fiel es mir ein. Unsere Verabredung zum Abendessen. Ich Vollidiotin hatte ihn ins Büro eingeladen.
»Sagen Sie bloß nicht, Sie haben mich vergessen«, scherzte er. Er dachte wirklich, ich hätte einen Witz gerissen. Ich lächelte

gequält. Um es noch schlimmer zu machen, holte er hinter dem Rücken ein Sträußchen Blumen hervor. »Ich habe Ihnen auch eine kleine Aufmerksamkeit mitgebracht.«

Mir wurde ganz anders, und zwar nicht wegen Herrn Hasmeyers sexy Elchgeweih-Strümpfen, die kurz aufleuchteten, als er den Schnee von den Schuhen klopfte. Was sollte ich jetzt tun? Wenn ich ihn fortschickte, würde er es brühwarm meiner Mutter erzählen. Was mir dann blühte, wollte ich mir nicht ausmalen. Noch länger in der Tür konnte ich ihn aber auch nicht stehen lassen, sonst kühlte das ganze Büro aus. Also bat ich ihn herein.

»Hallo«, sagte Edith unerwartet herzlich und musterte interessiert die feuerroten Heldenschultern.

»Einen wunderschönen guten Abend!« Er streckte ihr seine große Handwerkerhand entgegen. »Ich bin –«

»Das ist der Rentenversicherungsvertreter meiner Mutter«, sagte ich schnell.

»Angenehm.« Jetzt blickte sie belustigt drein. Dass meine Mutter mir gelegentlich Schwiegersohnkandidaten auf den Hals hetzte, wusste sie schon. Instinktiv ordnete sie Herrn Hasmeyer in die richtige Kategorie ein.

Hinten im Büro diskutierten Mario und Erik. Wenn ich jetzt mit Herrn Hasmeyer dort hineinplatzte, würde ich sie nur stören. Dann verlor Mario noch mehr von seiner ohnehin knappen Zeit für die 3-D-Schlehen. Ganz zu schweigen von der Holunderdolde, die noch an Ediths digitalem Ohrläppchen befestigt werden musste und die nach Eriks kreativer Vision zur Hälfte blühen und zur Hälfte Früchte tragen sollte. Oder dem dritten Clip, bei dem wir Löwenzahnblüten und -blätter zwischen Ediths Finger schummeln sollten, damit sie sie sich wie einen Fächer vors Gesicht halten und keck darüber hinweg lächeln konnte.

»Und hier arbeiten Sie? Ist ja gemütlich.« Herrn Hasmeyers Blick blieb an der Hammer-und-Sichel-Collage an der Klotür hängen. »Eine Spülbürste ist wie ein Gabelstapler auf LSD«, las er laut vor.
Ich guckte genauer hin, und tatsächlich, jemand hatte exakt das unter den Totenschädel mit der Schiebermütze geschrieben. Der Sauklaue nach zu urteilen Mario.
»Unser Arbeitsmotto«, erklärte ich. »Ich habe eine halbe Stunde Zeit. Reicht das?«
Er wirkte sichtlich enttäuscht. Ich kam mir schlecht vor. Hätte ich ihn nicht gleich am Telefon abblitzen lassen können? Sicher hatte er abends Besseres vor, als sich für eine widerborstige Kratzbürste wie mich durch die Winterkälte zu frieren.
»Wir gehen ins Kekshaus, die haben bis sieben auf. Da gibt's Sandwiches.«
»Sandwiches?« Er guckte noch viel enttäuschter. »Ich dachte, wir wollten essen gehen? Ich habe einen Italiener am Rosenheimer Platz gesehen.«
»Den kenne ich. Glauben Sie mir, Sie wollen lieber die Sandwiches. Sie müssten mich allerdings einladen.« Vielleicht ließ er freiwillig von mir ab, wenn ich ihn davon überzeugte, dass zwischen meinem und seinem Lebensentwurf Welten lagen. Sollte er mich ruhig für einen weiblichen Nerd halten, der auch noch chronisch pleite war. Dann wollte er mich vielleicht gar nicht mehr näher kennenlernen.
»Ich gehe meine E-Mails checken«, sagte Edith, warf mir einen bedeutungsvollen Blick zu und verkrümelte sich an ihren Schreibtisch. Nun stand ich allein mit Herrn Hasmeyer vor der Spüle, der immer noch seine Blümchen festhielt. Ich nahm sie ihm aus der Hand und stellte sie in die grüne *Yes We Cannabis*-Tasse. Dann griff ich nach meiner Jacke. »Sollen wir los?«

Keine Ahnung, ob es an den Erlebnissen der letzten drei Tage lag oder daran, dass ich völlig übermüdet war, aber es fiel mir leicht, mich danebenzubenehmen. Ich redete mit ihm einfach so wie mit Edith und Mario, wenn wir allein waren, bereichert um ein paar Obszönitäten im Werbewichser-Stil.

»Haben Sie sich die Unterlagen schon angesehen, die ich Ihnen letztes Mal dagelassen habe?«, fragte er, nachdem ich mir von ihm einen Vanilla Latte, ein Feta-Gurken-Focaccia und ein Stück New York Cheesecake erschnorrt hatte. Mit extra Sahne.

»Unterlagen?« Ich kaute auch vor dem Reden nicht zu Ende, wie meine Mutter es mir beigebracht hatte.

»Für Ihre Rentenversicherung, denn Sie wissen ja, je früher Sie anfangen…«

»… desto eher bin ich tot.«

»Wie bitte?«

»Ach, fiel mir nur so ein. Wer früher stirbt, ist länger tot. Ich finde es lustig. Finden Sie es nicht lustig?«

Hastig nahm er einen Schluck von seinem Filterkaffee (schwarz mit Zucker) und tat so, als hätte ich gar nichts gesagt.

»Also nein, ich habe sie noch nicht gelesen«, sagte ich. »Ich kann mir eine Rentenversicherung zurzeit nämlich nicht leisten.«

»Aber das ist doch überhaupt kein Problem! Dann kommt ein Modell für Sie infrage, bei dem Sie jetzt den Vertrag unterzeichnen, aber erst in einem Jahr mit der Einzahlung beginnen, bei voller Anrechnung der Wartezeiten ab Unterzeichnungsdatum.« Es war unheimlich. Sobald er seine Welt der Versicherungspolicen und fiesen Verkaufsmaschen betrat, funktionierte er tadellos. Er spulte es herunter, als sei es ihm ins Gehirn eingebrannt. Dieses Mal trug er keinen Rentierschlips, sondern ganz leger ein rosa Hemd unter einem schwarzen Hugo-Boss-Pullover mit V-Ausschnitt. Der Freizeit-Look des vielbeschäftigten Managers und aller, die es noch werden wollen.

»Warum sind diese Hemden immer hellblau oder rosa?«, sinnierte ich. »Warum nicht mal gelb oder burgunderrot?«

»Wie bitte?«

»Und warum fragen Sie immer *Wie bitte,* wenn Sie genau verstanden haben, was ich sage?«

»Wie –« Er brach ab. »Ich verstehe nicht ganz.«

»Ist ja auch egal.« Ich betrachtete den Boden meiner Tasse. »Geben Sie mir noch einen Vanilla Latte aus?«

»Kein Problem.«

»Viola«, rief ich zur Theke, »machst du mir bitte noch einen Vanilla Latte? Und einen Schoko-Himbeer-Trüffel hätte ich auch noch gerne.« Freundlich lächelte ich Herrn Hasmeyer an. »Denn Sie wissen ja, ich bin pleite.«

»Aber Sie müssen doch erst in einem Jahr etwas bezahlen. Und bis dahin«, er lachte wohlwollend, »fließt noch viel Wasser die Isar hinunter.«

»Ja, und was, wenn ich bis dahin keinen Liebhaber finde, der Sex gegen Rentenversicherungsbeiträge tauschen möchte?«

Es war mir als Scherz rausgerutscht. Aber so eilig, wie Herr Hasmeyer nach seinem Kaffeebecher griff, nahm er es für bare Münze. Was meinem Anliegen nur dienlich sein konnte. Die Aussicht, für eine Versicherungspolice zu bezahlen, die er zuvor eigenhändig vermittelt hatte, musste jeden Versicherungsvertreter, der etwas auf sich hielt, in die Flucht schlagen. Der Rest unserer Unterhaltung verlief recht einsilbig. Herr Hasmeyer bot mir auch nicht an, mich zurück zum Büro zu begleiten.

Ich empfahl ihm zum Abschied, sich doch bei meiner Nachbarin Sonja zu melden, der mit der Katze und der kleinen

Tochter. Ich schrieb ihm ihre E-Mail-Adresse auf die Rückseite eines Werbeflyers fürs Wochenend-All-you-can-eat-Buffet und fügte zur Sicherheit noch ihre Telefonnummer hinzu. Trotzdem fühlte ich mich danach wie ein schlechter Mensch. Ich war mir nicht einmal sicher, dass ich dem mütterlichen Donnerwetter entronnen war. Was, wenn er ihr erzählte, dass ihre Tochter sich zu prostituieren plante, um ihre Rentenversicherung bezahlen zu können? Nicht auszudenken, welche Kettenreaktion er damit lostrat.

Als ich im Büro ankam, hatte Erik sich schon in seinen Wildledermantel gewickelt und wollte gerade aufbrechen. Edith saß an ihrem Laptop und tippte energisch eine E-Mail. Mario stand neben Erik an der Spüle, um ihn zu verabschieden. »Wir haben alles in Griff«, erklärte er mir. »Wird aber eine lange Nacht.«

»Kann ich was helfen?«, fragte ich.

»Eigentlich nicht.« Mario grinste. »Fahr lieber nach Hause und komm morgen früh mit frischen Brötchen wieder. So gegen sechs.«

»Scheißnachtschichten«, philosophierte Erik.

»Musst du auch eine machen?«

»Heute nicht.« Er gähnte demonstrativ. »Wieso, was hast du vor?«

Ich gähnte demonstrativ zurück. »Wenn Mario mich nicht braucht, fahre ich jetzt nach Hause, esse Chips und schaue mir *Andromeda*-Folgen an, bis ich auf dem Sofa einschlafe.«

»Guter Plan«, sagte Mario.

»Dromedar?«, fragte Erik. »Ist das diese Auswanderer-Reportage?«

Mario und ich grinsten uns an. »Fast«, sagte ich.

»Die wandern da auf ferne Planeten aus«, erläuterte er.

»Mit einem Raumfrachter«, gluckste ich.

»Und schwerer Artillerie«, fügte Mario hinzu.
Wir platzten fast vor Lachen.
Erik grummelte was davon, dass er auch gern mal so viel Zeit haben wollte, um über alle Fernsehserien informiert zu sein. Ich hatte aber den Eindruck, dass er uns inzwischen gut genug leiden konnte, um es zu ertragen, dass wir uns über ihn lustig machten.

9
Save butterflies! Eat more margarine!

Zwei Tage vergingen in fiebriger Geschäftigkeit.

Meine anfängliche Sorge, Mario könnte den Job vergeigen, erwies sich als unbegründet. Unter Eriks schlechtem Einfluss lief er zu Höchstform auf und entwickelte ungeahnte Kräfte. Es ging alles so schnell, als hätten wir wirklich einen Keller voller Arbeitssklaven.

»Sieht so aus, als hättest du ganz umsonst Panik geschoben«, sagte ich zu ihm, als wir am zweiten Abend zusammen vor der Kaffeemaschine standen.

»Es hätte auch viel schlimmer kommen können«, unkte er.

»Also keine Wasservorhänge in Zeitlupe?«

»Nö.« Er rührte sich drei Stück Zucker in seinen Espresso. »Erik weiß, was realistisch ist.«

Na, was für ein Glück.

Simone ließ sich vorerst nicht mehr bei uns blicken. Sie beschränkte sich auf übertrieben sachlich formulierte E-Mails, in denen sie uns dreimal täglich daran erinnerte, die Zwischenabgabe nicht zu vergessen.

Erik verbrachte mehr Zeit bei uns, als er eigentlich gemusst hätte, denn Mario kriegte die Arbeit auch gut ohne ihn hin. Vielleicht, weil es in unserem Regenbogen-Hoppelhäschen-Haus netter zuging als bei den hochnäsigen K&Ks und auch Cappuccino-Mäuschen und Kois es nicht rausreißen konnten. Oder weil Erik der glitzernden Simone aus dem Weg ge-

hen wollte. Alles Gründe, die mich vor lauter Schadenfreude in Hochstimmung versetzten.
Edith und ich halfen Mario, so gut wir konnten. Ich saß halbe Tage am Computer und stellte Löwenzahnblätter frei. Edith suchte passende Musik für die Clips, was Robespierre gelegentlich zum Jaulen brachte. Auf Marios Bildschirm regneten Wasserfälle von Schlehdornfrüchten auf Ediths milchweiße Hände herab und rauschten anmutig in ihr Dekolleté. Inzwischen sahen sie auch nicht mehr aus wie blaue Schmutzflecken. An ihrem Ohr wippte die Holunderdolde, deren Blüten verdächtig an die singende Passionsblume erinnerten.
Am Abend vor unserer Zwischenabgabe waren wir guter Dinge. Auf Marios Computer lief die Berechnung der finalen Filmclips, was laut Timer noch bis kurz vor Mitternacht dauern sollte. Bis dahin konnten wir nur warten und ab und zu nachsehen, ob das Programm nicht abgestürzt war. Kurz nach neun brachte der Lieferdienst Pizza.
»Sagt mal«, Edith kraulte auf dem blauen Sofa Robespierre, der sich wie eine Katze auf ihrem Schoß zusammengerollt hatte, »Mocona, was ist das für ein Laden? Wie kommt ein Ami-Konzern dazu, hier lokale Bioprodukte anzubieten?«
»Keine Ahnung«, gab Erik zurück. Er saß neben Mario auf dem Boden, die Beine lang ausgestreckt, den Rücken gegen die Wand gelehnt. Sein Gesicht sah fast wieder normal aus.
»Die kaufen bei lokalen Obstbauern ein«, sagte ich, »kleben ihren Namen dran, schlagen vierhundert Prozent Marge drauf, und fertig ist die Laube.«
»Nee, die Marmelade«, belehrte mich Mario. Er trug ein schwarzes Kapuzenshirt mit einem knallgelben Schmetterling auf der rechten Schulter. Darunter stand: *Save butterflies! Eat more margarine!*
Edith hörte auf, an ihrem Pizzastück herumzukauen. »Also

graben die kleinen Firmen wie Goldmus das Wasser ab?«
Rums. Da hing es, das Damoklesschwert. Klammheimlich hatte unsere Strahlkraft-Ethik sich angeschlichen und zwickte uns in die Waden.

»Bestimmt haben die unterschiedliche Vertriebskanäle«, versuchte ich zu beschwichtigen. Meine stündlichen Konto-Kontrollen hatten ergeben, dass heute Morgen tatsächlich Geld von K&K eingegangen war, Ediths Model-Honorar und die fünfzig Prozent Vorschuss für den Digital-Job. Schade nur, dass ein Teil des warmen Regens gleich ins Dispo-Loch gefallen war.

»Wir arbeiten also für eine Firma, die gegen unsere Grundsätze verstößt.« Messerscharf erkannt. Ich schenkte mir den Hinweis, dass sie das Projekt unbedingt hatte machen wollen. Weil der Flitterglitter von K&K und Simones falsche Lenin-Ohrringe sie ihre ehernen moralischen Grundsätze hatten vergessen lassen. Mussten sie ausgerechnet jetzt wieder an die Oberfläche treiben?

»Genau genommen arbeiten wir ja nicht für Mocona, sondern für K&K«, warf Mario ein. Schon klar, dass der sich auf die Seite der Kapitalisten schlug. Er sah seine Arbeit bedroht und seine junge Männerfreundschaft mit Erik gleich mit.

»Aber auf den Werbeclips steht Mocona drauf. Ich gebe mein Gesicht für einen Ausbeuterkonzern her. Ich fasse es nicht!«

Erik gähnte. »Ist doch jetzt egal.«

»Nein, ist es nicht!« Edith funkelte ihn an. »Oder ist dir auch egal, dass der Pelz an deinem Jackenkragen kleinen Robbenbabys bei lebendigem Leibe abgezogen worden ist?«

Er rieb sich über die Bartstoppeln, die ihm übrigens hervorragend standen. »Aber das ist Lammfell.«

»Dann eben kleinen Lämmern!«, fauchte sie.

»Die werden aber geschoren«, merkte Mario hilfreich an.

»Ja, von indonesischen Kinderarbeitern, die schon im Alter von acht Jahren in die Quasi-Sklaverei gezwungen werden!«

»Was regst du dich so auf?«, fragte Erik. »Vielleicht sind die bei Mocona ganz nett. Was, wenn die den Obstbauern gute Preise zahlen und die lokale Wirtschaft stärken?«

»Das glaube ich nicht!«

Ich glaubte das ehrlich gesagt auch nicht. Ich traute ihnen eher zu, dass sie die Zutaten für ihre Brotaufstriche auf fünf Kontinenten zu Dumpingpreisen zusammenkauften und pro Gläschen eine halbe polnische Schlehe reintaten, damit sie *Aus lokalem Landbau* draufschreiben konnten. *Sechs neunundfünfzig, und pro verkauftem Glas spenden wir einen Cent für die Rettung der bedrohten Holunderschlehen-Eidechse, die in nur zwei Tälern in Südtirol heimisch ist.*

»Sieh es mal so«, sagte ich. »Sollten sie wirklich zu den Bösen gehören, dann lassen wir uns von ihnen Robin-Hood-mäßig unsere Arbeit für die Guten finanzieren. Wie sollen wir umsonst für Goldmus arbeiten, wenn wir verhungert sind?«

»Goldmus zahlt schon noch.«

»Aber wann?«

Edith funkelte uns der Reihe nach an. »Leute wie ihr sind der Grund für den Klimawandel und die Ausrottung der Artenvielfalt!«

»Süße, du hast keine Ahnung, was du da sagst, und das weißt du auch.« Erik setzte seinen lässig-überheblichen Gesichtsausdruck auf, für den ich ihm bei K&K schon ununterbrochen eine hätte reinhauen können. Offenbar hatte Edith einen wunden Punkt bei ihm getroffen. Prompt fühlte er sich bemüßigt, sich mit allen Mitteln zu verteidigen. »Ich habe letztes Jahr garantiert mehr gespendet, als du für Schuhe und Klamotten ausgegeben hast.«

Ein leichter Anflug von Unsicherheit huschte über Ediths

Gesicht. Erwähnte ich, dass ihr Kleiderschrank der geheiligte, von allen Konsumbeschränkungen befreite Tempel ihres feministischen Selbstverständnisses ist? Erik konnte natürlich nicht ahnen, welch monströse Summen Edith für High Heels und farbenfrohe Mäntelchen hinblätterte. Ganz zu schweigen von Negligés aus fair gehandelter Seide und den Kollektionen Berliner Designer-Labels mit Paspeln aus von Hand gesammeltem Treibholz (wie soll man es auch sonst sammeln?).

»Ich habe nämlich für Greenpeace gespendet«, er richtete einen Finger seiner Hand auf, »für Wikipedia, für die McDonald's Kinderhilfe, dann für irgend so ein afrikanisches Hilfswerk, für den Naturschutzbund Deutschland …«

»Bestimmt nur, weil's steuerlich absetzbar ist.« Robespierre, der Streitereien nicht ausstehen kann, sprang von Ediths Schoß und machte sich unter den Schreibtischen auf die Suche nach vergessenen Keksen.

»Ich kaufe jeden Monat die Obdachlosenzeitung!«

»Liest du sie auch?«

Er ließ die Hände sinken. »Nee, ich nehme sie zum Tapeziertischauslegen, was sonst?«

»War ja klar.«

»Das war ein Witz. Denkst du, ich tapeziere meine Wohnung selbst?«

Dahin war sie, die sorgsam bewahrte Eintracht der letzten zwei Tage.

Erik fühlte sich ungerecht behandelt, Edith schäumte vor Wut über uns ignorante Wohlstandsmaden, während Mario sichtlich fürchtete, Partei ergreifen zu müssen.

»Könnten wir uns vielleicht wieder auf das Wesentliche konzentrieren?«, fragte ich. »Und die Farbbeutel-Attentate zur Markteinführung von Mocona planen, wenn wir die verdammten Filme fertig haben?«

»Also ich plane, demnächst in tiefen Schlaf zu fallen«, verkündete Mario. Dafür, dass er anderthalb Nachtschichten hinter sich hatte, sah er sogar noch gut aus. Edith dagegen, die letzte Nacht aus Solidarität mit ihm ausgeharrt hatte (zu seinem Leidwesen wieder ohne nennenswerte amouröse Folgen), hatte rote Flecken im Gesicht. Vielleicht war es der Schlafmangel, der sie so reizbar machte.
»Dann geht ihr nach Hause, und ich bewache hier den Rechner«, sagte ich. »Wenn alles glattgeht, checke ich die fertigen Filme, fahre die Kiste runter und haue mich aufs Ohr. Wenn was ist, rufe ich an.«
»Okay.« Mario schluckte sein letztes Stück Pizza runter. »Dann mache ich mich jetzt vom Acker.«

Edith hängte sich gleich an Mario dran.
Erik trödelte dagegen so lange mit dem Jackeanziehen herum, dass wir zuletzt beide im Büro zurückblieben. Ich fühlte mich ganz befangen, so zu zweit mit ihm allein. Inzwischen hatte ich es aufgegeben, mir selbst in die Tasche zu lügen, was Erik betraf. Ich versuchte mein Dilemma stattdessen auf einer sachlichen Ebene zu lösen. Was nicht mal ansatzweise funktionierte.
Ja, ich hätte ihn nicht von der Bettkante gestoßen. Also jedenfalls, wenn ich ihn einfach so auf einer Party getroffen hätte. Neben seiner offensichtlich hübschen Fassade hatte er noch was anderes, das mich unwiderstehlich anzog. (Mich und wahrscheinlich alle anderen weiblichen Wesen, die auf halblanges dunkles Haar und Dreitagebart stehen.)
Es war wie bei einem noch warmen, frisch glasierten Schokokuchen, von dem man als diätgeplagtes Wesen genau weiß, dass man ihn nicht essen sollte. Bei dem einem aber trotzdem das Wasser im Mund zusammenläuft. Ich machte meine lange

Single-Phase dafür verantwortlich und Marty Jones' Scheinheiligkeit.

Wie konnte er nur? Erik gab wenigstens offen zu, dass er ein Arschloch war. Außerdem waren wir in den letzten Tagen fast so etwas wie Freunde geworden.

Ich ließ mich in Marios Bürostuhl fallen und rollerte hinter seinen Schildwall, so dass die Monitore mich vor Eriks Blick abschirmten.

»Ist noch was?«, fragte ich unschuldig.

»Ich habe das Gefühl, ich hab was vergessen.«

Und ich hatte das Gefühl, er wollte Zeit schinden. Vielleicht, um ungestört mit mir zu flirten? Irgendwie war es ja auch schmeichelhaft, dass er seinen Charme bei mir spielenließ. Ich wurde rot und ließ mich tiefer in den Stuhl sinken. Vielleicht knisterte es ja nicht nur bei mir, sondern auch bei ihm. Womöglich stand er darauf, dumm angemacht zu werden. Und deshalb waren ihm auch die Mäuseschwänzchen auf meinem Kopf egal.

Nun steckte ich in diesem Dilemma, dass mein unbeherrschtes Ich sich im Schokokuchen wälzen und sich von oben bis unten mit Schokosoße beschmieren wollte, um anschließend die Köstlichkeit restlos zu vertilgen. Während meine andere Hälfte, das Diktat der reinen Vernunft, mich darauf hinwies, dass das eine ganz, ganz schlechte Idee wäre. Dass es garantiert auf einen One-Night-Stand hinauslief und dass ich mir dafür jede Menge Ärger einhandelte. Und schrecklichen Liebeskummer, wenn er danach nicht anrief und im Büro so tat, als sei nichts gewesen. Oh, Ediths Missbilligung, wenn sie herausfand, dass ich mit dem Klassenfeind geschlafen hatte. Unerquickliche Verquickungen privater und geschäftlicher Befindlichkeiten. Nicht auszudenken. Wirklich eine ganz, ganz schlechte Idee.

Ich starrte auf den Fortschrittsbalken, der sich millimeterweise füllte. Erik raschelte mit irgendetwas in der Küchennische herum.
»Soll ich vielleicht noch warten?«, fragte er. »Bis das Zeug fertig ist, fährt doch keine U-Bahn mehr.«
»Passt schon«, rief meine Vernunft zurück. »Ich bin mit dem Auto hier.«
Noch mehr Rascheln. Ein kurzer Kontrollblick zeigte mir, dass er nun an meinem Schreibtisch stand und mit meinem Häkellöwen herumspielte. »Sicher?«
Die Schokokuchen-Fraktion rebellierte. Doch ich behielt die Oberhand. »Ganz sicher. Kannst unbesorgt nach Hause fahren.«
»Aber du rufst an, wenn was ist. Meine Handynummer hast du ja, oder?«
»Steht in den Projektunterlagen.«
»Tja. Okay. Also dann –« Sein Kopf tauchte so unvermittelt über den Monitoren auf, dass ich zusammenfuhr. »Gute Nacht.«
Er schenkte mir ein charmantes Grinsen, wartete eine Sekunde, ob ich es mir doch noch anders überlegte, und zog endlich von dannen. Die Tür fiel ins Schloss.
Adieu, wild-romantischer Sex auf dem Bürotisch mit dem schönsten Kreativdirektor des Futura Medienparks.
Mist.
Mist, Mist, Mist.
Vernunft wird einfach total überbewertet.
Ich fixierte den Fortschrittsbalken noch etwas länger. Vor zwei Tagen hatte ich Edith Ratschläge in Sachen gutaussehende Schaumschläger erteilt, jetzt drohte ich selbst einem ins Netz zu gehen. Ich sprang auf und pilgerte ein paarmal durch den Raum, blieb wieder stehen und nahm den Häkellöwen

vom Monitor. Die Wolle roch nach Erik. Oder bildete ich mir das ein?
Nur wenige Minuten später klingelte das Handy. Die Schokokuchen-Fraktion in mir hoffte, es möge Erik sein. Der (huch) etwas vergessen hatte.
War es aber leider nicht.
Eine mir unbekannte Dame fragte in breitestem Niederbayrisch: »Sprech i da mit der Frau Julia Neumann?«
»Ja, das bin ich.«
»Also, hier is die Frau Meiselbach.« Sie sagte das etwas kurzatmig und so, als ob ich sie kennen müsste.
»Hallo«, erwiderte ich. War das meine Kundenberaterin bei der Bank, die mich wegen des desaströsen Zustands meines Kontos rügen wollte? Nachts um halb elf? Oder eine Dame von der Polizei, die mich darüber informierte, dass sie mein Auto abgeschleppt hatten? Womöglich die Vermieterin? Nein, nicht um diese Zeit.
»Tante Irmchen, woast net?«
»Tante Irmchen!« Die Nachbarin meiner Mutter. Daher der vertraute Klang. Aber – Tante Irmchen? Die mich auf dem Handy anrief? Um diese Zeit? »Wie geht es dir?«
»Mir geht's guat«, schnaufte sie. »Aber deiner Mama, der geht's ganz schlecht. Deshalb ruf i di ja überhaupt o.«
»Oh Gott, was ist denn passiert?« Ich war so schockiert, dass mir der Häkellöwe aus der Hand fiel. Ja, wir haben Differenzen, meine Mutter und ich. Aber das heißt nicht, dass ich sie nicht abgöttisch liebe. Sie ist mein Fels in der Brandung, unverwüstlich seit über dreißig Jahren. Die Vorstellung, ihr könnte etwas zugestoßen sein, ließ mir vor Schreck die Knie weich werden.
»I glaub, sie hod an Schlaganfall, aber sie mog net, dass i den Notarzt ruaf. Sie red' bled daher, des wird scho wieder, aber

des wird net! Du muast sofort kemma und sie zur Vernunft bringa, herst?«
»Mama hatte einen Schlaganfall, und ihr habt keinen Arzt gerufen?«
»Ja wenn sie doch net wollt'? Sie hat zug'sperrt und macht net auf, wen i's dir sog! Wos, wenn sie etz do drin stiarbt, wos dann?«
»Also sie ist zu Hause, aber ihr wisst nicht, was mit ihr ist?«
Ich hatte das Gefühl, gleich selbst einen Schlaganfall zu bekommen. Waren die von allen guten Geistern verlassen?
»Grod ebn hob i wos scheppern g'hert, aber etz ist wieda a Ruh'.«
»Okay.« Tief durchatmen. Ruhe bewahren. Nicht ausrasten.
»Ich setze mich sofort ins Auto. Ich bin in einer Stunde da. Und du rufst bitte jetzt gleich den Notarzt an. Gib ihnen meine Handynummer, wenn Mama sie nicht reinlässt. Zur Not sollen sie durchs Küchenfenster steigen.«
»Guat«, schnaufte Tante Irmchen. »Guat, dann ruf i etz den Dokta o.«
Nachdem sie aufgelegt hatte, rannte ich wie eine Irre durchs Büro, um meine Sachen zusammenzusuchen. Ich zog mir meinen Mantel über, versenkte Autoschlüssel, Handy und Geldbeutel in den Taschen und stürzte los. Draußen war es schneidend kalt. Während ich durch den Schnee zu meinem Auto hastete, rief ich bei meiner Mutter zu Hause an. Dann auf dem Handy. Es ging niemand dran. Mir wurde ganz schlecht vor Angst. Ich kroch durch das Zaunloch und wählte Marios Nummer, der in der Straßenbahn auf dem Weg nach Hause saß. Ich sagte ihm, dass er gleich wieder kehrtmachen konnte.
Einen Schlaganfall!
Meine Mutter! Meine Mutter, die Unverwüstliche. Die nie

jammerte und nie krank wurde und alle in den Wahnsinn trieb mit ihrer Generalmarschallsmentalität.

Ich ließ mich in meinen Renault fallen und startete den Motor. Das heißt, ich versuchte es. Er sprang nicht an. Er machte nur leiernde Geräusche und gab ansonsten keinen Pieps von sich. Das durfte nicht wahr sein.

Ich wartete ein paar Sekunden und probierte es erneut. Doch es passierte nichts. Der Anlasser leierte und erstarb wieder. Mein Auto ließ mich im Stich. Warum?! Heute früh hatte es noch tadellos funktioniert! Wie sollte ich jetzt nach Fössenhausen kommen? Das Dorf liegt kurz vor der österreichischen Grenze, Luftlinie nach Kufstein zehn Kilometer. Neunzig Kilometer von München.

Ich musste da hin. Sofort!

Vielleicht ein Taxi?

Gott, das würde ein Vermögen kosten, aber was gab es an Alternativen? Vielleicht einen Mietwagen. Um die Zeit? Ohne Reservierung? Ich schloss den treulosen Renault wieder ab und stapfte vor zur Hauptstraße. Weiter vorn am Haupteingang des Medienparks standen immer ein paar Taxis herum, weil es in einem der Höfe einen Nachtklub gab.

Die Scheinwerfer entgegenkommender Autos blendeten mich. Auf dem Asphalt glitzerte Eis. Ich stockte die Fahrzeit nach Fössenhausen im Geiste auf anderthalb Stunden auf. Wenn die Straßen in der Stadt schon überfroren waren, wartete weiter oben in den Bergen eine Rutschpartie. Oh Mann, und vorher musste ich am Geldautomaten vorbei, um die Fahrt überhaupt bezahlen zu können.

Ein Scheinwerferpaar blendete besonders hell auf und legte direkt vor meiner Nase eine Vollbremsung hin. Erschrocken sprang ich zur Seite. Ich wollte gerade losbrüllen und den Fahrer beschimpfen, als mir auffiel, dass es sich bei dem Wagen um einen stahlblauen Porsche handelte. Eriks Porsche, genauer gesagt. Mir kam eine verrückte Idee. Im selben Moment wurde auch schon die Beifahrerscheibe heruntergelassen. »Willst du doch lieber mitfahren?«, rief er.

Ich zog die Tür auf und stieg ein. »Hast du heute Abend noch was vor?«

Er zuckte mit den Schultern. »Außer Auswandererserien mit Dromedaren gucken?«

»Kannst du mir dann einen riesigen Gefallen tun?«

»Klar«, sagte er leichtfertig.

»Ich wäre dir dafür auf ewig zu Dank verpflichtet.«

»Dann erst recht.« Er setzte sein Bad-Boy-Grinsen auf, während er sich zurück in den Verkehr einordnete.

Ich stieß den Atem aus. »Kannst du mich jetzt gleich nach Fössenhausen fahren? Gerade hat mich eine Nachbarin angerufen, dass meine Mutter einen Schlaganfall hatte. Ich muss sofort da hin. Aber meine Kiste springt nicht an.«

»Echt?« Sofort wurde er ernst. »Ach du Scheiße. Sag das doch gleich. Wo müssen wir hin?«

»Da vorne bitte wenden.«

Er legte einen sauberen U-Turn hin und schnitt dabei einen anderen Fahrer, der sich mit langanhaltendem Hupen beschwerte. »Sorry. Notfall.«

»Und jetzt der Straße folgen bis zur Autobahn.«

»Autobahn. Okay.« Ein Hauch Misstrauen färbte seine Stimme. »Und dann?«

»Fahren wir bis kurz vor Kufstein und dann noch ein paar Kilometer Bergstraße.«

»Kufstein?« Wäre ich nicht so mit den Nerven am Ende gewesen, ich hätte sein Gesicht genossen. »Dir ist schon klar, dass das anderthalb Stunden Fahrt sind?«

»Vierundneunzig Kilometer, genau.«

»Fuck.« Er schlug mit der flachen Hand aufs Lenkrad. »Bis wir da sind, ist es Mitternacht!«
»Ja, ich weiß.« Ich fürchte, ich klang sehr weinerlich. Mir war auch durchaus zum Heulen zumute. »Wenn's dir zu blöd ist, setz mich da vorne am Taxistand ab.«
Er grummelte etwas Unverständliches, fuhr aber auch nicht langsamer. »Gibt's da wenigstens ein Hotel?«
Ich wagte ein verzagtes Lächeln. »Nein, aber das Gästezimmer im Haus meiner Mutter.«
»Cool. Mit Karobettwäsche?«
»Und dicken Eiderdaunendecken.«
»Und müssen wir uns das Bett teilen?«
»Es gibt noch eine Couch, falls es dich stört.«
Wieder grinste er. Ich hätte mich mehr darüber gefreut, wäre es nicht ein so beschissener Anlass gewesen, der uns auf das gemeinsame Abenteuer in die verschneiten Alpen führte.
Die nächste halbe Stunde verbrachte ich am Telefon.
Meine Mutter nahm auch weiterhin nicht ab. Ich malte mir die grässlichsten Horrorszenarien aus. Tante Irmchen versicherte mir, dass sie den Notarzt gerufen hatte. Der brauchte aber länger, weil eine Schneelawine auf die Straße niedergegangen war, die Fössenhausen mit der Außenwelt verband.
»Können die nicht einen Hubschrauber schicken?« Ich war so fertig, dass ich fast schrie.
»Mei, bei dem Schneeg'stöber?«
Schneegestöber? »Schneit's bei euch?«
»Ja, dass ma die Hend net vor de Aug'n sigt. Fahrt's bloß vorsichtig, herst, Julia?«
Na großartig.
Meine Mutter war womöglich in der Küche zusammengebrochen und lag im Sterben, während der Rettungsdienst im Schnee feststeckte und wir beim Versuch, auf einem Schleich-

weg die Lawine zu umfahren, im Sturm die Bergklamm runterstürzten. Ein Desaster. Wenigstens rief Mario mich zurück, um mir Bescheid zu sagen, dass er wieder im Büro angekommen war und alles so lief, wie es sollte.

Ich beauftragte ihn, die fertigen Filme auf einen Server zu legen, wo Simone sie sich für ihre Zwischenpräsentation runterladen konnte. Dabei fiel mir siedend heiß etwas ein.

»Erik, musst du morgen früh bei dieser Zwischenpräsentation dabei sein?«

»Wäre ich dann so entspannt?«

»Wahrscheinlich nicht. Also nein?«

Er schüttelte den Kopf. »Das ist gar keine richtige Präsentation. Wir schicken die Filme nur an unseren Insider-Kontakt bei Mocona, weil der sie vorab checken soll. Ob sie in die richtige Richtung gehen, keine Fettnäpfchen erwischen und so.«

»Und ob die Göttin der Natur nicht aus Versehen Ähnlichkeit mit einer Ex-Freundin vom Mocona-Marketingchef hat.«

»Genau.«

Der Rest der Autobahnfahrt verlief einsilbig, was vor allem an mir lag. Ich konnte keinen Small Talk machen, während ich ums Wohlergehen meiner Mutter bangte. Bestimmt hatte sich Erik das unterhaltsamer vorgestellt. Er machte ein paar Versuche, das Gespräch wieder in Gang zu bringen, und gab schließlich auf. Kurz vor Rosenheim fing es an zu schneien. Die Schneeflocken fielen immer größer und dichter, je weiter wir nach Süden fuhren, bis wir uns zuletzt durch einen dicken weißen Treibnebel kämpften, in dem man die Silhouetten anderer Autos nur noch erahnen konnte.

Kurz vor unserer Abfahrt rief Tante Irmchen wieder an und informierte mich, dass der Notarzt nun da war, sich ohne Erlaubnis aber nicht gewaltsam Zugang zum Haus meiner Mutter verschaffen wollte. Ich wies Irmchen an, mich an den Doktor weiterzugeben.

»Ja, ich bin die Tochter von der Frau Neumann«, erklärte ich ihm. »Ich bin auf dem Weg zu Ihnen, aber wir brauchen noch eine halbe Stunde. Könnten Sie jetzt bitte einfach ins Haus einbrechen und nachsehen, in welchem Zustand sich meine Mutter befindet? Wir fürchten das Schlimmste!«

Ich beschrieb ihm, wie er die Terrassentür zur Küche aufhebeln konnte, ohne Glas zu zerschlagen. Erik warf mir einen zweifelnden Blick zu.

»Pass auf die Straße auf«, fauchte ich.

Die Landstraße nach Fössenhausen hatte sich in eine Schneepiste verwandelt. Jedes Mal, wenn der Porsche ins Schleudern geriet (was häufig vorkam) oder die Reifen durchdrehten (immer kurz vor dem Schleudern), fluchte Erik unflätig. Im Schritttempo krochen wir die Serpentinen hoch. Im Schneegestöber konnte man kaum fünf Meter weit sehen.

»Wenn ich gewusst hätte, dass wir in die Antarktis fahren, hätte ich Schneeketten mitgenommen«, grollte er.

»Wenn der Notarzt da ist, werden sie die Lawine wohl weggeräumt haben«, sagte ich laut vor mich hin.

»Welche Lawine?«

»Die Schneelawine. Die auf der Straße.« Wir schlitterten in eine Haarnadelkurve und gleich darauf in die nächste. Ich stellte fest, dass man auch im Sitzen weiche Knie haben kann. Nach einer gefühlten Ewigkeit ging es endlich wieder bergab. Als uns vom Tal her die Lichter des Dorfes entgegenfunkelten, war ich so erleichtert, dass ich am liebsten losgeheult hätte.

»Hier kommst du her?«, fragte er. »Ein bayrisches Mädel, das Heuwiesen und Almauftrieb mit der Muttermilch aufgesogen hat?«

»Du hast zu viele Heidi-Filme gesehen.«
»Hab ich nicht.«
»Meine Mutter war Einkäuferin in einem Pharmakonzern. Wir hatten nicht mal Zwergkaninchen. Keine Zeit für solche Kindereien, hat sie gesagt.«
»Die hat Haare auf den Zähnen, was?«
»Tja. Deshalb kann ich mir auch nicht erklären, wie sie jetzt einfach so …« Und wieder war es vorbei mit meiner Selbstbeherrschung. Ich konnte nicht weiterreden, weil ich weinen musste. Ich schluchzte und schniefte wie eine Zehnjährige, die ihr Zwergkaninchen tot im Käfig findet und zum ersten Mal mit den Härten des Lebens konfrontiert wird.
Erik, sichtlich überfordert, schwieg und lenkte den Porsche auf den letzten Kurven ins Dorf. Mit tränenerstickter Stimme wies ich ihm den Weg zum Familiensitz. Unser Haus ist weiß verputzt, mit einem Holzbalkon über der gesamten Giebelseite, geschnitzten Zierbändern entlang der Dachkanten und gemalten Ornamenten rund um die Fenster. Im Sommer wuchern Begonien von allen Fensterbrettern, Mamas ganzer Stolz, seit sie Rentnerin ist. Ihre Tochter ist in dieser Hinsicht eine Enttäuschung. Nachdem ich meinen einzigen Begonienkasten zum dritten Mal aus Versehen hatte vertrocknen lassen, hat sie es aufgegeben, mir welche vors Fenster meiner überteuerten Stadtwohnung zu pflanzen.
Im nächtlichen Schneesturm sah man wenig von der Pracht. Vor dem Haus parkten ein Krankentransporter und das Auto des Notarztes. Die beiden Sanitäter, die vorn in der Fahrerkabine Kaffee aus der Thermoskanne tranken, wirkten nicht sehr gestresst.
Erik stellte sich direkt hinter sie. Beim Aussteigen traf mich eine Schneeböe und riss mir fast die Tür aus der Hand. Wenigstens würden alle denken, dass mein rotes Gesicht von der

Kälte kam und nicht vom Heulen. Der eisige Wind gefriertrocknete meine Tränen, noch bevor die Haustür aufging.
Aus dem Lichtkegel schälte sich Tante Irmchens unförmige Silhouette, mit Fleecejacke und Skihose. Bye-bye, karierte Schürzenromantik. Bayrische Almbäuerinnen sind auch nicht mehr das, was sie mal waren. »Julchen!« Durch den Wind verstand ich kaum ein Wort. »Du bist ja scho do!«
Kurz darauf standen wir zu dritt im holzgetäfelten Hausflur meiner Mutter. Es roch nach Holzheizung und Rheumasalbe. »Da Dokta is durch die Kich eibrocha«, erklärte Tante Irmchen. »Der is etz ob'n mit deina Mama. Und du«, sie guckte an mir vorbei, um Erik ganz unverhohlen von oben bis unten zu mustern, »bist du ebba der neie Freind vom Julchen?« Sie sah mich wieder an. »Mei, des is a ganz a Fescher.«
Hatte sie keine anderen Sorgen, die alte Klatschtante? Wir standen hier praktisch in einem Totenhaus! Ich war schon halb an ihr vorbei die Treppe hoch zum Schlafzimmer meiner Mutter, als sie mir nachrief: »Gott sei Dank is ois hoib so schlimm!«
Vom Horrorszenario, das ich mir auf den letzten Kilometern in den schrecklichsten Farben ausgemalt hatte, fehlte jede Spur. Ich hatte piepsende Apparate mit hektisch blinkenden Lämpchen erwartet. Panikkurven auf grünlichen Monitoren und herumbrüllende Rettungssanitäter, die sich gegenseitig über den Haufen rannten vor Eile, eine Not-OP in Mutters Schlafzimmer mit der stilvollen Achtziger-Jahre-Nussbaum-Imitat-Einrichtung einzuleiten.
Meine Mutter saß in blau-weiß geblümtem Frotteenachthemd und mit abstehendem Haar auf der Bettkante. Es erleichterte mich sehr, sie am Leben zu sehen. Sie hatte ihren unsäglichen moosgrünen Bademantel übergezogen, den uns Opa Sepp, der Herrgott hab ihn selig, hinterlassen hat. Das

Ding sieht aus wie ein Bettvorleger anno 1950, aber meine Mutter liebt ihn so heiß und innig, dass sie ihn sogar mit in ihren Wellness-Urlaub schleppt. Zwischen den anderen Luxus-Kurgästen in ihren flauschigen weißen Hotelbademänteln schlappt sie ungerührt damit herum wie ein Mistkäfer unter lauter Orchideen. Erik hatte recht. Sie hat Haare auf den Zähnen. Es schert sie einen feuchten Kehricht, dass die anderen sie für die polnische Putze halten, die sich den Kuraufenthalt bei der Krankenkasse erschlichen hat.
Bis auf die derangierte Frisur wirkte sie unversehrt. Von Piepsomaten oder schreckensbleichen Rettungssanitätern war weit und breit nichts zu sehen.
Der Notarzt, ein zartknochiger älterer Herr mit schütterem Haar, saß gemütlich im Sessel, statt mit hochrotem Gesicht nach dem Defibrillator zu schreien. Die beiden schlürften Kaffee aus den goldgeränderten Tassen von Mutters gutem Geschirr und waren in eine angeregte Plauderei vertieft. Wenn ich es recht verstand, ging es um einen *deppperten Zipfelklatscher,* der das Stoppschild unten bei der Dorfkirche umgefahren hatte.
»Mama!«, platzte ich heraus.
»Julia?« Sie guckte, wenn das überhaupt möglich war, noch verblüffter als ich. So, als sei ihr vollkommen unverständlich, warum ich im schlimmsten Schneesturm Hunderte von Meilen gefahren war, um in ihr mitternächtliches Kaffeekränzchen mit dem Herrn Doktor hineinzuplatzen. »Du meine Güte, ist alles in Ordnung, Kind?«
»Das frage ich dich!« Von unten hörte ich, wie Tante Irmchen Erik betüdelte. Von ihm kein Laut. Abgrundtiefe Erschöpfung breitete sich in mir aus. »Ich dachte, du stirbst«, ächzte ich.
»Julia!«, sagte sie noch einmal, jetzt wirklich vorwurfsvoll.

Ich fühlte mich wie eine gemaßregelte Fünfjährige und ärgerte mich darüber. »Wie kommst du denn auf so was?«

»Tante Irmchen …«

»Die Irma hat di ang'rufen? Ja, mei, spinnt die etz total?« Vor Empörung verfiel meine Mutter, was ihr wirklich selten passierte, in Dialekt. »Die soll doch der Teufel holen!«

»Also hattest du jetzt einen Schlaganfall oder nicht?«

»Ich fürchte, nein«, mischte sich der Herr Doktor ein und stellte seine Tasse sorgfältig auf den Unterteller zurück. »Ich meine natürlich, zum Glück. Das Ganze ist ein Missverständnis.« Er rückte das Gedeck noch einen Millimeter nach rechts und lächelte gütig.

»Ein Missverständnis«, wiederholte ich. Das durfte doch alles nicht wahr sein.

»Julchen«, brüllte Irma die Treppe herauf, »mogst du a an Kaffee?«

Es war wirklich ein Irrenhaus. Ich fragte mich, wie ich Erik erklären sollte, dass meine Mutter einem Missverständnis statt einem Schlaganfall zum Opfer gefallen war. Am Fußende des Bettes streckte sich Rorschach, Mamas schwarzweiß gefleckter Kater, und gähnte.

Wie sich dann herausstellte, hatte meine Mutter bei Tante Irmchen Weihnachtskekse verkostet, als sie ein Schwächeanfall ereilte.

»Aber wie hätt' i denn wiss'n soin«, verteidigte sich Tante Irmchen, »dass des net was Ernstes is?«

»Ich und einen Schlaganfall«, herrschte meine Mutter sie über den Küchentisch hinweg an. »Hast du Töne?«

Wir hatten den Notarzt und die freundlichen Rettungssanitäter verabschiedet, nicht ohne ihnen noch zwei Kisten von Tante Irmchens frisch gebackenen Keksen aufzudrängen.

Nun saßen wir zu viert in der Küche, um halb zwei in der Früh, und rekapitulierten die Ereignisse des Abends.
Erik verspeiste mit Appetit die dick belegten Wurstbrote, die Tante Irmchen geschmiert hatte, und sagte sehr wenig. Wahrscheinlich hatte ihm die geballte bayrische Gastfreundlichkeit die Sprache verschlagen. Seit er zur Tür hereingetreten war, wurde er ununterbrochen mit Essen vollgestopft.
»Ja, und dann hab i klingelt und klopft, aber aufg'macht hast net, was hätt' i denn da denga soin?«
»Dass ich geschlafen habe, wie jeder vernünftige Mensch um die Zeit!«
»Ja, aber des Licht hat doch brennt!«
»Weil ich vergessen habe, es auszumachen. Herrgott, Irma, musst du immer so übertreiben?«
»I mach mir halt Sorgen um di«, sagte Tante Irmchen beleidigt. »Ans Telefon bist a net ganga!«
»Ich hatte Watte in den Ohren!«
Ich beobachtete Erik, wie er, den Mund voller Schinkenbrot, dem Schlagabtausch folgte. Meine Mutter trug immer noch Opa Sepps moosgrünen Bademantel, was mir entsetzlich peinlich war. Im Gegensatz zu ihr war es mir nämlich nicht egal, ob Erik sie für eine polnische Putze hielt, die ihre Klamotten aus dem Kleidercontainer klaute.
»I wasch schnell ab, und dann geh i hoam.« Tante Irmchen wuchtete sich vom Stuhl hoch und stellte Tassen und Teller zusammen.
»Jetzt lass, Irma. Ich mach das schon.«
»Geh, lass mi macha, du host ja grod an Schlaganfall g'habt.«
»Hatte ich nicht.« Nun stand auch meine Mutter auf. Energisch räumte sie Erik den Teller unter den Fingern weg. Er schielte nach dem letzten Brot, wagte aber nicht, die Hand danach auszustrecken.

»Sind die Betten im Gästezimmer bezogen?«, fragte ich.
»Natürlich. Aber es ist nicht geheizt.« Nachdenklich fummelte sie am Samtkragen des grünen Monsters herum. »In der Kammer habe ich noch eine Heizdecke liegen.«
»Die jungen Leit', die kennan si doch aneinander wärmen.« Tante Irmchen zwinkerte mir verschwörerisch zu.
Am liebsten wollte ich vor Scham im Erdboden versinken. Ich glaube, ich wurde so feuerrot, dass selbst meine Zehenspitzen noch sanft glühten.
Erik nicht, der nahm sich ein Herz und griff nach dem letzten Schinkenbrot und grinste dabei. Dafür, dass er neunzig Kilometer für nichts und wieder nichts gefahren war, sah er ausgesprochen gut gelaunt aus.

10
Fössenhofener Sudelbauernmarkt
(mit Ponyreiten, Blasmusik und großer Landmaschinen-Ausstellung)

Aus dem Gästezimmer wehte uns ein eisiger Wind entgegen. Es liegt direkt unter der Dachspitze, eine Etage über dem Obergeschoss, und war früher mein Kinderzimmer. Im Sommer ist es brütend heiß, im Winter kalt genug, um Tiefkühlpizza zu lagern. Kein Wunder, dass ich mit achtzehn ausgezogen bin.

Ich schaltete das Licht ein und bemerkte drei Dinge.

Einen großen Stapel Wäsche auf dem geschnitzten Bauernbett. Kein Problem, den konnte ich runterräumen.

Ein rundes Katzenkörbchen in der Ecke. Schlief Rorschach neuerdings im Gästezimmer?

Und eine neue Kommode an der Stelle, an der früher die Couch gestanden hatte. Verdammt. Dreimal verdammt. Mir wurde bewusst, dass das Bett viel schmaler war, als ich es in Erinnerung hatte. Es war zwar ein Doppelbett, aber eins für Verliebte. Oder Verfrorene.

»Gemütlich.« Erik ließ seinen Mantel aus biologisch abbaubaren Lämmern neben das Katzenkörbchen fallen. Er zog die Schuhe aus und stellte sie daneben. »Ich habe übrigens nichts dabei. Nicht mal eine Zahnbürste.«

»Kein Problem. Du riechst noch ganz gut.« Ich Meisterin der schlagfertigen Antworten! Ich zupfte ein gelb-weiß gestreiftes

Handtuch aus dem Wäschestapel und warf es ihm zu. »Das Bad ist die Treppe runter, erste Tür links. Rechts ist das Schlafzimmer meiner Mutter, also verwechsle die Türen nicht.«
»Deine Mutter ist cool«, sagte er. »Der macht das nichts aus.«
Wenn er das sagte. Er kannte sie schließlich schon fast zwei Stunden.
Während er die Treppe hinunterknarrte, schichtete ich die Wäsche um und deckte die blaukarierten Daunendecken auf. Das Bett hatte eine einzelne durchgehende Matratze.
Die verantwortungslose Lotterhälfte von mir hatte sich ausgemalt, wie es wäre, sich mit Erik in den Laken zu wälzen. Dass es ausgerechnet ein knarrendes Bauernbett in meinem ehemaligen Kinderzimmer sein sollte, während eine Etage tiefer meine Mutter schlief, fanden ich und meine Lotterhälfte ungerecht. Außerdem war ich kein bisschen in Stimmung. Ich ärgerte mich über Tante Irmchen, die mich in Angst und Schrecken versetzt hatte. Erik gegenüber war mir die ganze Aktion nur peinlich. Ein Glück, dass morgen und übermorgen keine Arbeit anstand, weil wir auf Moconas Feedback warten mussten.
Erik brauchte ewig im Bad. Ich tippte währenddessen auf meinem iPhone eine E-Mail an Edith und Mario. In Fössenhausen gibt es nur am Dorfende vernünftigen Handy-Empfang. Internet ist noch schwieriger, und meine Mutter hat kein WiFi installiert. Aber Tante Irmchen. Und ich kannte ihr Passwort.
Wenn ich mich aufs Bett stellte und das Telefon mit ausgestrecktem Arm ans Dachfenster hielt, reichte der Empfang gerade so aus, um meine E-Mails zu checken.
Danach zog ich Jeans und Socken aus und überlegte, in welcher Bekleidung ich mich ins Bett legen sollte. Ich trug nicht gerade meine Paradeunterwäsche. So ein Mist! Wie hätte ich

auch ahnen sollen, dass mich das Schicksal mit Erik in ein und dieselbe Bettstatt verschlug? Ich zog probehalber den Pullover aus und musterte das Ensemble aus olivgrünem Baumwollhemd und weißem Baumwollslip Marke *bequem statt sexy* im Kommodenspiegel. Oje.

Ich zog mir das Hemd über den Kopf. Von den Dielen her kroch eisige Kälte meine Beine empor. Mein BH war immerhin der aus rosa Satin, hatte aber rechts unten eine offene Naht, durch die weißes Polstermaterial quoll. Zum hässlichen weißen Baumwollslip passte er trotzdem nicht.

Shit. Für jede Lebenslage vorbereitet sah anders aus.

Frierend wühlte ich im Wäschestapel meiner Mutter, während ich knarrende Treppenstufen auszumachen versuchte, die mich vor Eriks Rückkehr warnten. Ich fand ein überdimensioniertes weißes T-Shirt, das mit der Aufschrift *10. Fössenhausener Sudelbauernmarkt* bedruckt war. In Westernschrift mit gelb-lila Verlauf. Darunter stand, flankiert von zwei Eichhörnchen mit Gamshut und Motorsägen: *Mit Ponyreiten, Blasmusik und großer Landmaschinen-Ausstellung*.

Ich zog den kaputten rosa BH aus und das T-Shirt an. Mut zum Trash ist die Devise. Wenn schon schlimm, dann gnadenlos. Das Shirt war überraschend bequem, ging mir bis knapp über die Knie und kaschierte das Zeugen-Jehovas-Höschen. Gleich drei Vorteile in einem!

Was trieb dieser Typ eigentlich so lange im Bad? Ich hörte nicht mal das Wasser rauschen. Bevor ich zur Eissäule gefror, konnte ich ebenso gut unter der Federdecke warten. Das kalte Laken war ein Schock, aber nach zehn Minuten wurde es warm. Ich fragte mich, ob Erik sich verlaufen hatte und nun orientierungslos durchs Haus irrte. Sich womöglich in Opa Sepps moosgrünem Bademantel verfangen und einer Teppichleiche gleich die Treppe hinuntergerollt war, um besinnungslos vor der Kellertür zu stranden. Aber das hätte ich hören müssen.

Miau, machte es im Flur.

Das war er nicht. Ich sprang aus dem Bett, öffnete die Tür einen Spaltbreit und beeilte mich, zurück unter die Decke zu schlüpfen. Rorschach spazierte ins Zimmer und landete mit einem weichen Satz auf meinen Oberschenkeln. Er beschnupperte meine Hand und fing an zu schnurren, sobald ich ihn unter dem Hals kraulte. Rorschach weiß, was er an mir hat. Auch wenn ich mich nur alle Jubeljahre blicken lasse. Keiner massiert ihm so schön den kuscheligen Punkte-Bauch wie ich. Eine Minute später lag er auch schon auf dem Rücken, alle viere von sich gestreckt, und kullerte hin und her, damit ich besser drankam.

Wenn's nur mit Männern so einfach wäre wie mit Katern. Im Austausch für Futter und Streicheln schenken sie dir Liebe und Zärtlichkeit.

Irgendetwas schepperte im Flur. Aber weiter unten. Es klang, als wäre jemand am Garderobenständer hängengeblieben. Die Haustür ging auf und wieder zu.

Hatte Erik etwas im Auto vergessen?

»Geht gleich weiter«, versicherte ich Rorschach, schlüpfte erneut aus dem Bett und eilte mit meinen nackten eisigen Füßen zum Giebelfenster. Ich sah gerade noch, wie Erik, in T-Shirt und Socken und mit einer Rolle Klopapier in der Hand, um die Hausecke bog und zwischen den Sträuchern verschwand. In Socken! Durch den Schnee! Und wofür zur Hölle brauchte er Klopapier?

Miau, machte Rorschach und rekelte sich einladend über mein Kopfkissen.

Ich hätte ja zu gern herausgefunden, was Erik anstellte. Aber das Dachfenster lag zu hoch, um hinausschauen zu können.

Also tat ich das einzig Sinnvolle und kehrte unter meine warme Decke zu meinem warmen Kater zurück.
Das Rätsel löste sich eine Viertelstunde später, als Erik blau gefroren und von oben bis unten mit Schnee bedeckt wieder auftauchte. Ohne Klopapierrolle.
»Ich höre!«, setzte ich an.
»Die Toilettentür hat kein Schloss!«, brach es anklagend aus ihm heraus. »Und Stühle mit Lehne gibt's auch nicht!«
»Was hat das eine mit dem anderen zu tun?« Ich gebe zu, es erschloss sich mir nicht. Schon gar nicht um zwei in der Nacht.
»Ich kann nicht in Ruhe auf dem Klo sitzen, wenn ich damit rechnen muss, dass jeden Moment deine Mutter zur Tür reinkommt!«
»Also hast du ein Herz in den Schnee gepinkelt?« Ich war so konsterniert, dass ich vergaß, Rorschach weiterzustreicheln. Er hatte meiner Mutter in den Garten geschissen? So etwas tun zivilisierte Menschen nicht!
»So was in der Art. Aber nicht in den Garten«, murmelte er unbehaglich.
»Also auf den Weg? Wie konntest du nur?!«
»Sagt die Frau, die ihren Hund an mein Auto pissen lässt.«
»Es ist nicht mein Hund. Also wo genau hast du …«
»Müssen wir das jetzt im Detail auseinandernehmen?«, unterbrach er mich.
»Ja, müssen wir.« Ich richtete mich auf die Ellenbogen auf. »Das ist das Dorf meiner Mutter. Hier gilt das Prinzip, dass Töchter für ihre Liebhaber haften.« Ich wurde rot. Wieder mal. »Ich meinte, für ihre Fahrer.«
Er grinste.
»Also wo?«
»Ich bin hoch zum Waldrand gelaufen und habe mir eine

Kuhle gebuddelt, okay? Oder warum sonst bin ich von oben bis unten durchweicht?«
Mein Ärger verflog. Stattdessen musste ich lachen. »Du hast echt eine Nachtwanderung gemacht, nur weil das Klo kein Schloss hat? Hättest du was gesagt, dann hätte ich Schmiere gestanden.«
»Und mir dabei zugehört.«
»Wie schrecklich. Bestimmt wäre mir dabei meine Unschuld abhandengekommen.«
Rorschach miaute, um die Welt darauf aufmerksam zu machen, dass er immer noch bereit war, gestreichelt zu werden.
»Sag nicht, die hast du noch.«
»Idiot.«
Um seiner Forderung mehr Nachdruck zu verleihen, rekelte der Kater sich, streckte eine Kralle aus und blieb in meinem Unterarm hängen. »Aua!« Erschrocken zuckte ich zurück. Rorschach erschrak noch mehr und ergriff die Flucht.
Erik schälte sich aus seinen pitschnassen Klamotten. Ich bezweifelte, dass die Jeans bis morgen früh trocknen würden. Er zog sich so ungeniert das T-Shirt über den Kopf, als würde er sich jeden Tag vor fremden Frauen entkleiden. Vielleicht tat er das ja auch. Vielleicht war das der wahre Grund dafür, dass die glitzernde Simone ihm die Hölle heißmachte. Weil er ein ganz schlimmer Finger war, der reihenweise Praktikantinnen abschleppte.
Die Matratze senkte sich unter seinem Gewicht. »Gibt's hier WiFi? Ich muss meine E-Mails noch checken.«
»Da oben.« Ich deutete aufs Dachfenster. »Du musst dein Handy ans Glas halten.«
»Ist nicht dein Ernst.«
»Doch. Das Passwort ist Brotzeitbrettl_21.«
»Brotzeitbrettl_21.« Er guckte mich zweifelnd an.

»Ganz genau!«
»Wer denkt sich so ein Passwort aus?«
Der Anblick eines halbnackten Erik, der in seinen engen Boxershorts adonisgleich auf dem Bett balancierte und mit seinem Handy vor dem Dachfenster herumfuchtelte, brachte meine innere Lotterliese auf ganz schlimme Ideen. Durchtrainiert und sonnengebräunt ragte er über mir auf. Und sorgfältig rasiert, an allen wichtigen Stellen. Er war einfach zum Anbeißen. Nicht mal Mamas blaukarierte Bettwäsche konnte mir die unanständigen Gedanken austreiben.
Er machte einen Schritt zurück, verhakte sich mit dem Fuß in der Bettdecke und verlor das Gleichgewicht. Erst als er mit beiden Füßen auf den Kopfkissen stand, hatte er sich wieder gefangen. »Fuck!«, murrte er.
Ich konnte nicht anders. Ich prustete laut los. Er ließ sich neben mir aufs Bett krachen und fiel in mein Gelächter ein, und wir lachten Tränen. Unsere Blicke verhakten sich ineinander. Wir sahen uns an.
Auf diese spezielle Weise, bei der man zum ersten Mal bemerkt, welche Augenfarbe der andere wirklich hat. Dass goldene Pünktchen darin flimmern. Dass seine Lippen göttlich sind, zum Küssen geschaffen. Unmerklich bewegt man sich aufeinander zu, bis …
… die reine Vernunft einsetzt.
Neiiiiin, rief sie, kurz bevor unsere Münder sich trafen. Mit strengem Blick diktierte sie mir, mich am Riemen zu reißen. Schwer zu sagen, wer von uns beiden enttäuschter war.
»Was ist?«, fragte er mit dieser weichen Heiserkeit in der Stimme, bei der man an nichts anderes mehr denken kann als an Sex. Noch immer schwebten unsere Gesichter so dicht voreinander, dass ich schon zu spüren glaubte, wie seine Bartstoppeln sich an meiner Wange elektrostatisch aufluden.

»Das ist keine gute Idee«, stotterte ich.
Er beugte sich vor, um mich vom Gegenteil zu überzeugen.
Ich wich zurück, bis rechts und links über meinem Gesicht die Kopfkissenzipfel zusammenschlugen. »Das ist keine gute Idee«, wiederholte ich. »Never sleep with clients.«
»Jetzt fang nicht mit dem Blödsinn an.«
»Das ist kein Blödsinn.«
»Klar ist es Blödsinn. Der Auftrag ist längst an euch vergeben. Wir haben sogar schon die Hälfte bezahlt. Was willst du mich da noch groß unethisch beeinflussen?«
»Darum geht's nicht.«
»Worum denn sonst?«
»Ums Prinzip.«
Er rollte sich zur Seite und deckte sich mit seiner eigenen Bettdecke zu.
Ich nahm ihm übel, dass er nicht einfach die Kopfkissenzipfel auseinandergebogen und dort weitergemacht hatte, wo wir zuvor aufgehört hatten.
»Gute Nacht«, grummelte ich.
»Träum von mir«, gab er zurück.

Etwas später in der Nacht weckte mich sein Arm, der quer über meinem Kopfkissen lag und meine Haare einklemmte. Es ziepte, als ich mich umdrehte.
Meine reine Vernunft war noch nicht wach, die Lotterliese schon. Keine Ahnung, ob es das lang vermisste Gefühl war, neben einem warm duftenden Heldenkörper aufzuwachen, der mit Sportlichkeit und Sonnenbräune zu punkten wusste. Oder ob es am Mond lag, der durchs Dachfenster schien und Eriks Gesicht aufs Vorteilhafteste beleuchtete. Das silberblaue Licht war der Hit. Das hätte Ingmar mit seiner Armada aus Reflektoren und Softboxen nicht schöner hingekriegt.

Und dann drehte Erik sich auch noch zur Seite, ausgerechnet in dem Moment, als ich mich ebenfalls drehte, aus Versehen genau in seine Arme hinein. Er wurde wach (oder war es schon, der Schuft) und nutzte die Gelegenheit, um mich an sich zu ziehen. Seine Hände zupften an meiner Fössenhausener Sudelbauernmarktbekleidung und erforschten höchst sachkundig, was wohl darunter verborgen sein mochte. Ich konnte mich nicht erinnern, je so hinreißend verführt worden zu sein. Was auch daran liegen kann, dass mein Erinnerungsvermögen nachts um vier ziemlich eingeschränkt war. Er küsste jedenfalls meinen Hals und mein Ohr und stellte ganz entzückende Dinge mit seinen Fingern, seiner Zunge und seinen Bartstoppeln an. Meine Prinzipien schmolzen schneller dahin als vorhin der Schnee unter Eriks Strümpfen.
Ich schickte mich gerade an, ihm die Shorts vom Leib zu reißen, als er einen dumpfen Laut von sich gab und kurz darauf hochfuhr wie von der Tarantel gestochen. »Was war das?«, keuchte er.
»Sorry, willst du sie lieber anlassen?« Miau, machte das schwarz-weiße Tupfentier aus seiner Deckenmulde, in die Eriks ruckartiges Aufrichten es befördert hatte. »Oh«, sagte ich, »da sind wohl acht Kilo Kater auf dir gelandet.«
»Fuck.« Er stieß den Atem aus. »Ich hab mich zu Tode erschreckt.«
»Ignorier ihn.« Ich umfasste seinen Nacken und zog ihn mit mir, während ich wollüstig zurück in die Kissen sank. Wir versanken in einen tugendgefährdenden Kuss. Erik küsste wahnsinnig gut. Besser als Marty Jones, auch wenn das schwer vorstellbar ist. Er war ein echter Kussprofi.
Rorschach miaute am Fußende. Sein weiches Fell schmiegte sich an meine Fußsohlen.
Erik erstarrte. »Was macht er da?«

Ich wollte weitergeküsst werden, aber er rührte sich nicht.
»Meinst du den Kater?«
»Er macht irgendwas.« So wie Erik es sagte, klang es wie *Er schaltet den Zünder scharf.* Oder *Gleich lässt er die Raptoren frei.*
Rorschach raschelte mit dem Bettzeug. Ab und zu miaute er. Erik lag stocksteif da, als hätte sich auf seinem Rücken eine Königskobra zusammengerollt.
»Beweg deine Beine, dann geht er runter.«
»Ich versuch's ja«, erwiderte er gepresst. Was immer der Kater dort trieb, er ließ sich vom Erdbeben unter seinen Pfoten nicht abschrecken.
Mich packte die Wut auf diesen Kater, der mein an Höhepunkten nicht eben reiches Liebesleben boykottierte. Mir entging hier der beste Sex meines Lebens, weil Rorschach auf Eriks Beinen Wasser treten musste. Wild entschlossen, ihn vom Bett zu schmeißen, richtete ich mich auf.
Der mystische Mondschein verwandelte Rorschach in einen Miniatur-Schneeleoparden. Nun wurde mir klar, was er auf der Decke trieb. Oder genauer gesagt, mit der Decke. In dieser bescheuerten Sitzhaltung, die Katzen sonst nur auf dem Klo einnehmen, begattete er voll Inbrunst Eriks Knie. Und reagierte auf Versuche meinerseits, ihn von seinem neu entdeckten Lustobjekt zu pflücken, höchst ungehalten.
Unnötig zu erwähnen, dass der liebestolle Kater unsere gerade angefangene Liebesnacht zu einem Coitus interruptus brachte.
Nur ohne den Coitus.

11
Blau ist grüner als Gelb

Am Tag nach der Abgabe stellte sich diese merkwürdig erschöpfte Stille ein, so als würde man mit verstopften Ohren durch menschenleere Straßen treiben. Das Wochenende hatte angefangen. Über Nacht war frischer Schnee gefallen, der die Stadt in Zuckerwatte hüllte.

Die verunglückte Möchtegern-Liebesnacht im Gästezimmer meiner Mutter war mir im Nachhinein ziemlich unangenehm. Zum Glück hatte Erik auf dumme Sprüche auf der Heimfahrt verzichtet.

Und ich, was hatte mich bloß geritten? Ich war mir nicht mal sicher, was mich am meisten wurmte. Dass ich prinzipienloses Weibsstück mich von meiner Libido hatte fehlleiten lassen oder dass der versuchte Liebesakt so peinlich gescheitert war?

Ich versuchte mein Unbehagen in Geschäftigkeit zu ersticken und kümmerte mich zur Abwechslung mal um meine Wohnung. Über die letzten Monate hatte sie sich schleichend in eine Rumpelkammer mit Schlafplatz verwandelt. Die beiden Wäschestapel waren ineinandergekippt, so dass man nicht genau sagen konnte, welches die sauberen und welches die schmutzigen Teile waren. Also ließ ich den ganzen Tag die Waschmaschine laufen und stopfte sie allesamt hinein. Zwischendurch checkte ich mein Handy, etwa einmal pro Stunde, mit steigender Frequenz. Nur für den Fall, dass Erik anrief.

Oder eine SMS schickte. Er rief aber nicht an. Er schickte auch keine SMS. Und eine E-Mail erst recht nicht.
Warum sollte er auch? War schließlich nichts passiert. Ein Glück aber auch! Ich überlegte ernsthaft, Marty Jones anzurufen, um den Teufel mit Beelzebub auszutreiben. Dann dachte ich wieder an das Tamburini-Desaster und ließ es sein. Stattdessen ärgerte ich mich über Erik, und noch mehr ärgerte ich mich über mich.
In meinem Alter sollte ich es besser wissen. Aber nein, ich war sehenden Auges in die Falle getappt. Die Wer-zuerst-anruft-verliert-Falle. Die Hoffentlich-ist-es-mehr-für-ihn-Falle. Verdammter Mist.
Dabei stellte sich die Frage, mehr von was? Wir hatten nur im gleichen Bett geschlafen und uns ein bisschen befummelt. Was ich ja sowieso nicht gewollt hatte. Oder ging es hier nur um mein verletztes Ego?
Ich pilgerte die fünf Etagen hinunter zu den Briefkästen, um die Post der letzten Woche zu holen. Ich hätte einen Sack mitnehmen sollen. Werbeflyer, kostenlose Zeitungen, die Einladung zur Süddeutschen Klassenlotterie. Meine ADAC-Jahresrechnung (der Renault fror immer noch traurig auf dem Geheimparkplatz vor sich hin, inzwischen hüfttief verschneit), ein Brief vom Steuerberater, Kontoauszüge.
»Hey«, begrüßte mich Sonja, die kurz nach mir die Treppe runterkam, »alles okay?«
Ich traute meinen Augen kaum, als ich den Mann erkannte, den sie im Schlepptau hatte. Herr Hasmeyer. Im dunkelgrauen Pullover mit weißen Punkten. Das hieß, seine Jacke lag oben. In Sonjas Wohnung. Oh mein Gott. Ich wagte mir kaum auszumalen, was das zu bedeuten hatte. Er winkte genauso fröhlich wie Sonja und bekräftigte, wie schön es sei, mich zu sehen.

»Das mit dem Termin scheint dann ja wohl geklappt zu haben«, brachte ich heraus.
»Das war eine Superidee!«, sagte Sonja.
»Mama«, quietschte ihre Kleine von oben herunter, »Telefon!«
Sie drückte Herrn Hasmeyer den Briefkastenschlüssel in die Hand, als würden sie sich schon seit Jahren kennen. »Nimmst du die Post raus? Ich renne schnell hoch.«
Mir blieb vor Verblüffung der Mund offen stehen. Die ließen nichts anbrennen! Dabei war es doch gerade erst fünf Tage her, dass ich ihm Sonjas Telefonnummer gegeben hatte. Was war geschehen? War sie dahingeschmolzen, während er ihr ein Gedicht über Altersrückstellungen vortrug? Hatte er sie mit Variationen über die Pflegestufen verführt? Stand sie auf Rentierschlipse?
Verstört stieg ich die Treppenstufen hoch, während Herrn Hasmeyers gute Wünsche mir in den Ohren nachhallten. Es kam mir alles sehr surreal vor. Ich schloss gerade meine Wohnungstür auf, als Sonja wieder auftauchte.
»Danke«, flüsterte sie.
»Ich hatte ja keine Ahnung!«
»Ich auch nicht.« Sie zwinkerte mir zu. Um ihre Beine drängelte sich die rotbraune Katze. »Aber das war Schicksal. Wenn das Glück an deine Tür klopft, lass es herein.«
Himmel noch mal, es hatte sie schwer erwischt. Herrn Hasmeyer aber auch, wenn ich mir seinen glasig-glücklichen Blick vergegenwärtigte. Ob mir dafür ein paar Karma-Punkte gutgeschrieben wurden? Ich konnte sie brauchen. »Wenn er dich zu sehr mit seinem Versicherungsgeschwätz nervt –«
»Dann gebe ich ihm was zum Reparieren«, vervollständigte sie meinen Satz. Sie kicherte. »So hat sich das alles überhaupt erst entwickelt. Mein Durchlauferhitzer ist seit Ewigkeiten

kaputt. Carsten hat ihn repariert. Er tut nichts lieber, als Dinge zu reparieren.«
Und dich repariert er jetzt auch, dachte ich. Aber ich freute mich über Sonjas Glück. Allerdings war ich ein bisschen neidisch, denn Erik hatte immer noch nicht angerufen. Apropos. Ich hatte mein Handy in der Küche liegen gelassen.
Schnell sagte ich ihr tschüss, um nachzusehen.
Natürlich war kein Anruf drauf.
Zwei Stunden später trudelte Edith ein, um ihre Bücher abzuholen. Endlich. Als die vielen Klamotten drauflagen, war es mir gar nicht so aufgefallen. Aber jetzt, wo die Wäsche weggeräumt war, nervten die Stapel mich dermaßen zu Tode, dass ich sie angerufen hatte, um sie meinerseits zu Tode zu nerven. Ihr Apartment sah noch schlimmer aus als meins, weil kaum Möbel drinstanden. Allerdings besaß sie seit zwei Tagen das Bücherregal, das Mario für sie aufgebaut hatte. Also hatte sie keine Ausrede mehr.
Ich machte uns eine Flasche Rotwein auf und legte eine DVD mit alten *Firefly*-Folgen ein, einer zehn Jahre alten Science-Fiction-Serie, die noch weniger Leute kennen als *Andromeda*. Versonnen falteten wir Pappkartons auf und schichteten Bücher hinein.
»Du hattest recht«, sagte Edith mitten in eine aufregende Verfolgungsjagd durchs Weltall hinein. »Mit Thiago.«
»Dass er eine Frau und vier Kinder hat?«
»Eine Verlobte. Ich habe sie auf Facebook gefunden.«
»Ist nicht wahr.«
»Doch! Ich wollte ihr schon eine Nachricht schicken.«
»Aber du hast es nicht getan.«
Sie schüttelte den Kopf.
»Ich bin sehr stolz auf dich.«
»Ich hätte ihr nur das Herz gebrochen.« Sie füllte eine Lücke

zwischen den gesammelten Schriften von Lenin und Nietzsches *Also sprach Zarathustra* mit Liebesschnulzen auf. »Und was kann sie dafür, dass sie einen Arsch liebt?«

Sorgfältig darauf bedacht, nichts danebenzuschütten, füllte ich ihr Weinglas nach. »Schlimm?«

»Geht so. Ich habe alle seine Fotos gelöscht.«

»Autsch.«

»Ja, autsch.«

Sonja war frisch verliebt, Edith frischgebackener Single. Um mich tobte das Leben. Nur Erik rief nicht an.

12
Stein Schere Papier Spock Echse

Am Montag kam die E-Mail von Simone.

»Der Kunde hat gesprochen!«, verkündete ich von meinem Schreibtisch aus, während Mario zwischen meinen Füßen herumkroch und Kabel an meinem Computer einsteckte. Edith lümmelte auf der blauen Couch und blätterte in einer Zeitung, die sie im V9 geklaut hatte. »Was spricht er denn?«

»Prinzipiell findet er es gut. Simone schreibt, dass es nur ein paar klitzekleine Korrekturen gibt, die wir bis zur finalen Abgabe noch machen sollen.« Ich scrollte ein Stück runter und schluckte. »Ähm. Die Liste klitzekleiner Korrekturen umfasst vierzig Punkte.«

»Vierzig?«, scholl es dumpf von unter meinem Tisch hervor.

»Generelle Anmerkungen«, las ich vor. »Gilt für alle drei Filme. Bitte etwas mehr Überstrahlung in den Hintergrund.«

»Das wäre der Job von den Filmjungs gewesen!«, protestierte Mario.

»Jetzt ist es unserer. Es geht weiter. Farben deutlich winterlicher.«

»Winterlich? Also Blau?«

»Wieso denn winterlich?«, fragte Edith. »Da geht es um Früchte!«

»Die Früchte sollten einen Hauch Rauhreif tragen«, las ich. »Wir stellen uns die rothaarige Göttin mehr wie eine Eiskönigin vor.«

»Kein Problem. Aua!« Mario stieß beim Versuch aufzustehen mit dem Kopf gegen die Tischplatte. »Ich tausche einfach die Textur aus.«

Edith rümpfte die Nase. »Göttin der Natur, Eiskönigin, können die sich mal entscheiden?«

»Rapunzel, lass dein Haar herunter.« Statt aufzustehen, rutschte Mario ein Stück weiter bis zu Robespierre und streckte die Beine aus. Auf seinem T-Shirt standen mittig zentriert fünf Worte: *Stein Schere Papier Spock Echse*. Jedes in einer anderen Schriftart.

»Weiter im Text. Die Augen des Models bitte gletscherblau machen und den Rotton der Haare intensivieren. Wir wünschen uns purpurfarbene Reflexe und Schneeflocken ins Haar.« Ich blickte auf. »Die meinen das ernst mit der Eiskönigin.«

»Das ist scheißviel Arbeit«, sagte er. »Ich muss die Augen tracken, aber die werden auf Garantie wackeln und ich muss sie von Hand nachkorrigieren. Weißt du, wie lange das dauert?«

»Ähm.« Ich tauschte einen Blick mit Edith, die auch nicht mehr kapiert hatte als ich. »Sag Bescheid, wenn wir helfen sollen.«

»Ihr könntet das Korrigieren der Trackingpfade übernehmen.«

»Klar«, sagte Edith. »Erfordert das einen Doktor in Astrophysik?«

»Nö. Das kann auch ein dressierter Affe.«

Also genau der richtige Job für uns Mädels. Ich guckte wieder in die E-Mail. »Mehr Glamour. In Klammern: Glitzersternchen auf die Highlights, Kontraste hochziehen, Lens Flares, Überstrahlungen in der Bewegungsunschärfe.«

»Mehr Glamour.« Mario tippte sich an die Schläfe. »Zu Befehl.«

»Und dann gibt's eine ellenlange Liste mit Kleinscheiß pro Film. Pickelchen wegmachen, schwarze Flecken retuschieren, die Schlehen brauchen mehr Realismus, ein Stich Gelb in die Holunderblüten …«

»Was?«, empörten sich Edith und Mario fast gleichzeitig.

»Ich habe keine Pickelchen!«, begehrte sie auf.

»Mehr Realismus?«, fragte Mario erbost. »Was soll das heißen, mehr Realismus? Realistischer geht es nicht!«

Die nächste Viertelstunde verging in heftigen Diskussionen. Es gab noch mehr Punkte auf der Liste, und die hatten es in sich.

Mario kriegte seinen Kaninchen-vor-Schlange-Blick und sagte immer weniger. Edith war beleidigt, weil dem Kunden ihre Haut zu unrein und ihre Augen zu farblos waren.

Schließlich erbot ich mich, Erik anzurufen und ihn zu fragen, wie ernst diese Liste zu nehmen sei. Ich druckte das Ding aus und verdonnerte Mario, die Punkte mit bunten Markierungen zu versehen. Grün für kein Problem, Gelb für aufwendig, Rot für Katastrophe. Ich machte mir einen Kaffee und griff zum Telefon.

»Hey, hier ist Erik«, sagte sein Anrufbeantworter. »Hinterlass mir eine Nachricht und ich rufe zurück.«

»Hey, hier ist Julia«, sagte ich dem Band, »bitte ruf mal zurück, aber pronto.« Wenn man in einem Bett geschlafen und sich weltcupverdächtig geküsst hat, sind Förmlichkeiten passé. »Sonst ist es deine Schuld, wenn Mario einen Herzinfarkt kriegt«, fügte ich hinzu. »Oder einen Schlaganfall. Und du weißt ja, wie das so ist mit den Schlaganfällen.« Ich spürte Ediths fragenden Blick und legte schnell auf, bevor ich ihm noch mehr Unsinn auf die Mailbox sprechen konnte.

»Alles okay bei dir?« Sie verbarg ihre Neugier nur schlecht.

»Bestens«, sagte ich zu schnell. »Ich rufe Simone an.«

Im Gegensatz zu Erik ging sie ans Telefon. »Hallo, Julia!«, flötete sie. »Das ist aber schön, dass du anrufst. Wie war dein Wochenende?«

»Super.« Um ein Haar hätte ich weltcupverdächtigen Sex mit deinem Ex-Freund im Gästebett meiner Mutter gehabt, aber der Kater hat uns gestört. »Ich hab deine E-Mail gekriegt«, sagte ich.

»Die Änderungen sind doch kein Problem, oder?«

»Es sind ziemlich viele. Kommen die echt alle von Mocona?«

»Ein paar sind von uns. Aber nur Kleinigkeiten.«

»Also von Erik?«

»Äh, nein«, druckste sie. »Der kennt die auch noch nicht.«

»Ich dachte, der macht die Kreativdirektion? Muss er das nicht absegnen?«

»Das war mehr so eine Teamentscheidung.«

Mir wurde flau im Magen. Simone schickte uns eine Änderungsliste, in die sie zwischen das Kundenfeedback eigene Änderungen hineingemogelt hatte, und der zuständige Kreativdirektor wusste nichts davon? Ich konnte den Ärger schon riechen. »Dieses ganze Eiskönigin-Zeug, kommt das vom Kunden, oder kommt das von euch?«

»Teils, teils.« Simone wand sich hörbar. »Hör mal, macht es doch einfach. Donnerstag brauche ich die neue Fassung. Dann hättet ihr sogar einen Tag länger als geplant.«

Ich warf einen Blick zu Mario und der rot-gelben Liste mit ein paar vereinzelten Grüntupfern. »Ich kann nicht versprechen, dass wir alles hinkriegen. Wir tun unser Bestes. Hast du eine Priorisierung?«

»Die sind alle wichtig.«

Urks. Dinge, die man nicht hören will. »Ich melde mich wieder.«

»Ja, schönen Tag noch!«, jubilierte Simone.

Ich hätte schwören können, dass sie gestresst war, obwohl sie so aufgesetzt fröhlich war. Und dass mit ihrer Liste etwas nicht stimmte. Erneut probierte ich es bei Erik. Vergeblich. Wo hatte der Kerl sein Handy liegen gelassen?

Mario wedelte mit der Liste. »Ich wäre dann so weit.«

Den Farben nach zu urteilen, sah es schlecht für die Eiskönigin aus. Die war schon ganz gelb. Mit einiger Erleichterung registrierte ich allerdings, dass er nur wenige rote Punkte verteilt hatte. Und tatsächlich auch ein paar Tupfer Grün.

»Das wird mal wieder eine Nachtschicht«, sagte er säuerlich. »Zum Glück habe ich das Wochenende durchgeschlafen. Wie geht's übrigens deiner Mutter?«

»Besser«, erwiderte ich vage.

»Na, ein Glück.« Er guckte sich nach Edith um. »Kommst du? Ich brauche mal deine Hilfe.«

Kurz vor sechs rief ich vor Verzweiflung bei der K&K-Zentrale an und verlangte vom Cappuccino-Mäuschen am Empfang, sich persönlich auf die Suche nach Erik zu machen, während ich am Telefon wartete.

»Aber der ist gar nicht im Haus«, sagte sie. »Ich kann ihm gern eine E-Mail schreiben, wenn Sie mir Ihren Namen und Ihre Telefonnummer …«

»Das habe ich doch schon längst«, unterbrach ich sie.

»Vielleicht ist er in einem Workshop mit Kunden.«

Ohne sein Handy? »Und wann kommt er zurück?«

»Moment.« Sie tippte auf ihrer Tastatur herum. »Tut mir leid, er hat sich nicht in den Plan eingetragen.«

So ein Mist.

Ich fragte nach Richard und erfuhr, dass der Großmeister noch bis Ende der Woche in den USA weilte. Und dass sie ihm gern eine E-Mail schreiben wollte, wenn ich ihr meinen

Namen und meine Telefonnummer ... Ich lehnte dankend ab. Das Cappuccino-Mäuschen wünschte mir einen schönen Feierabend.
Da stand ich nun und musste mich auf Gedeih und Verderb auf Simone verlassen. Was mir gar nicht passte.
»Edith?«, rief ich quer durchs Büro.
»Geht gerade nicht«, rief sie zurück. »Ich muss meine Augen tracken.«
»Du musst was?«
»Kleine Kreuze auf meinen Pupillen durch die Zeit schießen.«
»Äh nee, ist klar.« Ich legte das Telefon beiseite und stand auf. »Ist das das, wofür man dressierte Affen braucht?«
Mario grinste über seinen Schildwall hinweg. Mit halbem Blick las ich eine neue E-Mail von Simone.
Sie fragte, ob ich schon gute Neuigkeiten hätte, und schrieb, dass der Kunde gespannt auf die neue Version mit ALLEN (in Großbuchstaben) klitzekleinen Änderungen aus der Liste wartete.
»Edith?«, versuchte ich es noch einmal. »Du musst dringend mit Simone einen Kaffee trinken gehen.«
»Wieso?«
»Weil irgendwas an dieser Änderungsliste seltsam ist und ich weder Erik noch Richard erreiche, um uns abzusichern.«
Sie blickte auf. »Was meinst du mit seltsam?«
»Diese Eiskönigin-Sache. Das hat nichts mehr mit dem alten Briefing zu tun. Sie bauen es auf einen komplett anderen Look um.«
Edith zuckte mit den Schultern. »Ist doch ganz süß, mit den Schneeflocken. Vielleicht erinnert es den Mocona-Fuzzi wohlig-warm an seine letzte Koks-Party. Ob wir uns nun halb oder ganz prostituieren, wo liegt da der Unterschied?«
»Edith!«

»Ist doch wahr!«
»Ich glaube aber, ein Teil der Änderungen kommt gar nicht von Mocona, sondern von K&K.«
»Pest oder Cholera, wo liegt da der Unterschied?«
Und ich hatte gedacht, Edith hätte sich wieder eingekriegt. Hatte sie aber nicht. Ihre ätzende Gleichgültigkeit ärgerte mich. Sie versteckte sich hinter moralischer Überlegenheit, doch sie war ungerecht. Nicht ich hatte mich von Simones Lenin-Ohrringen und der glamourösen Scheinwelt von K&K einwickeln lassen. Aber ich sollte jetzt als Ventil herhalten. Nur weil ich als Einzige darauf hinzuweisen wagte, dass wir unsere Finanzen in den Griff kriegen mussten. Es macht keinen Spaß, wenn die Guten ständig verlieren. Ihnen märtyrermäßig in den Abgrund nachzuspringen verhilft ihnen aber auch nicht zum Sieg.
Ich atmete tief ein und wieder aus. »Ich glaube, dass sie die Änderungen hinter Eriks Rücken gemacht haben.«
»Und warum sollten sie das tun?«
»Was weiß ich?« Ich dachte an den Zusammenstoß im Botanischen Garten. »André will Erik schaden. Der hat eigene Freunde, die Filmchen für ihn machen. Wenn der Oberwasser kriegt, kickt er uns raus. Womöglich machen wir jetzt Änderungen, die wir hinterher alle wieder rückgängig machen dürfen. Dann stehen wir blöd da, und Erik steht auch blöd da, und am Ende schieben wir Nachtschichten und bekommen nicht mal was dafür.«
Edith kaute auf ihrer Unterlippe, nur halb überzeugt. »Und was soll dabei rauskommen, wenn ich mit Simone Kaffee trinke?«
»Du sollst rausfinden, was dahintersteckt.«
Sie verdrehte die Augen. »Du bist paranoid.«
»Lieber paranoid als aus dem Projekt geflogen.«

»Vielleicht ist es höhere Gewalt, wenn wir aus dem Projekt fliegen.«
Ich sah sie nur an.
Sie schob ihren Stuhl zurück. »Schon gut. Ich rufe sie an. Du weißt aber, was das bedeutet, oder?«
»Augen tracken!«, brüllte Mario mir fröhlich zu.

Das Schöne an meinem Job ist, dass ich jeden fünften Tag etwas Neues lerne.
Heute lernte ich, Augen in Filmen einzufärben, in denen Edith ununterbrochen den Kopf bewegt. Jeder der drei Filme war dreißig Sekunden lang. Das bedeutet, dass er aus siebenhundertfünfzig Einzelbildern besteht. Ediths Augen waren in jedem der dreimal siebenhundertfünfzig Bilder ein klitzekleines bisschen anders. Weil sie sich bewegte oder blinzelte oder lachte oder weil sie mit den Händen ihr Gesicht verdeckte.
Das Programm, in dem ich das tun musste, bestand aus Unmengen von Panels und Reglern, die mit so selbsterklärenden Namen wie *Tracker, Wiggler* und *Smoother* beschriftet waren.
»Leicht zu merken«, sagte ich in dem Versuch, einen geistreichen Kommentar abzugeben. »Ist ja wie Tick, Trick und Track.«
Mario nahm mir mit verächtlichem Schnauben die Maus aus der Hand und klickte in das Fenster, das nach einem landwirtschaftlichen Nutzfahrzeug benannt war. Er machte ein paar magische Dinge, so dass auf Ediths Gesicht mysteriöse Fadenkreuze und Rähmchen auftauchten. Er wirkte noch mehr Maus-Magie, und gelbe Linien blendeten sich ein, die die Konturen ihrer Pupillen nachzeichneten. In solchen Momenten wird mir bewusst, dass es Dinge auf der Welt gibt, von deren Existenz ich bis dato nichts ahnte.

»Mit dem Schieberegler scrollst du den Film vor und zurück«, sagte er. »Diese gelbe Kontur muss den Augen in jedem Einzelbild exakt folgen. Tut sie im Moment noch nicht. Sie steht ein bisschen über, oder ist zu groß oder zu klein. Alles klar so weit?«

Ich nickte. Ich hatte ja Augen im Kopf.

»Okay, was du machst, ist Folgendes.« Er zupfte an der Umrandung herum, bis sie perfekt auf der Pupille saß. »Du gleichst sie an. So. Und dann scrollst du ein paar Bilder vor. Und dann …«

»Gleiche ich sie an.« Wow. Ich hegte so meine Zweifel, ob ein dressierter Affe das hinkriegen würde.

»Genau.«

Er ließ mich demonstrieren, dass ich auch wirklich begriffen hatte, was ich tun sollte. Ich nahm mir vor, mich nie mehr über seine Sprechgesang stöhnende Passionsblume lustig zu machen. Die Vorstellung, dass er sie erschaffen hatte, indem er Funktionen namens *Lineare Vertex-Pfade* benutzte, flößte mir Ehrfurcht ein.

Binnen Minuten war ich so vertieft in das Verschieben kleiner Fadenkreuze, dass ich gar nicht mitbekam, wie Ediths Telefonat mit Simone ausging. Erst als sie ihr leuchtend türkisblaues Kaschmir-Cape umlegte und »Tschüss, ich bin dann mal weg!« sagte, tauchte ich aus der Matrix auf.

»Ich habe mich auf einen Wein mit ihr verabredet«, rief mir Edith von der Tür aus zu. »Ich glaube, sie braucht sowieso gerade jemanden zum Reden.«

Wir arbeiteten bis weit nach Mitternacht.

Trotzdem hatten wir am nächsten Morgen noch erschreckend viele Punkte offen. Erik blieb nach wie vor verschwunden. Und auch Richard gab kein Lebenszeichen von sich. Meine

Nachrichten und E-Mails verhallten ungehört und ungelesen im Äther.

»Wenigstens ist das Tracking im Kasten«, sagte Mario.

Edith, die erst vor zehn Minuten mit Robespierre zur Tür hereingekommen war, betrachtete fasziniert ihre Metamorphose von der Göttin der Natur zur punkigen Eiskönigin. Ihre Haare standen in purpurnen Flammen. Die Augen leuchteten gletscherblau. Bei jeder Bewegung wirbelte ein Schwall Schneeflocken hinter der Purpurlohe her, bei denen mir vor Ehrfurcht fast die Kaffeetasse aus der Hand fiel. Ich hatte keinen Schimmer gehabt, welch verborgene Talente in Mario schlummerten. Wieso er die an liebestolle Passionsblumen und brennende Skelette verschwendete, war natürlich die andere Frage.

»Abgefahren«, sagte Edith.

»Voll cool, oder?« Ich hob meine Tasse zum Prosit. »Sieht jetzt zwar aus wie eine Partydrink-Werbung, aber hey, vielleicht wollen sie jüngere Zielgruppen ansprechen.«

»Zieh dir Mocona-Schlehe rein und werd' zur Dancefloor Queen.« Mario ließ sexy die Hüften kreisen. »Yeah Baby, tanz durch heiße Winternächte! Nur echt mit dem Biosiegel.«

»Wir müssen noch Eiskristalle und Rauhreif machen«, sagte ich. »Und tausend Kleinkorrekturen. Wie war das Weintrinken mit Simone?«

Edith stellte den Film auf Endlosschleife und setzte sich auf die Tischkante. »Sie hat Liebeskummer.«

»Hast du irgendwas wegen der Änderungen rausgefunden?«

»Sie hat Liebeskummer«, wiederholte Edith. »Hörst du nicht zu? Da hat sie andere Sorgen als die Frage, wer jetzt welche Anmerkung in eine Liste geschrieben hat.«

Ich unterdrückte den Reflex, mir mit der Hand vor die Stirn zu schlagen. »Also habt ihr den ganzen Abend über ihren Liebeskummer geredet?«

»Ihren und meinen.«
»Und was hat sie für welchen?« Irgendwie interessierte es mich ja doch. Ein kleines bisschen. Also nicht vordergründig. Nur … ach, das ist gelogen. Es interessierte mich brennend.
»Erik hat sie fallengelassen. Dieser Wichser. Einfach so.«
»Einfach so? Ist ja blöd«, heuchelte ich. »War es was Ernstes?«
»Vor allem so unerwartet«, fuhr Edith fort. »Die Arme ist fertig mit den Nerven. Vielleicht war sie deshalb so komisch, als du mit ihr telefoniert hast. Männer sind Schweine.«
Ich gab nur teilnahmsvolles Murren von mir. Mario tat so, als sei er mordsmäßig damit beschäftigt, lineare Vertex-Pfade mit Trackern und Wigglern zu Zöpfen zu flechten. Ich war sicher, dass er jedes Wort mitbekam. Er war nur schlau genug, den Mund zu halten.
»Sie waren fast vier Monate zusammen.« Edith seufzte. »Ich habe ihr gesagt, dass sie etwas Besseres verdient hat als diesen Arsch. Der kann doch keine drei Wochen treu sein. Und wenn er den Mund aufmacht, könnte ich ihm eh jedes Mal eine reinhauen.«
»So schlimm ist er auch wieder nicht«, murmelte ich.
»Dann denk noch mal an Marty Jones. Genau die gleiche Sorte.«
»Der war aber treu!«, begehrte ich auf.
»Und woher willst du das wissen?«, stichelte sie.
»Ich weiß es eben.« Was sollte denn die blöde Frage? Oder wusste sie was, das ich nicht wusste?
»Das dachte ich bei Thiago auch«, resümierte sie mit dumpfem Blick. »Und dann war alles bloß schöner Schein.«

Ediths düstere Stimmung heiterte sich auch nach dem Mittagessen nicht auf. Selbst die Kekshaus-Killer-Kombi, heiße

Schokolade mit Schoko-Himbeer-Trüffeln, verpuffte wirkungslos. Ihre Thiago-Postdepression hatte sie voll im Griff. Sie rannte einmal pro Stunde mit Robespierre in die Kälte hinaus und retuschierte den ganzen Nachmittag in zweitausendfünfhundert Einzelbildern zwei kleine Leberflecke an einer Schläfe weg, die auf der Mängelliste standen. Ohne sich zu beklagen. Was völlig untypisch für sie war.
Kurz vor sechs tauchte Erik auf. Einfach so klopfte er an unsere Bürotür, in seinem Lammfellmantel, mit Schneeflocken im Haar, als wäre er nicht tagelang verschollen gewesen.
»Wo warst du?«, brach es aus mir heraus, noch bevor er einen Fuß über die Schwelle setzen konnte.
»Ich freue mich auch, dich zu sehen.« Fröhlich grinste er mich an. Sein Dreitagebart hatte wie immer die genau richtige Länge. Das dunkle Heldenhaar federte sich perfekt auf seinen Schultern auf. »Darf ich vielleicht erst mal reinkommen?«
»Ich habe versucht, dich zu erreichen«, sagte ich. »Wir hatten hier eine Krise.«
»Krise? Kann gar nicht sein.« Er schüttelte sich den Schnee aus den Haaren und nahm sich so selbstverständlich eine Tasse aus dem Schrank, als wohnte er seit einem halben Jahr hier. »Der Kunde war hochzufrieden. Soweit ich weiß, gab's nur Kleinigkeiten.«
»Hmhm«, machte ich. »Vierzig an der Zahl.«
»Vierzig?« Er nahm sich die Milch aus dem Kühlschrank. »Kann nicht sein.«
Ich hatte es ja geahnt. »Hast du in deine E-Mails geguckt? Ich hatte dir Simones Liste weitergeleitet.«
»Ich war auf einem Fotoshooting. Anderes Projekt. Bin gerade erst vom Flughafen gekommen.«
Weltmännisch drückte er den Cappuccino-Knopf. Die Maschine röhrte los.

»… Arsch der Welt … kein Empfang«, sprotz, röchel, »… kurz … fünfhundert E-Mails.«
»Also hast du sie noch nicht gesehen«, sagte ich. »Soll ich dir sagen, was drinsteht?«
Mario tauchte im Durchgang auf. Edith dagegen starrte weiter auf ihren Monitor und strahlte eine Aura stummer Feindseligkeit aus. Zweifellos waren Thiago und Erik in ihrer Vorstellung zur Manifestation desselben überirdisch Bösen verschmolzen. Ich glaube, sie nahm es auch Robespierre übel, dass der Erik nicht ausbellte, sondern mit dem Schwanzpuschel wedelte, als wäre nie was vorgefallen.
»Hey, Mann!« Erik und Mario stießen die Faustknöchel gegeneinander wie alte Verbindungsbrüder. »Willst du mal deine Eiskönigin sehen?«
»Welche Eiskönigin?«, fragte Erik.
»Na, die mit dem purpurnen Haar und gletscherblauen Blick.«
»Sorry.« Erik grinste verlegen. »Ich steh gerade auf dem Schlauch.«
Mir wurde ganz schlecht. Ich hoffte, dass wenigstens Richard die E-Mail mit den vierzig klitzekleinen Änderungen gelesen hatte. Dann konnten sie es untereinander ausfechten. Selber schuld, wenn er kein Veto eingelegt hatte. Wir waren nur die Dienstleister. Wir taten, was man uns sagte.
Mario dirigierte Erik vor seine Monitorwand. »Setz dich, es wird dich umhauen. Vor allem die Schneeflocken, die sind so geil geworden!«
Irritation breitete sich auf Eriks Gesicht aus. Er beugte sich vor und legte die Stirn in Falten. Ich hasse es, wenn mein Bauchgefühl recht behält.
»Seht ihr!«, frohlockte Mario. »Jetzt hat's ihm vor Glück die Sprache verschlagen.«
Mit etwas zu viel Schwung stieß Erik seinen Drehstuhl zu-

rück. Die Lässigkeit war verschwunden. »Sag mir bitte, dass das ein Witz ist.«
Ich klaubte die rot-grün-gelbe Liste vom Tisch und hielt sie vor ihm hoch. »Punkt vier. Wir stellen uns die rothaarige Göttin mehr wie eine Eiskönigin vor.«
Erik blickte sehr lange auf die Liste. Deutlich länger, als für das Lesen von Punkt vier erforderlich war. Dann blickte er wieder auf die Eiskönigin. Und erneut auf die Liste. Und dann zu mir. »Was soll der Scheiß?«
Die richtige Frage, bloß ein bisschen zu spät.
»Da musst du Simone fragen. Mir kam es gleich seltsam vor. Also habe ich Himmel und Hölle in Bewegung gesetzt, um dich zu erreichen. Und Richard.«
»Der ist in L. A.«, murmelte er.
Edith tat so, als sei sie ganz in ihre Arbeit vertieft und würde nichts von der Katastrophe mitbekommen, die sich vor ihrer Nase heraufbeschwor. Sie war dabei nicht halb so überzeugend wie Mario.
Erik starrte wieder auf den Monitor. »Kann man das rückgängig machen?«
»Wir könnten die Filme von Freitag nehmen«, sagte ich. »Und die Korrekturwünsche von Mocona draufpacken.«
»Bis morgen?«, fragte er. Die Hilflosigkeit in seiner Stimme war irgendwie süß. Sie passte auch gar nicht zu ihm. Wahrscheinlich passierte es ihm nicht oft, dass ihm jemand ein Projekt wegschnappte.
»Kommt darauf an, welche es sind«, sagte ich.
»Leberflecken und Pickelchen wegmachen, die Schlehdornfrüchte realistischer machen, die Blüten vom Holunder größer.« Er hob die Brauen. »Und im letzten Drittel von Film Nummer zwei sieht man für eine halbe Sekunde einen Nippel. Der muss weg. Macht einfach Schlehen drauf.«

Ha! Hatte ich's nicht gesagt?
»Könnte schon gehen.« Mario popelte an einer rosa-weiß gestreiften Lametta-Wandblume herum und sah uns nicht an. »Irgendwie.«
Er tat mir leid. Auf Ediths Verwandlung in die Eiskönigin war er so stolz gewesen. Und jetzt sollte er sie wegschmeißen? Schmerzerfüllt dachte ich an meine neun Stunden Augen-Tracking. Alles für die Katz. Edith klickte verbissen auf ihrem Bildschirm herum. Von wegen, Simone hatte außer Liebeskummer keine anderen Sorgen. Ihr kleiner privater Rachefeldzug war längst angelaufen. Und sie hatte uns dafür missbraucht!
»Was läuft da eigentlich?«, fragte ich Erik.
Tief im Innern war ich erleichtert, dass wir so glimpflich aus der Sache rauskommen würden. *Könnte schon gehen* hieß bei Mario, dass die Sache in zwei Stunden erledigt war. Egal, ob es nun unsere Schuld war oder nicht, wenn die Präsentation bei Mocona im Desaster endete, würde es trotzdem auf uns zurückfallen. Dann konnten wir noch so oft Simones E-Mail schwenken. Wir waren das letzte Glied der Kette, wir konnten uns am wenigsten verteidigen, also würde uns alle Schuld zugeschoben werden.
»Das wüsste ich auch gern.« Er zückte sein Handy. »Ich bin mal kurz vor der Tür, telefonieren.«
Falls er sich auf der Straße Privatsphäre für sein Telefonat erhofft hatte, stellte er es falsch an.
Wir zuckten kollektiv zusammen, als draußen das Brüllen einsetzte.
»Tut mir echt leid«, murmelte Edith. Hätte ein schlechtes Gewissen Stacheln, sie wäre als Igel von ihrem Stuhl gerollt.
»Du kannst ihr eben nicht über den Weg trauen«, sagte ich. »Das sage ich schon die ganze Zeit.«

»Frauen sind genauso Schweine wie Männer«, merkte Mario an. Nur der Vollständigkeit halber.
Unser Kellerbüro ist nicht sehr hellhörig, aber Erik brüllte so laut, dass wir jedes Wort mitbekamen. »Erzähl mir doch nichts«, wütete er. »Entweder bist du vollkommen bescheuert, oder du lügst mich an.« Kurzes Schweigen. »Richard hat was?«
Wir tauschten einen vielsagenden Blick.
»Aber wir Frauen sollten zusammenhalten«, lamentierte Edith. »Wieso lässt sie uns so auflaufen?«
»Wir werden es bestimmt gleich hören«, sagte ich.
Leider gingen Eriks weitere Worte im Aufdröhnen eines Lkw-Motors unter. Und als er zehn Minuten später wieder auftauchte, hatte er sein Pokerface aufgesetzt.
»Mario«, fragte er, »ist es möglich, die Änderungen heute noch hinzukriegen? Irgendwie? Egal, wie?«
Ich warf einen Blick auf die Uhr auf meinem Handy. Fünfeinhalb Stunden bis Mitternacht. »Komm schon«, sagte ich zu Mario. »Beim zweiten Mal geht alles schneller.«
Ausnahmsweise behielt ich recht.
Zu dritt arbeiteten wir uns still und konzentriert durch die Änderungen, während Erik auf dem Sofa unter meinem Striptease-Tiger saß und seine fünfhundert E-Mails checkte.
Er erzählte uns nicht, was vorgefallen war, hatte aber offenbar einen Plan. Vielleicht würde er ihn mir später erzählen. Wenn Mario und vor allem Edith nicht danebenstanden.
In Rekordzeit waren die Filme fertig zum Rausschreiben. Kurz nach acht schnallte Edith Robespierre an die Leine, verabschiedete sich einsilbig und zog von dannen. Mario warf den Film-Export an und tat es ihr nach.
Mir oblag es, darüber zu wachen, dass alles sauber durchlief. So wie schon beim letzten Mal. Bis der Nicht-Schlaganfall

meiner Mutter dazwischengekommen war. Und genau wie beim letzten Mal trödelte Erik so lange herum, bis die Tür hinter Mario ins Schloss fiel und wir zu zweit allein waren.
»Na endlich«, sagte er.
»Du hättest zurückrufen sollen.«
»Ich war in Dubai in der Wüste.«
»In Dubai?« Das schien mir schwer vorstellbar. »Bisschen weit für einen Ein-Tages-Trip.«
Er zuckte mit den Schultern. »Samstag hin, Sonntag und Montag am Set, heute zurück. Ich habe dir eine Postkarte geschickt.«
Wir sahen uns an. Eine wortreiche Stille breitete sich zwischen uns aus. Diese Stille, die sagt, dass er weiß, dass ich weiß, dass wir beide wissen, dass da was ist. Zwischen uns zweien. Oder sein könnte. Jedenfalls wenn wir wollten. Sein halbes Lächeln suggerierte, dass es an ihm nicht scheitern würde. Und dass er den blöden Kater nur als temporäres Hindernis verstand.
»Ich hab Hunger«, sagte er. Mit seinem höchst charmanten Lächeln, bei dem mir klarwurde, dass Hunger alles Mögliche heißen konnte.
Aber ich wies meine innere Lotterliese in die Schranken. Erst die Arbeit, dann das Vergnügen, wie meine Mutter zu sagen pflegt. »Die Filme brauchen noch vierzig Minuten.« Ich wühlte nach dem Portemonnaie, um nachzusehen, wie viel Bargeld ich dabeihatte. Falls er mich nicht einladen wollte. »Danach könnten wir …« Essen gehen, hatte ich sagen wollen. Aber ich brachte den Satz nicht zu Ende, weil mir etwas auffiel. Die Abwesenheit meines Schlüsselbunds. Er war nicht in der Tasche.
Ich durchforstete meine Manteltaschen. Dann durchsuchte ich das Büro. Der Büroschlüssel steckte mit seinem Extra-

Anhänger in der Tür. Von meinem Schlüsselbund fehlte jede Spur.

»Alles okay?«, fragte er.

»Mein Schlüssel ist weg.«

»Hast du im Klo nachgesehen?«

»Gute Idee.« Ich riss die Tür mit der Hammer-und-Sichel-Collage auf. Dort war er auch nicht.

In den nächsten zehn Minuten kehrte ich alles Unterste zuoberst, guckte unter jedes herumliegende Blatt Papier, durchwühlte die Papierkörbe (keine Ahnung, wie der Schlüsselbund da hätte reinkommen können, aber man weiß ja nie) und untersuchte zuletzt den Kabelsalat unter den Schreibtischen. Erik, der offenbar fertig damit war, seine fünfhundert E-Mails zu checken, half mir. Gemeinsam krochen wir auf dem Boden herum. Unter Marios Tisch trafen wir uns und hielten inne.

»Shit«, sagte ich. »Wenn wir ihn nicht finden, kann ich heute Nacht im Büro schlafen.«

»Oder bei mir.« Sein Gesicht war viel zu dicht vor meinem. Ich konnte mir schon denken, was er sich ausmalte. Frühstück zu zweit in seinem Lotterbett. Croissants zwischen schwarzen Seidenlaken. Bestimmt hatte er schwarze Satinbettwäsche. Ein Typ wie Erik? Jede Wette. Und ein riesiges, kreisrundes Bett.

»Kommt nicht infrage«, verkündete meine reine Vernunft.

»Wo könntest du sie denn verloren haben?«, fragte er.

»Vielleicht im V9? Oder im Kekshaus?«

»Die haben schon geschlossen.«

»Ja, leider.« Wir krochen unter dem Tisch hervor.

Erik legte sich aufs blaue Sofa und ließ demonstrativ die Beine über die Lehne hängen. »Siehst du? Viel zu kurz, um darauf zu schlafen.«

»Ich könnte einen Schlüsseldienst anrufen.«
»Du spinnst«, sagte er liebevoll. »Du kommst mit zu mir, ich koche uns was, und dann zeige ich dir meine iPhone-Fotos aus Dubai.«
Seine iPhone-Fotos aus Dubai?
»Hast du wenigstens eine Couch?«
»Sogar mit Kissen.«
Na dann. Wer konnte einem solchen Angebot schon widerstehen?

Erik wohnte am Gärtnerplatz. War ja klar. Teurer ging es nicht. Mitten im Luxus-Schwulenviertel, schräg gegenüber vom Gärtnerplatztheater, zwei Katzensprünge zum Viktualienmarkt. Eine Gegend, in der es noch weniger Parkplätze gibt als bei mir zu Hause. Ich unterdrückte einen heftigen Anflug von Sozialneid, als er vor dem Garagentor hielt und es mit einer Fernbedienung öffnete.
Die Wohnung lag im dritten Stock eines stuckverzierten, grün gestrichenen Altbaus mit behindertengerechtem Glasaufzug im Treppenhaus. Das Einzige, was nicht zum gediegenen Ambiente passte, war ein Hauch von Cannabis in der bohnerwachsgeschwängerten Luft. Und der Pimmel, den jemand mit seinem Schlüssel ins Bedienfeld des Aufzugs gekratzt hatte. Wohlstand und Dummheit schließen sich nicht zwingend aus.
»Grüß Gott, tritt ein, bring Geld herein«, sagte Erik und machte mir die Wohnungstür auf. Der Duft nach Cannabis wurde stärker.
Gedimmtes Licht erhellte einen Parkettkorridor, dessen Länge einen Rückschluss auf die einschüchternde Größe der Wohnung zuließ. Mir wurde schlecht beim Gedanken daran, wie viel Miete sie dafür verlangten.

Eine Flurseite war mit einem endlos langen Regal voller Schallplatten zugestellt.
»Wow«, sagte ich, in schönster One-Night-Stand-Manier, »sammelst du die?«
»Sind nicht meine.« Er führte mich in die Küche am Ende des Flurs. Es roch nach indischem Tempelpuff. Hielt Erik hier Shisha-Partys ab, bei denen sie sich die Birne mit Apfeltabak wegrauchten? Das hätte ich ihm im Leben nicht zugetraut. Das musste ich unbedingt Edith erzählen.
»Fuck«, sagte er beim Anblick von Küchentisch und Spüle. Ich teilte seine Einschätzung der Lage. Da war wohl ein Feng-Shui-Kuchen explodiert. Ich betrachtete das Stillleben aus Schüsseln, Tellern und Tassen, die mit getrocknetem Teig und Soßen vielfältiger Farbpigmentierung beschmiert waren. Ein paar hatten schwarze und rote Pünktchen. Das Spülbecken erstickte bis zum Wasserhahn in Töpfen, was wohl der Grund für die abstrakte Schichtstapelskulptur auf dem Küchentisch war. »Hast du für den Bundeskochprofi-Wettbewerb geübt?«, fragte ich.
»Das war ich nicht«, protestierte er, beinahe beleidigt. »Das waren meine Mitbewohner! Die Ärsche haben die Küche verwüstet, und jetzt sind sie eine Woche lang nicht da.«
»Du wohnst in einer WG?« Ich war platt. Erik, Werbewichser mit Porsche in Exklusivlederausstattung, garantiert über dreißig und mit einem Gehalt, das ihm Essenseinladungen ins Tamburini erlaubte, wohnte in einer Männer-WG?
»Und die Haschplantage gehört deinen Mitbewohnern?«, fragte ich. »Oder ist das deine?«
»Welche Haschplantage?«
»Die, nach der es hier riecht.«
Er winkte ab. »Helmut räuchert sich die Bude mit Weihrauch voll. Dann kann er besser einschlafen.«

»Darauf will ich gerne wetten. Weihrauch mit Kräuterbeilage, meinst du.«

»Kann sein.« Er grinste. »Der Kerl ist immer tiefenentspannt.«

»Und dieser Helmut hat ein Koch-Happening veranstaltet?«

»Das Einzige, was Helmut kochen kann, ist Tandoori Chicken. Nee, das hier geht auf Yevgis Konto.« Erik zupfte unschlüssig an einen Topfgriff herum und machte einen Satz rückwärts, als alles zu rutschen begann. Mit Geschepper landete eine Blechschüssel auf dem Boden. »Fuck.«

»Das sagtest du schon.«

Er fuhr sich durch die Haare, sichtlich zerknirscht. »Wir werden das wegräumen müssen, wenn wir kochen wollen.«

»Guck zuerst in den Kühlschrank«, schlug ich vor. »Womöglich haben sie all deine Vorräte vernichtet.«

Der Kühlschrank war das Prunkstück der Küche, ein doppeltüriges amerikanisches Monstrum mit Eiswürfelspender und Stahlschliff-Dekor. Genau so ein Ding, wie ich es mir auch kaufen wollte, wenn wir mit Strahlkraft endlich nicht mehr am Hungertuch nagten.

»Hm«, sagte er.

Ich linste über seine Schulter und erspähte eine Menge Gläschen mit indisch gemusterten Schildchen. »Also eingelegten Knoblauch mit Tandoori-Paste könnten wir schon mal machen. Mit Pfannkuchen.« Sie hatten vier Schachteln Eier im Kühlschrank. Vier!

»Und Fenchelsalami.« Er zog die Wurstdose heraus, öffnete sie und hielt die Nase hinein. »Riecht okay.« Mit zwei Fingern hob er eine offene Packung Edamer hoch. »Käse gibt's auch.« Schwungvoll riss er die zweite Tür auf, hinter der sich das Eisfach verbarg. »Und zum Nachtisch Karamelleis.«

»Ein Festmahl«, sagte ich. »Soll ich dir helfen?«

Und so kam es, dass die Shootingstars der Münchner Werbeszene wie zwei abgebrannte Philosophiestudenten in Eriks verwüsteter Luxusküche Nudeln mit Fenchelsalamisoße herstellten. Ich spülte ein Dutzend Töpfe, damit wir überhaupt an den Wasserhahn herankamen. Teure Stahltöpfe übrigens, die vor Ärger darüber, dass Erik nur Nudeln in ihnen kochte, schon blau und gelb angelaufen waren.

Zwischendurch trat ich einen Schritt zurück und musterte die Kochbuchbibliothek, die sich im Wandregal drängelte.

»Kannst du das alles kochen, was da drinsteht?«

»Nö.« Fröhlich schnippelte Erik Tomaten in Stücke. Die hatten wir auch noch gefunden. Unter den Zeitungen der letzten Woche. »Die gehören alle Yevgi. Aber der kann auch nicht viel kochen. Sein Repertoire beschränkt sich auf Borschtsch. Rote-Beete-Eintopf mit weißer Joghurtpampe. Dazu gibt's sauren Hering. Und literweise Wodka.«

Erik wohnte also mit einem russischen Möchtegernkoch und einem zugekifften Yogi namens Helmut zusammen. Und einmal im Monat gab's Gruppenkochen mit Wodka-Besäufnis, während Weihrauchwolken durch die Haschplantage zogen. Ganz neue Welten taten sich hier auf. Unter dem Regal entdeckte ich eine kleine Magnettafel, auf die jemand mit Blau ein Herz mit Pfeil hindurch gemalt hatte. Die Namen darin waren so dick durchgestrichen, dass man nicht mehr lesen konnte, wer hier wen liebte. Aber jemand anders hatte winzig klein in Rot daruntergekrakelt: *Das ist ein scheiß permanentmarker du wamperter uhu!*

Aha. Welten, in der Tat. Und Abgründe.

Ich setzte den letzten Topf aufs Abtropfgitter und wandte mich zum Tisch, um die festgeklebten Tassen von den Tellern abzubrechen.

»Sag mal, wenn du Marty Jones verlassen hast, warum wart ihr dann letztens zusammen im Tamburini?«, fragte Erik.

»Weil er mich anheuern wollte.«
»Aber du hast ihm einen Korb gegeben, oder?«
»Musste ich nicht. Du hast dich ja mit ihm geprügelt, bevor wir zur Sache kamen. Und dann war er weg.« Ich schnipste eine übrig gebliebene Kartoffel in den Abfalleimer. »Warum interessiert dich Marty?«
»Nur so.«
»Glaube ich nicht.« Er schwieg. Na, gut, ich konnte lässig kontern. »Was ist das für eine Geschichte mit Simone und der Änderungsliste?«
Ihm rutschte glatt ein Stück Fenchelsalami unter der Messerschneide weg. »K&K-Spielchen.«
Ich stapelte die Tassen in seine Spülmaschine. »Was wäre passiert, wenn wir morgen die Filme in der Eiskönigin-Fassung abgegeben hätten? Und was passiert, wenn ich Simone morgen früh den Download-Link für die Filme im alten Göttin-der-Natur-Design schicke?«
»Brauchst du nicht.« Er nahm sich eine Zwiebel vor. »Mocona kriegt den Link von mir. Ich setze dich und Simone in cc, dann bekommt ihr keine Probleme.«
»Von mir aus kannst du so viele Spielchen spielen, wie du willst.« Ich stellte die letzte Tasse zurück auf den Tisch. »Aber zieh Strahlkraft nicht mit rein. Wir sind zu klein für diesen politischen Mist. Wir können es uns nicht leisten, etwas anderes zu machen als einen guten Job.«
»Ihr habt keinen Keller voller Arbeitssklaven«, sagte er. »Stimmt's?«
»Hast du es eine Sekunde geglaubt?«
»Vielleicht zwei oder drei«, gab er zu. »Das Schloss ist obercool.«
Wir grinsten uns an. Als das Nudelwasser spritzend aufkochte, schüttete er Spiralnudeln hinein. Die Geste verriet eine

Menge Übung, mehr als beim Zwiebelschneiden. Er stellte eine Pfanne daneben und rührte darin herum, bis Fenchelsalami, Zwiebeln und Tomaten zu einer leckeren roten Pampe verschmolzen. Er gab noch einen Schuss von Helmuts Tandoori-Paste hinzu.

Die ganze Küche begann durchdringend nach indischem Tempelpuff zu riechen. Ich liebte es. Bald trieb ich in einer Blase aus Batiktüchern und Kardamomduft, tiefenentspannt, voll Vorfreude aufs Essen und losgelöst von irdischen Sorgen. Sogar Simone und ihre bedrohlichen K&K-Spielchen verflüchtigten sich.

In freundschaftlicher Vertrautheit kippten wir die Nudeln erst aufs Sieb und dann auf die Teller. Erik ließ seine Soße darüberlaufen und steckte Minzeblätter in die Mitte.

»Sollte das nicht Basilikum sein?«, fragte ich.

»Ist gerade aus.« Er deutete auf den Topf mit vertrocknetem braunem Gestrüpp neben dem Mülleimer. »Hauptsache grün.«

Ich nahm die Teller, und er machte mir die Tür auf. In sein Wohnzimmer. »Home sweet home.«

Der Raum entsprach schon deutlich mehr dem Erik-Klischee. Auf Hochglanz poliertes Stäbchenparkett, die hohen Fenster mit dunkelgrauen und durchsichtig-hellvioletten Vorhängen, die gut in ein New Yorker Boutique-Hotel gepasst hätten. Nicht, dass ich je eins von innen gesehen hätte. Aber ich gucke mir auf Expedia immer die Fünf-Sterne-Fotos an, bevor ich mich für die Zwei-Sterne-Absteige am Stadtrand entscheide, in der man sein Bett jagen muss, bevor man darauf schlafen kann.

Ein eindrucksvolles Ecksofa aus weißem Leder, ein Riesenflachbildschirm an der Wand, auf der anderen Seite ein Designer-Esstisch mit vier unterschiedlichen Beinen unter einer

Glasplatte, an dem überschlanke, durchsichtige Acrylstühle mit Kuhfellpolstern standen. An der Wand hingen zwei Kunstdrucke. Der eine sah aus wie ein blau-gelber Toilettensitz, auf dem ein Fitzelchen Papier klebt. Der andere, als sei dem Künstler der rote Farbtopf umgefallen, als er dringend zum Klo rennen musste. Das Bücherregal war eine Pracht, mit seinem ausgeklügelten Beleuchtungssystem, das ausgewählte Bücherrücken mit Spots hervorhob.

Holla die Waldfee.

»Wenn du deine Eroberungen abschleppst«, sagte ich, damit er nicht auf die Idee kam, das Interieur hätte mir die Sprache verschlagen, »dann führst du die immer direkt hier rein, ohne Umweg über die Küche, oder?«

»Ich bin nicht so schlecht, wie du denkst«, sagte er. »Stell die Teller auf den Couchtisch, die Stühle kippeln. Auf denen kann kein Mensch sitzen.«

»Aber sie sehen geil aus.«

»Deshalb habe ich sie gekauft.«

Ein Klick auf die Fernbedienung ließ einen Lichtkegel über dem Couchtisch aufblenden. Zugleich sank die übrige Raumbeleuchtung auf Kuschel-Niveau herab. Aus verborgenen Lautsprechern schwebten Jazzklänge empor.

Ich nahm ihm das Ding aus der Hand und betrachtete die Knöpfe, die mit *Preset 1* bis *4* beschriftet waren. »Und du hast die Verführ-mich-Konfiguration als Voreinstellung. Wechselst du gelegentlich die Musik?«

»Das ist mein Entspannungs-Preset«, widersprach er. Es wäre überzeugender gewesen ohne sein Flunker-Grinsen.

Ich war noch immer sehr entspannt. Meine innere Lotterliese rekelte sich auf weißem Leder, denn sie wusste längst, dass sie gewonnen hatte. Ein Blinder mit Krückstock konnte sehen, wo dieser Abend enden würde. Es war schon klar gewesen, als ich zugestimmt hatte, bei ihm zu übernachten. Ich hätte nämlich genauso gut im Büro schlafen können. Für mich war die blaue Couch überhaupt nicht zu kurz. Und im Küchenschrank lag die Decke.

Er wusste es auch. Wir sahen uns an, trafen ein stillschweigendes Übereinkommen und lehnten uns in die Polster, die Knie angezogen, die Nudelteller obendrauf. Fünf-Sterne-Studentenromantik. Die Mischung aus Fenchelsalami und Tandoori-Paste schmeckte köstlich. Erik machte eine Flasche mit sehr leckerem Weißwein auf. Nach dem zweiten Glas war ich unmerklich in die Waagerechte gerutscht. Mein Kopf ruhte bequem auf seinen Oberschenkeln. Er kitzelte mich mit einer Haarsträhne im Ohr, bis ich lachen musste. Aus der Ferne versuchte ich die Titel der Bücher in seinem Regal zu entziffern.

»Der kleine Prinz«, las ich laut vor. *»Emile oder Über die Erziehung.«* Ich drehte den Kopf zu seinem Gesicht. »Jean-Jacques Rousseau? Hast du den wegen der Farbe vom Bucheinband gekauft?« Überhaupt fiel mir jetzt erst auf, dass alle Bücher blau waren. Hey, das war ein Witz gewesen! Aber das war es offenbar nicht. *Die Geschichte des Automobils,* Umberto Ecos *Foucaultsches Pendel, Bestimmungsbuch unserer heimischen Pilze.* Dann kam ein ganzer Schuber mit blauen Ledereinbänden, wahrscheinlich Shakespeare oder Hermann Hesse oder so was. *»Puppen aus Thüringen vom achtzehnten bis zwanzigsten Jahrhundert?«*

»War ja klar.« Die Selbstsicherheit in seinem Lächeln geriet ins Wanken. »Die meisten lesen nur Shakespeare und sind beeindruckt. Du bist die Erste, die blöde Fragen stellt.«

»Lean Management: Mit Kaizen zum Unternehmenserfolg?«

»Hat mir Richard letztes Jahr zu Weihnachten geschenkt«, sagte er entschuldigend.

»Du kriegst Management-Bücher zu Weihnachten? Mein Beileid.«
»Wenigstens hat es die richtige Farbe. Ich hole das Karamelleis, ja?«
Das war eindeutig ein Ablenkungsmanöver, aber da ich mehr Lust auf Karamelleis hatte als darauf, ihn wegen seiner Angeberbücher aufzuziehen, ließ ich es gut sein. Ich fragte mich nur, was er wirklich las. Oder ob er überhaupt lesen konnte.
Angenehm beschwipst sah ich ihm zu, wie er zwei Glasschälchen mit Eis auf den Couchtisch stellte und eine zweite Weinflasche entkorkte. »Vor mir kannst du deine Defizite in bürgerlich-humanistischer Bildung ruhig zugeben. Ich gebe ja auch zu, dass ich auf Trash-SciFi-Serien stehe.«
»Zählen lustige Donald-Duck-Taschenbücher als entlastendes Beweismaterial?« Er drehte sich herum und kam mir sehr nahe. So nahe, dass seine Haare meinen Hals kitzelten. »Ich habe die komplette Enten-Edition. Macht mich das sexy?«
»Auf jeden Fall.« Ich nahm all meinen Mut zusammen, um ihn im Nacken zu packen. Er ließ sich sehr willig zu mir herunterziehen. In einen weltklasseverdächtigen Kuss.
Es gab auch keinen liebestollen Kater, der sich störend einmischte.
Was soll ich sagen?
Sein Bett war zwar nicht rund, aber riesig. Und die Kissen nicht schwarz, sondern dunkelblau bezogen. Mit einer dünnen Goldkante.
Zum Frühstück gab es den Rest vom Karamelleis. Ohne Tandoori-Paste.

13
In bed we trust

Da wir uns beide noch nicht ganz sicher waren, wo das alles hinführen sollte, verzichteten wir in stillschweigendem Übereinkommen darauf, unser entzückendes kleines Geheimnis vor der Öffentlichkeit zu lüften.

Am nächsten Morgen ließ ich mich von Erik beim Kekshaus absetzen anstatt vor unserem Büro und ging das letzte Stück zu Fuß. Ich war aufgedreht wie ein verliebter Teenager und musste das Bedürfnis unterdrücken, vor mich hin zu kichern. Es war auf jeden Fall mehr als ein One-Night-Stand. Nach Büroschluss gabelte er mich wie zufällig auf dem Heimweg auf und lockte mich mit dem Versprechen auf Tagliatelle mit Trüffeln in seine Höhle. Jemand hatte die Küche geputzt. Das war das Letzte, was mir bewusst an der Wohnung auffiel. Wir betranken uns mit seinem sensationellen Weißwein, tobten die halbe Nacht durch die Kissen, liebten uns gegen vier Uhr morgens in seiner großen Badewanne, nicht ohne dabei das halbe Badezimmer zu verwüsten, und machten am Freitag beide blau. Es gab sowieso nichts dramatisch Wichtiges zu tun. Die Filme waren abgegeben, eine Rückmeldung lag noch nicht vor, und Richard wurde erst am Montag im Büro zurückerwartet.

Wir verbrachten den ganzen Tag und das halbe Wochenende im Bett. Wenn wir nicht schliefen oder den Freuden der Liebe frönten, lasen wir uns gegenseitig die lustigsten Stellen aus den Lustigen Taschenbüchern der Enten-Edition vor.

Es war großartig.
Am Samstagabend lernte ich einen von Eriks Mitbewohnern kennen. Yevgi, der russische Borschtsch-Koch, war Patentanwalt und nebenbei verkannter Schriftsteller, der für seine achtbändige Orks-gegen-Elfen-Fantasysaga mit der erzählerischen Wucht Wagnerscher Opern (so sagte er) noch einen Verlag suchte. Ob ich mal probelesen wolle. Oder einen Verleger kennen würde. Oder beides. Ich redete mich mit Projektstress raus.
Zu unserem Abendessen zu dritt am Küchentisch trug Erik einen Bademantel und ich eins seiner T-Shirts. Er hatte es mir wahrscheinlich wegen des Aufdruck gegeben: *In bed we trust*. Yevgi fand es lustig und fragte uns, wann wir vorhätten zu heiraten. Weil Erik seine Betthäschen sonst nie in die Küche ließ. Ich staunte. Und war glücklich.
Als er wieder loszog, um in den Samstag-Nacht-Clubs abzustürzen, zogen Erik und ich zurück ins Bett. Um – na was wohl? – zu machen.

Am Sonntag weckte uns ein strahlend blauer Himmel. Erik riss ein Fenster auf, um frische Luft hereinzulassen. Es war kalt, aber nicht so eisig wie an den Tagen zuvor.
»Wir könnten in den Zoo gehen«, schlug er vor.
Am Ende wurde es Mittag, bis wir aus dem Haus kamen. Händchenhaltend suchten wir uns ein Gärtnerplatz-Café zum Frühstücken, und als ich eben dachte, es könnte nicht mehr romantischer werden, kratzte er mir in die mit Rauhreif beschlagene Kaffeehausscheibe eine Blume. So ungefähr musste sich Edith gefühlt haben, als Thiago ihr das Herz in den Cappuccino-Schaum malte. Und ich herzloses Miststück hatte ihn ihr schlechtgemacht. (Dass ich recht behalten hatte, war ja eine andere Geschichte.)

Der Tierpark war gut besucht, obwohl Winter war. Kein Wunder, bei dem Wetter. Wir stauten uns zwischen unzähligen kleinen und großen Kindern durchs Affenhaus, ließen uns in der Villa Dracula von frei fliegenden Fledermäusen erschrecken und besuchten die Faultiere im Elefantenhaus, die wie üblich schlafend unter der Decke hingen. Bei den Wölfen zog mich Erik hinter ein Gebüsch, damit wir uns ausgiebig küssen konnten, ohne dass die Eltern der vielen Kinder uns böse Blicke zuwarfen. Mir fiel Schnee in den Kragen. Ich war so verliebt, dass es mich kein bisschen störte.

»Sag mal«, fragte er auf dem Weg zum Pinguinhaus, »was ist Strahlkraft eigentlich für ein Laden?«

»Wie meinst du das?«, fragte ich zurück.

»Ihr seid irgendwie seltsam.« Er küsste mich aufs Ohr. »Nimm's nicht persönlich. Aber was zur Hölle ist euer Konzept?«

»Wir sind die Guten.«

»Euer Konzept ist, dass ihr die Guten seid?«

Ich quälte mir ein Lächeln ab. Wie sollte ich das jemandem wie Erik erklären? »Wir haben uns auf Werbekampagnen für Kunden spezialisiert, die hohen ethischen Maßstäben verpflichtet sind. So was wie die UNO, oder Greenpeace, oder Oma Liesels lokale Marmeladen-Manufaktur.«

»Die UNO hätte ich auch gern als Kunden.«

»Haben wir aber nicht«, sagte ich, für den Moment ernüchtert. »Wir haben bloß Oma Liesel, die im Jahr vier Pfund Marmelade verkauft. Und Sumpfgraskompressen, wenn der Chef nicht selber dichten würde.«

»Also seid ihr mehr so im Non-Profit-Bereich unterwegs?«

»Nee, mehr so im Oma-Liesel-Bereich«, wiederholte ich. »Unsere Geschäftsidee war es, dass wir uns mithilfe vieler Oma Liesels einen Ruf als Qualitätssiegel erarbeiten, so nach dem Motto, wenn Strahlkraft deine Agentur ist, bist du garantiert einer von den Guten. Und dass uns dann die UNO und Greenpeace die Tür einrennen, weil sie auch auf unsere Kundenliste wollen.«

»Aha.« Erik stopfte meine Hand zusammen mit seiner Hand in seine Lammfellmanteltasche. »Und warum lasst ihr euch dann ausgerechnet für den Mocona-Job engagieren?«

»Weil«, sagte ich leise, »Oma Liesel gerade zahlungsunfähig ist. Und weil wir nur von Marmelade nicht leben können. Dazu braucht's auch noch Brot.«

Der Rest des Nachmittags verging in weniger schwermütigen Gesprächen. Wir kauften Zuckerwatte, bewarfen uns auf dem Weg nach draußen mit Schneebällen und benahmen uns ganz allgemein so, wie man es von zwei verliebten Verrückten erwartet.

Nach dem Zoo bummelten wir über den Christkindlmarkt, tranken Glühwein und überfraßen uns an Schokofrüchten.

Auf dem Rückweg checkte ich meine E-Mails und fand eine Nachricht von Richard. Er schrieb, dass er mit dem Mocona-Typen telefoniert hatte, unser Model spitzenmäßig ankam und er am Montag ein Team-Meeting machen wollte. Da wollte er die Filme ein letztes Mal von allen ansehen lassen, ehe sie dem gesamten Mocona-Marketingteam in der Abschluss-Präsentation vorgeführt würden.

»Er hätte mich ja mal anrufen können«, grummelte Erik. »Bevor er das Meeting einberuft.«

»Er hat eben das Sagen«, sagte ich. »Der kann machen, was er will. Fahr mich zu mir. Wenn wir morgen das Meeting haben, brauche ich frische Sachen. Und ich rufe derweil mal den Schlüsseldienst an.«

»Musst du nicht.« Er setzte sein Unschuldsgrinsen auf. Das,

bei dem er noch schuldiger aussieht als sonst. »Greif mal hinten in meine Manteltasche.«

Ich ertastete Klimpermetall. »Du hast meinen Schlüssel geklaut?«

Er grinste noch breiter. »Aber nur, weil es für einen guten Zweck war.«

14
Wer im Glashaus sitzt, hat immer frische Gurken

Erik hatte zwar versucht, mich vom Gegenteil zu überzeugen, aber am Ende verbrachte ich die Nacht doch lieber in meinem eigenen Bett statt in seinem. Richards Meeting war für zehn Uhr morgens angesetzt, und ich wollte nicht verkatert und mit Knutschflecken am Hals auftauchen.

Ich zog mir ganz klassisch die schwarzen Jeans und einen dunkelgrauen Rollkragenpulli an. Dazu hängte ich mir die Holzperlenkette um, die Erik mir auf dem Christkindlmarkt geschenkt hatte.

Im Büro sammelte ich Edith auf. Mario tauchte in einem leuchtend grünen T-Shirt auf, das ein besonders sinntiefer Spruch zierte: *Wer im Glashaus sitzt, hat immer frische Gurken.* Ich stellte mich auf Streit ein, weil Edith ihn so nicht mitnehmen würde. Aber Mario war gar nicht erpicht darauf, uns zu begleiten, und erbot sich, lieber auf Robespierre aufzupassen. Ich vermutete jedoch, dass er Erik immer noch böse war, weil der seine Eiskönigin so geringgeschätzt hatte.

Bei K&K war die Hölle los. Auf der Projektionsfläche im Fischbecken flimmerte eine Willkommensbotschaft für *unsere Freunde von Plaatschi&Daatschi*. Unmengen von Leuten standen im Foyer herum. Es herrschte ein Lärm wie im V9 zur Mittagszeit. Zwei Typen in Nerd-Klamotten hockten am Teichrand und schmissen Amarettini ins Wasser. Ein dünner Rotschopf in abgewetzten Jeans, Lammfelllederjacke (etwas kürzer als die von Erik) und stylisher schwarzer Kastenbrille telefonierte mit weit ausholenden Armbewegungen. Ab und zu rief er »Fuck!« ins iPhone. Das musste ein Kreativdirektor sein.

»Was ist denn hier los?«, fragte Edith mit großen Augen.

»Pittiplatsch-Erlebnistag mit der großen Gruppe«, murmelte ich mit Blick auf die Amarettini-Werfer.

Wir drängelten uns vor zur Empfangstheke, wo gestresste Mädels Tabletts mit italienischen Kaffeespezialitäten heranschleppten. Eine schimpfte vor sich hin, dass eine Vorwarnung nett gewesen wäre. Das Cappuccino-Mäuschen blickte uns mit schreckgeweiteten Augen entgegen, doch entspannte sich, als es uns erkannte. »Griaß eich!«, begrüßte die Kleine uns. Vor lauter Stress war ihr das gepflegte Hochdeutsch abhandengekommen. Was sie richtig nett wirken ließ. »Richard hat schon Bescheid gesagt, dass ihr kommt«, fuhr sie, wieder gesetzt, fort. »Ihr trefft euch im Board Room. Findet ihr den Weg?«

Wir waren früh dran. Eine stämmige Chinesin deckte gerade die Plastikfolien von den Brötchentellern. Max und Moritz, die beim letzten Mal mit Mario die Lachsschnittchen vernichtet hatten, lauerten schon auf die Buffet-Eröffnung und winkten uns fröhlich zu.

»Ich gehe noch mal aufs Klo«, sagte ich zu Edith. »Bin gleich zurück.«

»Verlauf dich nicht!«, rief sie mir nach.

Nicht nur im Foyer, auch auf den Galeriegängen summte es wie im Bienenstock, als hätten sie binnen zwei Wochen die Belegschaft verdoppelt. In der Damentoilette traf ich die Produktionsassistentin vom Filmdreh, die sich mordsmäßig freute, mich zu treffen. Leider konnte ich mich nicht an ihren Namen erinnern.

»Was ist denn da draußen bei euch los?«, fragte ich, um höfliche Konversation zu machen.
»Integrationsworkshop mit Plaatschi&Daatschi. Das geht die ganze Woche.« Sie beugte sich nahe an den Spiegel, um ihre Augenbrauen nachzuziehen. »Der Deal ist über die Bühne, also haben wir uns jetzt lieb und sind Freunde und so.«
»Welcher Deal?«
»Na, dass sie uns gekauft haben.« Sie schenkte mir ein halbes Lächeln in der Spiegelscheibe. »Sorry, du bist ja extern. Also weißt du's wahrscheinlich noch nicht.«
In der Werbewelt kaufen sich die Agenturen alle naselang gegenseitig auf. Es ist nur den Mitarbeitern schwierig zu vermitteln, dass der vormalige Erzfeind jetzt ihr bester Freund ist, mit dem sie gefälligst zu kooperieren haben. Zu diesem Zweck gibt es Integrationsworkshops. Im Anschluss fährt man gemeinsam zum Bergsteigen mit Besäufnis auf eine Hütte. Weil man jemandem, mit dem zusammen man volltrunken seinen Namen in den Schnee gepinkelt hat, nicht mehr feindlich gesinnt sein kann.
So wie die Produktionsassistentin das Wort *Freunde* aussprach, war die Integration aber noch nicht sehr weit fortgeschritten.
»Na dann«, verabschiedete ich mich, »viel Spaß mit den Plaatschi&Daatschi-Jungs.«
»Sind alles arrogante Wichser«, sagte sie. Ich hoffte, dass ich in absehbarer Zeit nichts mit Plaatschi&Daatschi zu tun haben musste, und ließ die Tür ins Schloss fallen.
Auf dem Rückweg traf ich Erik. Er kam mir oben auf dem Gang entgegen, das Telefon am Ohr.
»Ich rufe dich zurück«, hörte ich ihn sagen, dann blieb er vor mir stehen.
»Hey«, sagte er.

»Hey«, gab ich zurück.
Mir wurde heiß. Ich fühlte mich befangen und freute mich zugleich irrsinnig, ihn zu sehen. Kurz, die üblichen Symptome akuter Verknalltheit.
»Steht dir«, sagte er mit Blick auf die Kette.
Dir auch, hätte ich fast gesagt. Ich benahm mich, als hätte ich den IQ eines Streifenhörnchens. Das konnte nur an der Umgebung liegen. Der Sorge, jemand würde uns an der Nasenspitze ansehen, was Sache war. Ich hatte mich noch nicht mit der Frage auseinandergesetzt, wie öffentlich wir unsere Affäre machen wollten. Wie öffentlich Erik sie machen wollte. Ich jedenfalls war vollständig mit dem Rosa-Brille-Virus infiziert. Ich hätte den ganzen Tag händchenhaltend mit ihm die Ginkgo-Allee auf- und abrennen können. Sogar bei Schnee und Hagelstürmen.
Erik warf einen Blick über die linke Schulter, packte mich am Handgelenk und zog mich in die Nische, wo der Kopierer stand. Er grinste wie ein Viertklässler, bevor der seiner Lehrerin die vier Tage alten, sterblichen Überreste von Susi, seiner Hausratte, in die Tasche schmuggelt. Dann versanken wir in einem hastigen Kuss. Im Eifer des Gefechts biss er mir auf die Unterlippe. Ich merkte schon, wie sie anschwoll, als unsere Münder sich trennten.
»Sorry.« Sein Grinsen strafte die Entschuldigung Lügen. »Ich konnte nicht widerstehen.«
Und ich hatte Herzrasen vor Aufregung. Mein Kopf glühte. Ich tastete nach meiner Lippe. Ausgerechnet in dem Moment, als ich mich umdrehte, entdeckte ich Simone. Sie kam gerade aus dem Büro auf der anderen Seite. Keine Ahnung, ob sie uns gesehen hatte, aber mir wurde gleich noch heißer.
»Äh, huch«, stammelte ich, während ich weiter an meiner Bisswunde herumdrückte. »Ich meinte, hi!«

»Hallo, Julia«, sagte Simone. Ihr Lächeln wirkte so verkrampft, als hätte sie eine viereckige Butterdose verschluckt. Hatte sie es gesehen oder nicht?

»Geht schon mal vor!« Erik hatte sein Handy schon wieder am Ohr. Als wäre gar nichts passiert. »Ich komme gleich nach. Muss nur kurz noch was absprechen.«

Wir liefen schweigend nebeneinanderher. Der Gang nahm einfach kein Ende. Irgendwann wurde es mir zu blöd. »Wie war dein Wochenende?«, fragte ich lahm.

»Ganz okay«, gab sie noch lahmer zurück.

»Warst du unterwegs?«

»Nicht direkt.«

»Ist ja cool.« Neben Schlagfertigkeit war Small Talk eine weitere Stärke von mir!

Nach einer gefühlten Ewigkeit erreichten wir den Board Room und konnten, ohne anzuhalten, in verschiedene Richtungen weitergehen. Ich fragte mich immer noch, ob Simone den Kuss beobachtet hatte oder ob sie wegen der veränderten Änderungsliste beleidigt war.

»Die Julia!«, hallte es quer durch den Raum. Richard winkte, blendend gelaunt und in glänzende Stoffe gewandet. Burgunderrotes Hemd, schwarze Hose.

»Hallo, Richard«, sagte ich und hörte damit auf, meine Lippe zu betasten. »Wie war's in L. A.?«

»Sonne, Sand und Meer!« Er zog mich in eine herzhafte Umarmung und küsste mich auf beide Wangen. »Gut siehst du aus! Good job, by the way!«

»Freut mich, dass es euch gefällt.«

Richard deutete auf Edith, die ein Stück entfernt stand. »Die Kleine ist ein großartiges Model. Unser Mann bei Mocona ist sicher, dass wir mit ihr das Rennen machen. Und dann«, er lachte herzig, »ziehen wir den Halunken von Gold&Haber-

mann die Hosen runter. Vor allem, wo wir jetzt Rückenwind von Plaatschi&Daatschi haben.«

»Ich hab's gerade gehört«, sagte ich. »Herzlichen Glückwunsch.«

»Ob's was zu beglückwünschen gibt, wird sich noch zeigen. Wir sind ja erst in den Flitterwochen.« Er schlug mir wohlmeinend auf den Rücken, dass ich mir gleich noch mal auf die wunde Stelle biss. »Dann legen wir mal los.«

Es waren längst nicht so viele Leute dabei wie beim Pre-Production-Meeting. Wir saßen zu fünfzehnt auf den ersten zwei Stuhlreihen. Die Hälfte der Anwesenden hatte aufgeschlagene Laptops auf den Knien. Erik setzte sich direkt hinter mich und beugte sich vor, so dass die ganze Zeit sein Atem meinen Nacken kitzelte. Er fand das sicher sehr witzig. Ich nicht. Ich war nicht geschmeichelt, sondern gestresst.

Richard schlenderte lässig nach vorn, die Kaffeetasse in der Hand. Es war so mucksmäuschenstill, dass man eine Stecknadel hätte fallen hören. »Servus zusammen!«, schmetterte er in den Raum. »War jemand Ski fahren am Wochenende?«

»An der Zugspitze war's super«, gab ein Typ hinter mir zurück. »Schade, dass du nicht dabei warst, das hätte dir gefallen. Pulverschnee und klarer Himmel. Der Arno war da, ich soll dir schöne Grüße ausrichten.«

Ich drehte den Kopf und erspähte an Erik vorbei den Profikiller-Typ mit den stechend blauen Augen. André! Was hatte der hier schon wieder zu suchen? Und wie viele Dolce&-Gabbana-Rippshirts nannte er sein Eigen? Heute trug er eins in leuchtendem Orange. Und er lächelte selbstzufrieden, als Richard sagte: »Ja, weiß ich. Er hat's mir am Telefon erzählt. Anständig besoffen habt ihr euch im G'sell.«

Dieser Arno schien wichtig zu sein, denn alle Anwesenden

machten beeindruckte Gesichter. Und sie kicherten Richard und André bei jeder flapsigen Bemerkung im Chor hinterher. Erik gab sich als Einziger unbeeindruckt. Er war vollauf damit beschäftigt, an meinen Haaren herumzuspielen. Während jeder zusehen konnte! Ich traute mich nicht, meinen Kopf wegzureißen. Dann hätte ich erst recht alle drauf aufmerksam gemacht.

König Graumähne und sein junger Nachwuchs-Jedi produzierten sich noch ein bisschen. Es war ziemlich klar, was hier abging. Richard zog seine Show ab, weil es ihm eben im Blut lag. Und André demonstrierte mitten im Zeltlager des Feindes seine Nähe zur Krone.

»Jedenfalls«, Richard nahm den Faden wieder auf, »erst mal ein Riesendankeschön an alle, die ihre Nächte und Wochenenden drangesetzt haben. Ihr seid super, Leute. Zusammen zeigen wir mal wieder allen, wo der Hammer hängt. Ansonsten gilt: work hard, play hard! Wenn das hier gelaufen ist, gibt's eine rauschende Party. Ich reiche jetzt mal an Simone weiter, das ist ihre Show. Was, Simone?«

Alle jungen Ehrgeizlinge fühlten sich schwer gebauchpinselt und würden bei den anstehenden Jahresendgesprächen nicht nach einer Gehaltserhöhung fragen, sondern mindestens ein weiteres halbes Jahr freudig ihre Siebzig-Stunden-Wochen schuften. Bei Gold&Habermann nannten wir es das Halbtagsjob-Modell. Acht Stunden bezahlt, sechzehn Stunden gearbeitet. Richard hatte wieder alle auf Spur gebracht, damit sie nicht vergaßen, dass es Lohn genug war, Teil dieses supergroßartigen Teams zu sein, das allen anderen zeigte, was wahre Klasse war. Und schließlich gibt es nichts Cooleres, als zweimal im Jahr mit dem Chef saufen zu gehen. Da fühlt man sich so erhöht. Davon kann man noch seinen Enkeln erzählen. Die alten Hasen, die schon länger dabei waren und

Richard durchschauten, weil sie es mit ihren Untergebenen genauso machten, lächelten versonnen und zollten dem Altmeister Bewunderung. Keiner konnte so gut Scheiße in Gold verwandeln wie König Graumähne im Königspurpur.

Simone lächelte auf Richards Staffelübergabe hin ebenso gequält wie vorhin am Kopierer, was mich hoffen ließ, dass es nicht an mir lag, sondern an etwas ganz anderem. »Wir zeigen euch jetzt die komplette Pitch-Präsentation, so wie wir sie nächste Woche bei Mocona halten werden. Was ich von euch möchte, ist, dass ihr euch Notizen macht, wenn euch etwas auffällt, das ihr verbessern würdet. Wir nehmen alle Anmerkungen auf, diskutieren sie noch einmal im Team und entscheiden, was davon wir bis zur nächsten Woche noch umsetzen können.«

Ich hatte das blöde Gefühl, dass mich Simone die ganze Zeit aus den Augenwinkeln beobachtete, während sie ihre Ansprache hielt. Genauer gesagt, dass sie Eriks Hand fixierte, die wie zufällig auf der Rückenlehne meines Stuhls lag, so dass er mich mit den Fingerspitzen im Nacken kitzeln konnte.

»Erik«, sagte sie, und den spitzen Tonfall bildete ich mir nicht ein, »willst du präsentieren? Oder soll ich?«

»Ich mach schon. Geht gleich los.« Ganz ohne Eile stand er auf und schlenderte vor. Keinen Deut weniger cool als Richard. Mit jedem Schritt ließ er raushängen, dass er hier der Thronerbe war, und nicht André, der dahergelaufene Rippshirt-Scheißer.

Er drückte auf eine Taste am Laptop, der auf dem kleinen Präsentationstisch stand. An der Wand erschien eine Großaufnahme von Ediths Gesicht, verträumter Blick und deutlich mehr Sommersprossen, als ich jemals an ihr gesehen hatte. Das irritierte sie offenbar auch, denn sie tastete sich verwirrt über die Nase. Der Photoshop-Künstler hatte ihr die Wim-

pern verlängert, ihre Haare mit Goldglanz betupft und kleine Sternblumen darauf verteilt, wie bei Sissi, der Kaiserin von Österreich.
Ohs und Ahs flogen durch den Raum.
»Mann, ist das geil geworden«, sagte jemand.
»Küss meine Meisterhände«, erwiderte Max von der Lachsbrötchenwettfressbundesliga.
Erik setzte sein spöttisches Siegerlächeln auf und sonnte sich im bewundernden Raunen. Edith wurde rot, als sich ein paar Leute nach ihr umdrehten. Sie wurde rot! Edith! Ich glaube, ich habe sie noch nie erröten sehen. Höchstens vor Wut, wenn sie einen unglückseligen Diskussionspartner für rassistische frauenfeindliche Äußerungen in Grund und Boden stampft.
»Ladys and Gentlemen«, sagte Erik, »ich präsentiere Rosé, die Göttin der Natur.«
»Rosé?«, flüsterte Edith.
»Prost«, flüsterte ich zurück.
»Unser wunderbar frisches und natürliches Gesicht für die neue Mocona-Kampagne – *Natürlich das Beste, aus den Gärten der Region.*«
Es folgten viele Bilder und viele Diagramme und noch viel mehr Bilder. Und eine interaktive Webseite. Und Verpackungsentwürfe. Und Tabellen mit Zahlen. Aber die nur ganz kurz. Mir wurde klar, warum Richard das Meeting mit einer Rede zur Truppenmotivation eröffnet hatte. Die mussten zu zehnt Tag und Nacht daran gearbeitet haben. Nonstop. Aufgeputscht mit Kaffee und Koks. Oder wenigstens Red Bull.
Zum krönenden Abschluss zeigte Erik die Filme. Sie hatten nun auch Musik und eine Sprecherin, die in Ediths Großaufnahme-Lächeln am Ende säuselte: »Natürlich das Beste, aus den Gärten der Region.« Dann machte es Wusch und Sternenflimmer, und der Mocona-Schriftzug wurde eingeblendet.

Darunter erschienen Marmeladengläschen, die aussahen wie Tante Irmchens selbsteingeweckte Kriegsvorräte anno '44 mit Instagram-Filter.

Erik präsentierte gut. Oder fand ich das nur, weil ich eine rosa Brille aufhatte? In meinem augenblicklichen emotionalen Zustand hätte ich ihm schon für ein gelöstes Sudoku Beifall zur intellektuellen Meisterleistung geklatscht. Aber nein, die anderen waren ebenfalls hingerissen.

»Okay«, sagte Simone am Ende, »was meint ihr?«

Es gab kaum Kritik. Ein paar Hinweise zu Texten. Vorschläge, wie man dies oder jenes schöner formulieren könnte.

»Kannst du noch mal den Film mit den Schlehen zeigen«, bat Moritz. »Da ist ganz am Anfang rechts unten ein kleiner Staubfussel. Den würde ich noch wegmachen.«

»Habt ihr euch mal die Finger von eurer Göttin angesehen?«, fragte André aus dem Hinterhalt. »Die hat dreckige Nägel, das geht so nicht.«

Ich sah, wie Edith den Mund öffnete, und packte ihr Handgelenk, bevor sie was sagen konnte.

»Quatsch«, erwiderte Erik. »Das sind Schatten.«

»Das ist Dreck«, beharrte André. Er stand auf und schlenderte vor. »Schalte mal ins Standbild, Simone.«

Ich konnte beim besten Willen keine Dreckränder erkennen. Edith ist ausgesprochen stolz auf ihre schönen Nägel. Sie sind immer perfekt rundgefeilt und klar überlackiert. Da war nicht ein Hauch von Dreck.

»Hier.« André zauberte von irgendwoher einen Laserpointer und fuhr damit über die Nagelkontur des Daumens. »Mal wieder die Details vergessen, Erik? Genau wie die komischen Blumen in ihren Haaren. Die sind unsauber ausgeschnitten.«

»Sind sie nicht!«, empörte sich Max.

»Ich meine, die sind eh bescheuert. Was haben die mit Früch-

ten zu tun? Aber egal, sie sind schlampig gemacht, und das zieht sich durch die ganze Präsentation.«
Niemand sagte etwas. Ich hoffte, dass Richard dem Typen Einhalt gebot, aber König Graumähne saß nur auf seinem Thron und wartete interessiert, wie sich die Dinge entwickelten.
»Du kannst mich mal am Arsch lecken«, sagte Erik laut und deutlich. »Raus aus meiner Präsentation.«
»Ich finde seinen Input aber sehr wertvoll«, gab Simone zurück, genauso laut und deutlich wie er. Ja, hatte die noch alle Tassen im Schrank? »Wir müssen uns bei Mocona absolut perfekt präsentieren. Da können wir uns nicht mit Achtzig-Prozent-Lösungen begnügen.«
»Das sind aber keine achtzig Prozent.« Erik sah aus, als würde er ihr gern eine runterhauen. »Das sind hundertzwanzig. Findet noch jemand hier im Raum, dass ihre Nägel dreckig sind?«
Allgemeines Schweigen.
»Wir sehen uns das auf jeden Fall noch mal an.« Simone ließ nicht locker. »Ich schreibe es auf die Liste. Was noch, André?«
Täuschte ich mich oder lächelte sie ihn an, die hinterhältige Glitzerziege? Sah so ihre Rache an Erik aus?
»Die schlecht ausgeschnittenen Blumen«, warf André lässig in den Raum. »Der Löwenzahn hat Flecken. Die Schlehen sehen aus, als wenn sie Frostbrand hätten. Zu fleckig, zu dunkel.« Er richtete seine Augen gen Thron. »Sorry, Richard, ich will euch das Meeting nicht versauen, aber genau die Fragen wird Arnos Boss auch stellen. Hat's für ein bisschen Sorgfalt nicht mehr gereicht, oder was?«
Aha. Besagter Arno hatte was mit Mocona zu tun? Und André war sein Skifahrkumpel? Nachtigall, ich hör dir trapsen. Und da trapste nicht nur eine, sondern ein ganzer Käfig voll.

»Entschuldigen Sie«, sagte ich in meinem süßesten Ton, »aber der Löwenzahn kann keine Flecken haben. Der ist digital gebaut. Und deshalb so glatt wie Plastik.«
»Zeig mal den Löwenzahn«, befahl König Graumähne. Simone startete den Film und hielt ihn an, als das Löwenzahnblatt genau auf Ediths Lippen lag. Ich war immens erleichtert, dass das Grün tatsächlich so fleckenfrei glänzte, wie ich behauptet hatte. »André, da hat sie recht«, sagte Richard.
Das nahm dem Stinker für einen Moment den Wind aus den Segeln. Lange genug, dass Erik sein Geschütz neu auffahren konnte. »Sorry, André, wenn ich das so sage. Aber wenn du was nicht klauen kannst, dann machst du es schlecht. Verpiss dich zu deinem Sweet-Lila-Projekt. Sonst erzähle ich mal, wo die Layouts herkommen. Und was die Sweet-Lila-Tussi gesagt hat, als sie deine Entwürfe zum ersten Mal gesehen hat.«
Einen Augenblick lang dachte ich, André würde ein Stuhlbein abbrechen und damit auf Erik losgehen. Ich wette, die Hälfte des Raums dachte das auch. Denn alle atmeten kollektiv auf, als André einen Rückzieher machte.
»Dann reitet euch doch in die Scheiße«, sagte er. »Aber heult hinterher nicht rum, ich hätte nichts gesagt.« Noch im Gehen zückte er sein Handy und drückte darauf herum, um zu demonstrieren, dass er echt Wichtigeres zu tun hatte, als sich mit lauter Dilettanten abzugeben. Was ihm den Abgang versaute, war der Stuhl, den er vorhin beim Aufstehen selbst nach außen geschoben hatte. Der stellte ihm hinterhältig ein Bein. Gerade als er nicht hinguckte, weil er die wichtigen E-Mails auf dem Handydisplay studieren musste. Es schepperte, er stolperte. Irgendwer unterdrückte ein Lachen. Dann schmiss André die Tür hinter sich zu.
»Der hat wohl schlechtes Gras geraucht«, sagte Erik.

»Ich finde trotzdem, wir sollten jeden Input annehmen«, nörgelte Simone.
»Aber nicht, wenn's nur darum geht, die Arbeit schlechtzumachen.« Ich hegte den Verdacht, dass er nur deshalb so höflich mit ihr redete, weil Richard dabei war. Und dass er lieber gesagt hätte: Hast du etwa auch schlechtes Gras geraucht?
Richard sagte überhaupt nichts zu der kleinen Eskalation. Das gab mir zu denken. Betrachtete er das Ganze als Spiel? Nach dem Motto, der Bessere möge die Beförderung zum Partner gewinnen?
Nachdem klar war, dass nicht mehr viel passieren würde, stand er ebenfalls auf. »Ich muss dann mal los«, sagte er. »Meeting mit Plaatschi&Daatschi.« Er zwinkerte mir verschwörerisch zu – er zwinkerte mir zu! – und trollte sich. Es war das Signal für den Ausbruch allgemeiner Disziplinlosigkeit. Die Leute drängelten sich schon vor den Brötchentellern, während Simone noch die letzten Kommentare auf ihr Flipchart schrieb.
Erik schlich sich von hinten an und fasste mich um die Hüften, während er mir ins Ohr flüsterte: »Sehen wir uns heute Abend?« Nahm der überhaupt irgendwas ernst? André hatte ihm fast das Meeting ruiniert, und er fragte mich nach meinen Übernachtungsplänen?
»Was war das gerade eben?«, fragte ich. »Noch so ein K&K-Spielchen?«
»Ist doch alles gutgegangen.«
»Hätte aber auch schiefgehen können.« Ich machte einen Schritt zur Seite, so dass seine Hand von mir abrutschte. »Was hat dieser Typ für ein Problem mit dir?«
Erik zuckte lapidar mit den Schultern. »Kleine Rivalitäten unter Freunden.«
»Besonders freundschaftlich kam mir das aber nicht vor.«

»Er will eben einen Job, den ich auch will.«
Beide wollten sie Partner werden. Ja, klar. »Und den kriegt man, indem man den anderen schlecht dastehen lässt?«
»Ist einfacher, als selbst mehr glänzen zu müssen.«
»Aber Richard ist doch nicht blöd.«
»Genau.« Mit dieser kryptischen Antwort ließ er mich stehen, weil eine blutjunge Praktikantin mit großen blauen Kulleraugen etwas von ihm wollte.
Tja, Schätzchen, dachte ich, er verbringt aber mit mir die Nacht und nicht mit dir.
In einer Ecke hinter der Bar standen Edith und Simone beisammen, etwas abseits vom Rest der Menge. Edith gestikulierte. Sie sah aufgebracht aus. Machte sie Simone ein für alle Mal klar, dass sie gefälligst keine dreckigen Fingernägel hatte? Noch nie gehabt hatte und auch garantiert nie haben würde?
Aber Richard hatte mir zugezwinkert. Das bedeutete, er konnte uns noch leiden. Er fand bestimmt auch nicht, dass da Dreck unter den Fingernägeln war. Ich hoffte, dass er bald die zweite Rate vom Honorar überwies. Dann konnten die von mir aus bei K&K so viele Spielchen spielen, wie sie wollten.

Auf dem Weg zurück ins Büro wirkte Edith so angefressen, dass noch etwas anderes vorgefallen sein musste. Doch als ich sie fragte, schüttelte sie nur den Kopf und sagte: »Später.«
Mitten in der Ginkgo-Allee blieb sie stehen. »Okay. Ich muss es dir sagen.«
»Was musst du mir sagen?«
Sie guckte mich vorwurfsvoll an. »Du hast dich von Erik abschleppen lassen, stimmt's?«
»Also so unromantisch würde ich das jetzt nicht bezeichnen.«
»Hast du oder hast du nicht?«
»Tja«, sagte ich.

»Also du hast.« Ihre Miene verfinsterte sich. »Geht's noch?«
»Ich weiß«, verteidigte ich mich, »never sleep with clients.«
»Bullshit. Darum geht's doch gar nicht.« Sie schüttelte den Kopf, als könnte sie meine unglaubliche Blödheit nicht fassen. »Aber Erik! Dieser arrogante, überhebliche Schönling. Dieser blöde Wichser. Der kann das Wort Respekt nicht mal buchstabieren. Warst du betrunken, oder was?«
»Er ist eigentlich sehr nett«, sagte ich leise.
»Das tarnt er aber ziemlich gut.«
»Muss er ja auch, wenn er mit solchen Typen wie André zu tun hat.«
»Außerdem hat er Simone hängenlassen.«
»Die ihn heute aber auch.«
»Weil er es verdient hat.« Sie seufzte. »Süße, es liegt mir fern, dein Liebesleben zu kritisieren. Von mir aus kannst du dein Bett teilen, mit wem du willst. Ich hab's auch gerade nötig, über die richtigen Liebhaber Vorträge zu halten. Aber ich lasse dich nicht sehenden Auges in dein Verderben rennen.«
»Hör mal«, sagte ich, »wollen wir das vielleicht im Kekshaus diskutieren? Mir frieren hier die Füße ab.«
»Okay.« Sie nickte. »Gute Idee. Da gibt's auch Schnaps. Den wirst du nämlich gleich brauchen.«

15
Schöne Schuhe. Ficken?

»Nee«, sagte ich. »Mit André? Nie im Leben! Das glaube ich nicht.« Edith hatte mir einen Kakao mit Vanille und extraviel Amaretto bestellt. Ich hätte ihn gern in einem Zug heruntergestürzt, doch das ging nicht, weil er so heiß war. »Das hat sie sich nur ausgedacht, um sich zu rächen.«

»Es stimmt aber«, sagte Edith. »Du bist nur eine Trophäe. Wirst sehen, in einer Woche lässt er dich fallen. Also schieß ihn vorher ab, wenn du dir einen Rest Würde bewahren willst.«

»Er hat schon am Tisch meiner Mutter gesessen und ihre Wurstbrote gegessen!«

»Umso schlimmer.«

»Ich frage ihn.«

»Er wäre ja schön blöd, wenn er das zugeben würde.«

»Trotzdem!« Ich konnte nicht so recht ernst nehmen, was Edith da behauptete. Mein Bauchgefühl auch nicht. Deshalb war ich eher verblüfft als am Boden zerstört. »Sie erzählt bestimmt viel, wenn der Tag lang ist. Außerdem sind sich die beiden spinnefeind. Wieso sollten ausgerechnet die eine Wette miteinander laufen haben?«

»Was sich liebt, das neckt sich.« Edith schob mir das Schälchen mit den Schoko-Himbeer-Trüffeln zu. »Hier, nimm einen. So sind sie. Spielen Männerspielchen. Sie schlagen sich die Köpfe ein, und beim Feiern sind sie wieder dicke Freunde.«

»Wir haben im Zoo zusammen Meerschweinchen gestreichelt! Und auf dem Christkindlmarkt hat er mir eine Kette gekauft! Das macht man nicht, wenn's nur drum geht, eine Kerbe in die Liste zu schnitzen!«
»Die Kette ist von Erik? Potthässlich, das Ding.«
»Edith!«
»Sorry.« Schuldbewusst musterte sie einen Trüffelfleck auf ihrem Daumen. »Ich will doch nur dein Bestes, Süße.«
»Indem du mir alles schlechtmachst?«
»Simone sagt, es wäre allgemein bekannt. Jeder kann sich den Kerbenbaum angucken. Heute früh hat sie eine frische Kerbe auf Eriks Seite gesehen. Damit ist er wieder in Führung.«
Nun wurde ich doch ein bisschen wütend. Ob auf Edith oder Erik, wusste ich noch nicht genau. Nur bei einer Sache war ich mir sicher. Nämlich dass Simone garantiert alles andere als edle Absichten hatte. »Und wenn sie das so genau weiß, warum hat sie sich dann mit Erik eingelassen?«
»Vielleicht weil sie dachte, sie wäre was Besonderes und könnte ihn bekehren?«
»Okay.« Ich steckte mir den letzten Schoko-Himbeer-Trüffel in den Mund. »Bevor ich ein Wort davon glaube, will ich diesen Kerbenbaum sehen. Wo ist der?«
»Ich kann ja Simone mal fragen.«
»Ja, mach das«, grummelte ich missmutig.

Der restliche Tag verlief ohne besondere Vorkommnisse. Edith hatte eine Verabredung mit ihrer Cousine Kathrin, die angeblich bahnbrechende Neuigkeiten von der Casa Goldmus zu berichten wusste, und machte sich samt Hund aus dem Staub. Mario räumte die Projektverzeichnisse auf. Kurz vor sechs schickte Simone eine Last-Minute-Änderungsliste, in der nur noch drei kleine Punkte standen.

Kein Wort über dreckige Fingernägel, Schlehenfrostbrand oder Ähnliches.
Ich hatte ihre lächerliche Geschichte vom Kerbenbaum schon fast verdrängt und freute mich darauf, dass Erik sicher gleich anrufen würde.
Um halb sieben schickte ich ihm eine anzügliche SMS.
Um sieben verkündete Mario, dass er die Änderungen gemacht hatte, ich die Filme verschicken könnte und er dann mal weg wäre.
Draußen wurde es dunkel, es begann zu schneien, und *Jingle Bells* lief im Radio. Aber Erik meldete sich nicht.

Ich wartete bis neun, während der Kloß in meinem Hals immer größer wurde. Schwer deprimiert zog ich mir den Mantel an und schlich zur U-Bahn. Von meinem Auto waren unter dem Schneehaufen nur noch Umrisse zu erkennen.
Ich nahm den Weg quer durch den Futura Medienpark, weil der bei K&K vorbeiführte und ich unauffällig nach Eriks Porsche Ausschau halten konnte. Vielleicht war ja sein Handy-Akku leer und er hatte viel zu tun. Ja klar, und eine E-Mail konnte er mir auch nicht schreiben, weil seine Tastatur gerade klemmte. Vielleicht knutschte er aber auch in genau diesem Moment mit der Blaue-Kulleraugen-Praktikantin herum, um seinen Vorsprung vor André auszubauen. Jetzt war mir klar, warum er in aller Öffentlichkeit an mir herumgefummelt hatte. Er musste beweisen, dass die Kerbe nicht geflunkert war.
Natürlich stand der Porsche nicht da. Bestimmt war er mit der Kulleraugentussi essen gefahren.
Bis zur U-Bahn-Station steigerte ich mich immer tiefer in meine Wutfantasien hinein. Auf der Rolltreppe konnte ich kaum mehr klar denken und riss das Handy aus der Manteltasche, um Marty Jones anzurufen. Ich würde mich unver-

züglich mit ihm verabreden. Und dann würden wir … ja, was? Uns besaufen, auf den Gärtnerplatz marschieren und unter Eriks Fenster Obszönitäten grölen? Und wenn er dann runterguckte, uns demonstrativ küssen, während ich ein Transparent mit der Aufschrift *Marty Jones ist der bessere Hengst* schwenkte?

Dreimal verdammt, wollte ich wirklich Pest gegen Cholera tauschen? Ich nahm den Finger von Martys Nummer und rief stattdessen meine Mutter an. Sie ging nicht ans Telefon. Klar. Wenn ihre einzige Tochter sie einmal dringend brauchte, um sich auszuheulen. Ich durchlitt die schlimmste Krise meines Lebens. Wahrscheinlich schlief meine Mutter selig, mit Watte in den Ohren. Und hatte das Licht angelassen, während Rorschach die nunmehr kalte und leere Bettstatt im Gästezimmer begattete, die nur noch schwach nach Erik roch. Ich wollte ein Kilo Spekulatius und Zimtsterne in mich hineinstopfen, *Arielle die Meerjungfrau* gucken und dabei leise vor mich hin schluchzen.

Als Einzige stieg ich an meiner U-Bahn-Station aus. Um diese Zeit hängen hier nur noch Penner und verirrte Partykids herum. Außer wenn Messe ist. Dann kommen Vertreter in zerknitterten Anzügen dazu, die von der fixen Idee besessen sind, dass eine Dreiviertelstunde vom Messegelände entfernt die Hotels billiger wären. Sind sie auch, aber nicht im Preis.

Ein langhaariger Typ mit gestreifter Wollmütze und geschminkten Augenbrauen quatschte mich an. »Schöne Schuhe«, lallte er. Sein Blick wanderte hoch zu meinem Gesicht. »Ficken?«

Ich lehnte dankend ab und wünschte ihm viel Glück bei der weiteren Suche.

Endlich zu Hause angekommen, schlurfte ich durch meine Wäschehaufen (nunmehr sämtlich frisch gewaschen) und

Ediths übrig gebliebene Bücherstapel zur Couch, um dort erschöpft zusammenzubrechen.

Was für ein Scheißtag.

Das Klingeln des Telefons riss mich aus meinen trüben Gedanken. Ich sprang so eilig auf, dass ich mir den Zeh an den Gesammelten Werken von Rosa Luxemburg, Band 5 stieß. Es war es nur Edith.

»Ich hasse ihn!«, heulte ich ins Telefon.

»Gut so, lass es raus«, begrüßte sie mich.

»Ich hasse ihn«, wiederholte ich. »Und Simone hasse ich auch. Die hasse ich am allermeisten.« Mit wundem Zeh und tränendem Blick ließ ich mich zurück aufs Sofa sinken. »Ich bin einfach nicht mehr in der Übung. Mein letzter Liebeskummer ist hundert Jahre her.«

»Bist du bereit, was Schlimmes zu hören?«

»Eigentlich nicht. Er ist wieder mit Simone zusammen, weil sie schwanger ist?«

»Quatsch. Ich habe mich mit Kathrin getroffen. Willst du wissen, wem Goldmus die Unterlassungsklage zu verdanken hat?«

Wen interessierte das? Mich nicht die Bohne. Ich hatte existenziellere Sorgen. Zum Beispiel, ob Erik der Kulleraugentussi wohl Tagliatelle mit Trüffeln kochte. Oder ob er sie im nächsten Club abfüllte und direkt ins Schlafzimmer führte, ohne Umweg über die Küche. Oder ob die glitzernde Simone in die Küche gedurft hatte.

»Mocona!«, verkündete Edith. Sie machte eine Pause, um das Wort besser wirken zu lassen. »Hörst du mir zu? Mocona hat sie verklagt. Die gleichen Mocona-Arschlöcher, für die ich jetzt Bravo-Postergirl des Monats spiele. So eine Scheiße! Wenn einer von Goldmus das sieht, reden die kein Wort mehr mit mir.«

Oder vielleicht nahm sie ihn mit zu sich in ihre süße rosa Schnuffelpraktikantinnenwohnung, wo sie erst mal die gelbe Stoffmaus und den blauen Plüschuhu vom Bett räumen musste, bevor sie sich mit ihm in den Lotterkissen wälzen konnte.

»Die haben sich heimlich, still und leise ein Herstellungsverfahren patentieren lassen, das Goldmus und die anderen kleinen Obstverarbeiter auch benutzen, und jetzt klagen sie sie aus dem Markt. So schalten sie ganz mies die Konkurrenz aus, um ihren aromaverstärkten Pseudobio-Mist in die Läden zu bringen.«

Dann würden sie wilden Sex haben, und Erik hätte mich schneller vergessen, als ich Fössenhausener Sudelbauernmarkt sagen konnte. Bestimmt hatte sie längere Beine und ein schöneres Dekolleté als ich (Kunststück!), und ihre Haare sahen auch nicht wie nasse Mäuseschwänzchen aus, wenn mal zwei Schneeflocken drauf schmolzen.

»Und weißt du, was die allergrößte Frechheit ist? Die bei Goldmus dürfen mit der Geschichte nicht an die Presse gehen. Die haben eine Stillschweigeverpflichtung unterschreiben müssen, damit das Image von Mocona nicht geschädigt wird. Verfügung vom Gericht! Und wenn sie doch was sagen, müssen sie Strafe zahlen. Kannst du dir das vorstellen? Diese Dreckstypen, marschieren hier mit ihrem Heer aus Anwälten ein und machen kleine Firmen kaputt!«

»Wahrscheinlich ist sie strohdumm«, platzte ich heraus. »Aber Denken wird eh total überbewertet.«

»Mocona?«, fragte Edith, hörbar irritiert. »Die sind nicht dumm. Die wissen genau, was sie tun.«

»Ich, ähm«, sagte ich geistreich.

»Julia? Bist du betrunken oder high oder so?«

Trunken von unerwiderter Liebe. Geplagt von Herzschmerzen. »Also ja, das ist blöd.« Wo waren die Zimtsterne?

»Das ist eine Vollkatastrophe. Wir haben unsere Seelen an den Teufel verkauft.«
So drastisch hätte ich das jetzt nicht ausgedrückt. Aber sie hatte recht, wenn ich es mir so überlegte. Unsere Ideale strudelten die Klospülung runter. Wir konnten ihnen nur noch nachwinken, während sie mit Klopapierfetzen und ungeliebten Goldfischen in den braunen Fluten der Kanalisation versanken.
Lebt wohl, ihr süßen, kleinen Ideale, wir hatten euch immer lieb.

16
Scheiß auf den Prinzen, ich nehme das Pferd

Ich schlief grässlich und träumte schlecht.

Im Traum terrorisierten mich Erik, ein Holzfäller und eine zehn Kilo schwere, schwarz-weiß gefleckte Katze. Der Holzfäller verklagte mich, weil ich seine Goldfische im Klo hinuntergespült hatte. Als Beweismittel präsentierte er ein Kerbholz, in das er die Namen der Opfer geschnitten hatte. Mitten im Prozess tauchte Erik mit der Katze auf seiner Schulter auf, die mir ins Ohr flüsterte, dass sie mich schon kriegen würden, wenn ich damit an die Presse ginge. Das Letzte, woran ich mich erinnere, ist, dass ich schreiend in einem Becken voller Schlehen versank. Während Klopapierfetzen auf mich niederregneten.

Erik hatte sich natürlich nicht gemeldet.

Und sein Porsche war auch nicht da.

Im Büro führten Edith und Mario eine heftige Verschwörungsdiskussion. Sie quälte ihn mit der Frage, wie man die drei Filme heimlich von den K&K-Servern löschen könnte, so dass Mocona sie nicht in die Finger bekam.

»Wie soll ich das denn machen?«, fragte Mario.

»Keine Ahnung. Ich dachte, du kannst so was!«

Er warf mir einen verzweifelten Blick zu. Da wollte seine Herzensdame, dass er ihr den goldenen Apfel vom Baume pflückte, und er kam nicht an den Ast ran.

»Das wäre sowieso keine gute Idee«, sagte ich. »Außerdem ist es ja nicht so, als hätten wir Professor Moriarty siebzig Kilo Plutonium überlassen, damit er die Welt zerstören kann.«

»Genau«, pflichtete Mario mir erleichtert bei.

Edith warf mir einen bösen Blick zu. »Die Kerben sind in einen Stützbalken geschnitzt«, sagte sie. »Falls es dich interessiert. Nordgalerie, zweiter Stock Mitte, in einer offenen Besprechungsecke.«

»Ich bestelle mir gerade T-Shirts«, vermeldete Mario, während ich in meinen Mantel schlüpfte. »Soll ich dir eins mitbestellen?« Er hielt einen A4-Ausdruck hoch, auf dem *Scheiß auf den Prinzen, ich nehme das Pferd* stand. Und darunter mit Bleistift gekrakelt eine vierbeinige Schimäre, die zu gleichen Teilen aus Maultier, Ziege, Tisch und Wischmopp bestand. »Ich habe schon ein Design gemacht!«

»Super«, murmelte ich.

Mit Robespierre an der Leine marschierte ich zu K&K, wild entschlossen zu was auch immer nötig war. Der Kleine hoppelte die Stufen hoch, freudig erregt, wieder ins Foyer seiner Träume zu dürfen. Das mit den Kois und dem iDog-Napf und den hübschen Frauen, die ihm das weiße Fell puschelten, während sie entzückte kleine Quietschlaute ausstießen.

Das Cappuccino-Mäuschen freute sich auch. »Hey, Julia!«, begrüßte sie mich. »Hast du deinen süßen Hundi dabei?«

Ich war beeindruckt. Sie wusste meinen Namen, ohne nachzugucken? Aber dann dämmerte mir, dass das auch andere Ursachen haben konnte. Zum Beispiel eine neue Kerbe in einem gewissen, K&K-weit bekannten Wettstreit. Womöglich war die mit Namen beschriftet? Die Börsennews sind ja gleich vergessen, wenn es stattdessen brandaktuelle Infos gibt, wer sich auf der Firmenweihnachtsfeier mit wem im Damenklo eingeschlossen hat. Mir wurde ganz anders.

»Ich treffe mich kurz mit Simone«, stammelte ich.

»Soll ich sie anrufen?«

»Brauchst du nicht.« Zum Glück gewann ich meine Fassung schnell genug zurück. »Ich gehe gleich hoch. Aber könntest du Robespierre solange nehmen?«

»Er heißt Robespierre?«, quietschte sie. »Ist ja süß.«

Ich lächelte souverän und durchquerte das Foyer, als gehörte ich hierher. Auf halber Treppe hielt ich inne. Nordgalerie, hatte Edith gesagt. Bedeutete das, dass es hier mehrere Galerien gab? Was, wenn ich auf der Westgalerie stand und mich heillos verirrte?

Ich ging weiter, bis ich nicht mehr im Sichtbereich der Empfangstheke war, und schaltete die Kompass-App auf meinem iPhone ein.

Kompassstörung, beklagte sie sich. Und forderte mich auf, das Handy mehrfach doppelhelixförmig um sich selbst zu drehen. Ich stellte mir vor, welches Bild ich für einen Beobachter aus dem Foyer abgeben würde, wenn ich einen sterbenden Flamingo im Licht des untergehenden Bambushains schattenboxte, und steckte das iPhone zurück in die Tasche. Meine Bereitschaft, mich in der Öffentlichkeit zum Affen zu machen, hat Grenzen.

Im zweiten Stock gab es tatsächlich Stützpfeiler, aber die waren nicht aus Holz, sondern aus Beton. Das fing ja gut an. Die offene Besprechungsecke erwies sich als unauffindbar. Dafür gab es jede Menge Glastüren. In der Mitte des Korridors kam mir eine adrett gekleidete Dame mittleren Alters entgegen und wünschte mir einen guten Tag. Ich tippte auf Buchhaltung oder Human Ressources. Mist, dachte ich, als sie an mir vorbei war. Die hätte ich fragen können. *Entschuldigen Sie, wo geht's denn hier zum Kerbenbaum? Das soll eine berühmte Sehenswürdigkeit in Ihrem Hause sein, die jüngst erweitert wurde?*

Oder hatte Simone mich doch aufs Kreuz gelegt und sich alles nur ausgedacht?
Die Tür neben mir stand halb offen. Vielleicht verbarg sich dahinter die Besprechungsecke mit dem Corpus Delicti?
Tat sie aber nicht. Es war nur ein leeres Büro. Ich hätte mich rückwärts wieder rausgeschlichen, wenn ich nicht an der gegenüberliegenden Wand einen A2-Ausdruck von Edith mit Sissi-Blümchen im Haar erspäht hatte.
War das Eriks Büro? Vielleicht fand ich hier schon alle Beweise. Okay, ich war hergekommen, um einen Kerbenbaum zu suchen. Aber vielleicht fand ich stattdessen ja etwas anderes? Besseres? Zu meiner Entschuldigung sei gesagt, dass ich nicht zurechnungsfähig war. Übermüdet und von Liebeskummer ausgelaugt sind Leute schon auf schlimmere Ideen gekommen. Vor allem, weil mich keiner tröstete. Nicht mal die engste Familie. Die hatte Watte in den Ohren und ging nicht ans Telefon.
Der Schreibtisch sah chaotisch aus. Um einen Bildschirm und eine Dockingstation für den Laptop stapelte sich ein Durcheinander aus Papier. Ausdrucke, Schmierzettel, Zeitschriften, herausgerissene Seiten. *Hi, André,* stand auf einem Klebezettel am Tischrand, *Herr Gelbmann bittet um Rückruf.* Unterzeichnet mit *S.* und einer Blume.
Ach herrje. Das war nicht Eriks Büro. Ich war ins feindliche Feldherrenzelt gestolpert. Eine ausgedruckte E-Mail weckte mein Interesse, Betreff *Schwarzliste.* Von einem *Arno Gelbmann.* Arno, wie Skifahren an der Zugspitze? Voilà! Mir schwante, dass das hier wichtig sein könnte. Fast so wichtig wie der Kerbenbaum.
Ich warf einen Blick über die Schulter. Die Luft war rein. Eilig schnappte ich mir das Blatt und überflog den Text. *Hi, André, wie besprochen.* Und dann folgte eine lange Liste von Schlag-

wörtern, die auf keinen Fall in der Mocona-Kampagne verwendet werden durften. Untendran hing noch älterer E-Mail-Verkehr, aber den las ich nicht mehr.
Bevor mich doch noch jemand erwischte, raffte ich alle zugehörigen Seiten zusammen und stopfte meine Beute in meine Manteltasche.
Gerade noch rechtzeitig.
Eine Sekunde nachdem ich mit hart klopfendem Herzen Andrés Büro verlassen hatte, tauchte Simone an der Treppe auf.
»Hey«, rief sie quer über den Korridor, »wie geht's dir?«
Wunderte sie sich nicht, was ich hier zu suchen hatte?
»Nicht so toll«, murmelte ich und ärgerte mich im gleichen Moment. Was ging sie mein Liebeskummer an?
»Hey, Edith hat mir alles erzählt.« Sie blieb vor mir stehen und zog ein Ach-du-Arme-Gesicht. »Tut mir echt leid. Ich hätte dich vorwarnen sollen.«
Nun packte mich wirklich der Groll. Wie kam Edith dazu, mein Liebesleid in alle Welt hinauszuposaunen? Warum nicht gleich eine Rundmail schicken? *An alle – FYI: Julia hat sich von Erik flachlegen lassen, der derzeit die Poleposition in diesem unglaublich spannenden Rennen hält. Wird sie es schaffen, den Kerbenbaum rechtzeitig zu erreichen? Bleiben Sie dran, meine Damen und Herren! Und jetzt das Wetter.*
»Stimmt das mit den Kerben?«, fragte ich patzig. »Oder stimmt es nicht?«
»Ich zeige sie dir, wenn du mir nicht glaubst.« Wie überaus aufmerksam von ihr.
Wir mussten wieder ganz nach unten und uns durch die Menschenmassen im Foyer kämpfen, die sich in den letzten zehn Minuten materialisiert hatten. Plaatschi&Daatschi, Workshop Tag zwei. Ein Typ spannte rund um den Koiteich Ab-

sperrkordeln, während ein anderer mit einer langen Stange darin herumfuhrwerkte.
»Ist einer reingefallen?«, fragte ich.
»Irgendein Idiot hat die Fische mit Paprikachips gefüttert.«
Ich warf einen Blick zu Robespierre, der selig seinen iDog-Napf mit den Pfoten umschlungen hielt. Die rote Brühe im Fischbecken war mir gar nicht aufgefallen. Die armen Kois. Erst wurden sie mit Amarettini beworfen, dann kriegten sie die Schwanzflossen mit Paprika versengt.
Auf der Nordgalerie war richtig was los. Leute standen in Grüppchen auf den Korridoren. Es herrschte eifriges Kommen und Gehen. Ich sah sogar bekannte Gesichter. Max und Moritz kamen uns entgegen. Sie trugen Kaffeetassen und Brötchen vor sich her. Mir wird es ewig ein Rätsel bleiben, wie Leute, die so verfressen sind, so gertenschlank sein können.
Im zweiten Stock ging es ruhiger zu. Die offene Besprechungsecke war zum Glück verwaist. Ich hätte es auch schwer ertragen, meine Schmach vor Zeugen in Augenschein zu nehmen. Nur ein einsamer Trinkbecher aus Plastik lag auf dem Teppich herum.
»Da«, sagte Simone.
Da stand er.
Ein viereckiger Betonpfeiler voller Permanentmarker-Striche. Zwei Spalten waren säuberlich mit ERIK und ANDRÉ beschriftet. Obendrüber hatte ein unbekannter Künstler zwei Strichmännchen in der Kamasutra-Pose des betörenden Schmetterlings verewigt. (Nicht zu verwechseln mit dem sehr ähnlichen glühenden Wacholder, und fragen Sie lieber nicht, woher ich das weiß.)
Es handelte sich also nicht um ein Kerbholz im eigentlichen Sinne, sondern um einen Kerbbeton. Manche Striche waren

schwarz, andere rot. Und das Allerwichtigste, daneben waren mit Bleistift kleine Erläuterungen angebracht.
Bei André lauteten die letzten zehn Einträge wie folgt:

S.D.
Lili
?
Susanne ♥ To be verified!

Schmierfleck.
Noch ein Schmierfleck, und doppelt schwarz drübergekrakelt, als wollte jemand ganz sichergehen, dass das, was da mal gestanden hatte, niemand mehr lesen konnte.

Plaatschi&Daatschi girl I
~~*Plaatschi&Daatschi girl II*~~ *(außer Küssen nix gewesen)*
M.L. ~~*Mathias hehe*~~
S.S.

Und Erik ließ sich auch nicht lumpen.

Ulli von HR
A.-K. L. (Auto)
Ein Gentleman genießt und ~~*schweigt*~~*. ← jetzt sag!*
Plaatschi&Daatschi girl I
die Nenn-mich-Tiernamen-Tussi
G.
~~*F.L.*~~ *Doch! beweis auf anfrage*
Kaktuskeks (!!!) Touch down!
S.S.
Julia N.

Julia N.
Volltreffer.
Da leuchtete er mir entgegen, der Schandfleck. Wie in flammenden Lettern auf meine Stirn gebrannt. Und meinen Namen auch noch auszuschreiben, der Wichser! Hätte er es nicht einfach bei J. belassen können? Oder *Die coole Vampirbraut mit den unwiderstehlichen Schmolllippen*?
Etwas hören und es mit eigenen Augen sehen sind zwei ganz verschiedene Paar Schuhe.
Jetzt hatte ich es gesehen. Und das Allerschlimmste war, dass die Schmähschrift nicht mal abging, als ich versuchte, sie mit Spucke am Daumen wegzurubbeln. Im Gegensatz zu den anderen Inschriften war diese hier nämlich mit rotem Permanentmarker verfasst anstatt mit Bleistift. Deshalb leuchtete sie auch richtig schön heraus.
Ich riss einen Stift vom Whiteboard und schmierte blaue Wellenlinien über meinen Namen, bis man ihn nicht mehr lesen konnte. Erschöpft drehte ich mich zu Simone um. »Wie lange geht das schon?«
»Seit ich hier angefangen habe«, gab sie säuerlich zurück. »Zwei Jahre.« Die Listen reichten von Kopfhöhe bis knapp unter meine Knie. Nicht schlecht, Herr Specht. »Da drüben ist die andere.« Sie deutete auf eine zweite Säule, die von oben bis unten beschmiert war. »Die war irgendwann voll. Ich muss dann übrigens ins Meeting. Nimm's nicht so schwer. Er ist ein Arsch. Du hättest ihn eh nicht haben wollen.«
Auf dem endlos langen Weg zurück ins Foyer sackte die ganze Schwere der Erkenntnis von meinen Haarspitzen bis runter in meine Zehennägel.
Falls es Simones Ziel gewesen war, mir die Petersilie zu verhageln, dann war ihr das gründlich gelungen. Ich glaube, das letzte Mal, dass ich mich so gefühlt hatte, war in der zweiten

Klasse an der Michaelis-Grundschule in Oberaudorf. Als der Huber-Martin mir am Schulbus den Sportbeutel klaute und in den Graben schmiss. Die Sportlehrerin zwang mich, in meiner mit rosa Häschen bedruckten Unterwäsche mitzuturnen. Sie dachte, ich hätte das Sportzeug absichtlich vergessen, um mich vor dem Test im verhassten Bockspringen zu drücken. So widerfuhren mir gleich zwei Strafen Gottes auf einmal. Mir beim Bockspringen das Schambein zu prellen, und das auch noch in Hasenunterwäsche, während der Huber-Martin und seine Stinkerfreunde sich kaputtlachten.

Im Foyer standen immer noch so viele Leute herum. Mir kam es vor, als starrten sie mich alle an oder flüsterten hinter vorgehaltener Hand: *Hey, sieh mal, ist das nicht die Julia N.? Die von der Siegessäule im zweiten Stock? Nee, echt? Die hab ich mir viel schlanker vorgestellt. Und diese Frisur!*

Ich schnappte mir Robespierre, der jaulend Protest erhob, weil sich noch Munchie-Crunchies für den aktiven Schoßhund in seinem iDog-Napf befanden, in vier appetitanregenden Farben. Die, die er von Edith nie kriegt, weil sie ihrem Hund nur gesundes Futter kauft. »Komm«, befahl ich, »wir gehen!«

Ungefähr in diesem Augenblick trat Erik durchs große gelbe Eingangsportal. Im Lammfellledermantel, die Cabrio-Frisur perfekt verwuschelt, Dreitagebart, den Porsche-Schlüssel noch in der Hand.

Ein paar Plaatschi&Daatschi-Girls lächelten ihm zu, das lüsterne Gedankengut in Großbuchstaben auf ihre makellos gepuderten Stirnen geschrieben. Er lächelte charmant zurück. Und das, während ich mit Robespierre verloren in der Menge stand, gedemütigt und auf die Liste abgeliebter Permanentmarker-Striche entsorgt.

Erwähnte ich, dass sich Übermüdung, seltsame Träume und

Liebeskummer höchst negativ auf meine Zurechnungsfähigkeit auswirken? Ich ließ ihn nicht mal dazu kommen, *Hallo, Julia* zu sagen.

»Erik Wallenstein!« Zur Bekräftigung meiner mörderischen Absichten stieß ich ihn gegen die Brust. »Du bist das größte Arschloch, das mir jemals untergekommen ist!« Ich gab mir keine Mühe, leise zu reden. Tatsächlich brüllte ich wohl aus voller Kehle. Anders lässt sich nicht erklären, dass ich für den restlichen Tag meine Stimmbänder mit Honig-und-Rum-Tee kurieren musste. Auch dass wir schlagartig die Aufmerksamkeit des gesamten Foyers auf uns zogen, deutet darauf hin, dass ich, gelinde gesagt, schrie wie eine wildgewordene Walküre auf der Opernbühne.

Es dauerte dann auch geschlagene zwei Sekunden, bis er Widerworte fand. »Sorry.«

»Sorry?«, brüllte ich. »Ist das alles, was dir dazu einfällt?«

»Könnten wir das vielleicht woanders ausdiskutieren?«

»Können wir nicht!«

Auf den Galerien sammelten sich immer mehr Zuschauer, die im Falle von Mord und Totschlag darauf hofften, einen Blick auf die Blutlachen ergattern zu können.

»Es tut mir wirklich leid. Aber musst du deshalb gleich so ein Drama veranstalten?«

»Ein Drama nennst du das? Sag mal, kapierst du eigentlich überhaupt irgendwas?« Ich sah rot. Vielleicht war's auch der Koiteich. »Du blöder, bescheuerter Wichser! Fass, Robespierre.«

Das ließ sich der Hund nicht zweimal sagen. Er hielt das alles für ein lustiges Spiel und schoss Erik wie eine puschelige Kanonenkugel zwischen die Beine.

Erik stolperte, blieb an einem Absperrpfosten hängen und verlor das Gleichgewicht. Mit mörderischem Geschepper riss er die benachbarten Poller um und taumelte rückwärts, während sich gestreiftes Absperrband und ein kleiner weißer Yorkshireterrier unauflösbar zwischen seinen Füßen verhedderten. Ich hechtete ihm nach, nun ernstlich um Robespierres Wohlergehen besorgt, und kriegte ihn gerade noch zu fassen. Also Robespierre, nicht den Mann.

Letzterer stürzte kopfüber in die fein gewürzte rote Fischsoße. Ein kollektiver Schrei löste sich von den Lippen des Publikums. Vereinzelter Beifall brandete auf. Ich klemmte mir Robespierre unter den Arm, der schlimmer zappelte als ein gepfefferter Koi, und stürmte zum Ausgang.

An der Tür packte jemand meinen Arm und zog mich beiseite. Richard höchstpersönlich. »Warte, Julia«, sagte er, sachlich und leise. »Was hat er angestellt?«

»Meinen Namen klar und deutlich auf eine gewisse Säule geschmiert.« Warum sollte ich mich zurückhalten? Jetzt, wo es jeder wusste?

»Diese dämlichen Kindsköpfe.« Richard runzelte die Stirn, als habe er seine zwei fünfjährigen Neffen mal wieder an den Ohren nach Hause schleppen müssen, weil sie Äpfel in Nachbars Garten geklaut hatten. »Tut mir leid. Das hätte nicht passieren dürfen.«

»Nein, hätte es nicht.«

»Ich kümmere mich darum.« Worum auch immer.

Ich machte mich los, bevor mir die Tränen in die Augen traten. Vor Richard loszuheulen hätte bedeutet, auch noch den letzten Rest meiner Würde zu verlieren.

Also wünschte ich ihm erhobenen Hauptes einen guten Tag und marschierte mit Robespierre unterm Arm aus dem Foyer, während Erik prustend und platschend mit den Kois um Oberwasser kämpfte.

Ich entließ Robespierre aus meinem Klammergriff und stapfte

zombiegleich (muss … weg … muss … heulen … muss …) zu unserem Büro. Ich war am Boden zerstört.
Im Büro legte ich Mario die geklaute E-Mail-Konversation auf den Tisch, wünschte ihm und Edith noch ein schönes Leben und zog von dannen. Ich wollte nur noch sterben.
Auf den Treppen zur U-Bahn klingelte mein Telefon. Die Nummer hatte ich noch nie gesehen. Womöglich ein Kunde? Ich ließ den Anruf auf die Mailbox laufen und schaltete danach das Handy aus. In meinem Zustand mit einem Kunden zu sprechen konnte nur geschäftsschädigend enden.

17
Wer schwankt, hat mehr vom Weg

Den Rest des Tages verbrachte ich damit, meine Wohnung endlich mal wieder gründlich aufzuräumen und zu putzen und die sonstige Hausarbeit zu machen. Ich entlud meine Aggression in ungemachte Wäscheberge, wo sie zwischen Pullis und gestreiften Socken verpuffte. Danach war ich noch deprimierter und heulte leise in die frisch gewaschenen Handtücher.

Als ich zum Briefkasten ging, um die Post zu holen, traf ich Sonja und zwang sie, sich meine traurige Geschichte in voller Länge anzuhören. Sie tröstete mich mit Hühnerfleisch-Reisklößchen-Suppe und setzte mir ihren schnurrenden Kater auf den Schoß, was zu einem weiteren Heulkrampf meinerseits führte. Der Kater flüchtete vor meiner laufenden Nase. Nun war es offiziell. Keiner liebte mich. Am Ende überredete Sonja mich, mit ihr und ihrem neuen Freund ins Kino zu gehen. Denn Frau Hasmeyer, die Mutter von Herrn Hasmeyer, passte auf ihr Kind auf, und sie konnte endlich, seit Jahren, wieder einmal sorglos abends ausgehen. Wenigstens eine, dachte ich schniefend, die ihr Glück gefunden hatte.

Ich brezelte mich auf wie seit meinem ersten Date mit Marty Jones nicht mehr. Nur falls mir rein zufällig Erik über den Weg lief. Damit er wusste, was ihm entging! Stundenlang stylte ich meine Mäuseschwänzchen, bis sie vage Ähnlichkeit mit Kate Beckinsales *Underworld*-Vampirbraut-Frisur bekamen. Dazu zog ich meine engste Jeans und meine einzige Bluse mit Glitzer an. Edith hat sie mir vor Jahren geschenkt. Der Fummel ist so dünn, dass man ihn nur im Hochsommer tragen kann, ohne sich totzufrieren. Zum Ausgleich hat er einen prachtvollen schwarzen Kunstfellkragen, unter dem man sich totschwitzt (am Hals), sobald die Außentemperatur über neunzehn Grad steigt. Der Vorteil ist, dass es unglaublich sexy aussieht. Sogar wenn ich das Ding trage. Ich komplettierte meinen Verführer-Look mit den unbequemen hochhackigen Schuhen, in denen ich mir schon Blasen laufe, ehe ich halb die Treppe hinunter bin.

Herr Hasmeyer fuhr uns mit seinem Vertreter-Kombi ins Kino. Ich hockte auf dem Rücksitz zwischen Kisten voller Prospekten, einer Laptoptasche und zerknüllter Folie und knisterte mit meinen Absätzen auf leeren Plastikflaschen herum.

»Wollen wir uns nicht endlich mal duzen?«, fragte er munter. »Ich bin der Carsten.«

Sonja kicherte verliebt.

Mir war kalt. Außer am Hals. Da bildete sich ein kratziger Schweißfilm. Ich war unglücklich. Mein Herz war gebrochen. Ich wollte überhaupt nicht ins blöde Kino.

In der Stadt war, wie jedes Jahr kurz vor Weihnachten, die Hölle los. Wir suchten etwa hundert Jahre einen Parkplatz, bloß um dann doch im Drei-Euro-pro-Stunde-Parkhaus unter dem Kino zu landen. Sonja und Carsten turtelten, dass es einem schlecht werden konnte. Sie hielten Händchen und benahmen sich auch sonst wie verliebte Trottel. Also genauso wie Erik und ich vor zwei Tagen. Aber zwischen unserem gemeinsam verbrachten Wochenende und meiner jetzigen Weltuntergangsstimmung schienen Lichtjahre zu liegen. Lichtjahre, die hinter meinem Tränenschleier verschwammen.

Unüberwindbare Hindernisse türmten sich zwischen uns auf. Namentlich eine Betonsäule mit vielen Permanentmarker-Strichen und Fischsuppe mit Paprikachips. Frierend und mit schmerzenden Blasen an den Fersen stöckelte ich den Frischverliebten hinterher.

Im Kino-Foyer empfingen uns eine von Schweiß und Popcornduft gesättigte Atmosphäre und ungefähr tausend andere Kinogänger, die Tickets, Popcorn oder beides gleichzeitig kaufen wollten. Und die aufs Klo mussten. Oder auf ihre Freundin warteten. Der Lärm war unbeschreiblich.

»Wir haben nicht zufällig schon Karten bestellt?«, fragte ich, immer noch heiser vom nachmittäglichen Heulen.

»Aber es ist Mittwoch«, sagte Sonja.

»Wann warst du das letzte Mal in München im Kino?«

Ihr Blick war Antwort genug. »So ist das hier immer. Also auf in den Kampf. Was sehen wir uns an?«

»Hilfe, mein Freund ist ein Vampir.«

Carsten lächelte verständnisvoll. Mir wurde klar, dass er sich für Sonja auch *Hanni und Nanni im Märchenwald* in der Extended Version mit Kommentaren vom Regisseur der Teletubbies angeguckt hätte.

Wir standen fast so lange an den Kassen, wie wir einen Parkplatz gesucht hatten. Als wir endlich an die Reihe kamen, war unser Wunschfilm leider ausverkauft. Aber es gab noch Karten für einen Film namens *Rette mich,* der zur gleichen Zeit anfing.

»Ist der auch romantisch?«, fragte Sonja den Kartenverkäufer. Ganz offensichtlich hatte sie in den letzten Jahren anderes zu tun gehabt, als Trends in der Filmplakatgestaltung zu verfolgen. Sonst wäre sie schon von selbst draufgekommen, dass eine langhaarige Blondine im Nachthemd mit schmutzigen nackten Füßen, von hinten in Graugrün beleuchtet, ein ande-

res Genre suggeriert. Vor allem, wenn die Titelschrift mit einem rostigen Nagel in den Untergrund gekratzt ist.
»Ich glaub schon.« Der Typ an der Kasse hatte auch keine Ahnung, aber Stress, weil hinter uns vierhundert ungehaltene Kinobesucher ebenfalls Tickets kaufen wollten. »Doch, doch, Romantik ist da dabei.«
»Ich glaube nicht ...«, setzte ich an.
»Könnt ihr euch mal etwas beeilen?«, nörgelte eine Frau hinter mir.
»Dann nehmen wir drei Karten«, sagte Sonja.
Carsten bezahlte. Wir kriegten 3-D-Brillen dazu. »Reihe zwei, Platz drei bis fünf«, las er uns vor.
Auf den drei Stufen zum Kinosaal knickte ich um und verstauchte mir den Knöchel. Diese High Heels waren echt das Letzte. Mir blieb völlig unverständlich, wie Edith den ganzen Tag in solchen Schuhen herumrennen konnte. Oder Simone. An die hätte ich jetzt besser nicht denken sollen. Frustriert und unglücklich kratzte ich mich unter meinem verschwitzten Fellkragen. Nicht dass sich auch nur ein Mensch für mein Outfit interessierte. Alle waren damit beschäftigt, Chips in sich hineinzustopfen oder aufzupassen, nicht totgetrampelt zu werden. Wofür also das ganze Leiden? Für anderthalb Stunden Survival-Splatter-Horror in der ersten Reihe rechts außen mit 3-D-Brille, damit ich die auf mich zufliegenden Blutstropfen in Stereo genießen konnte? Andererseits kann man die Brille absetzen, wenn der Film zu eklig wird. In unscharf lässt sich nicht mehr entscheiden, ob das Weiße auf dem Kopf jetzt Hirnmasse oder ein Brautschleier ist.
Sonja und Carsten plauderten über Küchenkräuter. Es stellte sich heraus, dass Herr Hasmeyer sich nicht nur mit Rentenversicherungen, sondern auch mit Basilikum und Rosmarin hervorragend auskannte. Was für ein Tausendsassa. Und ich

hatte ihn nicht gewollt. Ich wollte lieber Erik, der Petersilie nicht von Austernpilzen unterscheiden kann. Aber der wollte mich nicht. Warum kriegt man immer was anderes als das, was man will?

Ich ächzte vor Erleichterung, als ich endlich in meinen Kinosessel sinken durfte. Ungeachtet des klebrigen Bodens schleuderte ich sofort die hochhackigen Folterinstrumente von meinen Füßen.

Die beiden Plätze zwischen mir und dem Treppenaufgang waren noch frei. Vielleicht war es mir ja vergönnt, dass die Kartenbesitzer nicht auftauchten.

Das Licht ging aus und die Werbung los.

Ich dachte an Erik und grämte mich.

Eine Viertelstunde später waren die Plätze immer noch frei. Womöglich war das Schicksal wirklich mal auf meiner Seite. *Alles neu macht der Mai, Möbel-Müller eins-zwei-drei,* trällerte es von der Leinwand. *Jetzt neu in Unterföhring! Einbauküchen auf über zweitausend Quadratmetern!*

Gibt's was Schöneres als Regionalwerbung im Kino? Ist fast so gut wie Rotwein aus dem Tetrapack, wenn man Liebeskummer hat. Oh, ein Reim, wenn auch ein unreiner. Mein Herzschmerz wollte nicht weichen.

Fünf Minuten vor Filmbeginn – wir waren schon mitten in den Filmvorschautrailern – tauchte doch noch ein Pärchen auf. Die beiden näherten sich von der falschen Seite des Saals und drängelten sich an sämtlichen Leuten vorbei. Der Typ fuchtelte mit einem hell strahlenden Handy-Display herum. Im anderen Arm hielt er einen Jumbo-Eimer Popcorn. Vor Carsten blieb er stehen und leuchtete ihm ins Gesicht. Dann starrte er auf seine Karte.

»Ey, hier steht zwei und eins«, teilte er seiner Begleiterin mit.

»Geh weiter«, drängte sie.

Er hielt erneut inne, diesmal direkt vor mir. »Welcher Platz is'n das hier?«
»Weiter!«
»Ja, aber …« Erneut zog er die Karten hervor und sah drauf. »Eins und zwei. Ey, versteh ich nich.« Die größte Leuchte war er nicht. Ich deutete stumm auf die zwei freien Plätze neben mir. Er funzelte noch eine Zeitlang mit dem Handy herum, um sich zu überzeugen, dass die Sitze tatsächlich mit den Nummern eins und zwei beschriftet waren. Es schien ihn freudig zu überraschen, dass die beiden Zahlen direkt nebeneinanderlagen.
»Ey, Cindy! Hier!«
Die junge Dame drängelte sich an ihm vorbei, um sich ganz außen hinzusetzen. Beim Ausziehen seiner Jacke schüttete er den Jumbo-Eimer auf seinem Sitz aus. Etwas Popcorn landete auch auf mir.
»Ey, sorry!« Hilfsbereit wollte er sie von mir absammeln. Ich konnte gerade noch seine Hand auffangen, bevor er mir in den Fellkragen langte. »Geht schon«, presste ich hervor und klaubte sie selbst aus meinem Dekolleté.
»Idiot«, flüsterte Sonja neben mir.
Ich seufzte. Es passte perfekt zum Abend.
Ein zuckergussbunter Trailer flimmerte über die Leinwand. Zickenkrieg an der Highschool, die Cheerleader-Königin zankt sich mit der Heldin, Marke Kampf-Barbie. *Ich reiße dir jede Wimper einzeln aus,* tönte die blöde Kuh. *Und ich trete dir in die Fotze!,* zickte Kampf-Barbie zurück.
»Ey, Fotze!« Mein dumpfbackiger Sitznachbar brach in eine Art Ziegenbocklachen aus und stieß seine Begleiterin an. »Ey, die hat Fotze gesagt! Hast du gehört?« Er kicherte noch eine Zeitlang vor sich hin. Hach, die einfachen Freuden.
Dann begann der Film. Irgendwo im amerikanischen Mittel-

westen, da, wo immer die Aliens landen, jagte ein Cowboy auf einem Pferd zwei Kälbern nach. Das erste fing er mit seinem Lasso ein und brachte es in die Umzäunung zurück. Dann folgte er der Spur des zweiten, das über einen Hügel geflüchtet war. Die Fährte endete vor einem tiefen schwarzen Loch. Dramatische Musik setzte ein. Das Kalb war nirgends zu sehen.

»Ey, versteh ich jetzt nicht«, sagte Dumpfbacke.

»Was verstehst du nicht?«, zischte seine Begleitung.

»Ey, alles, ey!« Popcorn raschelte zwischen seinen Zähnen.

Der Cowboy warf einen Stein ins Loch. Nichts geschah. Er beugte sich hinunter. Etwas schnellte mit so ohrenbetäubendem Kreischen aus dem Loch, dass wir alle zurückzuckten. Reiß- und Fressgeräusche, ein abgehackter Schrei, Close-up auf den weit aufgerissenen Mund des Cowboys, durch den sich ein Tentakel bohrt. In 3-D.

Ich warf einen Blick zur Seite. Sonja hatte die Hände vors Gesicht geschlagen. Carsten beugte sich begeistert vor. Wenigstens einer, der Spaß hatte.

Schnitt auf eine Bürotür bei der Polizei. *Victoria Langham* stand an der Tür. Ein gutaussehender Mann stürmte in den Raum und brüllte, dass er sofort mit ihr reden müsse. Er riss die Tür auf, Schnitt auf eine attraktive Rothaarige, die überrascht von ihrem Schreibtisch aufblickte, Großaufnahme auf sein kantiges Gesicht, ein Pfundskerl von Mann, der fleischgewordene American Dream. Es wird klar, das ist der Held. *Vicky,* rief er aus, *da bist du ja!*

Neben mir ertönte das schon bekannte Ziegenbocklachen.

»Ey, ficken, hehe! Hast du gehört?« Begeistert stieß Dumpfbacke seine Begleiterin in die Seite. »Ey, der hat ficken gesagt!« Popcorn spritzte nach allen Seiten. Eins traf mich überm Ohr.

Ich hatte es gewusst.
Ich hätte zu Hause bleiben und mich mit Rotwein betrinken sollen.

Der Einzige, der den Kinoabend genoss, war Carsten. Wer hätte gedacht, dass er auf Horrorfilme steht? Ja, wenn einer schon Rentierkrawatten trägt. Stille Wasser sind tief. Sonja zuliebe heuchelte er Entsetzen über die menschenfressenden Tentakelmonster und versprach, sich zur Entschädigung mit ihr *Keinohrhasen* auf DVD reinzuziehen.
Ich platzte vor Neid. Außerdem war ich zutiefst verletzt, weil weder Edith noch meine Mutter angerufen hatten, um sich nach meinem Wohlbefinden zu erkundigen. Was, wenn ich mir in meiner Verzweiflung etwas angetan hätte? Auch Erik hatte es nicht für nötig gehalten, mir wenigstens eine Entschuldigung auf die Mailbox zu sprechen. Niemand interessierte sich für mich. Ich litt still vor mich hin, bis mir einfiel, dass ich mein Telefon in der U-Bahn ausgeschaltet hatte. Vor fast zwölf Stunden. Verflixt noch mal. Kein Wunder, dass nichts piepste.
Sobald es wieder im Netz war, piepste es nämlich doch. Wie wild. Acht neue Nachrichten, verkündete die Mailbox. Ein Dutzend SMS und Unmengen ungelesener E-Mails blinkten. Die Hölle war los gewesen, während ich heulend meine Wäsche bügelte. Ich las die letzte SMS zuerst. Sie war von Edith, erst zwanzig Minuten alt und lautete: *Bitte melde dich, ich mache mir Sorgen. Fährst du jetzt noch ins Büro oder nicht?*
Das war Balsam für die Seele. Es tat so gut, dass ich erst einen Moment später den zweiten Teil ihrer Botschaft begriff.
Ins Büro? Um diese Zeit?
Ich hörte die Mailbox ab, während wir in der Ausfahrt-Schlange des Parkhauses anstanden. Zwei Nachrichten kamen von

Edith, drei von Erik. Erik? Ich riss mich zusammen und fing mit Edith an.
Sie klang ein bisschen atemlos, im Hintergrund rauschte Verkehrslärm. »Hey, ich bin unterwegs und total unsicher, ob ich das Büro abgeschlossen habe. Könntest du bitte, bitte, bitte noch mal vorbeifahren und die Tür checken? Tausend Dank!«
Die zweite Nachricht war schon dringlicher. »Süße, lebst du noch? Nicht dass du dir was angetan hast. Okay, war ein Witz. Wahrscheinlich hast du dich ins Koma gesoffen. Falls nicht, könntest du bitte, bitte noch mal im Büro vorbeifahren und nachsehen, ob die Tür abgeschlossen ist? Ich bin in Augsburg bei Achim und schaffe es vor morgen früh nicht zurück. Und Mario kann ich auch nicht erreichen. Bitte melde dich! Ciao ciao! Melde dich bitte, okay?«
Wer zur Hölle war Achim?
Ich bat Carsten, einen Umweg über den Futura Medienpark zu machen, und tippte unterwegs eine Antwort an Edith. Dann erst nahm ich mir Eriks Nachrichten vor. Ich hasse es, das zuzugeben, aber mir zitterten vor Aufregung die Hände.
Die erste SMS, geschrieben um 12:30 Uhr, lautete: *Bist Du auf LSD? – E*
Wichser.
Die zweite, 14:15 Uhr: *Ruf bitte an.*
14:47 Uhr: *Das ist nicht lustig.*
17:45 Uhr: *Fuck, ich war das nicht!!!*
17:47 Uhr: *Hör auf mit dem Scheiß und geh ans Telefon. Bitte!!*
17:48 Uhr: *Ich kann das über Stunden.*
17:49 Uhr: *Ruf mich zurück, okay?*
19:13 Uhr: *Zu Hause bist Du auch nicht. Shit happens :(*
19:17 Uhr: *All I need is love – E*
22:35 Uhr: *Hab Deinen Tiger als Geisel und werde ihn benutzen. Außer Du gehst an Dein Scheißtelefon. – E*

Carsten bremste vor der Einfahrt zum Medienpark-Gelände und ließ mich aussteigen. »Gute Nacht!«, riefen sie mir beide nach.
»Arbeite nicht so lange!«, fügte er hinzu.
»Nimm dir das alles nicht so zu Herzen!«, sagte Sonja.
Dann stand ich allein in dunkler Nacht. Ich starrte auf mein Handy-Display und scrollte durch die Nachrichten, unschlüssig, ob ich mich freuen oder wütend sein sollte. Erik tat, als wäre diese Kerbenbaum-Geschichte ein Kavaliersdelikt. Keiner weiteren Erwähnung wert. Andererseits wollte er mich wohl doch nicht sang- und klanglos fallenlassen. Sonst hätte er mir kaum ein Dutzend SMS geschickt. Oder ging's ihm nur darum, ein funktionierendes Arbeitsverhältnis aufrechtzuerhalten? Nur für den Fall, dass Mocona sich noch Änderungen an den Filmen wünschte? Vielleicht hatte auch Richard ihm den Kopf gewaschen, und nun musste er das Ganze wieder kitten.
Eine winterliche Böe machte mir klar, wie eisig kalt es war und wie dünn meine Glitzerbluse. Ich stöckelte in Richtung Ginkgo-Allee. Bei jedem Schritt taten meine Fersen noch weher. Die gelbe K&K-Fassade strahlte unter einem Netz von tausend Weihnachtsglitzerlämpchen. Im funkelnden Schein entdeckte ich den stahlgrauen Porsche und blieb wie vom Donner gerührt stehen.
Es war das einzige Auto in dieser eisigen Winternacht, mit einer dünnen Schicht Rauhreif auf den Scheiben. Hieß das, Erik saß noch im Büro? Mir wurde ganz heiß vor Aufregung. Ich presste das Telefon ans Ohr, um die übrigen Nachrichten abzuhören, und setzte mich wieder in Bewegung. Meine Mutter hatte zurückgerufen, um zu fragen, warum ich angerufen hatte. Ich klickte weiter. Dann kam die erste Nachricht von Erik: »Julia? Hallo?« Klick. Tütüüt.

Die zweite war schon etwas länger. »Hi, Julia, ich bin's, Erik. Keine Ahnung, was vorhin in dich gefahren ist. Aber falls es wegen unserer Verabredung war, es tut mir leid. ES TUT MIR LEID. Ich hab's verschwitzt. Also ich wollte mich melden, aber dann … ach egal. Ich erzähl's dir in Ruhe. Ruf bitte mal an, wenn du das abhörst. Ciao.«

In welcher Welt lebte der Mann?

17:32 Uhr. »Hi, Julia, ich noch mal. Das ist alles ein Missverständnis, ein großes, riesiges, gigantisches, schreckliches Missverständnis. Bitte ruf mich sofort an! Irgendjemand hat Scheiße gebaut, und jetzt bin ich schuld. Ich war's aber nicht! Ich hätte das niemals gemacht. Es ist nicht so, wie du denkst, okay? Also bitte ruf an und hör auf, mich zu hassen. Ich backe dir auch Schokomuffins, obwohl ich überhaupt keine Schokomuffins backen kann. Aber für dich würde ich es …«

Piiiieeep. Ende der Ansage.

Hinter unserem Bürofenster brannte Licht. Es dauerte zwei Sekunden, bis mir bewusst wurde, dass das dort nicht brennen sollte. Entweder Edith hatte vergessen, es auszumachen, oder jemand war eingebrochen und die Versicherung würde nicht zahlen, weil wir die Tür nicht abgeschlossen hatten.

Was sollte ich jetzt tun? Okay, erst mal die Lage checken. Ich schlüpfte aus den Schuhen, um mich mit den klappernden Absätzen nicht schon von aller Weite zu verraten. Der Schnee unter meinen Strümpfen war eisig kalt. Aber er kühlte auch ganz wunderbar meine wunden Fersen. Auf Zehenspitzen schlich ich zur Tür. Leise, gaaaanz leise drehte ich den Knauf herum. Tatsächlich, die Tür war unverschlossen. Ich schob sie einen Spaltbreit auf und lugte um die Ecke. Niemand in der Küche, okay. Es roch nach kalter Zigarettenasche. Aus dem Büro drangen leise Stimmen. Es waren mindestens zwei Männer.

So ein verdammter Mist.
Ich überlegte, mich in eine Ecke zurückzuziehen und die Polizei zu rufen. Aber ich hätte schon gern gewusst, wer da in unserem Büro war. Also drückte ich mich todesmutig an die Wand und ließ die Tür geräuschlos wieder ins Schloss gleiten.
»… soll ich denn machen?«, sagte der eine. Die Stimme kam mir bekannt vor, aber irgendwas stimmte nicht damit. Ich hätte schwören mögen, dass es Mario war. Aber er lallte. Er musste ordentlich einen in der Krone haben. War er mit einem seiner komischen Nerd-Kumpels durch die Bars gezogen, und sie hatten hier auf dem Heimweg Station gemacht? Es passte eigentlich nicht zu ihm, aber stille Wasser sind tief, wie ich gerade an Carsten gesehen hatte.
»Ist doch total klar«, lallte eine andere Stimme. »Du mussi erobern! Schenkst ihr was Schööönes! Machst ihr Komplimente.«
»Sie hält Komplimente für Relikte von … äh, frauenfeindlichem Postkapitu…tu…talis. Ach nee. Was wollte ich sagen? Komplimente sind zwecklos.«
Okay. Es war Mario. Und er sprach über Edith. Aber wer zur Hölle betrank sich da mit ihm?
»Vielleicht ist es auch ein optisches Problem.«
»Wie meinst'n das?«
»Na, so … optisch eben. So rein wisch… visuell.«
»Versteh ich jetzt nicht.«
»Ich will dir nicht zu nahe treten, aber … sorry.« Ein Klirren. »Fuck.« Dann ein Ächzen. »Also, was ich meine, ist, geh doch mal ssum Friseur.«
»Wieso? Was stimmt nich mit mein' Haaren?«
»Ganz ehrlich?«
»Ganz ehrlich. Sag.«

»Die sind totaaal unsexy.«
»Wieso?«
»Weil –« Er seufzte tief. »Fuck, weil sie unsexy sind. Guck doch mal in'n Spiegel. Und diese T-Shirts …«
Ein gekränkter Tonfall schlich sich in Marios Stimme. »Was stimmt nich mit mein' T-Shirts?«
»Also die sinn' schon lustig. Hier, ich hab 'ne Idee.« Ich hörte einen Stift über Papier kratzen. »Wer schwankt, hat mehr vom Weg. Geil.« Er kicherte. »Aber die meisten Frauen … steh'n nich so drauf.«
Und da fiel es mir wie Schuppen von den Augen. Ich hatte ihn nur noch nie im Suff erlebt. Deshalb hatte ich die Stimme nicht gleich erkannt. Erik höchstpersönlich war es, der Mario da mit Ratschlägen versorgte. Deshalb stand sein Porsche noch auf dem Hof. Meine Verwirrung war grenzenlos. Ich ließ meine Schuhe auf den Boden fallen und trat um die Ecke ins Büro.
Die beiden erschraken halb zu Tode.
»Julia!«, entfuhr es Erik.
»Was machst du denn hier?«, echote Mario.
Die beiden boten ein Bild fortgeschrittener Verwahrlosung. Erik saß auf dem Fußboden, den Rücken gegen das Sofa gelehnt, die Beine ausgestreckt. Seine Augen waren blutunterlaufen und glänzten vom Alkohol. Er hatte sich meinen Häkellöwen (meinen Häkellöwen!) auf die Schulter gesetzt. Ihm gegenüber lag Mario auf dem Bauch, die Beine angewinkelt und von unten gegen meine Schreibtischplatte gestützt. Unter die Ellenbogen hatte er sich die Couchdecke geklemmt. Zwischen ihnen standen eine halbvolle Flasche Johnny Walker, zwei leere Rotweinflaschen, eine leere Flasche Tequila und ein Teller mit ungefähr zwanzig ausgequetschten Limettenhälften. Als Trinkgefäße dienten ihnen zwei weiße Plastik-

becher. Dazwischen lagen A4-Seiten herum, die mit unleserlichem Gekrakel beschmiert waren. In einem dritten Plastikbecher schwammen Unmengen von Zigarettenstummeln.

»Julia, freust du dich, dass ich nicht ertrunken bin?«, lallte Erik. Er war wirklich sternhagelvoll. Beim Versuch aufzustehen riss er die Rotweinflaschen um und stolperte rücklings gegen das Sofa. Triumphierend hielt er den Häkellöwen hoch, den er im Sturz noch aufgefangen hätte. »Das wäre nämlich beinahe passiert und dann …« Er grinste, charmant wie eh und je. Sogar mit drei Promille im Blut. »Dann hätt' ich dir ja gar nicht mehr sagen könn', dass das alles ein Mist… Missverständnis war.«

Tief im Innern hatte ich so sehr gehofft, dass er reumütig bei mir auftauchte, mit einer Erklärung, die ich ihm abkaufen konnte. Aber diese Sache mit ihm im Vollrausch auszudiskutieren, während Mario bescheuerte Kommentare nuschelte, überstieg meine Kräfte.

»Ich hab das mit der Geisel nich so gemeint.« Er ließ sich in die Couchpolster sacken und guckte hoch zum Striptease-Tiger. »Dei'm Tiger würd ich nie was zuleide tun, ich hätte dem die Streifen gekämmt und …« Er kicherte. »Ich rede Bullshit, was? Dem Tiger die Streifen kämmen?«

Mario fiel in das Gelächter ein.

Sein Blick fiel zurück auf den Löwen in seiner Hand. »Und du biss … bisst'n ganz Süßer, was? Genau wie … dddein Frauchen.«

Ich wusste nicht, ob ich lachen oder heulen sollte. Oder mich ebenfalls betrinken. Ich ärgerte mich, weil ich das Gefühl hatte, nicht ernst genommen zu werden. Zugleich war ich unendlich erleichtert, dass Erik, anstatt sich mit der Kulleraugentussi zu vergnügen, sein Leid mit Mario im Alkohol ertränkte.

»Ich rufe mir jetzt ein Taxi«, erklärte ich so sachlich wie möglich. »Und lasse mich nach Hause fahren.«
»Nimmst du mich mit?«, fragte Erik.
Wie konnte er mich nur so in Versuchung führen?
Und wie konnte ich nur so standhaft bleiben?
Ich bückte mich und pflückte ihm den Löwen aus der Hand.
»Nee, sorry«, sagte ich.

18
No Atomstrom in my Wohnhome

Am nächsten Morgen weckte mich Edith mit einer Tüte frischer Croissants. Robespierre schoss mit unerträglicher Energie durch meine Wohnung und brachte in Unordnung, was ich mühsam aufgeräumt hatte. Ich war verkatert und müde, und das, wo ich doch keinen Tropfen getrunken hatte.

Während der Kaffee durchlief, erzählte ich Edith von den Abenteuern meines gestrigen Tages. »Wer ist übrigens Achim?«

»Nicht, was du denkst.« Sie grinste. »Mein Cousin. Ich hab ihm beim Umzug geholfen. Die Story mit dem Fischbecken ist nobelpreisverdächtig.«

»Aber was soll ich denn jetzt machen?«, klagte ich. »Er hat Stein und Bein geschworen, dass er das mit der Kerbe nicht war.«

»Glaubst du ihm etwa?«

»Simone hat ein ernsthaftes Interesse, uns auseinanderzubringen.«

»Ach, Julia«, sagte Edith in diesem mütterlichen Tonfall, den sie manchmal kriegt und den ich an ihr hasse, »du musst noch viel lernen, was Männer angeht.«

»Aber du hast die Weisheit mit Löffeln gefressen?«

»Nee.« Sie nahm den Kaffee von der Heizplatte und goss uns zwei Tassen voll. »Ich muss auch noch viel lernen. Siehe

Thiago. Man lernt nie aus. Aber Regel Nummer eins: Männer sind Schweine.«
Ich dachte an Marios unerwiderte Liebe zu ihr und ließ den letzten Teil unkommentiert.
»Dabei weißt du die neuesten Neuigkeiten noch gar nicht.« Versonnen rührte sie Zucker in ihren Kaffee. »Deine geklaute E-Mail war eine Goldgrube.«
»Echt?« Die hatte ich über all dem Ärger schon wieder vergessen. »Was stand drin?«
»Zugangsdaten zu Moconas Marketing-Austauschserver. Mario hat gestern Nachmittag ein bisschen gewühlt und sich alles runtergezogen. Da liegt eine Menge Zeug rum, und nicht nur Marketing. Ich glaube nicht, dass das da liegen soll. Andererseits«, sie schürzte die Lippen, »findet man das laut Mario auch nur, wenn man gründlich sucht. Und Mario ist einfach der Beste.«
»Sag ihm das mal, dann freut er sich.«
»Ach Quatsch, dann steigt es ihm nur zu Kopf.«
Ich sag's ja. Ein Trauerspiel.
»Was habt ihr auf diesem Server gefunden?« Ich tauchte mein Croissant in den Kaffee.
Das war ja spannender als im Krimi. Wir klauen dem übermächtigen Bösewicht geheime Daten, durch die offenbar wird, dass er die Vernichtung der Welt plant. Und das durch mein Zutun, weil ich mir im rechten Augenblick eine ausgedruckte E-Mail von André, dem Handlanger des Satans, unter den Nagel gerissen habe.
Ihre Stimme senkte sich zu einem verschwörerischen Tonfall herab. »Unter anderem ein ellenlanges Dokument von ihren Patentanwälten, in dem die internen Kommentare noch drinstehen. Mario denkt, sie haben es auf den Server gelegt, damit jemand anders es sich runterladen kann, weil es zu groß war,

um per E-Mail verschickt zu werden. Und dann, tata, haben sie vergessen, es zu löschen.«
»Wow. Das ist interessant für Goldmus, oder?«
»Kann man so sagen.« Sie grinste selbstzufrieden. »Da sind ein paar krumme Sachen bei der Patenterteilung gelaufen. Wir haben jetzt einen Namen dazu.«
Mir schwirrte der Kopf von so viel kriminalistischer Aufregung schon bei der ersten Tasse Kaffee des Tages. »Und jetzt?«
»Ich habe es Kathrin geschickt. Die soll es ihren Anwälten zeigen.«
»Du hast ...« Vor Schreck blieb mir ein Stück Croissant in der Kehle stecken. »Du hast ein Dokument, das ihr vom Mocona-Server geklaut habt, an die Konkurrenz geschickt? Das ist Diebstahl und Industriespionage! Wenn das jemand zu uns zurückverfolgt, werden wir unseres Lebens nicht mehr froh!«
»Mario sagt, dass das kein Mensch zurückverfolgen kann. Er hätte unsere IP verschleiert oder so.« Sie zuckte mit der Schulter. Für den Kampf der Gerechten ist kein Berg zu gewaltig und kein Risiko zu groß.
»Ist das jetzt gut oder schlecht?« Ich hatte keine Ahnung, wie man eine IP verschleiert. Oder was eine IP überhaupt ist.
»Na, das ist gut!« Sie schob mir die Tüte hin.
»Morgen ist große Mocona-Endpräsentation«, seufzte ich. »Dann kriegen wir die zweite Rate. Und wenn wir unser Geld haben, können wir endlich mit Farbbeuteln ihre Werbeplakate beschmeißen.«
»Ja«, seufzte Edith. »Das wäre schön.«
Ganz gegen ihre Gewohnheit aß sie auch noch die zweite Hälfte ihres Croissants.

Wir tauchten erst kurz vor zwölf im Büro auf.
Zu Ediths Überraschung war von Mario nichts zu sehen. Mich überraschte das weniger als die Tatsache, dass sie die Verwüstungen des gestrigen Abends spurlos beseitigt hatten. Nur die leeren Flaschen neben dem Abfalleimer in der Küche kündeten noch vom feuchtfröhlichen Abend. Sogar der Zigarettenrauch hatte sich weitgehend verflüchtigt. Dafür war es ziemlich kalt.
Auf meinem Handy hatten sich zwei SMS von Erik eingefunden, eine von drei Uhr dreißig in der Nacht, die andere um vier, in der er verkündete, jetzt ohne mich schlafen zu gehen und ich ja nicht wüsste, was ich verpasse.
Sie waren beide ziemlich süß, was mich in beschwingte Stimmung versetzte. Edith dagegen erinnerte mich gleich vorsorglich daran, dass Erik ein mieser Dreckskerl war. Meine Theorie, dass Simone womöglich selbst meinen Namen an diese Säule geschrieben hatte, wollte sie nicht hören.
Ich erledigte ein bisschen Schreibkram und telefonierte potenzielle Auftraggeber ab. Nach dem Mocona-Job musste es schließlich weitergehen. Die unbekannte Nummer von gestern Mittag war ein Honighersteller namens Wiesenlust, der sich erkundigen wollte, was es kostete, bei uns einen Imagefilm zu produzieren. Ich rief sie zurück, erreichte nur den Anrufbeantworter und schickte eine E-Mail hinterher. Dann telefonierte ich mit einer alten Schulfreundin, die beim Marketing einer Firma für Ökomode arbeitete und die mir versprach, bei ihrem Chef ein gutes Wort für uns einzulegen.
Edith recherchierte derweil im Internet alles über den Feind. Als Erstes fand sie die Verbindung zwischen André und Arno Gelbmann von Mocona. »Hier steht's!«, verkündete sie. »Arno Gelbmann, Strategic Director Future Markets. Der ist ein hohes Tier. Hängt direkt unter Zacharias Weinstein.«

»Dem Kerl mit der Blondinenphobie«, sagte ich. »Marketingdirektor Europa.«
»Ha! Ich hab's!«, meldete sich Edith erneut. »André und Arno waren zusammen in Frankreich an einer Schnösel-MBA-Uni.«
Das erklärte einiges. Aber wenn sie zusammen Skifahren gingen, mussten sie sich ja schon länger kennen. Und Richard hing auch irgendwie in der Connection mit drin.
Gegen drei setzten wir uns auf einen langen, gemütlichen Nachmittagskaffee ins Kekshaus. Ich nahm mein Handy mit, falls Erik anrief. Oder Wiesenlust. Wir versuchten Mario zu erreichen, weil wir uns langsam Sorgen um ihn machten.
Um fünf – es war schon dunkel – tauchte er mit Erik im Schlepptau vor der Bürotür auf. Allerdings war mir das nicht gleich klar. Ich wollte den jungen Mann, der da ohne Einladung in unsere Küche latschte, schon wieder achtkantig rausschmeißen, da machte er den Mund auf und sprach mich an. »Hi, Julia. Wie findest du es?«
Vom Donner gerührt starrte ich ihn an.
Mario sah mich verunsichert an. »Nicht gut?«
Ich reckte beide Daumen hoch, während ich versuchte, meine Sprachfähigkeit wiederzuerlangen. »Wow«, sagte ich, nie ums rechte Wort verlegen.
Erik hinter ihm grinste stolz wie Oskar. Mir wurde klar, dass das sein Werk war. Mario hatte sich wie durch Zauberhand vom hässlichen Nerdlein in einen blonden Prinzen verwandelt. Er war immer noch schmal und blass, aber der Rest? Ich war schier von den Socken.
Sein dünner, schmutzig blonder Wikingerzopf war verschwunden. Stattdessen hatte Eriks Achtzig-Euro-Friseur ihm einen Kurzhaarschnitt verpasst, der sein Gesicht aufs Vorteilhafteste in Szene setzte. Wenn ich nicht irrte, hatten

sich auch ein paar hellere Strähnen ins neue honigblonde Deckhaar verirrt. Es sah gigantisch aus. Der gleiche Friseur hatte ihm die Augenbrauen gezupft, die nun nicht mehr über der Nase zusammenwucherten, sondern sich in zwei ordentlichen dunklen Bögen wölbten. Mir fiel vielleicht zum allerersten Mal auf, dass er richtig hübsche Augen hatte.
Das war aber nicht die einzige Veränderung. Ganz oder gar nicht, lautete Eriks Motto. Er hatte Mario eine khakifarbene Cargohose aufgenötigt, die ihm so was wie Hüften und einen Hintern verlieh. Dazu dunkelbraune Trekking Boots anstatt der abgelatschten Turnschuhe, für den Hauch von Marlboro Man. Das gerippte weiße Langarm-Shirt hatte keinen Aufdruck. Schade. Aber nein, halt! Die gesteppte schwarze Weste, die er darüber trug, war auf dem Rücken mit einer coolen Grafik versehen. *No Atomstrom in my Wohnhome*. Und einen Ohrring hatte er auch! Eine kleine Holzscheibe, von der eine winzige silberne Indianerfeder herabbaumelte, mit einem noch winzigeren Türkis am Ende.
»Oh mein Gott«, hauchte ich. Schlagfertig wie nur was.
»Gut?«, fragte er.
»Bombastisch.«
Nun gesellte sich auch Edith zu uns. Als sie Erik sah, verfinsterte sich ihre Miene. »Dass du dich hierher traust«, fauchte sie. Mario würdigte sie keines Blickes. »Wenn sie es dir nicht sagen will, dann sag ich es dir. Arschlöcher wie du können uns gestohlen bleiben. Erst behandelst du Simone wie Dreck, und dann ziehst du die gleiche Show mit Julia ab. Aber so läuft das nicht!«
»Edith«, sagte Mario mit einer Autorität in der Stimme, die ich so noch nie von ihm gehört hatte, »es reicht.«
Sie fuhr zu ihm herum. »Und wer bist du eigentlich, dass du mir …« Ihre Augen wurden groß. »Mario?«

»Könntest du dich bitte wieder einkriegen?«
Ein Ausdruck vollkommener Fassungslosigkeit breitete sich auf ihrem Gesicht aus. »Was ist mit dir passiert?«
»Wir waren einkaufen«, sagte er leichthin.
»Du meine Fresse.«
»Gefällt es dir?«
Sie musterte ihn von oben bis unten. Er drehte sich einmal um sich selbst. »Geil«, sagte sie, als sie den Spruch auf seinem Rücken entdeckte. »Wo hast du den coolen Ohrring her?«
»Pancho Villa«, sagte Erik.
»Sagt mir nichts.«
»Kleiner Ethno-Laden am Gärtnerplatz. Die kaufen ihr Zeug direkt von den Künstlern.«
»Ich habe dir übrigens was mitgebracht«, sagte Mario. Er nestelte eine graue Pappschachtel aus seiner Hosentasche. Es war unübersehbar, dass er sein neues Selbstbewusstsein noch üben musste. Die Hände zitterten ihm vor Aufregung. »Hier. Ich hoffe, es gefällt dir.«
Sichtlich verwirrt wickelte sie es aus. Im Schächtelchen lag ein Anhänger an einem Lederband, eine schwarze Scheibe, in die mit Silber ein lustiges Maya-Vogeltier eingesetzt war. Es erinnerte mich stark an die Strichmännchen auf der Siegessäule, aber ich weiß, wann ich die Klappe zu halten habe.
»Von indigenen Maya-Kunsthandwerkern in unzugänglichen Andendörfern hergestellt.« In Marios Augen blitzte Humor. Was so alles zum Vorschein kommt, wenn die Haare gekürzt werden. »Die einmal im Jahr mit ihren Lamas in die Täler ziehen, um ihren Schmuck gegen Jeans und Diesel zu tauschen.«
»Das ist aber schön«, stammelte sie. Ich konnte sehen, wie ihr Herz schmolz. Er hatte sie eiskalt erwischt. »Danke!« Dann warf sie Erik einen Blick zu. »Mit dir bin ich noch nicht fertig.«

»Ich hab das nicht an die Säule geschrieben«, sagte er. »Ich kann verstehen, dass ihr die Liste fragwürdig findet, aber es ist nicht so, wie es aussieht.«
»Wie ist es denn dann?«, fragte sie lauernd.
Er kam nicht zum Antworten, denn genau in diesem Augenblick klopfte es an die Tür. Das ging ja zu wie im Taubenschlag.
Ich machte auf, und vor mir stand Simone. Was wollte die denn hier? Und wieso als Überraschungsbesuch? Hätte sie nicht vorher anrufen können? Was, wenn wir nackt gewesen wären? Oder high?
Leicht verzögert bemerkte ich, dass sie nicht allein war. Hinter ihr standen drei weitere Leute. Einer davon war André. Bevor ich mich fragen konnte, was das zu bedeuten hatte, schmetterte Simone mir einen fröhlichen Gruß entgegen. »Wir waren gerade in der Gegend!«, verkündete sie. Kunststück, die Entfernung zwischen unserem Kellereingang und K&K beträgt hundert Meter Luftlinie. »Da dachte ich, wir schauen kurz rein. Ich habe Neuigkeiten!«
Edith zog sich ins Büro zurück.
Glühend heiß fiel mir die geklaute E-Mail ein. »Aber es gibt doch gar nichts zu besprechen«, stieß ich hervor.
»Doch, gibt es«, jubilierte Simone. Sie war in blendender Stimmung. Ganz so wie am ersten Tag beim Pre-Production-Meeting. »Können wir kurz reinkommen? Der André kennt euer Büro noch nicht.«
Sie drängelten sich in die Küche, bevor ich ein weiteres Wort sagen konnte. Robespierre verbellte sie halbherzig, was ihm einen bösen Blick von André eintrug.
Simone zuckte bei Eriks Anblick ein bisschen zusammen. »Du bist ja auch hier«, sagte sie lahm.
»Was wird das?«, fragte er.

André streckte mir die Hand entgegen. »Wir haben uns noch nicht richtig einander vorgestellt.«
Ich ignorierte die manikürten Finger. »Doch«, sagte ich. »Schon zweimal.«
Sein Blick war mir unangenehm. Diese Profikiller-Augen, echt gruselig. Die schmalen Lippen. Nee. Dem wollte ich nicht im Dunkeln begegnen.
»Habt ihr Richards E-Mail nicht gelesen?«, fragte Simone.
»Welche E-Mail?«, gaben Erik und ich synchron zurück.
Sie fummelte an ihrem Smartphone herum und drückte es mir in die Hand. »Ist vor zehn Minuten rausgegangen. An alle Beteiligten.«
Oh-oh.
Hallo, zusammen, schrieb Richard, *in unserem Mocona-Pitch-Projekt gibt es unverzüglich organisatorische Änderungen. Ab sofort übernimmt André von Erik die Kreativdirektion. Alle inhaltlichen Fragen sind mit ihm zu klären. Alle Abstimmungen mit dem Kunden laufen direkt über MICH. Keine weitere Diskussion. Simone, bitte Strahlkraft entsprechend briefen. R.*
Erik und ich waren in cc gesetzt. Mir wurde schlecht. Vor allem, weil ich an den unseligen Koiteichsturz denken musste. Und an Richards Worte neben der Tür. Ich kümmere mich darum. War es meine Schuld, dass er Erik das Projekt wegnahm und uns André vor die Nase setzte? Ich wusste jetzt schon, dass das nicht gutgehen würde. Ich brauchte André nur anzusehen, um zu wissen, dass wir niemals auf einen grünen Zweig miteinander kommen würden.
Erik, der über meine Schulter mitgelesen hatte, zog scharf die Luft ein. Damit hatte er nicht gerechnet.
Und ganz beiläufig, so dass alle es sehen konnten, legte André seinen Arm um Simones Taille. Tief genug, dass seine Hand

auf ihrem Hintern ruhte. Sie tat nichts, um ihn abzuschütteln. Im Gegenteil. Sie lächelte triumphierend. Da fiel mir die Inschrift S.S. auf der Säule wieder ein. Die auf beiden Listen gestanden hatte. Simone Schöneberger. So ein durchtriebenes Luder! Warf sich gleich dem nächstbesten Aufsteiger an den Hals!

Mario drängelte sich an uns vorbei ins Büro. Hoffentlich, um verräterische Spuren zu entfernen. Wie zum Beispiel gewisse herumliegende geklaute E-Mail-Ausdrucke.

»Sekunde«, sagte Erik. Sein Blick war mörderisch. Er zückte sein Handy und wählte eine Nummer. »Richard?«, fragte er. »Ich bin's, Erik. Hör mal, hier muss ein Miss–« Er lauschte. »Was?« Wieder Stille. »Das kann nicht dein Ernst … Was? Hör mal, das ist die größte Scheißidee, die ich … Vergiss es. Ich werde ganz bestimmt nicht …«

Das Telefonat verlief nicht gut, und er beendete es abrupt. Für einen Moment fürchtete ich, er würde tätlich werden. Wurde er aber nicht. Er musterte André nur von oben bis unten. »Darüber reden wir noch«, sagte er. Und zog grußlos von dannen.

Ich stand da wie ein begossener Pudel und wusste nicht, was ich tun sollte.

»Dann wäre ja alles geklärt«, zwitscherte Simone. »Habt ihr auch eine Besprechungsecke?«

Schweigend führte ich sie ins Büro, deutete aufs blaue Sofa und rollte zwei Stühle heran, damit alle Platz fanden. Robespierre knurrte und verzog sich unter den hintersten Schreibtisch.

»Ist ja ein ziemliches Loch, in dem ihr hier haust«, sagte André abschätzig. Er schnipste gegen eine Papierblume und rümpfte die Nase. »Ist das temporär?«

»Das ist Kunst«, sagte Mario.

»Echt? Ich dachte, Kunst kommt von Können.« Die beiden Jungs, die er noch im Schlepptau hatte, lachten pflichtschuldigst. Aha. André war einer von der Sorte, die immer von devoten Assistenten umschwirrt sein wollten. Ob er seinen Praktikantinnen auch den Kaffeebecher hinterherschmiss, wenn der Inhalt nicht wohltemperiert war? Wie aufs Stichwort sagte er zu einem der Burschen: »Geh doch mal vor ins Kekshaus und besorg mir einen anständigen Kaffee. Double Caramel macchiato mit Sojamilch, ohne Sahne.«
»Klar, kein Problem!« Der Jüngling sprang diensteifrig auf und eilte von dannen. Er fragte nicht mal, ob wir auch etwas haben wollten. Unhöfliches Pack, die Jugend von heute.
Mit dem Fingernagel hebelte André unter die Blume. Die Farbschicht bekam einen Sprung und platzte halb ab. Ich verspürte das dringende Bedürfnis, den Kerl zu erwürgen. »Hier unten kriegt man ja Depressionen«, sagte er.
»Ja, schon ein bisschen schäbig«, pflichtete Simone ihm bei.
Edith starrte sie ungläubig an. Vor ein paar Tagen, als Erik unsere Kunst am Bau cool gefunden hatte, hatte sie noch in sein Loblied eingestimmt.
»Na schön.« André klatschte in die Hände. »Wir machen es kurz und schmerzlos. Wie weit seid ihr mit der Eiskönigin-Version gekommen, bevor der Trottel euch abgesägt hat?«
»Ziemlich weit«, sagte Mario.
»Zeigt mal her.«
Mario drehte einen der Bildschirme herum, so dass alle draufgucken konnten, und spielte die Schneeflocken-Edition ab. Keiner sagte ein Wort.
»Noch mal«, befahl André. Er beugte sich vor und stützte den Kopf auf beide Hände, als müsse er eine enorm komplizierte Entscheidung treffen. »Hm«, grummelte er. »Könnte schlimmer sein.«

»Ja, gar nicht so schlecht«, stimmte Simone zu.
»Da müssen trotzdem noch mal Profis drüberschleifen.«
»Wenn ich mehr Glitzer und Lens Flare draufmachen soll, sagt es einfach.« Mario gab sich wirklich Mühe, freundlich zu sein. »Ist kein Problem.«
André bedachte ihn mit einem verächtlichen Blick. »Ich brauche eine Festplatte mit allen Rohdateien. Die könnt ihr mir gleich fertig machen. Dann nehme ich das Zeug mit zu Magic Electric, die Jungs sollen es über Nacht hübsch machen und bis morgen früh um acht rüberschicken, dann haben wir es rechtzeitig für die Präsentation.«
»Wie jetzt?«, fragte Mario.
»Wir geben keine Rohdaten raus«, sagte ich eiskalt.
»Dann kann ich auch die zweite Rate zur Zahlung nicht anweisen«, flötete Simone. »Sorry, aber was ist denn dabei, uns die paar Daten zu geben?«
Ich blickte von Simone zu André zu Mario und wieder zurück. Mir wurde klar, dass hier nichts mehr zu retten war. Wir konnten nur noch versuchen, aus der Sache rauszukommen, ohne unser Geld einzubüßen.
»Das will ich schriftlich«, sagte ich zu Simone. »Wenn wir die Rohdaten herausgeben, sind wir nicht mehr verantwortlich für alles, was danach geschieht. Schreib mir in einer E-Mail, dass das okay ist und dass wir direkt nach Auslieferung der Festplatte die Rechnung stellen können.«
Sie zögerte. »Ich weiß nicht, ob ich das machen kann.«
»Dann weiß ich nicht, ob ich euch die Festplatte geben kann.« Ich verschränkte die Arme vor der Brust. Sie waren unter Zeitdruck, also konnte ich pokern. »Und setz Richard in cc.«
Simone suchte Andrés Blick. Der streckte sich gelangweilt auf dem Sofa aus. »Passt schon. Schreib die E-Mail.«
Simone zückte ihr Smartphone und tippte los. Für zwei Mi-

nuten hing angespannte Stille im Raum. Nur der verbliebene Assistent rutschte unruhig auf seinem Stuhl hin und her.
»Mario«, sagte ich, »kopier das Zeug auf eine Platte.«
Er guckte mich an, als hätte ich ihn aufgefordert, ein Glas Salzsäure zu trinken.
»Jetzt mach schon. Bitte.«
Widerwillig schlich er zum Rechner.
Eine Viertelstunde später hatte ich meine Entlastungs-E-Mail im Postfach. Simone, André und der namenlose Assistent verdrückten sich mit der Festplatte aus unserem Büro. Dann waren sie verschwunden, wie ein böser Spuk, den man sich nur eingebildet hat. »Sobald das Geld überwiesen ist«, sagte ich, »gehen wir Farbbeutel kaufen.«
Keiner lachte.
Stattdessen fing Mario an, mit deprimierten kleinen Bewegungen seine Tasche wieder einzupacken. Er hatte offensichtlich vor, nach der niederschmetternden Begegnung mit André nach Hause zu gehen und sich in seinem Unglück zu vergraben. Und das bedeutete, dass er all den Schwung verlieren würde, mit dem er vor nicht mal einer Stunde ins Büro geschneit war. Seine wundersame Verwandlung, alles umsonst! Ich ahnte, wenn er sich jetzt kein Herz nahm, würde es auch morgen nicht passieren. Oder übermorgen. Oder überhaupt irgendwann.
Ich legte ihm missmutig eine Hand auf die Schulter. »Jetzt lad sie schon endlich zum Essen ein.« Er wurde rot. Was ausgesprochen süß aussah. Edith verstand wie üblich kein Wort. Ich machte eine ungeduldige Handbewegung. »Sonst tu ich es für dich.«
Mario wurde noch röter. »Übrigens, Edith«, stammelte er. »Ich soll dich fragen, ob du mit mir essen gehst. Am Ostbahnhof gibt's einen neuen Argentinier. Sehr lecker.«

»Sehr lecker«, bestätigte ich. »Hast du gehört, Edith?«
»Spinnt ihr?«, fragte sie.
Vielleicht lag es am Chaos, das über mein Leben hereingebrochen ist, seit Simone uns im V9 mit ihrem Nudelteller über den Haufen gerannt hatte. Oder daran, dass nach der Begegnung der dritten Art mit André auch schon alles egal war. Aber mir riss der Geduldsfaden. In genau diesem Moment. Ich packte Edith beim Arm. »Komm mit.«
Sie war so verblüfft, dass sie sich widerstandslos von mir nach draußen in die Kälte ziehen ließ.
»Von Frau zu Frau«, sagte ich. »Ist dir was an Mario aufgefallen?«
»Er hat eine neue Frisur«, sagte sie.
»Und neue Klamotten. Was hältst du davon?«
»Sieht cool aus. Wie ein neuer Mensch.« Sie lächelte. »Hat er sich heimlich verliebt?«
Ich wollte mir die Hand vor die Stirn schlagen. »Könnte man so sagen«, presste ich hervor. »Findest du, seine heimliche Liebe sollte ihm eine Chance geben?«
Sie zuckte mit den Schultern. »Er ist echt der süßeste Typ, den ich kenne. Und mit dem neuen Look? Die wäre blöd, wenn sie ihm nicht wenigstens eine Chance geben würde.«
»Danke, dass du das sagst.« Ich trat einen Schritt zurück. »Dann lass dich um Himmels willen von ihm zum Essen einladen. Und denk dran, er ist schrecklich schüchtern.«
Es dauerte, bis der Groschen fiel. Vielleicht war es auch die Kälte. Sie blickte erst verwirrt, dann überrascht, dann fassungslos drein. Und dann wurde sie rot. Was ich für einen vielversprechenden Anfang hielt. »Ist nicht dein Ernst.«
»Man muss blind sein, um es nicht zu sehen.«
»Dann bin ich wohl blind.«
»Ja, bist du wohl. Der Mann vergöttert dich. Der würde dich

auf Händen dreimal täglich zum Kekshaus tragen, damit du deinen Vanilla Latte kriegst.«
Verlegen musterte sie den Schnee unter ihren Füßen. »Das ist jetzt schon irgendwie schräg.«
»Denk an deine Worte.«
»Mache ich ja.«
»Also wenn wir jetzt wieder reingehen, was sagst du dann zu ihm?«
»Lass uns zum Argentinier gehen.«
»Braves Mädchen.«
Ich griff schon nach dem Türknauf, da hielt sie mich fest. »Warte.«
Ich wartete.
»Kam das nur mir so vor, oder hat Simone jetzt was mit André?«
»Sie hat ziemlich sicher was mit André«, sagte ich. »Wenn du mich fragst, ist André der aufsteigende Stern am Agenturpartner-Himmel. Der schießt Erik gerade aus dem Rennen, und Simone hat eine feine Nase dafür. Die hängt sich immer an die richtigen Leute.«
»Bitch«, schimpfte Edith. »Das hätte ich ihr niemals zugetraut. Hat sie den Kerbenbaum wirklich erfunden?«
»Erfunden nicht. Sie steht ja selber dran. Aber meinen Namen hat sie draufgeschrieben. Den vollen Namen!«
»Blöde Kuh.«
»Ich hab's dir gesagt.«
»Und ich habe nicht auf dich gehört.«
»Dann hör jetzt auf mich.«
Verschwörerisch grinsten wir uns an.

Als Edith und Mario samt Hund endlich weg waren, befiel mich leise Winterabenddepression. So viel war geschehen. Ich

dachte, dass ich mich bislang recht gut geschlagen hatte. Auf den Dreh mit Simones E-Mail gegen die Festplatte hätte ich stolz sein müssen. Aber ich konnte mich nicht so recht freuen. Ich fühlte mich, als hätten wir trotzdem verloren.
Ich sah, dass Erik angerufen hatte, und rief ihn zurück. Er ging nicht dran. Schwermütig zog ich meinen Mantel an, löschte das Licht und schloss die Bürotür ab.
Auf der Ginkgo-Allee bremste ein Auto und rollte in Schrittgeschwindigkeit neben mir her. Ein stahlblauer Porsche. Ich blieb stehen. Der Wagen auch. Erik lehnte sich rüber und machte mir die Beifahrertür auf. »Steig ein.«
»War das Zufall?«, fragte ich.
»Eigentlich nicht.« Er lächelte dünn. »Ich hab dir aufgelauert.«
Ein paar Minuten lang rollten wir durch die Winternacht und schwiegen alle beide. Er stoppte vor der Ausfahrtsschranke und schob seine Karte in den Automaten. Auf der Straße bog er nach rechts. Das hieß dann wohl, wir fuhren zu ihm. Als ich die Stille nicht mehr ertragen konnte, fragte ich: »War das meine Schuld?«
»Das mit André?« Er schüttelte den Kopf. »Du warst bloß der letzte Tropfen im Fass.«
»Tut mir leid.«
»Glaube ich dir nicht.«
»Ich glaub's mir ja selbst nicht. Was hast du zu deiner Entlastung vorzubringen?«
»Dass ich unschlagbar gute Tagliatelle mit Trüffeln kochen kann und rasend gut aussehe.« Sein Grinsen war ansteckend.
»Jetzt mal im Ernst.«
»Was soll ich sagen? Schuldig, Frau Richter. Die Fakten sprechen gegen mich. Aber deinen Namen habe ich da nicht hingeschrieben. Das mit dir ist was anderes.«

»Was denn?« Ich merkte, wie mir Hitze den Hals hochstieg. Dabei hatte ich meinen Fellkragenfummel gar nicht an. Ich war froh, dass Erik mich nicht ansehen konnte, sondern sich auf die Straße konzentrieren musste.
Aber mit seiner Schlagfertigkeit war es auch nicht mehr weit her. »Wie soll ich sagen?«, murmelte er. »Du bist die Erste und Einzige, die ich je in meine Küche gelassen habe.«
Oh, das war sehr romantisch. »Nicht mal die glitzernde Simone?«
»Bist du verrückt? Aber die ist jetzt sowieso Andrés Problem. Ich gönne es ihm. Die haben einander verdient.«
»Aber der Kerbenbaum«, brachte ich ihm das Corpus Delicti wieder in Erinnerung.
»Ja, der Kerbenbaum.« Mit einer Hand rieb er sich über die Stirn. »Der steht da wohl jetzt für alle Zeiten.«
»Warum macht man das?«
Er seufzte. »Aus Spaß. Aus Sport. Im Suff. Weil's alle machen, und weil du beweisen musst, dass du der härteste Hund im Zwinger bist.«
»Damit du den Partnervertrag kriegst?«
»Genau.« Er blinkte und fuhr in das Gewirr kleiner Gassen, die sternförmig zum Gärtnerplatz hinführten. »Aber der hat sich eh erledigt. André hat die besseren Connections. Der kennt diesen Typen bei Mocona, und zusammen haben sie mich reingelegt. Willst du wissen, was die offizielle Begründung ist, warum ich aus dem Projekt geflogen bin? Der Kunde hat sich über mich beschwert. Arno Gelbmann hat seinen Kumpel André ins Boot gehievt, und ich wette, das zahlt sich für ihn genauso aus. Wenn K&K jetzt den Mocona-Account kriegt, wird es André zugeschrieben, nicht mir. Und dass er sich gut bei Richard eingeschleimt hat, hast du ja auch gemerkt. Er geht mit ihm Fahrrad fahren. Jeden Diens-

tag. Geile Strategie. Dass ich da nicht selbst drauf gekommen bin.«
»Bei dem Wetter?«
Erik hob die Brauen. »Vielleicht gehen sie im Winter Eishockey spielen. Richard steht auf die Art von Männerfreundschaften.«
Fünfzig Meter vor seinem Haus wurden wir Zeuge eines Wunders. Eine freie Parklücke. Und weit und breit kein Verbotsschild. Ich guckte dreimal, ob nicht doch hinter einer Laterne das Halteverbot-wegen-Umzug-Schild stand. Tat es aber nicht. »Stell dich da hin«, sagte ich. »Dann spazieren wir noch eine Runde um den Block.«
Wir stiegen aus. Schnee knirschte unter unseren Sohlen. Ein paar einzelne Flocken wirbelten vom Nachthimmel herab. Erik legte seinen Arm um meine Schultern, als sei es das Natürlichste der Welt. Eng aneinandergeschmiegt bummelten wir die Straße hinunter, vorbei an kleinen Cafés und Buchhandlungen und an Antiquitätengeschäften und Fetisch-Boutiquen, *Neu eingetroffen: Hirschleder-Peitschen* und *Wir führen High Heels bis Größe 54.* Als hätte es nie einen Kerbenbaum gegeben.
»Übrigens«, sagte er, »Richard war auf hundertachtzig. Stimmt es, dass Simone euch eine E-Mail mit Blankoscheck geschickt hat?«
»Von André abgesegnet.« Ich erzählte ihm die Story mit der Festplatte.
»Glückwunsch, hast du gut gemacht. Damit seid ihr aus dem Schneider. Stell morgen die Rechnung, und er muss sie direkt zur Buchhaltung durchwinken. Die unzähligen Änderungen, mit denen Mocona ankommen wird, müssen jetzt die von Magic Electric vornehmen. Und Richard wird sie alle extra bezahlen müssen.«

Wir blieben vor einem Apothekenschaufenster stehen und betrachteten den schnarchenden Weihnachtsmann. »Hey«, sagte er. Ich blickte auf. Plötzlich schwebten unsere Gesichter sehr dicht voreinander. Ich konnte seinen warmen Atem spüren und vergaß alles um mich herum.

Wir küssten uns innig. Es war so schön, wie es kein Weihnachtsglitzer sein kann. Süßer die Glocken nie klingen und so. Mit Engelsflügeln und Feenzauberstaub. Kann auch sein, dass es die Neun-Uhr-Glocken von der Frauenkirche waren. Spielt aber keine Rolle. Es war ein Versöhnungskuss. Ein Wie-konnte-ich-nur-so-blöd-sein-Kuss. Es war der beste Kuss von allen.

»Ich werde dich immer in meine Küche lassen«, flüsterte er.

»Überleg dir gut, was du da versprichst.« Ich strich ihm die dunklen Haare aus der Stirn. Sie waren sehr weich und sehr kalt.

»Habe ich doch.« Sein Lächeln brachte alle Eiszapfen zum Schmelzen. Einer hing über meinem Kopf und tropfte mir direkt in den Kragen. »Yevgi findet, dass du öfter mit uns kochen solltest. Und Yevgi hört immer auf sein Bauchgefühl.«

»Ach ja?« Ich gab ihm einen Kuss auf die Nase. »Was hat er denn über Simone gesagt?«

»Schließ bloß deine Gewürzgläser vor ihr weg.«

Wir mussten beide lachen.

Hand in Hand bogen wir um die Ecke und liefen die Parallelstraße zurück zum Gärtnerplatz.

»Wusstest du, dass Mocona eine Riesen-Mogelpackung ist?«, fragte ich.

»Überrascht mich nicht. Wieso?«

»Sie haben sich so ein halbseidenes Patent erschlichen, mit dem sie jetzt alle kleinen Obstbetriebe drangsalieren, die ihnen potenziell Konkurrenz machen könnten.«

»Die haben bestimmt noch ganz andere Leichen im Keller. Bei uns kursiert eine schwarze Liste, da stellen sich dir die Nackenhaare auf.« Wusste ich's doch. »Die wissen ganz genau, was sie in ihre Marmeladen reintun müssen und was nicht. Die schrammen haarscharf an den Verordnungsparagrafen lang. Und die kalkulieren mit jedem Cent, den sie einsparen können.«

Ich nahm all meinen Mut zusammen. Denn ich hatte eine Idee. Und rachsüchtig war ich auch. »Sag mal, wie sehr bist du K&K verbunden?«

»Was soll denn die Frage?« Er bückte sich nach einer Handvoll Schnee. Neben uns lag ein kleiner Spielplatz im trauten Schein einer Laterne.

»Nicht«, prustete ich.

»Doch!«

Er lockte mich mies in die Falle. Ich nahm die Hände vors Gesicht, um seinen Schneeball abzuwehren, und sah deshalb nicht, wie er die Arme ausbreitete, um mich hochzuheben. Ehe ich mich versah, packte er mich um die Hüften. Ich verlor den Boden unter den Füßen. Ich kreischte und kicherte. Wir kicherten beide. Dann landete ich kopfüber in einer Schneewehe. Er landete auf mir, bewarf mich mit Schnee und stopfte mir noch ein paar Hände voll in den Kragen. Wir veranstalteten einen Höllenlärm, während wir ineinander verschlungen über den verschneiten Rasen kugelten.

»Jetzt sag«, forderte ich.

Er half mir auf die Beine und klopfte den Schnee von mir ab. »Was glaubst du denn, nach dieser Aktion?«

»Keine Ahnung. Vielleicht nimmst du es ja sportlich.«

»Ich hasse den Laden«, platzte er heraus. »Denkst du, ich will aus Spaß Partner werden? Nee, das ist die Rache der Tough Guys. Wer länger als die anderen durchhält, kriegt am Ende die Prinzessin. Wenn du Partner bist, kann dir keiner mehr an den Karren fahren und du kannst alle alten Rechnungen begleichen. Ganz zu schweigen vom Schmerzensgeld. Sieh dir Richard an. Dann weißt du, was ich meine.«

Ich malte mit der Schuhspitze ein Herz in den Schnee. »Aber ist es das wert? Du opferst Zeit und Nerven für einen Job, den du hasst?«

»Ich hasse ihn ja nicht«, widersprach er. »Ich liebe meinen Job. Ich hasse K&K.«

»Warum gehst du dann nicht woandershin?«

»Weil es nicht K&K ist, sondern die Branche. Bei Gold&Habermann wär's auch nicht besser. Oder warum bist du nicht dageblieben? Bei K&K weiß ich wenigstens, wer mir ans Leder will. Woanders muss ich mich erst mühsam hochkämpfen.«

»Und was Eigenes?«

»So wie Strahlkraft?«

»Na, vielleicht nicht gerade wie Strahlkraft.«

»Wieso nicht?«

»Weiß nicht.« Ich angelte nach einem Stück Eis zwischen meinen Schulterblättern. »Wir sind die drei Clowns aus dem Regenbogen-Hoppelhäschen-Haus. Vielleicht geht's auch einen Tick seriöser.«

Er grinste.

Ich fasste noch etwas mehr Mut. »Also würdest du mich nicht verpetzen, wenn ich etwas K&K-Feindliches täte?«

»Was hast du vor? Molotowcocktails in den Koiteich schmeißen?«

»Hm, lecker Fischsuppe.«

Wir blieben vor seiner Haustür stehen. Er zog seinen Schlüsselbund aus der Manteltasche.

»Diese Sache mit Mocona«, sagte ich. »Dass sie kleine Firmen

verklagen. Also es gibt da einen Zettel, der mir ganz zufällig in die Hand gefallen ist.« Und dann beichtete ich ihm die ganze Geschichte, von der geklauten E-Mail bis zu den Zugangsdaten für den Mocona-Server. Während wir die Treppen hochstiegen, weil der Fahrstuhl nicht funktionierte. »Und vorhin fiel mir ein, dass dein Mitbewohner doch Patentanwalt ist.« Keuchend blieb ich vor seiner Wohnungstür stehen. »Meinst du, der ließe sich für eine kleine, anarchistisch-Robin-Hood-mäßige Maßnahme gewinnen?«
Er hob die Brauen. »Da gibt's nur eins. Du wirst seinen Borschtsch essen müssen.«

19
Gib mir die Schokolade und niemand wird verletzt

Am Samstag luden wir Edith zum Borschtsch-Essen in Eriks WG ein. Yevgi, der mich sowieso gut leiden konnte, fand die Idee einer anarchistischen, Robin-Hood-mäßigen Maßnahme super. Erst recht, weil er an einer Bürgerlichkeitsphobie litt. Nach dem vierten Glas Wodka gestand er mir, dass er Angst hatte, durch seinen Patentanwaltsjob eines Tages so zu werden wie sein rosa Hemden tragender und samstags den Vorgarten mähender Vater.

Am Telefon fragte mich Edith schüchtern, ob Mario mitkommen dürfte.

»Bedeutet das, was ich denke, dass es bedeutet?«, fragte ich.

Sie begann laut und falsch *I'm singing in the rain* zu intonieren.

»Also ja?«

»Kein Kommentar.«

»Es muss dir nicht peinlich sein, dass du ihn jahrelang nicht bemerkt hast.«

»Sei still«, sagte sie.

»Und?«

»Ich sage nur ein Wort. Duftölmassage.«

»Also bist du entspannt?«

»Tiefenentspannt. Ich dufte wie ein Lavendelkissen.«

»Und sonst?«

»Bestell deinem Liebhaber schöne Grüße, er taugt zwar sonst

nicht viel, aber falls er mal umsatteln will, schreibe ich ihm sofort eine Empfehlung, dass Stilberatung für Männer voll sein Ding ist.«

Das Essen wurde ein voller Erfolg.

Yevgi und Edith mochten sich auf Anhieb. Edith brachte einen Ausdruck der kommentierten Patentschrift mit. Yevgi versprach, das Ding bis Weihnachten auf Herz und Nieren abzuklopfen.

Mario reparierte den Rechner von Helmut, Eriks anderem Mitbewohner. Dem mit der Hanfplantage und dem Tandoori Chicken. Wir tranken alle Brüderschaft und lernten russische Trinkspiele mit unaussprechlichen Namen. Das Letzte, an das ich mich erinnere, ist eine große Blechschüssel. In die füllte Yevgi mehrere Flaschen Wodka und legte sechs Äpfel hinein, einen für jeden von uns. Die Aufgabe bestand darin, ohne Hände und nur mit den Zähnen den Apfel zu verzehren. Ich schluckte Unmengen von Wodka und sehr wenig Apfel, bis ich sternhagelvoll unter dem Tisch zusammenbrach. Dort blieb ich scheinbar für unbestimmte Zeit sitzen und fütterte nach Eriks Aussage Robespierre mit Honigkuchen.

Am Sonntag schliefen wir alle unseren Kater aus und frühstückten später zusammen in einem Café hinter dem Viktualienmarkt. Heiligabend näherte sich mit großen Schritten.

»Was machst du an Weihnachten?«, fragte Erik.

»Ich fahre zu meiner Mutter«, erwiderte ich kauend. »Willst du mitkommen?«

»Aber ich komme doch schon mit«, sagte Edith. Der Borschtsch-und-Wodka-Abend hatte Wunder bewirkt. Seit er ihr letzte Nacht die Haare zurückgehalten hatte, als sie sich übergeben musste, war von ihrer Feindseligkeit nichts übrig geblieben. Vielleicht war doch was dran an Integrationsworkshops auf Berghütten mit gut gefüllten Weinkellern.

»Kommt doch beide mit«, schlug ich vor.
»Und ich?«, fragte Mario gekränkt.
»Du auch. Wir könnten euch in Tante Irmchens Stall einquartieren«, überlegte ich laut.
»Oh ja!« Edith war begeistert. Mario nicht so, aber Erik hatte ihm in seinem Crashkurs in *Wie erobere ich eine Frau?* wohl auch eingeschärft, wann es besser war, den Mund zu halten.

Am Dienstagmorgen gewann K&K offiziell den Werbe-Etat von Mocona. Gold&Habermann hatte das Nachsehen.
Erik rief mich an und erzählte mir brühwarm die Neuigkeit. Obwohl er es vorher gewusst hatte, ärgerte er sich schwarz, dass André alle Lorbeeren erntete und sich feiern ließ wie ein Kaiser. Sie ließen ihn deutlich spüren, dass er weg vom Fenster war. Richards Protegé für die Partnerposition war nun André. Ich hoffte im Stillen, dass Marty Jones mit einer brennenden Heugabel im Futura Medienpark auftauchte und André zum Duell forderte. »Wir können sie immer noch mit Farbbeuteln bewerfen«, sagte ich. »Um unsere Ehre zu rächen.«
»Danke, sehr hilfreich«, grollte er.
Zwei Stunden später bekam ich eine Rundmail von Richard, die außer an mich noch an zwei Dutzend andere Empfänger ging. In salbungsvollen Worten dankte er allen Beteiligten für ihre harte Arbeit und ihre überragende kreative Leistung, den außergewöhnlichen Einsatz und ganz allgemein für die Tatsache, dass sie auf der Welt waren. Respekt! Er konnte nicht nur flammende Reden halten, sondern auch grandiose Motivationsrundschreiben verfassen. Sogar ich fühlte beim Lesen warme Ergriffenheit darüber aufsteigen, dass ich ein Teil dieses außergewöhnlichen, hochtalentierten, mit magischen Fingern und goldenen Feenflügeln gesegneten Teams hatte sein

dürfen. Bis mir der Abgang von André und Simone mit der Festplatte wieder ein- und damit Richards Zauberbann von mir abfiel. Ich hatte sowieso den Verdacht, dass ich nur zufällig auf dem Verteiler des Honigkuchenschreibens gelandet war. Zum Abschluss lud er uns alle zu einer Pre-Xmas-Biomarmeladen-Party ein.

Fünf Minuten später klingelte mein Telefon. »Wenn du da hingehst«, sagte Erik, »koche ich dir nie wieder Tagliatelle mit Trüffeln.«

»Hast du doch eh nur einmal gemacht.«

»Ja, aber nur, weil die Trüffel aus waren!«

»Faule Ausrede!«

Im Hintergrund quietschte Edith, weil Mario sie mit einer fingernagelgroßen Spinne um die Bürotische jagte. Hach, die Liebe.

»Gibt's was Neues von Yevgi wegen der Patentschrift?«, fragte ich.

»Er hat was gefunden und beißt sich gerade daran fest.«

»Was denn?«

»Keine Ahnung. Aber er hält sich schon für den wiedergeborenen Sherlock Holmes des Patentrechts. Hier sind sie übrigens alle besoffen vom Champagner.«

»Dann merkt es bestimmt keiner, wenn du dir den Nachmittag freinimmst und mit mir Geschenke für meine Mutter kaufen gehst. Sie hat versprochen, einen Heizlüfter in unser Liebesnest zu stellen.«

»Gute Idee. Was ist mit dem Kater?«

»Den setzen wir zu Mario und Edith in Irmchens Stall.«

Der Briefträger brachte einen Weihnachtskorb von Goldmus, prall gefüllt mit Marmeladen, Früchteschokolade und Sanddornlikör. Sie hatten eine nette Grußkarte beigelegt. »Hallo, liebes Strahlkraft-Team, wenn wir unsere Produkte schon

nicht verkaufen dürfen, dann möchten wir sie wenigstens verschenken. Fröhliche Weihnachten und danke, dass ihr so geduldig mit uns seid. Eure Marmeladiers von Goldmus.«
Mario kannte sich auf Moconas FTP-Server inzwischen besser aus als auf unseren eigenen Festplatten. Seit gestern hatte er sogar ein kleines Programm eingeschmuggelt, das ihn automatisch benachrichtigte, wenn jemand neue Dateien dort ablegte.
Edith durchforstete seit Tagen das Netz auf der Suche nach Informationen über Mocona. Vorzugsweise welche, die sie schlecht dastehen ließen. Sie musste nicht tief graben. In den USA machte der Biogigant kleinen Ökoproduzenten seit Jahren das Leben schwer. Mocona galt als klagefreudig und gab ein Vermögen für Anwälte aus. Kein Wunder, mussten sie ihr Image doch gegenüber ruinierten Kleinbauern und Urban-Gardening-Bloggern mit zu viel Zeit verteidigen, die nichts Besseres zu tun hatten, als Moconas Zuliefererketten zu sezieren. Die Stinker, die! Und dann wurden die auch noch fündig. Tja, wer im Glashaus sitzt, soll nicht mit Gurken werfen. Und wer unschuldigen kleinen Himbeersammlerinnen nicht nur die Existenzgrundlage nimmt, sondern auch noch Fotos von ihnen aufs eigene Gläschen klebt, der muss sich nicht wundern, wenn ihm Foodwatch auf die schlimmen Finger guckt. Erst recht, wenn sich in den süßen Brei statt Oma Liesels Himbeeren gefärbte Cranberrys aus Kirgisien verirrt haben. Containerweise, wie Edith feststellte.
Sie waren eben traditionsbewusst, die Leute bei Mocona. Ehrten das Erbe ihrer Väter, die sich farbverliebt und aromabewusst als Pioniere der Lebensmittelchemie verdient gemacht hatten. Bevor Mocona sich das Bio-Jutemützchen aufsetzte, hatten sie ihr Vermögen mit Tierfutter und fruchtigen Tütensuppen gemacht.

»Und was da drinschwimmt«, unkte Edith, »wollt ihr lieber nicht wissen.«
»Hilft uns irgendwas davon weiter?«, fragte Mario.
»Kommt darauf an, wofür«, sagte ich.
»Na, Rache!« Seine Augen blitzten.
Die Schicht der Zivilisation ist eben doch nur ein dünner Schleier auf der Barbarei.

An Heiligabend mietete Erik einen BMW-3er-Kombi und fuhr uns alle vier mit Sack und Pack nach Fössenhausen. Sein Porsche war zu klein und musste Weihnachten zur Strafe allein in der Garage am Gärtnerplatz verbringen. Ich war sehr stolz auf Mario, weil er noch keinen Rückfall in seine alten Nerd-Kleidungsgewohnheiten erlitten hatte. Die einzige Nostalgie unter seinem halb aufgeknöpften, schwarz und orange karierten Flanellhemd war ein T-Shirt, auf dem in kunstvoll durchbrochenen Buchstaben stand: *Gib mir die Schokolade und niemand wird verletzt!*
Ich balancierte Yevgis Weihnachtsgeschenk auf meinen Knien. Es war ein Aktenordner mit einer großen roten Schleife, in der ein Zettel steckte.
»Oh, ein Gedicht.«
»Lies vor!«, forderte Edith vom Rücksitz aus.
Ich räusperte mich und gehorchte.

»Zur Weihnachtszeit ein Sternlein blinkt
Knecht Ruprechts Schlittenrentier winkt
da hat ein Schuft ganz still und leis'
Patente erteilt auf Moconas Geheiß.«

Im Auto breitete sich eine weniger andächtige als fassungslose Stille aus.

»Er schreibt sonst Fantasy-Epen«, erklärte ich verteidigend. »Der fliegende Holländer mit Orks und Elfen.«
»Äh, ist klar«, sagte Edith.
»Immerhin reimt es sich.« Mario, der unverbesserliche Optimist.
Ich zog die Schleife auf und blätterte durch den Inhalt. Es waren viele, in Juristendeutsch bedruckte Seiten mit roten, gelben und blauen Klebezetteln. Ganz vorn hatte Yevgi eine Gebrauchsanleitung angeheftet.
»Edith, alles wird gut.« Ich drehte mich zu ihr um. »Er schreibt, das Patent sei Bullshit. Leicht anzufechten, wenn man weiß, wo man suchen muss. Wir sollen alle Dokumente mit den gelben und blauen Post-its an den Anwalt von Goldmus weiterleiten, der wüsste schon, was damit anzufangen ist. Die rot beklebten sind für die Strafanzeige wegen unrechtmäßiger Vorteilsnahme bei der Polizei.«
»Strafanzeige?« Ihr blieb der Mund offen stehen, was selten vorkommt.
»Gegen den Prüfer beim Patentamt, der sich von Mocona hat schmieren lassen.«
»Der hat Dreck am Marmeladenlöffel«, flachste Mario.
»Yevgi schreibt, der Goldmus-Anwalt soll sich mit dem Einspruch beeilen, denn die Frist läuft am 30. Dezember ab.«
Edith suchte nach ihrem Handy. »Ich rufe Kathrin an. Hat deine Mutter ein Faxgerät?«
»Bezweifle ich«, mischte Erik sich ein. »Du wirst alle Seiten mit dem Handy fotografieren und per E-Mail schicken müssen. Weil sie in dem Kaff das Internet aber noch mit der Kurbel bedienen, musst du dich dazu auf ein Bett unter dem Dachfenster stellen und das Handy mit ausgestrecktem Arm gegen die Scheibe pressen.«
»Das ist jetzt ein Witz?«, fragte Edith.

»Nein«, sagte ich, »ist es nicht.«
Sie glaubte mir nicht, ich sah es ihr an.
Vor uns kam die Abfahrt Kiefersfelden in Sicht. Auf den letzten Haarnadelkurven durchs schneebeglitzerte Winterwunderland wurde mir ganz warm ums Herz. Ich war verliebt. Edith und Mario hatten sich auch endlich gefunden und waren glücklich. Alle zusammen würden wir ein romantisch-altmodisches Weihnachtsfest bei meiner Mutter auf dem Dorf feiern. Sogar Sonja hatte ich erfolgreich mit Herrn Hasmeyer verkuppelt.
Ein Happy End wie eine Hollywood-Romanze.
Aber irgendetwas pikste mich.
Die Strahlkraft-Pleite war abgewendet. Mit etwas Glück konnten wir sogar Mocona auf die Füße treten. Dann war auch Goldmus wieder im Spiel. Aber was dann?
Mit seinen Marketing-Millionen würde Mocona trotzdem den Markt an sich reißen. Gestern Abend hatte mir Erik erzählt, dass das Mocona-Team bei K&K die Weihnachtswoche durcharbeiten musste, weil die Firma schon im Januar mit einer Riesenkampagne ihre Markteinführung vorbereiten wollte. Fernsehspots, Plakatklebewände, das volle Programm.
Mario hatte heute früh schon Indizien fieberhafter Aktivitäten entdeckt. Auf dem Mocona-Server waren jede Menge neuer Daten aufgetaucht. Bilder, Filmschnipsel, halbfertige Skizzen.
Es ärgerte mich, dass sie sich so was rausnehmen konnten, ganz einfach, weil sie groß und mächtig waren. Weil sie trotzdem bekamen, was sie wollten. Und es kotzte mich an, dass K&K sich eine goldene Nase damit verdiente, den Leuten, die Oma Liesels Birnengelee kaufen wollten, Mocona Schlehentraum – *Entdecke die Göttin in dir!* anzudrehen.
Besonders wütend machte es mich, dass André Ruhm und

Reichtum als Lohn dafür erntete, sich wie ein Arsch aufgeführt zu haben. Es war so dermaßen ungerecht, dass ich die Farbbeutelattacke ernsthaft in Erwägung zog. Ausgerechnet ich, normalerweise die Ruhe in Person! (Ausnahme: Liebeskummer und seltsame Träume verbinden sich zu einer unheiligen Allianz. Aber das kommt ja nicht jeden Tag vor.)
Erik verwandelte sich in ein wütendes Rumpelstilzchen, wenn nur Andrés Name fiel. Ich wollte mir nicht ausmalen, wie das nach der Weihnachtspause bei ihm weitergehen sollte. Als zweite Geige ist er ein Totalausfall.
Ich schaute aus dem Fenster und sah den Schneekappen der vorbeifliegenden Bäume beim Glänzen in der Sonne zu. K&K produzierte Fernsehspots, um Mocona in Deutschland bekannt zu machen. Sie tauschten die Daten zwischen allen Beteiligten über einen Server aus, auf den wir Zugriff hatten. Leise rieselte der Schnee.
Hmmmm.
Mir kam da so eine Idee.
Eine verrückte Idee.
»Mario?«, fragte ich. »Du hast doch gesagt, dass niemand merkt, wenn wir Daten vom Mocona-Server herunterziehen. Was wäre, wenn wir welche drauflegen?«
Er kam aber nicht dazu, mir zu antworten, denn meine Mutter wuchtete gerade eine riesige Tanne ins Haus, als wir ankamen. Sie ließ sie mitten in der Tür stecken und wischte sich die Hände ab, um uns zu begrüßen. Der Duft von Zimtsternen, Dieselgenerator und Tante Irmchens Kuhstall hing in der Luft.
»Ihr kommt gerade rechtzeitig!« Sie strahlte übers ganze Gesicht. »Dann könnt ihr noch den Baum schmücken, bevor wir zur Christmette gehen.«

20
Der Geier ist gelandet

Zwei Tage nach Neujahr schlug unsere Stunde.
Die Stadt, verkatert von Weihnachtsstress und Silvestergetöse, hatte sich unter grauen Wolken zusammengerollt. Warme Föhnluft aus den Alpen schmolz die weiße Pracht zu schmutzigen Schneehaufen, in denen abgebrannte Raketenreste steckten.
Ich überlegte zum hundertsten Mal, mich im Fitnessstudio um die Ecke anzumelden, nachdem wir uns bei meiner Mutter tagelang den Bauch vollgeschlagen hatten. Erik lümmelte auf der weißen Ledercouch und tippte auf seinem Laptop herum.
Ich lehnte mich über seine Schulter. »Hiermit kündige ich fristgerecht«, las ich laut. »Was heißt fristgerecht?«
»Sechs Wochen zum Quartalsende.«
Ich rechnete. »Also Ende März.«
Er grinste. »Die stellen mich sowieso frei, wenn ich das abgebe. Ihr braucht nicht zufällig einen neuen Kreativdirektor bei Strahlkraft?«
Mir stockte der Atem. »Ist das dein Ernst?«
»Wieso? Wollt ihr mich nicht? Ich bringe auch meine alten Kunden mit.«
»Was?« Wie konnte er mich so überrumpeln? Ich hatte heimlich geträumt, wie perfekt es wäre, wenn er bei uns mitmachen würde. Sogar Edith hatte mich schon gefragt, ob er nicht lieber für eine gute Sache arbeiten wollte. Ich meine, Edith!

Die ihren Original-Marx inzwischen ausgepackt und ins eigene Regal gestellt hatte. »Das wäre toll«, stammelte ich. »Aber ich glaube nicht, dass wir uns dich leisten können. Bei uns gibt's bloß Fahrräder als Dienstwagen.«
»Wenn ihr mich als Partner mit reinnehmt«, flüsterte er mir ins Ohr, »dann müsst ihr mir genauso wenig bezahlen wie euch selbst.«
In diesem Moment kam Marios E-Mail. Die Betreffzeile lautete: *Der Geier ist gelandet.*
Er hielt meinen Blick fest. »Also ziehen wir das durch?«
»Was denn sonst?«
»Hätte ja sein können, dass du kalte Füße bekommst.«
»Ich? Nö.« Zum Beweis knotete ich meine Beine um seine und wackelte mit den Zehen. »Fass an, da ist nichts kalt.«
Cyber War ist ganz nach meinem Geschmack. Man kann die Welt vom Wohnzimmer aus retten und muss dazu nicht mal die Hand aus der Chipstüte nehmen. Nie war es leichter, ein Held zu sein. Testweise drückte ich den Rücken durch. Für die Heldenpose. Wir machten jetzt in Cyber-Terrorismus! Ich, die Ritterin der Armen und Entrechteten! Jeanne d'Arc vom Schlehenhügel!
»Sag mal«, fragte ich, »ist Ritterin ein offizielles Wort? Mit Dudeneintrag und so?«
»Du meinst Ritter?«
»Ich meine Ritterin.«
»Also ich kenne nur Ritter Sport.«
»Sehr geehrte Ritterinnen und Ritter«, faselte ich. Der Cyber-Ruhm stieg mir zu Kopf. Dabei hatten wir noch nicht mal angefangen.
Ich rief Mario an und fragte, wann und wo wir uns trafen.
»Ich bin schon im Büro«, sagte er. »Edith kommt auch. Bringt Popcorn mit.«

Der Futura Medienpark war noch weitgehend verödet. Die meisten Parkplätze standen leer, weil die Leute noch im Urlaub waren. Das V9 hatte in der ersten Januarwoche geschlossen. Nur im Kekshaus saßen ein paar einsame Gestalten.
Mario hatte die Clips bereits auf dem Bildschirm, als wir kamen. Laszív rekelte Eiskönigin Edith ihre Arme gen Himmel, derweil frostgeküsste Schlehen in ihre Hände regneten. Die Augen strahlten gletscherblau, das Haar tiefrot mit Purpurreflexen.
»Die wollen das allen Ernstes für ihre Kampagne verwenden«, klagte sie. Sie stand hinter Mario und massierte ihm die Schultern, während er auf seiner Tastatur herumtippte.
Die Typen von Electric Magic hatten einfach unsere Filme übernommen und nur die Schrift und ein Endbild mit Marmeladengläschen im Oma-Liesel-Design reingeklebt. Dazu klingelte Feenglöckchenmusik, während ein Chor unsichtbarer Haremsfeen ein langgezogenes Aaaaaah stöhnten, das in Echos verhallte. »So pur. So rein«, schwärmte der Sprecher. »Entdecke die Göttin in dir!« Dann blendete sich ein Text ein:

Genieße Mocona.
Das Beste aus der Heimat.
Gewinne einen Trip
*zu unseren Apfelgärten am Bodensee.**
**Aktion bis 30.03.2013 in allen teilnehmenden Supermärkten.*
Mehr Infos unter 0190/0121666, 1,50 €/Minute.

»Die Filme sind vor vierzig Minuten im On-Air-Final-Ordner aufgetaucht«, erklärte Mario. »Ich habe sie sofort runtergezogen und auf dem Server gelöscht.«
»Dann los«, sagte Erik.
»Beeilt euch«, sagte ich. »Simone hat denen bestimmt eine

E-Mail geschrieben. Wenn sie die Filme nicht finden, rufen sie bei ihr an.«

»Um die Zeit?« Erik schüttelte den Kopf. »Die tun heute keinen Handschlag mehr. Wenn die morgen Abend auf Sendung gehen sollen, zieht der Praktikant aus der Frühschicht sie ein paar Stunden vorher runter, macht seinen Technik-Check, und die Sache ist erledigt.«

»Braucht ihr noch Hilfe?«, fragte ich.

»Nö«, erwiderten die Herren der Schöpfung und schritten hinter Marios Schildwall zur konspirativen Tat.

Edith schnappte sich Robespierre und machte einen Spaziergang zum Kekshaus, um Zimtschnecken und Brownies zu besorgen.

»Und bist du sicher, dass die Filme vor der Ausstrahlung nicht noch mal überprüft werden?«, fragte ich Erik in der Rauchpause.

»Warum sollten sie?« Er tauschte einen Blick mit Mario. Sie grinsten beide wie Max und Moritz beim Lachsbrötchenklauen. »Die Clips sind vom Kunden und der Agentur geprüft und freigegeben. Stand doch in der Doku.«

»Ja, das stand da«, bekräftigte Mario und nahm einen tiefen Zug. »On-Air-Master, Deutschland-Österreich, und dann eine ellenlange Liste mit Fernsehsendern und Sendezeiten.«

Ich war nervös und hibbelig. Ob Robin Hood auch jedes Mal hibbelig war, wenn er in den Baumkronen des Sherwood Forest auf die Kutschen reicher Bischöfe lauerte? Vielleicht war er auf seiner Astgabel hin- und hergerutscht und hatte Little John ins Ohr geflüstert: Mann, wenn das bloß gutgeht. Was, wenn die nicht kommen? Oder eine Schlehenvergiftung haben? Oder achtzig Wachen dabei? Verdammt, jetzt muss ich auch noch aufs Klo! Ich bin so aufgeregt!

Darüber verlieren die Geschichtsbücher kein Wort.

Für unseren gemütlichen Fernsehabend am darauffolgenden Abend rotteten wir uns mit der ganzen Bande in Eriks Wohnzimmer zusammen. Es gab Tandoori Chicken, Chips und Rotwein. Sogar Ediths Cousine Kathrin kam vorbei. Sie brachte uns ein Dankeschön von Goldmus für die unerwartete Schützenhilfe gegen Mocona mit. Eine Kartoffelstiege voll mit Fruchtschokoladen, Brotaufstrichen und so vielen feinen Obstbränden, dass ich vom Reinschauen schon beschwipst wurde. Zusammen mit dem Weihnachtskorb ergab das einen Vorrat, der uns im Falle eines Weltuntergangs locker übers erste Jahr bringen würde.

»Die sind alle vom Tobi signiert!«, erklärte Kathrin.

Ich nahm eine Flasche Wacholderlikör aus der Kiste. Tatsächlich, auf dem Label prangte ein schwungvolles Autogramm. »Alle achtzig?«, fragte ich. »Wow.«

Im Fernsehen lief die Pilotfolge einer neuen Realityshow, *Buschmann sucht Frau*. Soeben rannte eine Blondine mit aufgespritzten Lippen laut schreiend vor einer Ziege davon, während die Kamera dem wogenden Auf und Ab ihrer Silikonbrüste folgte. Der Off-Sprecher parlierte derweil über den harten Alltag der Krieger vom Volke der Dassanech im afrikanischen Busch. Im Hintergrund hockten vier Exemplare derselben in perlenbestickten Lendenschurzen, von Kopf bis Fuß mit weißer Kreide bemalt. Sie kauten auf Sonnenblumenstielen herum und hielten ihre Kalaschnikows im Arm. Eine gelungene Symbiose von Tradition und Moderne oder so.

Helmut schnappte sich eine Tafel Pflaumenschokolade und studierte die Signatur. »Krass«, sagte er. »Ist das echt die Unterschrift von Tobi Obermaier?«

»Kennst du den?«, fragte ich überrascht.

»Der Tobi Obermaier hält den Weltrekord im Speed-Eisklettern bei über sechzig Prozent Steigung.« In Helmuts tiefenentspanntem Singsang klang alles, was er sagte, wie *Peace, Man.* »Der ist voll die Ikone. Das Zeug sollten wir einzeln auf eBay versteigern!«

»Ich dachte, das ist der Chef von Goldmus.«

»Das auch.« Kathrin lächelte verschmitzt.

»Euer Chef ist eine Actionsport-Ikone, und wir wissen das nicht? Wir sind eure Werbeagentur«, entrüstete ich mich. »Ihr müsst uns so was sagen!«

»Sagt mal, müssen wir uns diesen Scheiß angucken?«, fragte Mario.

Gerade zeigten sie die Großaufnahme eines stattlichen Jungkriegers namens Lale, dessen Wunsch nach einem Eheweib bislang unerfüllt geblieben war. Offenbar war es ihm nicht gelungen, viermal nackt über die Rücken von zehn Kühen zu rennen. Ich hatte die Erklärung verpasst, was das eine mit dem anderen zu tun hatte. Egal, die freundlichen Leute vom Fernsehteam hatten extra für Lale zehn Kandidatinnen aus Deutschland eingeflogen, die sich mit Leopardenprint-Leggings und Lippenstift-Kriegsbemalung schon mal in interkultureller Integration versuchten. Blondie stolperte über ein Ameisenloch und setzte ihre Flucht vor der Ziege auf allen vieren fort. Der Kameramann setzte ihr nach und ging in die Knie, um ihren Hintern bildfüllend in Szene zu setzen. Damit den Zuschauern (und Lale) auch nicht die lila Spitzenkante ihres Stringtangas entging.

Mit Plingplongtürili schob sich der Werbe-Überblender ins Bild. Gerade als es spannend wurde! Wird die Hose noch weiter verrutschen, so dass man den Rest vom Slip sieht? Steht Lale auf lila Spitzentangas und schleppt Blondie ab?

»Das ist Moconas Zielgruppe?«, fragte ich. »Leute, die auf *Buschmann sucht Frau* stehen?«

»Pssst!«, machte Erik.
Es folgte ein Werbespot für eine Krankenversicherung. Falls man sich mal im afrikanischen Busch den Knöchel verstaucht und den Medizinmann in Dollars bezahlen muss. Dann kamen ein Clip für eine Luxuslimousine und einer für ein Waschpulver. Und schließlich, der große Moment.
In Zeitlupe wallte Ediths purpurverstärktes Haar über die TV-Mattscheibe.
Aus den Augenwinkeln sah ich, wie Helmut und Yevgi die Kinnlade herunterfiel. Die hatten bestimmt nicht geahnt, dass sie hier mit Germany's Next Fruchtmodel am Couchtisch lümmelten!
»So pur«, schwärmte der Sprecher. »So rein.«
Aus einem Schweif aus Glitzersternchen, den Mario wirklich super hingekriegt hatte, baute sich das erste Schlagwort auf. Darunter in kleinerer Schrift die Erklärung. Um Missverständnisse auszuschließen.

INTERNATIONAL!
Mit Zutaten aus zwanzig Ländern und
von vier Kontinenten.

DIE ZARTESTE VERSUCHUNG!
*Von weichen Kinderhänden gepflückt.**
** in ausgewählten Nationen*

ALLES AUS EINER HAND!
Alle anderen machen wir platt.

UND SO SCHÖN BUNT!
Unsere Verpackungen sehen voll öko aus.

Genieße Mocona. Das Beste aus der Heimat.
Gewinne einen Trip
*zu unseren Apfelgärten am Bodensee.**
**Aktion bis 30.03.2013 in allen teilnehmenden Supermärkten.*
Mehr Infos unter 0190/0121666, 1,50 €/Minute.

Für ein paar Sekunden herrschte schockierte Stille.
Ich war so fassungslos, dass ich zu atmen vergaß.
Wir hatten uns totgelacht, in der Küche meiner Mutter am zweiten Weihnachtsfeiertag, als wir uns die Einblendungen ausgedacht hatten. Wir waren wie elektrisiert gewesen von der Idee. Und seit gestern Abend hatte ich nicht mehr ruhig sitzen können vor Aufregung.
Aber irgendwie hatte ich nicht daran geglaubt, dass es klappen würde. Tief drinnen war ich davon ausgegangen, unser Dummejungensstreich würde kurz vorher auffliegen. Dass dem Praktikanten von der Frühschicht auffallen musste, dass mit den Clips etwas nicht stimmte.
Aber es war passiert. Die Kampagne war *live on air*. Es würde Stunden dauern, bis jemand von K&K oder Mocona das merkte. Und bis sie die Clips abschalteten, hatten unzählige Menschen sie gesehen.
»Ich wette, morgen früh ist der Mitschnitt auf YouTube«, sagte Erik, »und morgen Abend hat das Video vier Millionen Klicks.«
Wir sahen uns an. Mario war der Erste, der zu lachen anfing. Wir prusteten alle los. Dann gab es kein Halten mehr. Wir lachten, bis uns die Tränen in den Augen standen.

21
Und dann …

… wendete sich doch noch alles zum Guten.

Mocona zog die Filme umgehend zurück, doch der Schaden war nicht mehr gutzumachen. Nach vierundzwanzig Stunden war ihr Name in aller Munde, aber nicht so, wie sie es sich erhofft hatten. Wir hatten eine virale Kampagne von epischen Dimensionen erschaffen. Die Videos auf YouTube tauchten schneller auf, als sie sie sperren lassen konnten. Irgendwann gaben sie es auf.

Vielleicht, weil sie inzwischen andere Sorgen hatten. Wie das Verfahren wegen Bestechung und Korruption, das die Staatsanwaltschaft München gegen den Konzern eröffnet hatte.

Die Eroberung des deutschen Biomarktes war vorerst verschoben.

Der Anfechtung des Patents durch die Anwaltskanzlei von Goldmus wurde stattgegeben. Damit verlor die Verfügung gegen Goldmus nicht nur jede Grundlage, sondern der Richter verdonnerte Mocona auch noch zu einer Schadenersatzzahlung in Höhe der entgangenen Gewinne an Goldmus.

Goldmus gewann seine Existenzgrundlage zurück und wir unseren besten Kunden. Obwohl niemand beweisen konnte, dass wir hinter der Geschichte steckten, sprach sich auch der Name Strahlkraft herum. Goldmus lobte uns bei jedem, der es hören wollte oder nicht, über den grünen Klee. Erik erwies sich als Volltreffer für unsere kleine Agentur. Bald konnten wir uns vor Aufträgen nicht mehr retten.

Bei Kaiser&Kaiserlyn flogen die Fetzen. Gerüchteweise war Richards Gebrüll noch am anderen Ende des Gebäudes zu hören. Die Kois trauten sich tagelang nicht mehr unter den Grünpflanzen hervor, und der Kerbenbaum soll seitdem Risse haben. Mocona zog alle Aufträge zurück, weil sie K&K für das Desaster verantwortlich machten.

Okay, ich übertreibe ein bisschen. Aber nicht sehr.

Und dass Robespierre André in den Knöchel biss, stimmt wirklich. Das war Ende Februar. Das Wetter war mild, und bei K&K standen die Glastüren offen. Ich schätze, ich habe die Leine nicht richtig an Robespierres Halsband geschnallt. Jedenfalls hatte ich sie plötzlich ohne Hund in der Hand. Obwohl ich es seit unserem Supercoup vermied, zu nah am K&K-Gebäude vorbeizugehen, schoss Robespierre geradewegs die Freitreppe hinauf und verschwand im Foyer.

iDog-Napf und Munchie-Crunchies in vier leckeren Farben hatten sich fest bei ihm eingeprägt. Ich stieg die Stufen deutlich langsamer hinauf und rief halblaut seinen Namen. Das fehlte noch, dass ich ihn rund um den Koiteich jagen musste und dabei Simone oder André über den Weg lief. Oder, Gott bewahre, Richard.

In den Türen blieb ich stehen und peilte die Lage. Zum Glück war niemand zu sehen, den ich kannte. Nur das Cappuccino-Mäuschen am Empfang. Die Kleine hatte den weißen Yorkshireterrier schon entdeckt und kniete vor ihm auf dem Boden.

»Hey!«, murmelte ich schüchtern.

Sie blickte zu mir auf. Ihr Lächeln wurde hektisch. Hatte ich's mir doch gedacht, dass ich in meiner Abwesenheit zur Persona non grata erklärt worden war.

»Ich bin gleich wieder weg«, beruhigte ich sie. »Ich muss nur Robespierre einsammeln.«

Ausgerechnet in diesem Moment fing Robespierre zu bellen an. »Ruhig«, wisperte ich. »Braves Hundchen.«
Ich bückte mich nach ihm, aber er entwischte mir unter der Hand und schoss in Richtung der Treppen. Heiliges Kanonenrohr, das fehlte mir noch, dass ich ihn quer durch feindliches Gebiet jagen musste.
»Lieber Hund«, rief ich ihm nach, »jetzt komm zurück, verdammt!«
Einen Augenblick später sah ich auch, was ihn so in Rage brachte. Hellgrau karierte Hosenbeine, weißes Dolce&Gabbana-Rippshirt, da kam er die Treppe hinunter, genau auf mich zu. André, und neben ihm ein Typ, den ich nicht kannte. Tja, und dann passierte irgendwie alles gleichzeitig. Er sah mich, aber schien mich nicht zu erkennen. Und Robespierre stürzte sich auf sein Hosenbein. Warum? Wieso? Ich weiß es nicht. Aber er war schon immer sehr nachtragend, und André hatte bei seinem Besuch in unserem Büro einen ausgesprochen schlechten Eindruck hinterlassen.
André versetzte ihm einen Tritt. Der Hund jaulte, ließ allerdings nicht los. Ich stürzte auf die beiden zu, um Robespierre zu retten, bevor André ihn in den Koiteich schleudern konnte. Das Cappuccino-Mäuschen quiekte.
»Robespierre«, brüllte ich, »komm her und sei lieb!«
André sprang auf einem Bein herum und schaffte es endlich, die wilde Puschelbestie abzuschütteln. Robespierre rutschte ein Stück über den glatten Marmorfußboden und rappelte sich wieder auf. Doch diesmal kriegte ich ihn zu fassen.
Ich fuhr auf dem Absatz herum, rief dem Cappuccino-Mäuschen ein *Tschüss, ich muss los* zu und brachte mich draußen hinter den Büschen in Sicherheit, bevor André seine Fassung wiedergewann. Das fehlte mir noch, dass er mich wegen tätlichen Angriffs mit einem Kampfhund verklagte.

Dann hörte ich ihn nur noch durch die offenen Türen, wie er das Cappuccino-Mäuschen anbrüllte, wer die Tussi gewesen sei, der die Töle gehörte.
»Keine Ahnung«, piepste es. »Die hatte sich verlaufen. Die wollte wissen, wo der Cornelia Verlag sitzt.«
»So eine Scheiße!«, polterte er.
»Soll ich den Notarzt rufen?«, fragte es hilfsbereit.
Er rief nur »Fuck!«, dann herrschte Stille. Zur Sicherheit wartete ich noch ein paar Minuten mit Robespierre im Arm, ehe ich mich aus meinem Versteck hervorwagte.
Ich warf einen kurzen Blick zurück, bevor ich die Treppe hinuntereilte. Das Cappuccino-Mäuschen stand halb hinter der Tür und guckte in meine Richtung.
Vielleicht war es nur die Februarsonne, aber ich hätte schwören mögen, dass es grinste.

~ FIN ~

Wie man einen Löwen häkelt:

Julias Bastelanleitung für eine garantiert unwiderstehliche Trophäe

Was du brauchst, um loszulegen:

1. Strickgarn in 3 Farben: beige, braun und weiß
2. Eine Häkelnadel. Es arbeitet sich leichter, wenn die Häkelnadel etwas kleiner ist als beim Garn angegeben.
3. Eine Sticknadel
4. Füllmaterial, um den kleinen Löwen auszustopfen – zum Beispiel Schaumstoffflocken oder Watte
5. Zwei schwarze Perlen für die Augen

Und hier geht's zur Anleitung:
www.droemer-knaur.de/loewenmaeulchen

Mit Charme, Witz und Herz –
die Spiegel-Bestseller von Mhairi McFarlane

Es muss wohl an dir liegen

Roman

Mit ihren roten Haaren und ihren Kurven ist Delia nicht ganz der Model-Typ, aber dass Paul sie nach zehn Jahren gemeinsamen Glücks betrügt, trifft sie vollkommen unvorbereitet. Kurzerhand zieht sie zu ihrer besten Freundin Emma nach London und sucht sich einen neuen Job. Alles könnte gut werden. Wäre da nicht Adam, ein Skandalreporter und der härteste Konkurrent ihres neuen Arbeitgebers, der Delia das Berufsleben schwer macht. Und zu allem Übel setzt Paul auf einmal alle Hebel in Bewegung, um Delia zurückzugewinnen.